Wladimir Obrutschew
Plutonien

SPANNEND ERZÄHLT

Band 4

Wladimir Obrutschew

PLUTONIEN

Verlag Neues Leben
Berlin

Titel des russischen Originals: Плутония
Neu übersetzt von Oksana Bulgakowa und Dietmar Hochmuth

Illustrationen von Thomas Binder

ISBN 3-355-00450-2

8. Auflage, 1988
Lizenz Nr. 303 (305/312/88)
LSV 7703
Einband: Thomas Binder
Typografie: Katrin Kampa
Schrift: 11 p Garamond
Gesamtherstellung: Karl-Marx-Werk Pößneck V15/30
Bestell-Nr. 644 274 4
00540

Ein überraschendes Angebot

Professor Kaschtanow, Ordinarius für Geologie an der Universität, bekannt durch seine Expeditionen nach Nowaja Semlja und Spitzbergen sowie die Erforschung des nördlichen Urals, kam gerade aus seinem Labor. Das Herbstsemester war beendet, es gab keine Vorlesungen und Prüfungen mehr, und der Professor dachte mit Vergnügen an die bevorstehenden drei Wochen Winterferien. Aber nicht um zu faulenzen – o nein! Er fühlte sich noch nicht alt, steckte voller Kraft und Energie und wollte sich nur zwei, drei Tage ausruhen, um sich dann mit klarem Kopf an eine wissenschaftliche Abhandlung über die geologische Analogie zwischen dem Ural und der Insel Nowaja Semlja zu machen.

Vor dem Mittagessen setzte sich Kaschtanow an den Schreibtisch, sah seine Tagespost durch, durchblätterte einige ihm von den Verfassern zugeschickte wissenschaftliche Broschüren und warf einen Blick in den Katalog wissenschaftlicher Neuerscheinungen eines deutschen Verlages. Schließlich weckte ein Brief in großem, gelblichem Umschlag sein Interesse. Die Adresse darauf war mit sehr klarer, jedoch kleiner Schrift geschrieben.

Der Professor kannte die Handschrift seiner ständigen Briefpartner ausgezeichnet, weshalb ihn dieser Brief eines Unbekannten besonders neugierig machte.

Er öffnete den Umschlag und las erstaunt das folgende:

„Munku-Sardyk, den 1. 12. 1913

Hochverehrter Pjotr Iwanowitsch!

Da ich um Ihre Erfahrungen auf dem Gebiet der Polarforschung weiß und das Interesse kenne, welches Sie der Geologie der Arktis entgegenbringen, mache ich Ihnen das Angebot, an einer großen Expedition teilzunehmen, die von mir im kommenden Frühjahr zur Erforschung des unbekannten Teils des Eismeers für die Dauer von ein bis zwei Jahren entsandt wird. Im Falle eines prinzipiellen Einverständnisses bitte ich Sie, am 2. Januar 1914 gegen Mittag zu einer persönlichen Rücksprache nach Moskau, ins Hotel ‚Metropol', zu kommen, wo sich an diesem Tag und zu dieser Stunde die anderen vorgesehenen Expeditionsteilnehmer versammeln werden. Sollte Sie mein Vorschlag in keiner Weise interessieren, so wäre ich Ihnen für eine Benachrichtigung an selbige Adresse sehr verbunden. Die Reisekosten werden in jedem Falle ersetzt.

In tiefer Verehrung
Ihr ergebener
Nikolai Innokentjewitsch Truchanow"

Der Professor legte den Brief beiseite und dachte nach.

Truchanow? Diesen Namen habe ich schon gehört, nur wo und wann? Mir scheint, im Zusammenhang mit Problemen der Geophysik und Astronomie. Man müßte Erkundigungen einholen. Das ist ja äußerst interessant: Er lebt irgendwo an der mongolischen Grenze und rüstet eine Expedition ins Eismeer aus!

Kaschtanow griff nach dem Telefonhörer und ließ sich mit seinem Kollegen, einem Astronomieprofessor, verbinden, der ihm die folgende Auskunft erteilte: Truchanow habe die Universität absolviert und sich der Geophysik und Astronomie zugewandt. Vor kurzem habe er auf dem Gipfel des Munku-Sardyk im Sajanischen Gebirge, an der Grenze zur Mongolei, ein Observatorium errichtet, um die reine und klare Luft Ostsibiriens während der langen Wintermonate mit ihren vielen wolkenlosen Tagen und Nächten für seine Beobachtungen auszunutzen.

Doch was hat das alles mit den Polargebieten zu tun? Über dem Eismeer ist für astronomische Beobachtungen die Atmosphäre in jedem Falle weniger günstig als auf dem Berg Munku-Sardyk . . .

Auf diese Frage wußte der Astronom keine Antwort, und Kaschtanow blieb nichts weiter übrig, als sich mit seiner Neugier bis zum 2. Januar zu gedulden. Selbstredend beschloß er, nach Moskau zu reisen.

Die Besprechung in Moskau

Um die Mittagsstunde des 2. Januar 1914 fuhr Professor Kaschtanow in einem Auto am Hotel „Metropol" vor und klopfte wenig später an die Tür des Zimmers 133, das ihm der Portier genannt hatte. Man öffnete ihm, und Kaschtanow betrat einen großen hellen Raum, in dem bereits einige Personen versammelt waren. Einer von ihnen ging auf Kaschtanow zu, streckte ihm die Hand entgegen und rief:

„Sie sind pünktlich wie ein Uhrwerk, Pjotr Iwanowitsch, trotz des Wetters – dieses wahrlich sibirischen Schneesturms. Das ist ein gutes Omen für unser Vorhaben. Ich bin sehr froh, daß Sie gekommen sind und ich die Ehre habe, Sie in unserer Mitte zu begrüßen. Ich bin Truchanow. Es sei mir gestattet, Sie mit den hier Anwesenden bekannt zu machen."

Die Männer erhoben sich, einer nach dem anderen, und wurden Kaschtanow vorgestellt.

„Semjon Semjonowitsch Papotschkin, Privatdozent, Zoologe.

Iwan Andrejewitsch Borowoj, Meteorologe des Physikalischen Leitobservatoriums.

Michail Ignatjewitsch Gromeko, Botaniker und Arzt."

Auf einem runden Tisch in der Mitte des Raumes lag eine große Karte der Arktis ausgebreitet, darauf waren mit farbigen Linien die Reiserouten der Expeditionen aus den letzten fünfzig Jahren markiert. Nördlich der Taimyr-Halbinsel war bereits eine Insel* umrissen, die erst im Sommer 1913 von Wilkizki entdeckt worden war.

Nachdem alle an dem Tisch Platz genommen hatten, hielt Truchanow seine Rede:

„Wie auf dieser Karte ersichtlich, sind fünf Sechstel der Arktis zwischen Sibirien, Nordeuropa, Grönland und Nordamerika von den Routen zahlreicher Expeditionen durchkreuzt. Doch die erstaunliche Entdeckung einer neuen Insel, wie sie vor kurzem Wilkizki gelang, hat gezeigt, daß auch in dieser Region noch bedeutende Eroberungen für die Wissenschaft möglich sind. Man muß nur die Erfahrungen aller Vorgänger nutzen und seinen Bemühungen eine gezielte Richtung geben.

Die Arbeit der berühmten Expeditionen des 17. und 18. Jahrhunderts von Prontschistschew, Laptew, Deshnew, Bering und auch die Forschungen Wrangels und Middendorffs im äußersten Norden Sibiriens aus dem 19. Jahrhundert werden heutzutage von den Expeditionen Sedows, Brussilows und Russanows zur Erkundung der Kara- und der Barentssee fortgesetzt. In dieselbe Region ist Wilkizki vorgedrungen, und er wird seine Forschungen weitertreiben. Mit ihnen möchte ich nicht konkurrieren. Meine Pläne", fuhr Truchanow nach einer kurzen Pause fort, zielen auf einen anderen Teil der Arktis. Schauen Sie einmal auf diesen großen weißen Fleck nördlich der Tschuktschen-Halbinsel und Alaska: Er wird von keiner einzigen Route tangiert. Die unglückselige ‚Jeanette' zog, vom Eis behindert, an diesem Fleck vorüber. Die letzten Expeditionen

* sie heißt jetzt Sewernaja Semlja

von Sverdrup und Amundsen verliefen östlicher, zwischen den Inseln des nordamerikanischen Archipels. Doch innerhalb dieses Gebiets muß es ein noch unbekanntes Land oder eine Insel, halb so groß wie Grönland, geben. Vielleicht liegt dort gar eine ganze Inselgruppe. Schauen Sie: Am östlichen Rand dieses Flecks wird Land vermutet, das Crocker einst in der Ferne sah, und im Süden ist Keenan-Land eingezeichnet. Nansen glaubt, daß es in diesem Teil des Eismeers kein großes Land mehr gibt, Peary dagegen ist der Überzeugung, daß er vom Kap Thomas Hobbard im Nordwesten den Rand eines großen Festlandes gesichtet hat.

Harris, vom Küsten- und Landvermessungsamt der Vereinigten Staaten, meint auf Grund der Erforschung der Gezeiten an der Nordküste Alaskas, daß dieses Festland existieren muß. Seinen Worten zufolge beweisen die Bewegungen des Meeresspiegels der Beaufortsee, daß sie eben nicht aus dem Stillen Ozean durch die schmale und flache Beringstraße kommen, sondern aus dem Atlantischen Ozean, aus dem tiefen Raum zwischen Norwegen und Grönland, und daß sie später zwischen dem vermuteten Festland und Alaska immer schwächer werden. Gäbe es dieses Festland nicht, so würde die Flutwelle ohne Verspätung und Abschwächung aus der Grönlandsee über den Nordpol direkt zu den Küsten Alaskas und der Tschuktschen-Halbinsel vordringen. Die Existenz dieses Festlandes wird auch dadurch erhärtet, daß in der im Westen offenen Beaufortsee die Westwinde ein Ansteigen, die Ostwinde dagegen ein Abfallen der Flutwellen bewirken und der Unterschied in der Wellenhöhe zwei Meter erreicht. Dies ist nur in einem schmalen Meer zwischen zwei Kontinenten möglich. Von den Inseln des nordamerikanischen Archipels wird das vermutete Festland allein durch eine schmale Meerenge getrennt. Wäre diese breit, so könnte die Flutwelle des Atlantischen Ozeans die Küste der Banks-Inseln erreichen und würde mit einer anderen Flutwelle, die dieses Festland von Westen und Süden her umströmt, zusammenprallen – und beide Wellen müßten einander vernichten. Die Beobachtungen von MacClure an der Westküste der Banks-Inseln haben jedoch gezeigt, daß hier noch immer die von Westen aus der Beaufortsee herüberkommende Flutwelle dominiert.

Somit kann man", setzte Truchanow fort, „die Existenz eines Festlandes oder einer geschlossenen Gruppe großer Inseln in diesem Teil der Arktis fast als sicher annehmen, und es bleibt nur, die-

ses Land zu entdecken und für russische Erde zu erklären. Ich habe erfahren, daß die kanadische Regierung eine Expedition ausrüstet, deren Aufgabe es sein wird, im Sommer dieses Jahres zu diesem weißen Fleck von Osten her vorzustoßen. Man darf nicht länger zögern – wir müssen in diese Region vom Süden und Südwesten, von der Beringstraße her, vordringen, sonst wird der letzte unbekannte Teil der Arktis vollständig von anderen erforscht und erobert. Deshalb habe ich beschlossen, eine Expedition ins Leben zu rufen und dorthin zu entsenden. Und ich lade Sie ein, daran teilzunehmen.

Erlauben Sie mir nun, Sie über die allernächsten Pläne zu unterrichten. Ein Schiff vom Typ ‚Fram', allerdings auf der Grundlage jüngster Erfahrungen vervollkommnet, ist seit dem Herbst im Bau. In den kommenden Tagen wird es vom Stapel laufen, und der Kapitän übernimmt das Schiff, um die endgültige Ausrüstung zu überwachen. Gegen Ende April soll das Schiff laut Vertrag fertig sein, und am 1. Mai wird es im Hafen von Wladiwostok einlaufen, um die Expeditionsmitglieder an Bord zu nehmen. Anfang Mai lichten wir die Anker und nehmen direkten Kurs auf Kamtschatka. In Petropawlowsk werden wir Schlittenhunde und ein bis zwei erfahrene Kamtschadalen an Bord nehmen, die im Umgang mit diesen Tieren geübt sind. Sollte uns das auf Kamtschatka nicht gelingen, werden wir die Hunde in der Beringstraße, auf der Tschuktschenhalbinsel, beschaffen, wo wir ohnehin anlegen müssen, um Dörrfisch für die Hunde und Polarkleidung für die Besatzung zu erwerben. Nach Passieren der Beringstraße nehmen wir nicht Kurs auf Nordwest wie die ‚Jeanette', sondern auf Nordost – in Richtung des gesuchten Landes. Freilich werden wir bald auf Eis stoßen und uns durch dieses soweit wie möglich durchschlagen müssen. Es ist durchaus wahrscheinlich, daß wir die Ufer dieses Landes nicht per Schiff erreichen und eine Schlittenexpedition losschicken müssen, die dann auf dem Weg nach Norden möglichst weit vordringt. Sie wird für ein ganzes Jahr mit Proviant ausgestattet, falls die Rückkehr nicht bis zum Herbst gelingt, oder das Schiff, welches längs der Südküste beziehungsweise an der Grenze zum ewigen Eis kreuzen wird, bis zum Beginn der Polarnacht die Expedition nicht mehr aufnehmen kann und sie also überwintern muß. Das Schiff wird in bestimmten Abständen Proviantdepots auf dem Eis anlegen, damit die Schlittenexpedition im Falle eines Unglücks ihre Vorräte auch im zweiten Jahr auffüllen kann. Sollte jedoch das Schiff gegen Ende des darauffolgenden Sommers noch immer nicht in einem Hafen eingelaufen sein, der in telegraphischer Verbindung mit Europa steht, so wird im Frühjahr des kommenden Jahres eine Rettungsexpedition entsandt, um das Schiff zu suchen und die Schlittenexpedition zu bergen.

Wie Sie sehen", schloß Truchanow, „ist auch diese Mission sehr schwierig, obwohl es nicht um die Erreichung des Nordpols von einer anderen Seite her geht, sondern nur um die Erkundung eines vermuteten Festlandes nördlich der Beringstraße. Wir werden bestenfalls im Spätherbst dieses Jahres in die Heimat zurückkehren, vielleicht sogar, ohne das gesuchte Land erblickt zu haben. Viel wahrscheinlicher jedoch ist eine Überwinterung im Treibeis, auf dem Schiff oder auf dem Festland und eine Rückkehr um ein bis zwei Jahre später. Schlimmstenfalls können wir umkommen – damit muß jeder von uns rechnen und seine Angelegenheiten zuvor entsprechend regeln."

Nach einem kurzen Schweigen, das jeder Zuhörer nutzen konnte, um seine Haltung zu dem Projekt zu überdenken, ergänzte Truchanow:

„Wenn jemand von Ihnen jetzt, nach der Erläuterung des Expeditionsverlaufs, seine Teilnahme für unmöglich hält, so möchte ich ihn dennoch bitten, bis Anfang Mai niemanden von unserem Vorhaben in Kenntnis zu setzen, damit uns die Ausländer nicht zuvorkommen."

„Wenn ich mich nicht irre", bemerkte Kaschtanow, „haben Sie, Nikolai Innokentjewitsch, sich in etwa so ausgedrückt: ‚Wir werden die Schlittenexpedition auf dem Land oder im Eis absetzen.' Nehmen Sie denn nicht selbst an der Erforschung jenes unbekannten Festlandes teil?"

„Zu meinem Unglück, nein, Pjotr Iwanowitsch! Ich fahre auf dem Schiff mit und bleibe dort, weil ich so gut wie gar nicht laufen kann. Ich trage unterhalb des Knies eine Prothese. Während meiner Expedition durch die Wildnis des Sajanischen Gebirges habe ich mir so unglücklich das Bein gebrochen, daß ich seitdem Invalide bin und nur noch zu sitzenden Beschäftigungen tauge."

„Und wer wird an der Schlittenexpedition teilnehmen?"

„Alle Anwesenden außer mir und dem Kapitän sowie ein bis zwei Tschuktschen oder Kamtschadalen, also fünf, sechs Mann. Die Erforschung aller drei Naturelemente wird gesichert sein, und der Meteorologe nimmt sich neben der Beobachtung atmosphärischer Erscheinungen auch noch der Längen- und Breitengradbestimmung an . . ., nicht wahr, Iwan Andrejewitsch?"

„Völlig richtig, in dieser Beziehung habe ich genügend Erfahrung", antwortete Borowoj.

„Ich verlange keine sofortige Entscheidung über die Teilnahme an der Expedition", fuhr Truchanow fort. „Jeder sollte in aller Ruhe und für sich mein Angebot prüfen."

„Und bis wann muß die endgültige Antwort erfolgen?" fragte Papotschkin.

„In einer Woche um dieselbe Zeit. Eine längere Frist zum Nachdenken kann ich Ihnen leider nicht einräumen, da ich im Falle einer Absage mich nach einem anderen entsprechenden Fachmann umtun muß. Außerdem will ich Ende Januar nach Sibirien zurückkehren, um die Angelegenheiten meines Observatoriums zu regeln, das ich ja für einen langen Zeitraum verlassen muß."

Eine Woche später, zur gleichen Stunde, versammelten sich in Truchanows Hotelzimmer dieselben Personen, mit Ausnahme des Kapitäns, der sich zur Übernahme des Schiffes bereits auf den Weg gemacht hatte. Keiner der Wissenschaftler wollte trotz der bevorstehenden Entbehrungen und Gefahren auf die Teilnahme an einer so verlockenden Expedition verzichten. Truchanow war begeistert und meinte, daß diese Einmütigkeit und Entschlossenheit unter den Teilnehmern im voraus dem Unternehmen einen Erfolg garantieren werden. Der Ablaufplan wurde zum zweitenmal besprochen, und jeder Teilnehmer steuerte auf seinem Spezialgebiet Hinweise für die nötige wissenschaftliche und persönliche Ausrüstung bei.

Am darauffolgenden Tag reisten alle ab, um ihre Vorbereitungen für die Expedition zu treffen und die persönlichen Dinge zu klären.

Auf langer Fahrt

Professor Kaschtanow, der Zoologe Papotschkin, der Meteorologe Borowoj und der Arzt Gromeko hatten sich, aus den verschiedensten Gegenden Rußlands kommend, in Moskau verabredet, um gemeinsam am 20. April mit dem Transsibirischen Expreß ihre lange Fahrt anzutreten. Nach zehn Tagen erreichten sie Wladiwostok.

In dem vorgesehenen Hotel trafen die Reisenden auf Truchanow, der bereits vor einer Woche hierher gekommen war, um diverse Einkäufe zu erledigen und die bestellte Ausrüstung in Empfang zu nehmen. Am nächsten Tag, es war der 1. Mai, begrüßten alle fünf das im Hafen einlaufende Schiff „Polarstern", von dessen Kommandobrücke ihnen der wettergebräunte Kapitän zulächelte.

Drei Tage lang wurden Kohle, Schmieröle, Lebensmittel, verschiedene Forschungsinstrumente und das persönliche Gepäck der Expeditionsmitglieder verladen, die am letzten Tag an Bord gingen.

Am Morgen des 4. Mai war alles startklar, die Zollformalitäten erledigt, die Schiffsbesatzung und die Passagiere zum Ablegen bereit.

Die „Polarstern“ durchschnitt leicht die Wellen der Bucht Goldenes Horn, umschiffte gegen Mittag die Landzunge Eselsohren und nahm, vorbei an der Insel Russki, Kurs in Richtung Osten. Alle fünf Expeditionsmitglieder standen auf der Kommandobrücke und hefteten ihre Blicke an die in der Ferne verschwindende Stadt, die sich hinter der grünen Bucht an den Vulkanhängen wie ein Amphitheater ausbreitete. Da kam in jedem unwillkürlich die Frage auf, ob er diese Küste und die Heimat überhaupt jemals wiedersehen würde. Und allen wurde etwas beklommen zumute. Doch ein frischer Meereswind und das leichte Schaukeln des Schiffes, das nach dem Verlassen der Bucht einsetzte, verscheuchten alsbald diese Nachdenklichkeit.

Es ertönte der Gong zum Frühstück, und die Insassen warfen einen letzten Blick auf den dunklen Streifen des heimatlichen Ufers, bevor sie in die Messe hinabstiegen.

Nach dem Frühstück kamen alle wiederum an Deck, um die düsteren Umrisse der Insel Askold zu sehen, das letzte Stückchen Heimaterde vor Kamtschatka. Die „Polarstern“ ließ die Insel hinter sich und drehte auf Ost. Der Wind wurde schwächer, und das Schiff glitt geschmeidig über die blauen Wellen des Japanischen Meeres, das sich nach Süden und Osten ausbreitete. Lediglich im Norden, in einer Entfernung von fünfzehn bis zwanzig Kilometern, erstreckte sich die dunkle Kontur der Ussurischen Küste. Bei Sonnenuntergang, hinter dem Kap Poworotny, verschwand auch sie rasch aus dem Blickfeld.

Das Schiff drehte scharf auf Nordost.

„Welchen Hafen laufen wir an?“

„Keinen, wenn uns nicht ein starker Sturm dazu zwingt. Doch der Barometerstand ist hoch, und da ist bis zu den Kurileninseln kein Sturm zu erwarten.“

„Und dort?“

„Dort wird uns das kalte Ochotskische Meer wahrscheinlich Unannehmlichkeiten bereiten. Diese tückische Ecke des Stillen Ozeans macht den Schiffen, die Kurs auf Kamtschatka nehmen, fast immer zu schaffen. Plötzlich ausbrechende Stürme, Nebel, Regen und Schnee, besonders im Frühjahr und im Herbst, sind dort keine Seltenheit. Aber das wird für uns eine Vorbereitung auf die polaren Bedingungen sein.“

Dank der ruhigen See schliefen in dieser Nacht alle ausgezeichnet und erholten sich von der Hektik und den Anstrengungen der Reisevorbereitungen. Doch am nächsten Tag bewahrheitete sich Truchanows Voraussage. Das Barometer stürzte, ein heftiger Nordwestwind kam auf, und der Himmel überzog sich mit grauen Wolken. Ein feiner Herbstregen setzte ein. Auf dem Breitengrad des Kaps Terpenija schwenkte die „Polarstern" beinahe auf Ost, entfernte sich immer mehr von Sachalin und erreichte das offene Ochotskische Meer. Hier begann ein starkes Stampfen, und die Insassen verbrachten eine äußerst unruhige Nacht.

Am nächsten Tag wurde das Wetter nicht besser. Regen und Schnee wechselten einander ab. Dunkle Wellen mit weißen Schaumkämmen brachen sich an Backbord und überfluteten mit ihren Spritzern das gesamte Deck. So mußte man sich in der Messe aufhalten und die Zeit mit Plaudereien totschlagen. Papotschkin und Borowoj, die das Schaukeln des Schiffes schlecht vertrugen, erschienen weder zum Frühstück noch zum Mittagessen. Der Kapitän verließ nur für kurze Zeit seinen Platz an Deck. Zum Glück war der Sturm nicht allzu stark, und er ließ über Nacht sogar nach. Am Morgen zeigten sich vorn die dunklen Umrisse der Insel Paramuschir, der größten im Nordteil der Kurilen, und rechter Hand kamen die kleineren Inseln Makanrusch und Onekotan mit dem Vulkan Toorussyr zum Vorschein. Aus dem Vulkankrater ragte eine dicke Rauchsäule empor. Der Wind flaute ab, und der Rauch stieg steil auf, er zerfloß in den höheren Luftschichten zu einer am trüben Himmel kaum merklichen grauen Wolke. Einige Meilen südlicher reckte sich schräg wie ein gigantischer Mast die Felsklippe Awossi in die Höhe. Sie ähnelte einem riesigen schwarzen Finger, der dem Schiff zu drohen schien. Der weiße Streifen der Meeresbrandung trennte scharf ihren Rumpf von der Wasseroberfläche, die bei dem trüben Tageslicht eine olivgrüne Färbung angenommen hatte.

„Wie finster diese Inseln wirken!" rief Papotschkin aus, der das Deck betreten hatte, als er erfuhr, Land sei in Sicht. „Schwarze und rötliche düstere Felsen, niedriges Gebüsch."

„Und ewiger Nebel. Im Sommer Regen, im Winter Schneestürme", ergänzte Truchanow, „und doch leben hier Menschen."

„Die Kurilen sind durchweg vulkanischen Ursprungs", erläuterte Kaschtanow. „Hier gibt es dreiundzwanzig Vulkane, von denen sechzehn fast immer tätig sind. Diese Inselkette, die Kamtschatka mit Japan verbindet, erstreckt sich am westlichen Rand entlang einer großen Grabensenkung des Meeresbodens, der Tuscarora-Tiefe, die bis zu neuneinhalbtausend Meter Tiefe erreicht. Die Ränder der großen Bruchlinien der Erdkruste sind gewöhnlich von Vulkanen umsäumt, und die hier häufigen Erdbeben beweisen, daß die Bewegungen der Erdrinde noch nicht abgeschlossen sind und das Gleichgewicht gestört wird.“

Das Land der rauchenden Schlammvulkane

Am Nachmittag konnten bei günstigem Wind alle Segel gesetzt werden, und die „Polarstern“ fuhr mit verdoppelter Geschwindigkeit in Richtung Kamtschatka, das bereits am Horizont zu sehen war. Bald darauf passierte man das Kap Lopatka, und vor den Augen der Seefahrer zog eine Kette von Schlammvulkanen auf. Einige von ihnen waren konisch, andere wiederum abgeflacht und untereinander durch gleichförmige Kammlinien niedriger Gebirgszüge verbunden. Vor dem dunklen Himmel schimmerte grell der Schnee, der die schlanken Vulkankegel und den Kamm des Gebirgsrückens bedeckte. Der Mond schien, und so konnte das Schiff gefahrlos die enge Durchfahrt der Awatschinskaja-Bucht passieren. Die „Polarstern“ zog ihre Segel ein und erreichte in langsamer Fahrt, vorbei an den hohen Felsenriffen, die weite Bucht, an deren Ufer kein einziger Feuerschein die Anwesenheit von Menschen verriet. Es war schon nach Mitternacht, und die kleine Stadt Petropawlowsk schlief längst. Der ruhige Wasserspiegel der Bucht glänzte silbern im hellen Schein des Mondes, und weit weg, im Norden, erhob sich, einem weißen Gespenst gleich, der schlanke Konus des Awatschinsker Schlammvulkans. In der Luft war ein leichter Frost zu spüren. Es schien, als hielte Kamtschatka noch Winterschlaf.

Eine Stunde später ging das Schiff einige hundert Schritte vom Ufer entfernt, vor dem verschlafenen Städtchen, vor Anker. Das Klirren der Ankerketten weckte die Hunde, und so schwand die nächtliche Stille durch ihr Bellen und Heulen, auf das einstweilen niemand von den Einwohnern reagierte. Dieses Konzert wurde einige Male wiederholt, offensichtlich schien es etwas Alltägliches zu sein.

Am Morgen wurden die Schiffsinsassen durch Lärm und Betriebsamkeit geweckt, die vom Deck herkam: Hier wurden Kohle, Süßwasser und Lebensmittel verladen. Jeder beeilte sich, nach oben zu gelangen. Da stand die strahlende Sonne bereits hoch über den Bergen, und die Stadt war erwacht.

Nach der langen Seefahrt war es allen angenehm, wieder festen Boden unter den Füßen zu verspüren. Man frühstückte schneller als sonst, und für den Landgang wurde ein kleines Boot benutzt, daß zusätzlich Proviant holen sollte. Am Ufer hatte sich bereits die gesamte Einwohnerschaft von Petropawlowsk, vom Neugeborenen bis zum gebrechlichen Alten, versammelt, um das Schiff und seine Passagiere zu bestaunen, die neuesten Nachrichten aus der fernen Heimat zu hören und in Erfahrung zu bringen, ob die benötigten Waren eingetroffen seien.

Hinter der Menschenmenge sah man auf einem Hang in malerischer Unordnung die ärmlichen Häuschen der Einwohner, unter denen einige Gebäude – die Schule, das Krankenhaus, der neue Bau der Gouvernementsverwaltung und einige Speicher – durch ihre Größe und Solidität auffielen.

Zur Verwunderung der Neuankömmlinge gab es hier weder Straßen noch Gassen. Die Häuschen waren jeweils so verteilt, wie es ihren Erbauern und Besitzern in den Sinn gekommen war: Einige von ihnen standen mit der Stirn in Richtung Bucht, andere wiederum seitlich, manche sogar schräg. Jedes Haus war von Vorratsschuppen, kleinen Scheunen, Unterständen für das Vieh und Vorrichtungen zum Dörren von Fisch umgeben. An vielen Stellen lagen noch schmutzige Schneehaufen, deren Schmelzwasser in trüben Bächen zum Meer hinabfloß, und die Passanten mußten jeweils über sie hinwegspringen, da es weder Bürgersteige noch Brücken gab.

Jeder der Forscher war verblüfft, daß man hier fast überhaupt kein Federvieh oder sonstige andere kleine Haustiere sah. Das hatte seinen Grund. Die Schlittenhunde – und ohne sie kann man auf Kamtschatka nicht leben – verputzen sämtliche Kleintiere, besonders gegen Ende des Winters, wenn die Vorräte an Dörrfisch zur Neige gehen und die Hunde hungern müssen. Die Schlittenhunde – schöne, zottige Tiere mit verschiedenfarbigen Fellen – waren vor allen Häusern zu sehen. Manche von ihnen wärmten sich faul in der Sonne, andere wühlten in Küchenabfällen, wieder andere spielten miteinander. Die Forscher beobachteten voller Neugier diese Tiere, deren Artgenossen an der Expedition der „Polarstern“ als Zugtiere in Schnee und Eis jenes unbekannten Landes teilnehmen sollten. Der Winter war zu Ende, auf Kamtschatka schmolz der Schnee, und die Hunde genossen jetzt ihre verdiente Ruhe und eine unverdiente Fastenzeit, was ihnen an den eingefallenen Flanken und hungrigen Augen anzusehen war.

Trotz der vielen Umwege zwischen den Häusern und ihren Anbauten war der Stadtrundgang nach einer knappen halben Stunde beendet, die Forscher begaben sich in die Umgebung, wo der Botaniker einige Frühlingspflanzen zu sammeln hoffte. Aber seine Erwartungen wurden enttäuscht: Überall lag noch hoher Schnee, nur auf einem Steilhang, wo er bereits geschmolzen war, fanden sich frische Anemonen. Wegen der hohen Schneedecke und der Nähe des kalten Ochotskischen Meeres beginnt der Frühling auf Kamtschatka erst spät, und die Erde befreit sich vom Schnee frühestens Ende Mai. Dafür zieht sich der Herbst bis Mitte, manchmal bis Ende November hin.

Vom hoch gelegenen Stadtrand hatte man eine herrliche Aussicht auf die ganz von Bergen eingeschlossene Awatschinskaja-Bucht. Kleine Flüsse, die sich bereits von den Fesseln des Winters befreit hatten, durchzogen die Landschaft. Teils fielen sie über felszerklüftete Steilhänge zum Meer ab, teils neigten sie sich in sanftem Gefälle.

Der Bergring um die Bucht herum öffnete sich nur in Richtung Westen, wo das flach gelegene Delta des Flüßchens Awatscha zu sehen war. An seiner Mündung konnte man die Häuschen der gleichnamigen Siedlung erkennen, der einzigen neben Petropawlowsk bewohnten Stelle an den Ufern dieses prächtigen Wasserbeckens, das einen Durchmesser von etwa zwanzig Kilometern hatte. Dieses Bekken, das hervorragend gegen die See geschützt war und nichtsdestotrotz durch seine Öde überraschte, wäre imstande, die Flotten aller großen und kleinen Staaten aufzunehmen. Doch auf seinem glatten Wasserspiegel blinkte kein einziges Segel. Die umliegenden bewaldeten Berge aber schimmerten noch im weißen Winterkleid.

Als die Seefahrer zum Ufer hinabstiegen, wurden sie Zeugen einer interessanten Begebenheit. In der Nähe des Wassers standen, paarweise zusammengebunden, dreißig Hunde, die für die Expedition bestimmt waren. Umringt von einigen Matrosen und einer Menge Schaulustiger verhielten sie sich sehr unruhig – heulten, bissen sich und versuchten sich loßzureißen. Am Ufer lag ein großes,

klobiges Boot, in das die Meute verladen werden sollte. Ein untersetzter Mann mit nacktem Oberkörper, vermutlich der Hundeführer, packte ein Paar der sich wehrenden und heulenden Tiere, schleppte sie zum Boot und setzte sie auf dessem Heck ab. Kaum aber kehrte er ihnen den Rücken, um sich das nächste Paar zu greifen, sprangen die Tiere – allem Anschein nach mochten sie keine Wasserfahrt – ans Ufer zurück und mischten sich unter die anderen Hunde. Das wiederholte sich einige Male – zum größten Vergnügen der Zuschauer. Weder Schläge noch Schreie halfen: Die Hunde wollten ihre Heimat nicht verlassen. Der Hundeführer geriet außer sich und ließ seine Wut an den Hunden in russischen und kamtschadalischen Flüchen aus. Die Zuschauer lachten und erteilten verschiedentliche Ratschläge, die Hunde heulten – über allem stand ein unbeschreiblicher Lärm.

Schließlich fiel dem Hundeführer eine listige, wenn auch für die zottigen Passagiere nicht sonderlich angenehme Art des Verladens ein: Er stieß das Boot etwa fünf Schritte vom Ufer ab, gab einem Matrosen die Taue in die Hand und begann dann, die Hunde trotz ihres Widerstandes paarweise über das Wasser in das Boot zu werfen. Sie überschlugen sich in der Luft, plumpsten in das Boot, sprangen mit den Vorderpfoten auf den Bootsrand und heulten verzweifelt, wagten es jedoch nicht, ins Wasser zu springen. Als das Boot mit allen Hunden beladen war, die nicht aufhörten zu heulen und zu bellen, wurde es ans Ufer herangeführt. Die Matrosen und der Hundeführer sprangen schnell hinein und packten die Ruder. Gleich beim ersten Ruderschlag war die Meute wie verzaubert stumm geworden, und sie verhielt sich während der ganzen Überfahrt ruhig. Kaum stieß jedoch das Boot mit seiner Spitze an den Rumpf der „Polarstern“, begann das Konzert mit doppelter Kraft von neuem. Vom Ufer her war zu sehen, wie die Hunde in einem Korb, den man an einer Leine von Bord heruntergelassen hatte, paarweise hochgehoben und vom Hundeführer in einen eigens für sie hergerichteten Verschlag getragen wurden, wo eine reichliche Portion Dörrfisch sie mit ihrem Los aussöhnte.

Geschäftiges Treiben an Deck, das Gepolter der Ankerkette und das Heulen der unruhig gewordenen Hunde weckten am anderen Tag die Forscher in aller Frühe. Sie ließen es sich nicht nehmen, nach oben zu gehen und einen letzten Blick auf das Städtchen und seine zum Abschied am Ufer versammelten Einwohner zu werfen.

Begleitet von den Rufen „Hurra!“ und „glückliche Reise!“, vom Mützen- und Tücherschwenken und dem Geheul der Hunde, drehte die „Polarstern“ elegant bei und fuhr mit Volldampf durch die Bucht, um die Durchfahrt zu passieren. Das Ufer rückte schnell in die Ferne, und im Hintergrund zeichnete sich der schneebedeckte Kegel des Awatschinsker Schlammvulkans ab, der über den Bergen, nahe der Stadt, thronte. Aus seinem Gipfel stieg eine zarte, durchsichtige Rauchsäule.

„Unser Vulkan hat sich eine angesteckt!“ hörten unsere Forscher, die an der Reling standen und den schönen Anblick genossen, jemanden hinter sich sagen.

Alle drehten sich um. Es war jener energische Mann, der am Vortag die Hunde in das Boot verfrachtet hatte. Jetzt trug er eine Joppe aus Hirschfell, den Pelz nach außen gekehrt. Die engen und etwas schrägen Schlitze seiner braunen Augen, die hervortretenden Backenknochen, die dunkle Hautfarbe, die platte Nase und der spärliche Schnurrbart verrieten sofort seine mongolische Abstammung. Er blickte lächelnd die Forscher an.

„Das ist Ilja Stepanowitsch Igolkin, unser neues Expeditionsmitglied, Herr über dreißig Hunde und Führer des ersten Hundeschlittens. Er wird uns beibringen, wie man mit diesen unruhigen Tieren umgeht“, sagte Truchanow und begrüßte den Hundeführer.

„Unsere Hündchen sind sehr artig, Chef!“ entgegnete jener. „Sie haben sich schon beruhigt. Niemand verläßt gern seine Heimat, deshalb heulten sie auch.“

Als Igolkin sich zu den Hunden begab, klärte Truchanow seine Kameraden über dieses Expeditionsmitglied auf. Igolkin stammte aus Transbaikalien, aus einer Burjaten-Kosakensiedlung an der mongolischen Grenze. Er hatte am Krieg gegen Japan teilgenommen und war danach in Wladiwostok geblieben. Nach Kamtschatka war er durch eine Forschungsexpedition gekommen. Ihm gefiel das Land der rauchenden Schlammvulkane, seine Urwüchsigkeit, der Fischreichtum und die Bärenjagd. Er fand hier seine zweite Heimat, paßte sich den harten Lebensbedingungen dieser Gegend schnell an und wurde ein in ganz Petropawlowsk angesehener geschickter Hundeführer, der auch Sonntagsjäger auf ihrer Pirsch begleitete. An Truchanows Expedition nahm er teil, da ihn die für ein Jahr im voraus gezahlte hohe Entlohnung verführt hatte, die es ihm erlaubte, ein Haus zu bauen und sich mit Vieh und Arbeitsgeräten auszurüsten.

Eine Stunde, nachdem die „Polarstern" die Anker gelichtet hatte, erreichte sie bereits die mehr als fünfeinhalb Kilometer lange Durchfahrt der Awatschinskaja-Bucht. Zur rechten Hand der Einfahrt gegenüber den steilen Felsen des Kaps Babuschkin, erhob sich aus dem Meer der gewaltige dunkle Block des etwa hundert Meter hohen Babuschkin-Steins, dessen flache Gipfel den Meeresvögeln gute Nistplätze boten.

Hunderte von Möwen, Kormoranen und anderen Vögeln umflogen, vom Lärm der Schiffsmaschinen aufgescheucht, mit schrillen Schreien diese Klippe.

Nachdem die „Polarstern" das Kap Dalni mit seinem Leuchtturm umschifft hatte, drehte sie scharf auf Nordost, setzte ihre Fahrt entlang der Ostküste der Halbinsel Kamtschatka fort und entfernte sich immer mehr von ihr.

Zwei Tage lang gab es nichts zu sehen. Außerdem wehte ein kalter Nordwestwind, der mal Regen, mal Graupeln, mal Schnee mit sich brachte. Das Meer war unruhig, und die warmen Kajüten waren verlockender als das nasse Deck.

Endlich legte sich der Wind, doch dafür zeigte sich Treibeis, und Nebel kam auf. Zwei Tage ging es mit langsamer Fahrt voran, um nicht auf ein Eisfeld zu stoßen. Bei aufklarendem Wetter kamen rechter Hand die Küste der felsigen Insel St. Lawrence und linker Hand das Kap Tschukotski zum Vorschein. Westlich davon, am Ufer der tiefen Bucht Prowidenije lag eine Handelsniederlassung. Dort lagerte Kohle für die Expedition, ein zuvor gechartertes Schiff hatte sie hierhergebracht. Die „Polarstern" ging vor Anker, um die Kohle zu bunkern. Nach der einwöchigen Seefahrt eilten alle an Land. Doch die Uferfelsen eigneten sich nicht für einen Ausflug. Noch bedeckte Schnee die Hänge, und nur rings um die Niederlassung war eine kleine Fläche von Schnee befreit.

Die Beringstraße

Zwei Tage später umschiffte die „Polarstern" das Kap Tschukotski und erreichte die Beringstraße. Das Schiff hielt sich in der Nähe des Festlandes, wo niedrige Berge steil zum Ufer abfielen oder sich in breiten Tälern verloren, die weit das triste Land durchzogen. Obwohl es schon Ende Mai war, sah man überall noch große Schneeflächen, nur die steilen Süd- und Südwesthänge der Berge waren frei von Schnee, sie schimmerten im zarten Grün des niedrigen polaren Weiden- und Birkengesträuchs und der ersten Gräser.

Über die grünen Wellen der Meerenge verdichtete sich oft ein Nebel, der jegliche Sicht nahm. Der Himmel war ständig von tiefen bleiernen Wolken verhangen, die abwechselnd Schnee und Regen brachten. Hinter den Wolken sah mitunter die Sonne hervor, sie spendete zwar viel Licht, aber nur wenig Wärme. Unter ihren Strahlen verlor die unwirtliche Küste im äußersten Nordosten Asiens ihr trostloses Antlitz.

Wenn der Nebel aufstieg oder von einem plötzlich aufkommenden Wind zerrissen wurde, der mit den grünen, schaumgekrönten Wellen sein Spiel trieb, konnte man im Osten die flache Küste Amerikas als einen kaum wahrnehmbaren blauen Streifen ausmachen. Immer häufiger stieß das Schiff auf Treibeis, wenn auch nicht in großen zusammenhängenden Massen, sondern in Form von kleineren Eisfeldern oder Eisbergen, deren bizarre Umrisse jeden faszinierten, der noch nie ein Meer im hohen Norden gesehen hatte.

Größere Eisfelder künden sich fast immer durch Nebelstreifen an, so daß die Schiffskapitäne jeweils die Möglichkeit haben, ihnen auszuweichen und einen Zusammenstoß mit den Eisschollen zu vermeiden.

Doch hier ist es noch nicht so gefährlich wie im nördlichen Teil des Atlantischen Ozeans, wo Eisberge vorkommen, die für Schiffe eine Bedrohung darstellen, weil sie, von der Meeresströmung südwärts getrieben, allmählich tauen, wodurch der unter Wasser liegende Teil des Eisbergs aus dem Gleichgewicht gebracht wird und schon aus einem geringfügigen Anlaß umkippen kann.

Die Küstenlandschaft schien wie ausgestorben: Man sah weder Rauchwolken noch andere Spuren von Menschen und Tieren. Um so mehr wunderten sich die an Deck versammelten Forscher, als aus einer kleinen Bucht, die sich plötzlich hinter einem felsigen Kap auftat, ein Boot in See stach, dessen Insasse mit aller Kraft auf die „Polarstern" zuruderte. Nachdem er jedoch bemerkt hatte, daß ihn das Schiff überholte, schrie er und wedelte mit einem Tuch.

Der Kapitän gab das Kommando, die Fahrt zu verlangsamen, und rief durch eine Flüstertüte dem Mann zu, Kurs auf Backbord zu nehmen. Als sich das Boot näherte, sah man, daß es sich um ein

Tschuktschenkajak handelte. Der Kapitän vermutete, irgendein Tschuktsche wolle das Schiff aufhalten, um etwas Sprit oder Tabak zu erbetteln, und er wollte schon das Kommando „Mit Volldampf voraus!“ erteilen, als der Ruderer, der sich bereits ganz nah am Schiff befand, laut rief:

„Um Gottes willen, nehmen Sie mich an Bord!“

Die Maschinen wurden gestoppt, und der Kajak näherte sich dem Schiff. Ein Fallreep wurde heruntergelassen. Rasch kletterte der Unbekannte an Deck, zog seine Fellmütze mit Ohrenschützern vom Kopf und rief den Expeditionsteilnehmern freudig zu:

„Ich danke Ihnen, jetzt bin ich gerettet!“

Es war ein großer, breitschultriger Mann mit gebräuntem Gesicht, blauen Augen und einem zottigen hellen Bart. Seine rötlichen Haare, die offenbar seit langem nicht mehr geschnitten waren, wehten im Wind. Gekleidet war er wie ein Tschuktsche, und in der linken Hand hielt er einen kleinen, allem Anschein nach sehr schweren Lederbeutel.

Truchanow ging auf ihn zu, streckte ihm die Hand entgegen und sagte:

„Sie haben offensichtlich eine Schiffskatastrophe überlebt?“

Beim Klang der russischen Sprache erhellte sich das Gesicht des Unbekannten. Er musterte schnell alle Expeditionsteilnehmer, stellte seinen Beutel auf dem Deck ab und begann, allen nacheinander die Hand zu drücken, während er hastig losredete:

„Ich nehme voller Freude zur Kenntnis, daß Sie meine Landsleute sind, ich bin Russe, Jakow Makschejew aus Jekaterinburg. Das ist aber ein Glück! Auf ein Schiff zu stoßen und obendrein auf ein russisches. Ich habe hier, an der Tschuktschenküste, eine Goldmine entdeckt. Meine Lebensmittelvorräte gingen zur Neige, und ich war gezwungen, die Fundstelle aufzugeben. Ich rudere schon den zweiten Tag in Richtung Süden, immer in der Hoffnung, auf besiedeltes Land zu stoßen. Bitte, geben Sie mir etwas zu essen, seit zwei Tagen ernähre ich mich nur noch von Seemuscheln.“

Truchanow führte den neuen Passagier in Begleitung der anderen Expeditionsteilnehmer in die Messe. Dort wurde ihm zunächst ein kalter Imbiß und Tee gereicht, damit er sich vor dem noch nicht fertigen Mittagessen etwas stärken konnte. Makschejew langte kräftig zu und schilderte seine Abenteuer:

„Ich bin Bergbauingenieur von Beruf und arbeitete in den letzten

Jahren in den Goldgruben Sibiriens und des Fernen Ostens. Ich bin von Haus aus eine unruhige Natur, ziehe gern umher, um immer wieder neue Gegenden kennenzulernen. Als ich im vergangenen Jahr von Einheimischen hörte, daß es auf der Tschuktschenhalbinsel Gold geben soll, beschloß ich, mich dorthin auf den Weg zu machen. Ehrlich gesagt, mich lockte weniger das Gold an als der Wunsch, dieses ferne, fast unbekannte Land kennenzulernen. In Begleitung zweier Tschuktschen, die sich bereit erklärt hatten, mir Gesellschaft zu leisten, trat ich die Reise an und landete wohlbehalten an der Tschuktschenküste. Bald darauf gelang es mir, ein reiches Goldvorkommen ausfindig zu machen und viel Gold auszuwaschen. Da unser Proviant begrenzt war, schickte ich meine Begleiter in die nächstgelegene Tschuktschensiedlung, um dort Lebensmittel aufzutreiben, denn ich hatte die Absicht, noch einige Zeit zu bleiben, doch sie sind von dort nicht wiedergekommen, obwohl seitdem mehr als ein Monat vergangen ist."

Als Makschejew geendet hatte, erklärte ihm Truchanow, daß die „Polarstern" kein Handelsschiff sei und ihre Fahrt nach Norden nicht unterbrechen könne, um ihn in einem Hafen abzusetzen.

„Sie können lediglich von Bord gehen, wenn wir auf ein anderes Schiff treffen", schloß er.

„Wenn Ihr Schiff kein Handelsschiff ist, worin besteht dann der Zweck Ihrer Reise, und wohin wollen Sie?"

„Unser Schiff befördert eine russische Polarexpedition, deren Teilnehmer Sie vor sich sehen. Die Fahrt geht in die Beaufortsee."

„Nun gut, dann werd ich wohl vorübergehend Ihr Reisegefährte bleiben, wenn Sie nicht die Absicht haben, mich als einen zweiten Robinson Crusoe auf einer unbewohnten Insel auszusetzen." Makschejew lachte. „Aber ich sagte Ihnen bereits, daß ich nichts weiter bei mir habe, als was ich am Leib trage. Weder Unterwäsche noch anständige Kleidung, nichts außer dem schnöden Metall, das es mir ermöglicht, meine Ausgaben zu begleichen . . ."

„Davon kann gar keine Rede sein", unterbrach ihn Truchanow. „Einem Landsmann aus der Not geholfen zu haben ist uns eine große Freude. Unterwäsche und Kleidung ist genug da. Wir haben beide etwa die gleiche Figur, die gleiche Größe."

Makschejew bekam eine freie Kajüte zugeteilt, wo er sich waschen, umziehen und sein Gold verwahren konnte. Am Abend sah er schon viel gesitteter aus und unterhielt die Seefahrer in der

Messe mit der Schilderung seiner Abenteuer. Der neue Passagier machte auf alle den besten Eindruck, und als er schlafen ging, wandte sich Truchanow an die Expeditionsteilnehmer mit der Frage:

„Was meinen Sie, sollten wir ihn nicht in unserer Mitte aufnehmen? Er scheint ein energischer, kräftiger und erfahrener Mann zu sein, mit einem angenehmen, umgänglichen Charakter. Wir können ihn auf jeden Fall brauchen."

„Außerdem wirkt er recht gebildet, trotz seines harten Lebens in wilden, schwach besiedelten Gegenden", bemerkte Kaschtanow.

„Er beherrscht die Sprache der Eskimos. Das kann uns auf dem gesuchten Festland sehr behilflich sein, denn wenn dort überhaupt Menschen anzutreffen sind, dann nur Eskimos", fügte Gromeko hinzu.

„Richtig, dann werde ich ihm mit Ihrem Einverständnis vorschlagen, an unserer Expedition teilzunehmen", meinte Truchanow abschließend.

Am nächsten Morgen änderte die „Polarstern" auf Bitten Makschejews ihre Fahrtrichtung und nahm Kurs auf eine große Bucht der Insel St. Lawrence, an deren Nordküste seine Goldmine lag. Makschejew wollte seine Siebensachen abholen und machte Truchanow das Angebot, sein kleines Haus zu zerlegen und mitzunehmen, das im Falle einer Überwinterung der Expedition auf dem gesuchten Land von Nutzen sein könnte. Dieses Häuschen mit Vorratsschuppen sei aus sorgfältig aufeinander abgestimmten Teilen zusammengesetzt, so daß es in wenigen Stunden demontiert und aufs Schiff verladen werden könne. Die „Polarstern" legte an, und die gesamte Besatzung machte sich gemeinsam mit den Expeditionsteilnehmern an die Arbeit. Gegen Mittag befand sich das Haus bereits an Bord, und das Schiff konnte seine Fahrt in Richtung Norden fortsetzen.

Auf der Suche nach dem unbekannten Land

Am späten Abend, als der rote Feuerball der Sonne am Nordhimmel stand und nicht unterging, passierte die „Polarstern" die Beringstraße und erreichte das Eismeer.

In der Ferne, in westlicher Richtung, erkannte man den äußersten nordöstlichen Zipfel der Küste Asiens, das Kap Deshnew, auf dessen Steilhängen unzählige Schneefelder rötlich im Sonnenlicht schimmerten. Die Seefahrer warfen zum letztenmal der unwirtlichen menschenleeren Küste, die immerhin ein Teil ihrer Heimat war, einen Blick zu.

Im Osten zeichneten sich, in leichtem Nebel, die Umrisse des Kap Prince of Wales ab, das jedoch bald in der Ferne versank. Das Meer vor dem Schiff war fast eisfrei. Die in der letzten Zeit vorherrschenden Südwinde und die warme Meeresströmung an der amerikanischen Küste hatten den größten Teil des Eises nordwärts abgetrieben. Das war ein äußerst günstiger Umstand für die Weiterfahrt.

Als die Forscher am nächsten Morgen das Deck betraten, war im Westen schon kein Land mehr zu sehen. Östlich blieb die Küste Alaskas mit ihren felsigen Kaps Lisburn und Hope in Sicht, die die Kotzebue Sound Bucht vom Norden her begrenzten.

Wie eine riesige Möwe glitt die „Polarstern" mit vollen Segeln bei günstigem Wind über die Wellen. Ab und zu tauchten Eisfelder und kleine Eisberge auf, die leicht schwankend langsam vom Wind nach Nordost getrieben wurden.

Als die Küste Alaskas am Horizont verschwand, rief Makschejew aus:

„Lebe wohl, du ehemalige russische Erde, du Schatz, der an die Amerikaner verschenkt wurde!"

„Wieso?" fragte Borowoj erstaunt. „Wenn ich mich recht erinnere, hat unsere Regierung dieses trostlose Land an die Vereinigten Staaten verkauft."

„Jawohl, für sieben Millionen Dollar. Aber wissen Sie, wieviel die Yankees aus diesem ‚trostlosen' Land bereits herausgeholt haben?"

„Vielleicht genauso viel?"

„Da irren Sie sich gewaltig! Allein die Goldgewinne brachten ihnen zweihundert Millionen Dollar ein. Doch außer Gold, dessen Vorkommen noch lange nicht erschöpft sind, gibt es dort Silber, Kupfer, Blei und Steinkohle, mit deren Förderung erst jetzt begonnen wird. Und dann die kostbaren Pelztiere und die riesigen Wälder am Yukon. Eine Eisenbahnlinie wird gebaut, und auf dem Yukon fahren Schiffe."

„Nun, das braucht uns nicht leid zu tun!" bemerkte Truchanow.

„Bei uns würde Alaska genauso wüst und unerschlossen bleiben wie das Tschuktschenland. Auch dort gibt es Gold, Kohle und Pelztiere, doch daraus wird nichts gemacht."

„Aber nur vorläufig", entgegnete Kaschtanow, „die freie Entwicklung Rußlands ist durch die Zarenherrschaft gehemmt. Doch sowie unser Land anders regiert wird, werden wahrscheinlich auch wir in größeren Maßstäben an diese Dinge herangehen, und eben dann käme uns auch Alaska zugute. Mit ihm und dem Tschuktschenland würden wir den gesamten Norden des Stillen Ozeans beherrschen. Und kein einziger raffgieriger Amerikaner würde es wagen, hier einzudringen. So aber fühlen sie sich als Herren über die Beringstraße und das Eismeer."

„Und sogar über das Tschuktschenland", fügte Makschejew bitter hinzu. „Sie versorgen die Tschuktschen mit Waren, tauschen bei ihnen gegen Sprit Pelze, Walroßzähne und Felle ein."

Am nächsten Morgen war kein Land mehr in Sicht. Die „Polarstern" setzte ihre Fahrt mit verringerter Geschwindigkeit fort, das Meer schien uferlos, trotz der vielen Eismassen, die von allen Seiten her weiß schimmerten. Am Horizont stand dichter Nebel. Der Wind hatte sich etwas gelegt, von Zeit zu Zeit fielen dicke Schneeflocken, die Sicht verschlechterte sich, und das Schiff mußte seine Fahrt weiter verlangsamen. Die Lufttemperatur lag nur einen halben Grad über Null. Um die Mittagsstunde lugte die Sonne hervor, und so konnte der Breitengrad mit 70°3′ bestimmt werden. Folglich hatte die „Polarstern", begünstigt durch guten Fahrtwind und eine fast eisfreie See, in sechsunddreißig Stunden ein Drittel der Entfernung zwischen der Ausfahrt aus der Beringstraße und der Küste des gesuchten Landes zurückgelegt.

In den nächsten zwei Tagen blieben diese günstigen Umstände bestehen, und die Seefahrer hatten schon den Breitengrad 73°39′ erreicht. Doch am Abend des vierten Tages verdichtete sich das Eis zusehends. Das Schiff mußte in den schmalen Fahrrinnen zwischen den Eisfeldern sehr vorsichtig lavieren.

Bisher war der „Polarstern" kein einziges Schiff begegnet. Offenbar war es für den Walfang noch zu früh. Als dies zur Gewißheit wurde, sagte Truchanow zu Makschejew:

„Wie Sie sehen, Jakow Grigorjewitsch, sind uns keine Walfänger entgegengekommen. Sie werden nun wohl endgültig mein Gast auf der ‚Polarstern' bleiben müssen. Es sei denn, Sie würden lieber an der Schlittenexpedition teilnehmen, wenn wir eines Tages das gesuchte Land entdecken."

„So angenehm mir auch Ihre Gesellschaft ist", entgegnete Makschejew, „doch ein halbes oder gar ganzes Jahr auf dem Schiff zwischen den Eisschollen tatenlos zuzubringen, wird mir schwerfallen. An der Expedition dagegen würde ich mich sehr gern beteiligen, und ich glaube, nicht ohne Nutzen. Ich bin ein guter Skiläufer, habe Erfahrung mit Schlittenhunden und könnte gemeinsam mit Igolkin ihre Betreuung übernehmen. Ich kann auch kochen, Messungen ausführen und dem Professor bei seiner geologischen Forschungsarbeit behilflich sein. Als Bergbauingenieur verstehe ich etwas von Geologie."

„Wenn das so ist, halte ich das Problem für gelöst und freue mich sehr, daß die Expedition ein energisches, erfahrenes Mitglied hinzugewonnen hat", sagte Truchanow.

Die Bedingungen für Makschejews Teilnahme wurden sehr schnell geregelt. Am Abend zeigte er Professor Kaschtanow seine Gesteinskollektion aus Alaska und dem Tschuktschenland.

Der Professor betrachtete sie interessiert und überzeugte sich von den guten fachlichen Voraussetzungen Makschejews, der ein exzellenter Gehilfe zu werden versprach.

In der Nacht mußte das Schiff für einige Stunden Halt machen. Bei absoluter Windstille hatte sich der Nebel derart verdichtet, daß auf zehn Schritt Entfernung nichts mehr zu sehen war. Als ob alles in Milch getaucht war. Die „Polarstern" lag neben einem großen Eisfeld, und alles, außer der Wache, schlief.

Am Morgen kam leichter Nordwind auf, der den Nebel zu vertreiben begann. Man bereitete sich auf die Weiterfahrt vor. Der Wind nahm zu, die Nebelschwaden verzogen sich allmählich südwärts, und knirschend setzten sich auch die Eisfelder in Bewegung.

Vor dem Schiff riß eine ziemlich breite Fahrrinne auf, und die „Polarstern" nahm mit der Motorkraft ihrer Dampfmaschine Kurs auf Nordnordost, allerdings in langsamer Fahrt, um einen Zusammenprall mit dem Eis zu vermeiden und rechtzeitig abstoppen beziehungsweise ausweichen zu können.

Den ganzen Abend, bis Mitternacht, ging es mal langsam, mal schnell voran. Doch danach versteckte sich die Sonne, die seit den Mittagsstunden fast ununterbrochen geschienen hatte, am nördlichen Himmel in einem Nebelschleier.

Diese Nacht war unruhiger als die vorangegangene: Ein leichter Nordwind wehte, die Eisfelder waren in Bewegung, prallten aufeinander, barsten und krachten. Dichte Nebelschwaden nahmen die Sicht, das Schiff mußte häufiger seine Fahrt unterbrechen. Man hatte ständig auf der Hut zu sein, daß es nicht von großen Eisschollen zermalmt würde.

Am Morgen nahm der Nordwind zu, der Nebel verflog, dafür kamen die Eismassen in heftige Bewegung, und der Tag kostete äußerste Anspannung. Der Kapitän mußte all seine Erfahrung aufbringen, um zwischen den Eisfeldern, mal rückwärts, mal nach links oder rechts manövrierend, langsam voranzukommen. Die Matrosen standen mit langen Bootshaken an der Reling, um das Schiff jeweils von den aufgetürmten Eisschollen abzustoßen. Glücklicherweise zerbrachen die Eisfelder schon von ihren Rändern her, Eisberge waren nicht in Sicht, und nur manchmal wurden Anhäufungen von kleineren Eisbrocken auf den Feldern zu einer ernsten Gefahr.

In der Nacht mußten sich alle Expeditionsteilnehmer am Kampf mit dem Eis beteiligen, damit sich die Matrosen abwechselnd ausruhen konnten. Am Morgen sah man einen Vogelschwarm in nördlicher Richtung fliegen und zwei Eisbären, die, einen Kilometer vom Schiff entfernt, über das Eisfeld spazierten. Dies waren Anzeichen dafür, daß Land in der Nähe war.

Die Breitengradbestimmung ergab gegen Mittag 75°12′5″, also hatte sich die „Polarstern" trotz des Treibeises in drei Tagen um 1°33′ in nördlicher Richtung fortbewegt.

Als der Kapitän die Fahrtroute des Schiffes in die Karte eintrug, sagte Truchanow zu den um den Tisch herum versammelten Expeditionsteilnehmern:

„Bis jetzt hatten wir außerordentliches Glück. 1879 rang die ‚Jeanette', die genauso wie die ‚Polarstern' die Beringstraße passierte, den ganzen Sommer über mit dem Eis und erreichte nicht einmal den dreiundsiebzigsten Grad nördlicher Breite. Und Anfang September war sie nordöstlich der Wrangelinsel völlig vom Treibeis umzingelt. Uns dagegen gelang es, in viereinhalb Tagen ohne sonderliche Schwierigkeiten über den fünfundsiebzigsten Breitengrad hinaus vorzustoßen."

„Das Land könnte man auch zu Fuß erreichen, falls unsere Weiterfahrt durch das Eis unmöglich wird", sagte der Kapitän. „Ich vermute, daß kaum mehr als achtzig bis hundert Kilometer vor uns liegen."

Fridtjof-Nansen-Land

Am späten Abend desselben Tages klarte es auf, der nördliche Himmel, nun nebel- und wolkenfrei sah ungewöhnlich aus, und als die Sonne beinahe auf den Horizont aufsetzte, konnte man am purpurroten Himmel die Kammlinie einer weit entfernten Gebirgskette ausmachen.

„Das ist zweifelsohne Land!" rief der Kapitän, der mit einem Fernglas Ausschau hielt. „Eisfelder haben solche Konturen nicht, und außerdem sieht man auf dem weißen Hintergrund sehr viele dunkle Flecken!"

„Und das Land ist näher, als wir dachten! Mir scheint, bis dahin sind es nicht mehr als fünfzig oder sechzig Kilometer", bemerkte Makschejew.

„Also gibt es dieses Polarland, und unsere Expedition ist nicht umsonst gestartet worden", sagte Truchanow voller Befriedigung.

Alle waren durch den Anblick des Landes erregt, und keiner dachte daran, sich schlafen zu legen. Die nebelfreie Sicht ermöglichte es, ein seltenes Naturschauspiel zu erleben: Die Mitternachtssonne, die wie ein Feuerball über die Zacken der fernen Gebirgskette rollte, begann allmählich wieder am Himmel emporzusteigen.

Die „Polarstern" setzte ihre Fahrt durch mehr oder weniger dichte Eismassen die ganze Nacht und den nächsten Tag fort. Am Mittag ergab die Breitengradbestimmung, daß man im Verlauf des letzten Tages um beinahe einen halben Grad nördlich vorangekommen war.

Gegen Abend verbarg sich die Sonne, die den ganzen Tag über pausenlos geschienen hatte, was in diesen Breiten eine Seltenheit ist, hinter einer dunklen Wolkenwand. Bald darauf verdüsterte sich der Himmel, und es begann ein Schneesturm, heftig wie im tiefsten Winter. Feine Flocken verklebten einem die Augen. Alles verschwand in einem weißlichen Halblicht. Auf diesem von Treibeis dicht bedeckten Meer konnte kein starker Wellengang aufkommen. Der Wind vermochte zwar nicht, die Wasseroberfläche in Bewegung zu bringen, doch die Eisfelder ruckten an, stießen gegeneinander, und auf ihren Rändern türmten sich Berge von Packeis, in einer Höhe von vier, zuweilen sogar sechs Metern. Das Schiff befand sich in einer gefährlichen Lage. Mit gedrosselten Maschinen mußte es auf der Stelle bleiben, dabei mal vorwärts, mal rückwärts manövrieren, immer im Kampf mit dem Eis. Alle waren in Bereitschaft, und nur dank der Spezialkonstruktion des Schiffrumpfes konnte die „Polarstern“ dem furchtbaren Druck der Eismassen standhalten.

Schließlich gelang es, in einer Einbuchtung am Rand des riesigen Eisfeldes Schutz und Zuflucht zu finden. Hier konnte die Besatzung den Rest der Nacht ungestört verbringen.

Gegen Mittag legte sich der Schneesturm, die Sonne kam wieder hervor, und der Breitengrad konnte bestimmt werden. Es war für alle eine unangenehme Überraschung, als sich herausstellte, daß der Nordwind die „Polarstern“ zusammen mit dem Eis nach Süden abgetrieben hatte. Es war jedoch der gleiche Wind, der die Eisfelder aufbrach und zwar so, daß in den darauffolgenden zwei Tagen das Schiff bei ruhiger Wetterlage und leichter Bewölkung sich verhältnismäßig einfach seinen Weg bahnen konnte und zweifelsohne bedeutend in Richtung Norden vorankam.

Das Land mußte in nächster Nähe sein, weil das Lot, das in der Beaufortsee bisher ständig Wassertiefen von fünfhundert bis siebenhundert Sashen* angezeigt, jetzt den Meeresboden bereits bei achtzig Sashen erreichte. Offenbar begann hier schon die kontinentale Unterwasserplattform des polaren Festlandes, jedoch das trübe Wetter, die niedrigen Wolken und der Sprühregen ließen dieses nahe Land nicht erkennen.

Am Abend desselben Tages, es war der 2. Juni, zeigte das Lot nur noch zwanzig Sashen Wassertiefe an, und in Fahrtrichtung schimmerten kompakte Eismassen. Um nicht auf eine Sandbank, die in der Nähe des Festlandes durchaus auftreten konnte, aufzulaufen, bewegte sich das Schiff nur sehr langsam vorwärts. In der Nacht mußte es seine Fahrt für einige Stunden unterbrechen, weil dichter Nebel jede Sicht auf die Umgebung nahm.

Am Morgen kam Ostwind auf, und der Nebel verflog. Da zeigte es sich, daß die „Polarstern“ unweit einer Eisbarriere von zwanzig Meter Höhe stand, die sich nach Osten und Westen bis zum Horizont ausdehnte.

„Das ist wahrscheinlich eine Barriere aus Festlandeis, von dem das Polarland umgürtelt ist“, bemerkte Truchanow zu den an Deck versammelten Expeditionsmitgliedern.

Da dieser Ort für einen Landgang der Schlittenexpedition unge-

* ehemaliges russisches Längenmaß = 2,133 m

eignet war, nahm das Schiff Kurs Richtung Osten. Alle hofften eine Bucht oder eine Lücke in der Barriere zu finden, die es ermöglichen würde, an der Eisoberfläche anzulegen. Das Lot zeigte sechzehn Sashen Wassertiefe an. Man konnte vermuten, daß die Eiswand bis zum Meeresgrund hinabreichte.

Allzu nahe an diese Wand heranzukommen war nicht ungefährlich, denn von den steilen und mitunter sogar überhängenden Eismassen, die von unzähligen Rissen zerklüftet waren, lösten sich nicht selten größere Blöcke, die dann mit einem dumpfen Geräusch ins Wasser stürzten. An einigen Bruchstellen hatten sich enge, jedoch tiefe Schluchten herausgebildet, aus denen Wasser in Kaskaden hinabfloß.

Die Fahrt ging nur langsam voran. Man mußte Sandbänke und Eisfelder umschiffen, so daß man sich an einem Tag nur um vierzig Kilometer fortbewegte. Doch am selben Tage zeigte sich gegen Abend ein weit ins Meer hervorspringender Ausläufer. Es schien, als habe die Eiswand ihre Richtung geändert, um sich nach Süden vorzuschieben. Als die „Polarstern" näher herankam, erwies sich jedoch, daß dieser Ausläufer kein Eis mehr war, sondern ein felsiges Kap des Festlandes.

Beim Abendbrot in der Messe wurde beraten, welchen Namen man dem soeben entdeckten Land geben sollte. Die Expeditionsmitglieder beschlossen, es nach Fridtjof Nansen, dem großen Polarforscher, zu benennen. Gegen den Einspruch Truchanows bekam das felsige Vorgebirge den Namen Kap Truchanow, um den Initiator der Expedition zu ehren.

Unmittelbar vor dem Kap trat die Eiswand ein wenig in Richtung Norden zurück, dadurch hatte das Meer eine zwar kleine, jedoch genügend tiefe Bucht gebildet, in der die Schlittenexpedition an Land gehen konnte.

Die ganze Nacht hindurch wurde auf dem Schiff angestrengt gearbeitet. Man mußte sich beeilen, um das günstige Wetter auszunutzen. Der Südwind konnte die Eisfelder an die Küste herantreiben und somit die Bucht blockieren. Alle halfen beim Ausladen des Gepäcks. Im Vorfeld des Kaps wurde die Eiswand niedriger und zerfiel in einzelne Teile, zwischen denen man sich unschwer einen Weg zur Eisfläche bahnen konnte. Während die Expeditionsmitglieder die Ausrüstung ordneten und sie auf die Hundeschlitten verstauten, bestiegen die Matrosen den Gebirgskamm des Kap Truchanow und errichteten dort aus Steinen eine hohe Pyramide mit einem Mast an der Spitze, wo bei dreifachem Salut aus den Schiffskanonen die russische Flagge gehißt wurde.

Die Pyramide sollte gleichzeitig als Orientierung für die „Polarstern" dienen, die längs der Küste kreuzen und sie erforschen und kartographisch aufnehmen sollte, aber auch für die Schlittenexpedition, die landeinwärts vordringen und schließlich zum Kap zurückkehren sollte. Die Steine der Pyramide bargen einen verlöteten Zinkkasten mit der Erklärung, daß dieses Territorium am 17. Juni 1914 von der Truchanow-Expedition an Bord der „Polarstern" entdeckt und Fridtjof-Nansen-Land genannt wurde. Sie trug die Unterschriften aller Expeditionsteilnehmer und war mit dem Schiffssiegel beglaubigt.

Am nächsten Abend versammelten sich die Forscher ein letztes Mal in der Messe der „Polarstern" zum Abschiedsessen, bei dem alle Fragen der weiteren Fahrt des Schiffes und außerdem die Hilfsmaßnahmen besprochen wurden, falls die Schlittenexpedition nicht zum festgelegten Termin zurückkehren sollte.

Die „Polarstern" hatte neben der Pyramide ein für mehrere Monate ausreichendes Depot mit Lebensmitteln, Brennstoffen und Kleidung zu errichten, damit die Schlittenexpedition hier überwintern könnte, wenn sie bei ihrer Rückkehr das Schiff aus irgendeinem Grund nicht antreffen sollte.

Die Schlittenexpedition bekam die Aufgabe, sechs bis acht Wochen lang auf dem kürzesten Weg in Richtung Norden vorzustoßen, um dann nach Süden auf einem möglichst anderen Weg zurückzukehren, immer mit der Marschrichtung auf das Kap Truchanow. Um die Rückkehr zu sichern, sollte sie etwa alle fünfzig Kilometer ein Proviantdepot für jeweils drei Tage errichten und dort eine Mitteilung über den eingeschlagenen Weg hinterlassen, falls man sie später, ihre Spur aufnehmend, suchen müßte.

Am nächsten Morgen hißte die „Polarstern" alle Flaggen und begleitete den Start der Schlittenexpedition mit Salutschüssen aus ihren zwei Kanonen. Zum Abschied überreichte Truchanow dem Professor ein versiegeltes Paket und sagte:

„Sollten Sie während der Fahrt durch das Fridtjof-Nansen-Land in eine ausweglose Lage geraten, verwirrt werden, außerstande sein, sich das Geschehen zu erklären und nicht mehr wissen, was weiter zu tun ist – dann öffnen Sie dieses Paket. Vielleicht hilft Ihnen sein

Inhalt, den richtigen Entschluß zu fassen. Aber ich muß Sie bitten, es nicht ohne dringende Notwendigkeit zu tun. Wenn alles einigermaßen glatt verläuft, werden Sie meine Hinweise nicht brauchen, mehr noch, sie können Ihnen sogar höchst überflüssig erscheinen."

Nach einem freundschaftlichen Händedruck auf dem Kamm der Eisbarriere, wohin fast die gesamte Schiffsbesatzung die Schlittenexpedition begleitete, machten sich drei schwer beladene Schlitten, auf die sechs Menschen verteilt waren, in Richtung Norden auf den Weg. Jeder Schlitten war mit acht Hunden bespannt, sechs Reservehunde liefen nebenher.

Durch das Russki-Gebirge

Der Weg der Expedition in das Innere des Fridtjof-Nansen-Landes führte zwei Tage lang durch eine schneebedeckte Ebene, die nach Norden hin leicht anstieg. Kein Hindernis für ein rasches Vorankommen. Nur selten war das Eis von Rissen zerklüftet, die obendrein fast immer mit Schnee angefüllt waren. Bei trübem Wetter trieb der Wind von Süden her dicke Wolken heran, und mitunter erschwerten Schneefälle die Sicht. Allmählich wurden Menschen und Hunde mit ihrer Arbeit vertrauter. An der Spitze schritt Borowoj, der mit seinem Stock den Schnee untersuchte, um rechtzeitig Risse im Eis festzustellen und die Marschrichtung mit dem Kompaß zu kontrollieren. Makschejew, Papotschkin und Igolkin liefen neben ihren Schlitten und lenkten die Hunde. Gromeko hielt sich etwas abseits, um notfalls einem im Schnee steckengebliebenen Schlitten zu helfen, und Kaschtanow war der letzte, ebenfalls mit einem Kompaß in der Hand. Er nahm topographische Vermessungen vor. Am letzten Schlitten war ein Schrittzähler befestigt, deshalb mußte dieser Schlitten besonders gehütet werden.

Alle Expeditionsmitglieder trugen die gleiche Polarkleidung. Jeder hatte eine Pelzjoppe an, deren Fell, wie bei den Tschuktschen üblich, nach innen gekehrt war, mit einer Kapuze als Kopfschutz. Falls es noch kälter würde, hatte man im Gepäck weitere Pelzjoppen, die überzuziehen waren, allerdings mit dem Fell nach außen. Jetzt, im Sommer, genügte eine Joppe. Bei Regenwetter war sie durch eine gestrickte Wolljacke zu ersetzen, denn Bekleidung aus

Rentierfell ist äußerst wasserempfindlich. Komplettiert wurde die Kleidung durch Pelzhosen, ebenfalls mit dem Fell nach innen, und Pelzstiefel. Bei Erwärmung konnte man die Fellsachen gegen Wollbekleidung tauschen, die als Reserve mitgeführt wurde.

Alle liefen auf Skiern. Die Ebene ringsum war von Senken und Verwehungen bedeckt, die infolge winterlicher Schneestürme entstanden und nur teilweise zu schmelzen begannen. Sie erschwerten das Vorwärtskommen mehr als die nicht allzuhäufig auftretenden Risse im Eis. Makschejew unterhielt alle mit seinen Gesprächen, die er mit den Hunden seines Schlittens führte. Er gab ihnen charakteristische Spitznamen, den Leithund, ein großes schwarzes Tier, nannte er General. Für das Nachtlager stellte man eine besonders leichte Jurte auf, mit einem festen und nicht sonderlich schweren Bambusgerüst. Darin wurden an der Wand entlang die Schlafsäcke im Kreis angeordnet, in die Mitte kam der Spirituskocher für die Zubereitung des Essens. An einem Querbalken darüber befestigte man eine Laterne. Die Hunde wurden um die Jurte herum an die Schlitten festgebunden. Gegen Ende des zweiten Tages hatte die Expedition fünfundfünfzig Kilometer zurückgelegt, das erste Proviantlager errichtet und es durch eine Pyramide aus Schneeblöcken mit roten Fähnchen darauf gekennzeichnet.

Am dritten Tag stieg die Ebene merklich an, auch die Risse im Eis nahmen zu, was das Vorwärtskommen erschwerte. Man mußte vorsichtig laufen und ständig mit dem Stock den Schnee untersuchen, um nicht in einen Spalt hinabzustürzen, der unter der dünnen Schneedecke versteckt sein konnte. Gegen Abend verdichteten sich Hinweise darauf, daß sich der Charakter der Landschaft bald ändern würde.

Im Norden wehte der Wind die Wolken auseinander. Zwischen ihren grauen Fetzen tauchten hin und wieder ziemlich hohe Berge auf, deren langer Kamm sich den ganzen Horizont entlang hinzog. Von ihren schneebedeckten Hängen her zeichneten sich dunkelfelsige Ausläufer ab. Die nicht untergehende Sonne rollte über die Bergspitze, ihr trübes Licht durchdrang den Wolkenschleier und versah ihn mit einem rötlichen Schimmer. Die Schneefläche im Vordergrund reflektierte das Sonnenlicht in bläulichen, lila und rosa Flecken und Streifen. Die Gesamtansicht der Schneewüste und des geheimnisvollen Bergrückens, der zum erstenmal ins Blickfeld rückte, war überwältigend.

Drei Tage dauerte es, bis die Bergkette, von den Expeditionsmitgliedern Russki-Gebirge getauft, erklettert war, denn viele breite Eisrisse hatten den Weg verlängert.

Der Eisstrom – Gletscher im Tal des Südhanges der Gebirgskette – war fast ein Kilometer breit und wurde zu beiden Seiten von dunklen, sehr steilen Felshängen und schneebedeckten Hügeln umsäumt. Die Felshänge waren von großen und kleinen Basalttrümmern übersät, hier und da gab es Miniaturwiesen mit einer Polarflora. Kaschtanow studierte unterwegs die Felsen, und Gromeko sammelte Pflanzen. Für Papotschkin gab es fast kein Untersuchungsobjekt: Den ganzen Tag über fand er nur einige Insekten, halbtote im Schnee und lebende auf den Wiesen.

Die dicken Wolken, die den Himmel bedeckten, hingen so tief, daß sie beinahe die Köpfe der Männer streiften. Überall dort, wo die Talsohle anstieg, fiel die recht gleichmäßige Eisoberfläche in einen Gletschersturz ab, der von unzähligen Rissen zerbrochen war und ein einziges Chaos aus Eisblöcken bildete. Die Schlitten mußten über ihn hinweggezerrt werden. Menschen und Tiere gaben ihr letztes, und innerhalb eines Tages legten sie kaum mehr als zehn Kilometer zurück. Das Wetter blieb trübe. Südwind brachte weiterhin niedrige Wolken, die den Kamm der Ausläufer umhüllten. Ihre schwarzen Abhänge faßten die zerklüftete Oberfläche des Gletschers ein, über die sich die Expeditionsschlitten unter größten Anstrengungen fortbewegten. An den schlimmsten Stellen mußte das Gepäck abgeladen und getragen werden. Endlich, am Abend des dritten Tages, erreichten sie einen Gebirgspaß, eine schneebedeckte Mulde, die etwa fünfzehnhundert Meter über dem Meeresspiegel lag. Das Wetter blieb unverändert. Der Bergkamm war völlig von grauen, nordwestlich ziehenden Wolken verdeckt, und die Expeditionsmitglieder bewegten sich die ganze Zeit über durch leichten Nebel, der einem schon auf hundert Schritt Entfernung jede Sicht nahm.

Alle waren über diesen Umstand sehr verärgert, denn bei gutem Wetter hätte man von dem Gipfel einen weiten Ausblick gehabt und einen großen Teil des Nansen-Landes kartographisch aufnehmen können.

Auf dem Gebirgspaß wurde ein zweites Proviantdepot errichtet, und man ließ hier eine Gesteinskollektion zurück, die der Geologe in den Ausläufern des Südhanges gesammelt hatte. Die Beute des

Zoologen beschränkte sich während der ganzen Zeit auf Fell und Schädel eines Moschusochsen. Kurz vor dem Gebirgspaß war die Expedition auf eine kleine Herde von diesen Tieren gestoßen.

Der endlose Abstieg

Der Nordhang des Gebirgsrückens war von ganz anderer Art: eine endlose, nach Norden hin abfallende Schnee-Ebene. Die Schlittenhunde zogen ohne Anstrengung ihre Last durch dieses Gelände. Doch das Wetter verschlechterte sich. Ein steter Südwind brachte schwere Wolken, die fast die Schneeoberfläche berührten und jeden Ausblick versperrten. Oft kam Schneesturm auf, und nur dank Rückenwind und dem Umstand, daß das Thermometer nicht unter minus zehn bis minus fünfzehn Grad sank, konnten die Männer ihren Marsch ohne sonderliche Hindernisse fortsetzen. Eisrisse gab es häufig, da sie aber schmal waren, passierte man sie leicht. Lediglich der Schneesturm zwang zu größerer Vorsicht, denn der frische Schnee verbarg diese Fallen oft vollständig. Am Abend des zweiten Tages tobte der Schneesturm so heftig, daß die Jurte nur mit allergrößter Mühe aufgestellt werden konnte.

Am nächsten Morgen war sie von Schnee verweht. Borowoj, der als erster aufstand, um seine meteorologischen Beobachtungen zu machen, stieß beim Ausstieg aus der Jurte mit dem Kopf in den Schnee. Die Männer mußten sich erst freischaufeln. Nach außen gelangt, sahen die Forscher, daß alle Schlitten und Hunde verschwunden waren. Rings um die Jurte erhoben sich einzig Schneehaufen. Es war nicht schwer zu erraten, daß der Schnee Gepäck und Tiere zugeweht hatte, denn einen Diebstahl der Sachen oder daß die Hunde ausgerissen waren, brauchte man in dieser Einöde nicht zu fürchten. So mußten alle zur Schaufel greifen.

Als die Hunde die Menschenstimmen vernahmen, begannen sie von selbst, sich einen Weg durch den Schnee zu bahnen, um rasch zu ihrem morgendlichen Futter zu gelangen. Es war ein lustiger Anblick, wie mal hier, mal dort sich der Schnee hob und schließlich ein schwarzer, weißer oder gescheckter zottiger Hundekopf mit freudigem Jaulen zum Vorschein kam.

Auf der endlosen Ebene lag der frisch gefallene Schnee kaum

mehr als einen halben Meter hoch, und nur um Hindernisse wie die Jurte, die Schlitten und die Hunde hatten sich Verwehungen gebildet. Da der Schnee bei starkem Wind gefallen war, war er sehr dicht und die Skiläufer sanken kaum in die feste Schneedecke ein. Dafür blieben Schlitten und Hunde ständig in ihm stecken. Sehr oft mußte die Reihenfolge der Schlitten gewechselt werden, denn der erste Mann, der den Weg für die anderen bahnte, hatte die schwerste Arbeit zu verrichten, und sein Hundegespann ermüdete schnell. Diese Ablösungen behinderten ein rasches Vorwärtskommen, so konnte man, obwohl sich der Schneesturm gelegt hatte, der Weg eben war und bergab führte und die Eisrisse völlig zugeschneit waren, nur zweiundzwanzig Kilometer zurücklegen. In fünfundfünfzig Kilometer Entfernung von dem Gebirgspaß machten die Männer Rast und errichteten dort ein weiteres Proviantdepot.

In der Nacht darauf brauste der Schneesturm mit gewohnter Heftigkeit, und am Morgen mußte man sich abermals freischaufeln. Doch die Verwehungen waren nicht so stark wie am Vortag. Jetzt war die frische Schneedecke bereits ein Meter hoch, und es wurde immer schwieriger, voranzukommen. Nach fünfzehn Kilometern waren alle Expeditionsmitglieder so erschöpft, daß sie sich früher als gewöhnlich zur Ruhe legten.

Landschaft und Wetterlage blieben weiterhin bedrückend monoton.

Gegen Abend flaute der Schneesturm ab. Hinter den Wolken, die sehr tief über der endlosen Schnee-Ebene hingen, lugte ab und an die Sonne hervor, die niedrig am Himmel stand. Ein phantastischer Anblick bot sich den Forschern: Die weiße Einöde, die Schwaden und Fetzen der grauen Wolken, die über den Schnee hinwegrollten und ständig ihre Konturen veränderten, die Säulen von in der Luft wirbelnden Schneeflöckchen – und in diesem weißgrauen brodelnden Dunst flammte hier und da der grellrosa Widerschein der Sonne auf, die mal als roter Ball auftauchte, mal hinter dem grauen Dunstschleier verschwand. Nach dem Abendbrot genossen die Männer noch lange dieses herrliche Bild, bis sie die Müdigkeit in die Jurte und die Schlafsäcke trieb.

Am dritten Tag des Abstiegs zeigte das Barometer an, daß die Ebene auf gleicher Höhe mit dem Meeresspiegel lag, jedoch nach Norden hin noch immer abfiel.

Als dies Borowoj, der die Barometerwerte notiert hatte, seinen Gefährten mitteilte, rief Makschejew aus:

„Was ist denn das? Wir haben das Russki-Gebirge verlassen, ohne einem Gletscher oder Eisspalt zu begegnen?"

„Noch merkwürdiger ist", bemerkte Kaschtanow, „daß hier die Meeresküste und folglich das Ende des riesigen Eislandes sein müßte, das sich vom Nordhang dieses Gebirges bis zu unserem Punkt erstreckt und nach unseren Messungen siebzig Kilometer lang ist. Hier müßte, ähnlich wie am Rand des antarktischen Festlandes, sich eine hohe Steilwand, eine Eisbarriere von mindestens einhundert Meter Höhe auftürmen, und an deren Fuß müßten ein offenes Meer oder wenigstens Packeisfelder, Eislöcher und dazwischen einzelne Eisberge anzutreffen sein. Ein Gletscher bewegt sich doch und drückt auf das Eis des Meeres!"

Der folgende Tag brachte keinerlei Änderungen. Die Schnee-Ebene setzte sich in derselben Art mit leichtem Gefälle in Richtung Norden fort. Der Wind wehte den Expeditionsteilnehmern mit unverminderter Stärke in den Rücken, als wolle er sie antreiben. Die niedrigen Wolken zogen sich zusammen, und ab und an schneite es. Alle erwarteten das Ende des Abstiegs, schauten ungeduldig in die Ferne, immer in der Hoffnung, die Expedition abzuschließen. Doch es war vergeblich. Eine Stunde nach der anderen verging, ein Kilometer Weg kam zum anderen, und schließlich wurde man so müde, daß man das Nachtlager aufschlagen mußte.

Als die Jurte stand, umringten alle Borowoj, der ein Quecksilberbarometer aufstellte. Jeder wollte das Meßergebnis sehen, denn die Zeiger der Taschenbarometer standen bereits außerhalb der Skala und zeigten den Luftdruck nicht mehr zuverlässig an.

„Nach grober Schätzung sind wir bereits vierhundert Meter unter den Meeresspiegel hinabgestiegen", rief der Meteorologe aus, „falls sich das Nansen-Land gegenwärtig nicht unter dem Einfluß eines Antizyklons, eines Hochdruckgebietes, befindet, das obendrein von ungewöhnlicher Ausdehnung ist. Das Barometer zeigt achthundert Millimeter an!"

„Soviel ich weiß", sagte Kaschtanow, „gibt es auf der Erde keine Antizyklone mit so hohem Luftdruck. Außerdem hat sich das Wetter, seitdem wir auf dem Nansen-Land sind, nicht verändert, und die Witterung ist eine ganz andere als bei einem Antizyklon."

„Aber wenn es so ist", rief Papotschkin, „was hat das zu bedeuten?"

„Offensichtlich reicht das Land noch weiter, und sein nördlicher Teil ist eine tiefe Einsenkung, die mehrere hundert Meter unter dem Meeresspiegel liegt."

„Ist denn das möglich?" fragte Gromeko verwundert.

„Warum nicht? Es gibt solche Vertiefungen auf der Erde, zum Beispiel die Täler des Jordan und des Toten Meeres in Palästina, die Einsenkung des Kaspischen Meeres, den von russischen Forschern entdeckten Ljuktschun-Talkessel in Mittelasien und schließlich die Sohle des Baikalsees, die mehr als tausend Meter unter dem Meeresspiegel liegt."

„Die Senke des Toten Meeres ist auch nicht klein, seine Sohle liegt vierhundertfünfundsechzig Meter unter dem Spiegel des Ozeans", ergänzte Makschejew.

„In jedem Fall aber wird die Entdeckung einer so tiefen Einsenkung auf dem polaren Festland ein äußerst interessantes und wichtiges Ereignis unserer Expedition sein", meinte Borowoj abschließend.

Zu aller Verwunderung setzte sich auch am darauffolgenden Tag der Abstieg auf derselben Ebene und bei gleichem Wetter fort.

„Wir klettern in eine Art Loch ohne Boden", scherzte Makschejew. „Das ist keine flache Mulde, eher ein Trichter, vielleicht der Krater eines erloschenen Vulkans."

„Allerdings von Ausmaßen, wie sie auf der Erde bisher unbekannt waren", bemerkte Kaschtanow. „Wir steigen nun schon den vierten Tag in diesen Trichter hinab, und der Durchmesser des Kraters beträgt offenbar dreihundert Kilometer oder sogar mehr. Vulkane solcher Ausmaße gibt es nur auf dem Mond. Zu unserem Pech sind wir während des ganzen Abstiegs auf keinen einzigen Felsen, nicht einmal auf einen minimalen Gesteinsaustritt gestoßen, der uns über die Entstehung dieser Senke Aufschluß liefern könnte. Die Hänge eines Kraters müßten nämlich aus verschiedenartiger Lava oder vulkanischem Tuff bestehen."

„Auf dem nördlichen Hang des Russki-Gebirges und auf seinem Kamm sahen wir Basalt und Basaltlava", erinnerte Papotschkin.

„Wir haben also doch einige Hinweise auf den vulkanischen Ursprung dieser Einsenkung."

„Solche Krater erloschener Vulkane, die bis zum Rand mit Schnee und Eis angefüllt sind, findet man in Alaska", fügte Makschejew hinzu.

Am Abend desselben Tages versagte auch das Quecksilberbarometer. Sein Röhrchen füllte sich bis obenan mit Quecksilber. So mußte man zum Hypsothermometer greifen, um den Luftdruck nach der Siedetemperatur des Wassers zu bestimmen. Sie entsprach einer Lage von achthundertvierzig Metern unter dem Meeresspiegel.

Alle bemerkten, daß es abends etwas dunkler wurde. Die Strahlen der Mitternachtssonne drangen anscheinend nicht mehr unmittelbar in diese tiefe Einsenkung. Die Verblüffung der Forscher nahm zu, als an diesem Tag auch der Kompaß seinen Dienst versagte. Die Magnetnadel drehte sich im Kreis, zitterte und konnte in keine Ruhelage kommen, um die Nordrichtung anzuzeigen. So mußte man sich an der Windrichtung und dem allgemeinen Gefälle der Ebene orientieren, um weiter in Richtung Norden vorzustoßen. Auch Kaschtanow führte die Unruhe der Kompaßnadel auf den vulkanischen Ursprung der Ebene zurück, da sie von gewaltigen Basaltmassen nicht unbeeinflußt bleibt.

Am nächsten Tag trafen die Forscher, einige Kilometer von ihrem Nachtlager entfernt, auf ein unerwartetes Hindernis: Die Schnee-Ebene endete am Fuß einer ganzen Kette von Eisfelsen, die sich, soweit der Blick reichte, quer zur Wegrichtung nach rechts und links erstreckten. Sie hatten zuweilen eine Höhe von zehn bis fünfzehn Metern, an manchen Stellen war es ein Chaos aufeinandergetürmter großer und kleiner Eistrümmer. Sie zu erklettern war selbst ohne die schwerbeladenen Hundeschlitten schwierig. So mußte man haltmachen, um das Gelände zu erkunden. Makschejew und Borowoj erstiegen die höchste Erhebung und überzeugten sich davon, daß vor ihnen, soweit sie sehen konnten, sich ebenfalls derartige Eisfelsen und Anhäufungen befanden.

„Das ähnelt keinem Packeisgürtel aus gefrorenem Meereswasser", sagte Makschejew, als er dann zu den Schlitten zurückkehrte. „Er ist im allgemeinen nicht gleichförmig und mehrere Kilometer breit."

„Anscheinend haben wir die Sohle der Einsenkung erreicht", meinte Kaschtanow, „und dieses Eischaos ist unter dem Druck eines riesigen Gletschers vom Nordabhang des Russki-Gebirges entstanden, das wir hinabgestiegen sind."

„Folglich ist die gesamte Sohle der Einsenkung ein Chaos von Eistrümmern", bemerkte Borowoj. „Ihre übrigen Abhänge müßten dann ebenfalls von Gletschern bedeckt sein, die sich auf die Sohle zubewegen.“

„Und weil die Senke so ungeheuer groß ist, ist sie noch nicht vollständig von Eis ausgefüllt, so wie die Vulkankrater in Alaska“, ergänzte Makschejew.

„Auf jeden Fall aber müssen wir diese Sohle durchqueren und unsere Reise nach Norden fortsetzen, um die Ausmaße der Senke festzustellen und den gegenüberliegenden Abhang zu erforschen“, verkündete Kaschtanow.

„Am einfachsten wäre es, längs der Eisfelsenkette vorzudringen, um sie auf dem Grund der Einsenkung bis zum gegenüberliegenden Abhang zu umgehen“, schlug Gromeko vor.

„Aber wenn diese Einsenkung kein Vulkankrater, sondern ein Tal zwischen zwei Gebirgsrücken ist?“ warf Papotschkin ein. „Dann kann sie sich über einige hundert Kilometer hinziehen, und wir werden es nie schaffen, das Nansen-Land zu durchqueren.“

„Und welche Richtung am Eischaos entlang wollen wir einschlagen, soll es nach rechts oder nach links gehen?“ fragte Borowoj.

„Nach links. Vielleicht finden wir unterwegs eine Stelle im Eischaos, von der aus es möglich ist, ohne größere Anstrengung zur gegenüberliegenden Seite vorzustoßen.“

Nachdem die Forscher dies beschlossen hatten, gingen sie links lang, also in Richtung Westen. Dabei mußten sie sich von der Windrichtung leiten lassen, da die Kompaßnadel schwankte und den Norden nicht anzeigte. Linker Hand lag nun die Schnee-Ebene mit ihrem kaum merklichen Anstieg, zur rechten türmte sich das Eis. Niedrige Wolken bedeckten noch immer den Himmel und berührten sogar die Spitzen höherer Eisfelsen. Gegen Mittag fanden die Männer eine Stelle, an der das Chaos der Eisbrocken passierbar schien. Hier waren die Eisfelsen nicht mehr so hoch, und zwischen ihnen gab es begehbare Rinnen. Sie machten Halt, um das vierte Proviantdepot einzurichten. Borowoj und Makschejew stießen ohne Gepäck ins Gelände, um die Breite des Eisgürtels zu erkunden. Am Abend kehrten sie zurück und berichteten, daß der Gürtel etwa zehn Kilometer breit sei und daß man ihn, wenngleich nicht ohne Schwierigkeiten, passieren könne. Dahinter würde ein gleichmäßiger Anstieg zum gegenüberliegenden Hang beginnen.

Die Überwindung des Eisgürtels kostete die Männer zwei Tage harter Arbeit. Oft mußte der Weg durch das aufgetürmte Eis mit der Spitzhacke freigeschlagen werden, dann erst konnten die Schlitten mit den vereinten Kräften von Menschen und Hunden weitergezogen werden. Die Expedition übernachtete ohne Zelt, hinter einem riesigen steil emporragenden Eisblock, der ihnen Schutz vor dem Wind bot. Die Hunde verkrochen sich in Spalten und Löchern zwischen den Eismassen. In den Eistrümmern heulte und pfiff pausenlos der Wind, aber nach der anstrengenden Arbeit schliefen alle gut.

Am nächsten Tag erreichten die Männer die andere Seite der Eisbarriere. Während des Nachtlagers zündete Borowoj den Spiritusbrenner des Höhenmessers an. Er war sich sicher, daß dieser nun die gleiche Höhe wie vor dem Eisgürtel anzeigen würde, also etwa neunhundert Meter unter dem Meeresspiegel. Doch als er das Thermometer in das Röhrchen des Siedekessels steckte, kletterte die Quecksilbersäule bis auf 105 Grad, dann auf 110 Grad und immer höher.

„Halt! Wo willst du hin?“ schrie Borowoj auf. „Du zerbrichst mir ja das Glas!“

„Was ist denn los?“ riefen die Männer ringsum.

Alle sprangen auf und umringten den Höhenmesser, der auf einer Gepäckkiste stand.

„Das gab es ja noch nie!“ rief Borowoj mit vor Aufregung versagender Stimme. „In diesem verdammten Loch siedet das Wsser bei 120 Grad plus!“

„Und was hat das zu bedeuten?“

„Das bedeutet, daß wir am Eisgürtel in einen Abgrund hinabgestiegen sind. Mir ist noch gar nicht ganz klar, wieviel tausend Meter unter dem Meeresspiegel dieser Siedetemperatur entsprechen. Einen Augenblick, ich muß in die Tabellen schauen.“

Er ließ sich auf seinem Schlafsack nieder, zog ein Handbuch zur Höhenermittlung aus der Tasche, blätterte darin und rechnete auf den Seitenrändern etwas aus. Unterdessen traten die anderen Expeditionsteilnehmer nach und nach an das Meßgerät, um sich davon zu überzeugen, daß das Thermometer tatsächlich 120 Grad plus anzeigte. Die helle Quecksilbersäule war bei dieser Zahl stehengeblieben. Das konnte niemand anzweifeln.

In den Gesichtern der Männer stand ein tiefes Erstaunen. Die Stille wurde allein vom Brodeln des Wassers unterbrochen, das im Gerät siedete.

Da hörte man Borowoj tief aufseufzen und feierlich sagen:

„Nach einem groben Überschlag entspricht diese Siedetemperatur einer negativen Höhe von 5 720 Metern."

„Das kann nicht wahr sein! Haben Sie sich auch nicht geirrt?" erklang es von allen Seiten.

„Überzeugen Sie sich bitte selbst! Hier haben Sie die Tabellen! In ihnen gibt es freilich keine Angaben für eine solche Siedetemperatur, die bisher noch niemand außerhalb eines Labors beobachten konnte. Deshalb mußte ich die Berechnung schätzungsweise vornehmen."

Kaschtanow überprüfte die Werte und sagte:

„Völlig richtig. In diesen zwei Tagen kletterten wir über das Eis und sind dabei auf einer Strecke von nur zehn bis zwölf Kilometern etwa 4 900 Meter hinabgestiegen."

„Und haben einen solchen Abstieg überhaupt nicht bemerkt!"

„Wir sind praktisch vom Gipfel eines Montblanc hinabgeklettert, ohne etwas davon zu wissen! Das ist etwas Unglaubliches!"

„Und höchst Unerklärliches! Wir müssen annehmen, diese chaotischen Eisauftürmungen sind ein Gletschersturz an einem Steilhang, der vom Krater in den Schlund dieses riesigen Vulkans führt."

„Aus dem wir jetzt auf einem ebensolchen Gletschersturz wieder emporklettern müssen!"

„Unerklärlich ist mir allerdings dieser dichte Wolkenschleier und dieser Wind, der nun schon so viele Tage ununterbrochen vom Süden her weht!" erklärte Borowoj.

Die Hypothese, daß noch ein zweiter Eisgürtel vorhanden sei, bestätigte sich jedoch nicht. Am darauffolgenden Tag führte der Weg über eine leicht ansteigende Schnee-Ebene. Dadurch wurde das Vorwärtskommen erschwert, und auch das Wetter war wärmer als sonst: Das Thermometer stand etwas über Null, der Schnee wurde pappig und blieb an den Schlittenkufen kleben, die Hunde konnten immer nur im Schrittempo ziehen. Gegen Abend hatte man mit Mühe kaum mehr als fünfundzwanzig Kilometer zurückgelegt. Das Gelände stieg an, daran gab es keinen Zweifel. Als Borowoj den Höhenmesser aufstellte, war er sicher, daß dieser eine geringere Tiefe als tags zuvor anzeigen würde.

Lange wollte das Wasser nicht sieden, endlich zeigte sich Dampf, und Borowoj steckte das Thermometer hinein. Kurz darauf rief er aus:

„Weiß der Teufel, was das zu bedeuten hat! Das ist doch ...“ und dann folgten Flüche.

„Was ist łos? Was ist denn passiert? Ist etwa das Thermometer geplatzt?“ schrien die Expeditionsmitglieder durcheinander.

„Ich werde bald selbst in diesem Loch platzen oder den Verstand verlieren!“ tobte der Meteorologe. „Überzeugen Sie sich selbst, wer übergeschnappt ist – ich oder das Thermometer?“

Alle sprangen auf und traten an den Höhenmesser heran. Das Quecksilber zeigte 125 Grad plus.

„Sind wir nun heute hinauf- oder hinabgestiegen?“ fragte Borowoj mit zitternder Stimme.

„Natürlich ging es aufwärts! Und zwar den ganzen Tag über! Das steht außer Frage!“

„Aber der Siedepunkt liegt um fünf Grad höher als gestern an der Eisbarriere! Und das bedeutet nun einmal, daß wir heute nicht hinauf-, sondern ungefähr 1 430 Meter hinabgestiegen sind.“

„Und daß wir uns folglich ... 7 150 Meter unter dem Meeresspiegel befinden“, errechnete Makschejew rasch.

„Aber das geht doch auf keine Kuhhaut!“ sagte Papotschkin und lachte.

„Daß wir durch die Eistrümmer hindurch steil hinabgestiegen sind, könnte man ja noch glauben“, meinte Kaschtanow, „aber anzunehmen, daß wir beinahe anderhalb Kilometer hinabgestiegen sind, während der Weg ganz offensichtlich bergauf führte – das widerspricht doch dem gesunden Menschenverstand.“

„Ich schließe mich Ihrer Meinung an, oder – wir haben allesamt den Verstand verloren!“ entgegnete mürrisch Borowoj.

Gromeko und Igolkin, die das Zelt verlassen hatten, um die Hunde zu füttern, kehrten zurück, und Gromeko sagte:

„Da gibt es noch etwas Merkwürdiges: Heute ist es bedeutend heller als gestern an der Eisbarriere.“

„Und gestern war es wiederum heller als jenseits der Eisbarriere“, fügte Makschejew hinzu.

„Völlig richtig“, bestätigte der Meteorologe. „Die dunkelste Nacht, vergleichbar mit den Petersburger Weißen Nächten, gab es vor der Eisbarriere. Wir glaubten uns auf der Einsenkungssohle zu befinden, und das Nachlassen der Helligkeit schien seine Ursache darin zu haben, daß die Strahlen der Polarsonne nicht so tief durchdringen können.“

„Aber jetzt sind wir bedeutend tiefer hinabgestiegen, und die Nacht ist merklich heller geworden!"

Diese widersprüchlichen Tatsachen wurden noch lange erörtert, und dann schliefen alle ein, ohne der Sache auf den Grund gekommen zu sein. Am Morgen verließ Borowoj als erster das Zelt, um neue Beobachtungen anzustellen.

Der Wind kam weiterhin aus südlicher Richtung und brachte die gleichen niedrigen grauen Wolken heran, die auf einigen hundert Metern jede Sicht nahmen. Das Thermometer stand auf ein Grad minus, und es schneite.

„Heute müssen wir nun endlich feststellen, ob wir hinauf- oder hinabsteigen", schlug Makschejew vor. „Wir haben ein leichtes Nivelliergerät und Meßlatten in unserer Ausrüstung."

Die gleiche schneebedeckte Ebene breitete sich weiter unendlich aus. Der Schnee war etwas verharscht, das erleichterte das Vorwärtskommen. Zweifelsohne stieg das Gelände leicht an. Einige im Verlauf des Tages vorgenommene Nivellierungen bestätigten nur, was das Auge sah und was die Hunde durch ihre Bewegungsart anzeigten.

An diesem Tag legte man dreiundzwanzig Kilometer zurück, da die Messungen ziemlich viel Zeit beansprucht hatten.

Sowie die Jurte aufgestellt war, packte Borowoj seine Meßgeräte aus. Der Siedetopf zeigte 128 Grad plus an.

Borowoj stieß einen saftigen Fluch aus und spuckte vor sich hin.

„Ich kann es mir nur so erklären, daß in diesem bodenlosen Loch die physikalischen Gesetze der Erdoberfläche keine Gültigkeit haben und neue gefunden werden müßten", sagte Kaschtanow.

„Finden ist leicht gesagt", meinte Borowoj verärgert. „So etwas geht doch nicht im Handumdrehen! An diesen Gesetzmäßigkeiten haben Hunderte von Wissenschaftlern viele Jahre lang gearbeitet, und hier ist das alles plötzlich unbrauchbar – als seien wir auf einem anderen Planeten. Ich kann mich damit nicht so ohne weiteres abfinden und möchte am liebsten die Flinte ins Korn werfen!"

Alle mußten über diese Worte lachen, doch der Meteorologe machte sich bald wieder an seine Berechnungen und erklärte, daß die Expedition an diesem Tag 860 Meter hinauf- oder hinabgestiegen sei und daß die Messung nun 9 000 Meter unter dem Meeresspiegel ergebe.

„Ich habe im Handbuch der Physik nachgeschlagen", bemerkte

Kaschtanow, „demnach entspricht ein Siedepunkt von 120 Grad plus einem Druck von zwei Atmosphären und bei 134 Grad einem Druck von drei Atmosphären. Momentan haben wir es mit einem Druck von ungefähr zweieinhalb Atmosphären zu tun.“

„Kein Wunder also, daß man sich bei einem solchen Druck elend fühlt und ganz durcheinander ist“, erklärte Borowoj mit einem Knurren.

Die übrigen Expeditionsmitglieder bestätigten, daß schon seit der Nacht inmitten der Eistrümmer sich ihr Befinden verschlechtert habe, sie klagten über Mattheit, einen starken Druck in der Brustgegend und im Kopf sowie über einen unruhigen, von Alpträumen begleiteten Schlaf.

„Auch die Hunde fühlen sich nicht wohl“, erklärte Igolkin. „Ihre Kräfte scheinen nachgelassen zu haben, obwohl der Aufstieg nicht sonderlich steil war. Ich dachte, sie seien einfach nur müde, dabei hat das ganz andere Gründe!“

„Es wäre interessant, uns allen einmal den Puls zu messen“, schlug Gromeko vor. „Iwan Andrejewitsch, wie hoch ist gewöhnlich Ihr Puls?“

„Zweiundsiebzig“, antwortete Borowoj und streckte dem Arzt seine Hand entgegen.

„Nun, und jetzt vierundvierzig: Ein merkwürdiger Unterschied. Das Herz arbeitet bei solchem Druck langsamer, und dadurch wird das Wohlbefinden beeinträchtigt.“

„Was denn, wird das Herz etwa ganz aufhören zu schlagen, wenn der Abstieg weitergeht?“ fragte Makschejew.

„Wir werden ja nicht gleich bis zum Mittelpunkt der Erde hinabsteigen“, sagte Gromeko und lachte auf.

„Warum nicht?“ brummte Borowoj. „Dieser ungeheuerliche Trichter kann durchaus bis zum Mittelpunkt der Erde reichen. Jetzt halte ich alles für möglich. Und ich würde mich nicht wundern, wenn wir ihn zwischen den Eisbergen des Südpols wieder verlassen würden.“

„Das ist, mit Verlaub gesagt, Unsinn“, bemerkte Kaschtanow, „es kann weder ein durchgehendes Loch durch den Erdball geben – noch einen Trichter, der bis zu seinem Mittelpunkt reicht. Das würde allen Erkenntnissen der Geophysik und der Geologie widersprechen.“

„Sieh mal einer an! Aber mit den hier beobachteten Widersprüchen zu allen Gesetzmäßigkeiten der Meteorologie finden Sie sich ab, ja? Sie werden es noch erleben, daß auch die Regeln Ihrer Geologie zum Teufel gehen."

Da lachte Kaschtanow.

„Die Meteorologie, Iwan Andrejewitsch, ist eine leichtsinnige Wissenschaft", sagte er scherzend. „Sie hat mit der unbeständigen Atmosphäre, mit ihren Zyklonen und Antizyklonen zu tun, deren Ursachen bis jetzt noch nicht geklärt sind. Die Geologie steht auf einem soliden Fundament – der festen Erdkruste."

„Ein solides Fundament!" sagte Borowoj aufbrausend. „Nur solange, wie es nicht von einem ordentlichen Erdbeben erschüttert wird, bei dem jeder Geologe den Kopf, wenn nicht gar etwas Schlimmeres, verliert!"

Alle mußten herzhaft lachen.

„Und außerdem", fuhr der Meteorologe giftig fort, „kennen Sie die Erdkruste in vielleicht zwei bis drei Kilometern Tiefe – aber über die Eigenschaften des Erdinnern urteilen wollen! Da gibt es genausoviel Hypothesen zur Natur dieses Erdinnern wie Köpfe. Die einen meinen, der Erdkern sei fest, die anderen – flüssig, und wieder andere halten ihn für gasförmig. Da soll sich einer zurechtfinden!"

„Wir werden das mit der Zeit schon packen. Jede begründete Hypothese ist ein weiterer Schritt zur Erkenntnis der Wahrheit. Und was das Erdinnere angeht, so befinden Sie sich im Irrtum. Gegenwärtig liefert uns die Seismologie neue Handhaben zur weiteren Erforschung des Erdkerns . . . Ich bin gespannt, was uns der morgige Tag bringen wird. Jetzt kann uns jeder Tag mit neuen Tatsachen überraschen, die uns zunächst unverständlich erscheinen, jedoch bei eingehender analytischer Betrachtung sich in eine Kette von Ursachen und Wirkungen einordnen!" sagte er abschließend.

Am folgenden Tag hielt der leichte Anstieg der Schnee-Ebene weiterhin an, der Wind wehte nach wie vor aus südlicher Richtung, niedrige Wolken berührten beinahe die Erdoberfläche und versperrten jede Sicht. Gegen Mittag war die Steigung kaum noch zu merken, und am Abend zeigte das Gelände bereits ein leichtes Gefälle. Die Hunde liefen schneller, und die Skiläufer konnten ihnen kaum folgen. Die Temperatur hielt sich etwas unter Null, und die Expedition kam nühelos voran. Plötzlich winkte Borowoj, der wie immer voranschritt, und rief laut:

„Halt! Warten Sie! Ich befürchte, wir sind vom Weg abgekommen."

Alle liefen auf ihn zu. Er hielt in der Hand einen Kompaß und betrachtete ihn nachdenklich.

„Was ist los?“ fragte Kaschtanow.

„Wir gehen nicht in Richtung Norden, sondern in Richtung Süden, zurück zu den Eistrümmern. Schauen Sie nur, die Spitze der Magnetnadel zeigt nicht vorwärts in unserer Marschrichtung, sondern rückwärts.“

„Und wann haben Sie das bemerkt?“

„Eben erst. Von dem Augenblick an, da der Kompaß aus der Reihe tanzte, konnte ich mich nicht mehr auf ihn verlassen und führte die Expedition immer nach dem Wind, der unablässig vom Süden her weht. Jetzt aber hat mich das Gefälle der Ebene verunsichert, weil wir den Trichter noch nicht verlassen haben können. Da habe ich den Kompaß hervorgeholt und gesehen, daß er wieder funktionierte und die Wegrichtung nach Süd statt nach Nord anzeigt.“

„Aber wir haben weiterhin Rückenwind!“

„Er konnte im Lauf der Nacht gedreht haben.“

„Nein“, erklärte Makschejew, „das ist nicht der Fall. Wir schlagen unser Zelt immer so auf, daß der Eingang dem Wind abgekehrt ist und nicht zugeweht wird. Ich erinnere mich genau, daß es heute früh nicht anders war.“

„Dann hat sich also die Windrichtung im Verlauf des Tages allmählich geändert. Wir haben uns im Halbkreis bewegt und sind zurückmarschiert.“

„Oder aber der Kompaß unterliegt einer Magnetanomalie!“

„Wenn sich doch wenigstens die Sonne oder die Sterne zeigen würden, damit wir überprüfen könnten, wohin wir gehen!“ klagte Borowoj.

„Auf jeden Fall müssen wir jetzt unser Nachtlager aufschlagen und mit dem Kompaß in der Hand ein paar Kilometer unserer bisherigen Wegstrecke überprüfen. Sie läßt sich deutlich anhand der Spuren im Schnee verfolgen“, erklärte Kaschtanow. „Falls wir uns im Kreis gedreht haben, so wird sich das rasch herausstellen.“

Nachdem das Zelt stand, schritten Makschejew und Gromeko die Strecke ab. Borowoj hantierte mit dem Höhenmesser, der fast dasselbe wie tags zuvor anzeigte. Der leichte Anstieg in der ersten Tageshälfte hatte sich offenbar durch den Abstieg in der zweiten ausgeglichen. Nach zwei Stunden kehrten die beiden Pfadfinder zurück. Sie hatten zehn Kilometer des zurückgelegten Weges kontrolliert, der immer geradeaus führte und mit der Windrichtung übereinstimmte. Da man sich auf den Wind mehr verlassen konnte als auf den Kompaß, beschloß die Expedition, sich auch weiter an die Windrichtung zu halten.

Auch in dieser Nacht wurde es nicht dunkel. Das trübe Licht hinter der Wolkendecke blieb unverändert.

Am nächsten Tag war das Gefälle noch deutlicher wahrnehmbar. Das Thermometer stand etwas über Null, der Schnee wurde pappig, und der Weg schien trotz des Gefälles schwieriger. Am Nachmittag zeigten sich kleine Pfützen und Bäche, die das unebene Gelände durchkreuzten und schließlich in den schneeverwehten Spalten verschwanden. Für das Nachtlager mußte ein etwas erhöhter Platz gesucht und das Zelt gegen Schmelzwasser mit kleinen Gräben umzogen werden.

Als Borowoj den Höhenmesser aufstellte, war er sicher, daß dieser eine noch höhere Siedetemperatur anzeigen würde als am Vortag, denn der Abstieg in der Sohle dieser rätselhaften Einsenkung hatte den ganzen Tag angedauert. Das Thermometer zeigte 126 Grad an. Die Expedition war trotz des Gefälles nicht tiefer, sondern um 570 Meter höher gekommen. Der Meteorologe war nun völlig fassungslos und lachte hysterisch auf.

„Eine neue Überraschung, eine neue Ungereimtheit! Heute früh beschlossen wir, dem Kompaß nicht länger zu trauen, und jetzt läßt uns auch noch der Höhenmesser an seiner Glaubwürdigkeit zweifeln!"

Wieder versammelten sich alle Expeditionsteilnehmer um das offensichtlich seine Dienste versagende Gerät, überprüften dessen Meßwerte, brachten das Wasser immer aufs neue zum Sieden, doch das Ergebnis blieb das gleiche. An dem Abstieg gab es keinen Zweifel, denn die Bäche flossen alle in der gleichen Richtung. Der Luftdruck nahm nicht zu, sondern ab. In den Tagen davor war es genau umgekehrt gewesen: Beim Aufstieg verringerte sich der Luftdruck nicht, sondern er wurde höher. Es schien, als seien die physikalischen Gesetzmäßigkeiten der Erdoberfläche, von Generationen von Wissenschaftlern erkannt, hier, in dieser Einsenkung des Polarfestlandes, nicht mehr gültig. Unerklärliche Phänomene häuften sich.

Alle waren neugierig und erregt, aber niemand vermochte die Vorgänge zu deuten. Es blieb nur zu hoffen, daß die nahe Zukunft eine Enträtselung dieser Geheimnisse bringen würde.

„Was ist das nur für eine Schneewüste!" bemerkte Papotschkin. „Als wir auf dem Gebirgspaß dem Moschusochsen begegneten, konnte man davon ausgehen, daß die folgenden Tage Michail Ignatjewitsch und mir irgendwelches Forschungsmaterial liefern würden. Doch seitdem sind wir nun schon zwölf Tage unterwegs, haben wir mehr als zweihundertfünfzig Kilometer zurückgelegt... und ringsum absolut nichts außer Schnee und Eis!"

„Selbst Pjotr Iwanowitsch bereichert ständig seine Kollektion", meinte Makschejew und lachte.

„Ich? Was hab ich denn in dieser Zeit zusammengetragen?" fragte Borowoj verwundert.

„Eine Sammlung unerklärlicher physikalischer Erscheinungen", antwortete ihm Kaschtanow, der Makschejews Anspielung verstanden hatte.

„Ein allerdings äußerst merkwürdiges Sammelsurium! Aber dafür ist es nicht so schwer wie eure Steine", sagte Borowoj und lachte ebenfalls. „Es wird unseren Hundeschlitten auch nicht zur Last fallen."

„Ihre Sammlung kann sich aber als sehr folgenschwer erweisen, was das Ergebnis unserer Expedition betrifft. Denn welcher Forscher möchte nicht etwas Besonderes, bisher noch völlig Unbekanntes entdecken! Sie haben da bisher eben mehr Glück gehabt als wir."

Am darauffolgenden Tag ging der Abstieg weiter, und das Gefälle wurde merklich steiler. Auf der vereisten Ebene erhoben sich hier und dort niedrige, flache Hügel. In den dazwischenliegenden Mulden flossen Bäche, der Schnee war pappig, und das Skilaufen wurde immer beschwerlicher. Die Skier rutschten weg. Deshalb mußten die Forscher ihre Art des Vorwärtskommens abwandeln. Sie setzten sich paarweise auf die Schlitten, mit denen die Hunde in dem abfallenden Gelände rasch vorankamen, und lenkten sie mit den Skistökken, um ein Abgleiten vom Weg auf dieser unebenen Eisfläche zu verhindern.

Die Expeditionsteilnehmer bemerkten, daß die Wolken – sie hingen noch immer über der Eisfläche – nicht grau, sondern rötlich gefärbt waren, als würden sie von einer untergehenden, jedoch unsichtbaren Sonne angestrahlt.

Die endlose Eiswüste, die sich nach allen Richtungen bis zum nahen Horizont hin erstreckte, schimmerte gleichfalls rötlich, und diese seltsame Beleuchtung auf der Sohle einer tiefen Senke, zu der die Strahlen der niedrigen Polarsonne nicht mehr hinabreichen konnten, gehörte ebenso zu dem Sammelsurium unerklärlicher Erscheinungen im Gepäck des Meteorologen Borowoj.

An diesem Tag wurde das Nachtlager auf einem Hügel in der Nähe eines größeren, schnell strömenden Baches aufgeschlagen. Sein Wasser war klar, und das ersparte den Expeditionsteilnehmern die Mühe, für ihren Tee und die Suppe Schnee aufzutauen.

Ein unerklärlicher Sonnenstand

Nach dem Abendbrot stellte der Meteorologe erneut seinen Höhenmesser auf. Er war fest davon überzeugt, daß nach einem so langen und gefährlichen Abstieg auf einer Wegstrecke von fünfundvierzig Kilometern das Quecksilber des Thermometers mindestens 130 Grad plus anzeigen und die Tiefe eine Rekordzahl von zehntausend Metern erreichen würde. Er hatte sogar im voraus die Höhenwerte für die Siedepunkte von 130 bis 135 Grad plus errechnet, um damit seine Kameraden zu verblüffen. Doch wie groß war erst sein Erstaunen, als das Thermometer lediglich 120 Grad plus anzeigte!

„Meine Kollektion hat sich abermals vervollständigt", erklärte er feierlich. „Natürlich zweifelt keiner von Ihnen daran, daß wir heute die ganze Zeit über – und zwar sehr schnell – bergab gestiegen sind."

„Freilich, was sonst! Wasser fließt doch nicht den Berg hinauf!" erklang es von allen Seiten her.

„So! Aber der Höhenmesser zeigt an, daß wir bergauf gefahren und im Tagesverlauf mehr als siebzehnhundert Meter hinaufgestiegen sind. Wie gefällt Ihnen denn das?"

Nachdem sich alle davon überzeugt hatten, daß Borowoj nicht scherzte, erklärte dieser:

„Vermutlich werden wir sehr bald, auch wenn wir immer tiefer hinabsteigen, aus dieser seltsamen Einsenkung herauskommen und zwar vielleicht direkt am Nordpol."

„Und ich meine, daß sich irgendeine Katastrophe ankündigt", sagte Gromeko geheimnisvoll. „In diesem rätselhaften Loch herrscht eine ungewöhnliche Luftleere vor. Der sinkende Luftdruck kündet einen

Orkan, einen Zyklon, ein Taifun, einen Tornado oder etwas in dieser Art an. Und in Erwartung dieser Unruhen rate ich allen vernunftbegabten Wesen, in die Schlafsäcke zu kriechen, um das Ganze unbeschadet zu überstehen."

Alle, selbst Borowoj, lachten, aber sie befolgten den Ratschlag des Arztes. Der Meteorologe überzeugte sich vorher fürsorglich davon, daß die Zeltpfähle fest verankert und die Halteseile gut gespannt waren. Er befürchtete tatsächlich eine Naturkatastrophe, fand keinen ruhigen Schlaf, wachte andauernd auf und lauschte, ob der Wind vielleicht stärker geworden war und das erwartete Unwetter losbrechen würde. Doch alles blieb ruhig, der Wind heulte gleichmäßig – wie immer –, die Reisegefährten schnarchten, die Hunde knurrten und winselten ab und zu im Schlaf. Borowoj ließ den Kopf ins Kissen sinken, versuchte die beunruhigenden Gedanken zu verscheuchen und einzuschlafen.

Am Morgen trat er als erster aus dem Zelt, um die in der Nacht aufgestellten Meßgeräte abzulesen. Die anderen lagen noch in ihren Schlafsäcken.

Plötzlich wurde die Zeltwand zurückgeschlagen: Der Meteorologe stürzte blaß und mit weit aufgerissenen Augen herein und stotterte:

„Wenn ich allein wäre, würde ich nicht mehr daran zweifeln, daß ich endgültig den Verstand verloren habe."

„Was ist denn nun schon wieder los? Was für eine Katastrophe ist denn hereingebrochen?" fragten ihn die Expeditionsmitglieder, teils erschrocken, teils ironisch.

„Wolken und Nebel haben sich fast vollständig aufgelöst, und die Sonne, stellen Sie sich das vor: die Polarsonne steht im Zenit!" rief Borowoj aus.

Alle stürzten zum Ausgang, drängelten einander und versuchten als erste draußen zu sein.

Über der vereisten Ebene hing ein leichter Nebel, und ihn durchschien, mal heller, mal trüber, eine rötliche Scheibe, die senkrecht über den Köpfen der Forscher stand, also nicht niedrig am Himmel, wie es einer Polarsonne Anfang Juli um fünf Uhr morgens am achtzigsten Breitengrad zukam.

Alle standen, den Kopf zurückgeworfen, und blickten schweigend auf diese seltsame Sonne, die an einem Platz stand, der ihr nicht gebührte.

„Dieses Fridjof-Nansen-Land ist beileibe ein Unikum", sagte endlich Makschejew mit einer Mischung von Tragik und Ironie in der Stimme.

„Ist das nicht vielleicht der Mond?" meinte Papotschkin. „Womöglich ist jetzt Vollmond."

Borowoj blätterte in seinem kleinen Nachschlagewerk.

„Wir haben jetzt tatsächlich Vollmond, aber diese rote Scheibe da ähnelt in keiner Weise dem Mond. Sie leuchtet stärker und strahlt fühlbare Wärme ab."

„Vielleicht gibt es auf dem Fridtjof-Nansen-Land . . .", begann Makschejew, doch Kaschtanow unterbrach ihn:

„In den polaren Gegenden steht der Mond den Sommer über niemals im Zenit. Entweder sieht man ihn ganz oder gar nicht, oder aber er steht sehr niedrig."

„Wenn das weder der Mond noch die Sonne ist, was soll das sonst sein?"

Darauf hatte niemand eine Antwort parat. Alle setzten ihre Mutmaßungen fort und widerlegten sie sogleich. Nach dem Frühstück wurde der Marsch wieder aufgenommen. Das Thermometer zeigte eine Erwärmung bis acht Grad über Null an. Der Nebel verdichtete sich bald und verbarg die rote Scheibe, dann verflog er ganz, und man sah den rätselhaften Himmelskörper unverändert im Zenit stehen. Der Weg führte auch weiter am Ufer eines großen Baches entlang, immer den Abhang der vereisten Fläche hinab. Das Gefälle schien jetzt nicht mehr so steil zu sein.

Die Hunde liefen flott drauf zu, und die Expeditionsmitglieder saßen auf den Schlitten, nur manchmal sprangen sie ab, um das Geschirr zu richten oder eine kleine Brücke über einen tieferen Wasserlauf zu legen.

Gegen Mittag wurde wie gewöhnlich eine Rast eingelegt.

Daß es Mittag war, zeigten übrigens nur die Uhren an. Die Sonnc stand weiterhin im Zenit, und es schien, als wolle sie ihren Platz nicht räumen.

„Das wird ja immer verflixter", brummte Borowoj. „Auch unter 80° nördlicher Breite muß sich die Sonne am Himmel bewegen, sie kann doch nicht einfach an einer Stelle stehenbleiben. Die Erde dreht sich immerhin!"

Während der Rast bestimmte Borowoj die Sonnenhöhe, die 90° betrug.

„Man könnte meinen, wir befinden uns am Tag der Sonnenwende in den Tropen oder am Äquator, wenn Tag und Nacht gleich lang sind!" sagte er, nachdem er seine Beobachtung abgeschlossen hatte. „Welchen Breitengrad soll ich mit Ihrem Verlaub eintragen? Ihr könnt mich totschlagen, aber ich begreife nicht, wo wir uns aufhalten und was um uns herum geschieht. Die Gedanken im Kopf verheddern sich, alles ist wie ein seltsamer Traum!"

Im Grunde teilten alle die Gefühle Borowojs und konnten keinerlei Erklärung für dieses neue, unbegreifliche Phänomen finden, das mit seiner Rätselhaftigkeit alles bisherige übertraf: die widersprüchlichen Angaben der Meßgeräte, die immer gleichbleibende Windrichtung, die undurchsichtige Wolkendecke, die ungewöhnliche Wärme, das rötliche Licht und jene ungeheuerliche Einsenkung von einer auf der Erde nicht gekannten Tiefe.

Während der Mittagsrast stellten die Männer alle nur möglichen Vermutungen über Katastrophen an, die mit der Erde geschehen sein konnten, während die Expedition auf der „Polarstern" und dem Fridtjof-Nansen-Land von der übrigen Welt abgeschnitten war.

Polartundra

Gegen Abend verwandelte sich die vereiste Ebene allmählich in eine von flachen Eishügeln übersäte Landschaft. Ein leichter Nebel hing in der Luft, doch er verbarg nicht die rötliche Sonne, die – als wolle sie die Forscher verhöhnen, welche sie weiterhin voller Staunen beobachteten – noch immer im Zenit stand.

Es war an der Zeit, das Nachtlager aufzuschlagen, doch auf den Eishügeln war das nicht so einfach: Zwar boten sie Platz genug, aber das Wasser befand sich tief unten in den Mulden, und es erwies sich als unmöglich, die glatten Eishänge hinabzusteigen. Deshalb zog man weiter, immer in der Hoffnung, einen passenderen Rastplatz zu finden, um so mehr, da die Expeditionsmitglieder durch den Nebel hindurch eine dunkle Ebene zu erkennen glaubten.

Und tatsächlich: Gegen sieben Uhr abends wurden die Eishügel nach und nach niedriger. Sie umsäumten mit flachen weißen Eiszungen, die riesigen Zacken glichen, die dunkle Ebene, in welche Bäche drangen, die zwischen sumpfigen Ufern weiterflossen. Die Hundeschlitten kamen plötzlich, nachdem sie das Eis verlassen hatten, auf der weichen, kahlen Erde zum Stehen. Die Hunde ließen ihre Zungen heraushängen und weigerten sich weiterzuziehen. Alle sprangen von den Schlitten. Den letzten Kilometer hatten die Forscher in der gespannten Erwartung einer neuen Überraschung zurückgelegt, die ihnen das Fridtjof-Nansen-Land nun als schneefreie Ebene bringen würde.

Wie verabredet bückten sich die Männer alle auf einmal und berührten nach so vielen Tagen in Eis und Schnee diese lang ersehnte Erde. Sie war bräunlichschwarz, von Feuchtigkeit durchdrungen und klebrig, jedoch nicht völlig nackt, sondern von spärlichen vergilbten Grashalmen und geknickten, krummgewachsenen Zweigen eines blattlosen niedrigen Gesträuchs bedeckt. Die Füße versanken nahezu vier Zentimeter tief im Boden, und unter den Sohlen quoll gelbliches Wasser hervor.

„Was halten Sie nun davon?“ brummte Kaschtanow. „Bei 81° nördlicher Breite verschwindet der Schnee, es ist so warm wie in Finnland, und die Sonne steht im Zenit.“

„Sagen Sie bloß, wir werden unser Zelt in diesem Sumpf aufschlagen müssen?“ fragte Papotschkin bekümmert.

„Das ist kein Sumpf, sondern Tundra“, belehrte ihn Makschejew.

„Das macht die Sache auch nicht leichter“, bemerkte Borowoj. „Die Hunde wollen nicht weiter, und in diesem Dreck zu übernachten ist beileibe nicht sonderlich angenehm. Besser wäre es schon, wir kehrten aufs Eis zurück!“

Alle blickten sich um, in der Hoffnung, ein trockenes Plätzchen ausfindig zu machen.

„Dort drüben sieht es ganz gut aus“, rief Gromeko und wies nach vorn. Auf der bräunlichschwarzen Erde erhob sich ein flacher Hügel, etwa ein Kilometer von den Eiszungen entfernt.

„Aber wie kommen wir dorthin?“

„Keine Sorge, es wird schon klappen. Wir müssen den Hunden helfen!“

„Versuchen wir es auf Skiern! Damit wir weniger einsacken.“

Auf Skiern war das Laufen in der Tat leichter. Die Hunde zogen langsam die entlasteten Schlitten, von hinten wurde mit Stöcken nachgeholfen. Nach einer halben Stunde war der Hügel erreicht. Er stand ungefähr acht Meter über der Ebene und bot eine trockene, bequeme Stelle für das Nachtlager. An seinen Hängen sproß zwischen vergilbtem Gras aus dem Vorjahr junges Grün, und am niedrigen Gesträuch begannen die Knospen aufzubrechen.

Das Zelt wurde auf dem höchsten Punkt des Hügels aufgeschlagen, Hunde und Schlitten fanden an seinem Abhang Platz. Im Norden schimmerte der gleichmäßig hohe Eiswall, er erstreckte sich nach beiden Seiten bis zum Horizont. In der Ferne bekam die schwärzlichbraune Ebene eine grünliche Färbung.

In etwa fünfzig Schritt Entfernung von dem Hügel floß lautlos zwischen morastigen Ufern ein breiter Wasserlauf. Über der Ebene hing Nebel.

Die ab und zu durchschimmernde rötliche Sonne stand immer noch im Zenit, obwohl die Uhren bereits auf halb neun abends standen. An diesem Tag hatte die Expedition fünfzig Kilometer zurückgelegt.

Während Borowoj das Wasser zum Sieden brachte, stellten die anderen alle möglichen Vermutungen darüber an, welche Temperatur das Meßgerät nach einem so offensichtlich langen Abstieg anzeigen würde.

Die einen sprachen von 125, die anderen von 150 Grad. Makschejew schloß sogar mit Papotschkin eine Wette ab.

„Keiner von Ihnen hat gewonnen", erklärte der Meteorologe nach seiner Messung. „Das Thermometer zeigt nur 110 Grad."

„Trotzdem war ich der Wahrheit am nächsten", sagte Makschejew. „Ich wettete auf 115 Grad."

„Wäre es nicht das Beste, all diese untauglichen Geräte zu zerschlagen?" fragte Borowoj gallig.

„Sie nehmen sich diese unverständlichen Kunststückchen des Luftdrucks aber wirklich sehr zu Herzen", beruhigte ihn Kaschtanow, „als ob Sie dafür verantwortlich sind!"

„Das meine ich nicht. Mir geht es darum, daß der Höhenmesser unbrauchbar ist. Wozu sollen wir ihn dann noch mit herumschleppen?"

„Im Augenblick ist er aus einem uns unbekannten Grund nicht zu gebrauchen, später jedoch kann er uns von großem Nutzen sein."

Nach dem Abendbrot berieten sich die Forscher über den weiteren Verlauf der Expedition. Sollte sich die schneefreie Tundra, so merkwürdig das auch sein würde, noch weiter nach Norden hinziehen, so wäre ein großer Teil der Ausrüstung nicht nur überflüssig, sondern gar für das Tempo des Fortkommens hinderlich. Es wäre sinnlos, die Skier, Schlitten, Hunde, ihr Futter, die überflüssige warme Bekleidung, einen großen Teil des Brennspiritus und selbst das stabile Winterzelt mitzuführen. Bei dem inzwischen eingetretenen warmen Wetter könnte man sich mit einem leichten Zelt begnügen und Heizmaterial in der Tundra sammeln.

Darum beschloß man, das Lager auf dem Hügel nicht abzureißen und zwei Spähtrupps nach verschiedenen Richtungen auszusenden, um das Gelände zu erkunden und die Möglichkeiten des Vorwärtskommens in Erfahrung zu bringen. Danach könnte alles Überflüssige in einem Depot auf dem Hügel für den Rückweg über das Eis hinterlassen werden.

Wanderhügel

Am folgenden Tag blieben Igolkin und Borowoj bei der Jurte zurück; der eine sollte die Hunde beaufsichtigen, der andere seine meteorologischen Beobachtungen anstellen. Die übrigen vier Männer machten sich paarweise in zwei Trupps auf den Weg. Kaschtanow und Papotschkin gingen in südöstlicher, Makschejew und Gromeko in südwestlicher Richtung los. Alle liefen mit Skiern, wollten sie jedoch ablegen, sobald der Boden unter den Füßen trocken genug sein würde.

Jeder Forscher führte ein Gewehr mit sich, es war kaum anzunehmen, daß in der Tundra kein Wild anzutreffen sei – so wie in der Schnee-Ebene. Die Unruhe unter den Hunden in der Nacht ließ die Vermutung zu, daß man irgendwelchen Tieren begegnen könnte. Frisches Fleisch würde nicht nur den Menschen, sondern auch den Hunden sehr willkommen sein.

Kaschtanow und Papotschkin stießen nach einer kurzen Wegstrecke auf einen breiten Wasserlauf, hinter dem sich die Tundra ausdehnte.

Bald wurde sie so trocken, daß die Männer ihre Skier ablegen konnten. Diese wurden zu einer Pyramide aufgestellt und oben mit einer Schnur zusammengebunden, damit man sie auf dem Rückweg leichter wiederfinden konnte.

Auf dem trockenen Tundraboden sproß bereits junges Gras, und die niedrigen Sträucher waren von ersten Blättern und Blüten bedeckt. Nebel hing über der Ebene, und zuweilen kam er als feiner Sprühregen herab. Doch zwischendurch strahlte die wärmende Sonne, deren Scheibe nur verschwommen sichtbar wurde.

Etwa zehn Kilometer von dem aufgeschlagenen Lager entfernt, bemerkten die Wanderer in der Landschaft einige dunkle Hügel mit Steilhängen, deren Umrisse im Nebel nicht klar zu erkennen waren.

„Was für ein herrlicher Platz, um Ausschau zu halten!“ rief Papotschkin. „Auf dieser glatten Ebene läßt sich von einer Erhöhung aus weit ins Land hineinblicken.“

„Noch interessanter sind die Gesteine, die wir auf diesen Hügeln finden werden“, entgegnete Kaschtanow. „Bisher war die geologische Ausbeute unserer Expedition äußerst dürftig.“

„Und die zoologische noch magerer!“

„Dafür wird uns die Tundra jetzt belohnen. Nach Form und Färbung dieser Hügel zu urteilen, müßte es sich um Basaltkuppen oder andere vulkanische Gesteinsarten handeln.“

Die beiden Forscher rannten fast auf das Ziel zu, das ihre Neugier erweckt hatte. Mal war es zu sehen, mal wiederum ganz vom Nebel verhüllt.

Kaschtanow und Papotschkin liefen etwas über eine Viertelstunde, und die dunklen Hügel schienen noch immer genauso weit wie zu Beginn.

„Dieser verdammte Nebel macht es einem schwer, die Entfernung richtig einzuschätzen!“ sagte der Zoologe und blieb stehen, um zu verschnaufen. „Ich war sicher, daß es bis zu den Hügeln nicht weit ist, aber wir rennen und rennen, und sie sind uns kein Stück näher gekommen. Ich bin völlig außer Atem.“

„Nun gut, dann wollen wir uns etwas ausruhen“, meinte Kaschtanow. „Die Hügel werden uns schon nicht davonlaufen.“

Sie standen, auf ihre Flinten gestützt, da. Plötzlich rief Papotschkin, der zu den Hügeln hinüberschaute:

„Komisch, wenn das mal keine optische Täuschung ist! Mir schien eben, als bewegten sich unsere Hügel!“

„Nebelschwaden ziehen, deshalb scheint das so“, entgegnete Kaschtanow gelassen und zündete sich seine Pfeife an.

„Aber nicht doch, jetzt sehe ich ganz deutlich, daß die Hügel sich bewegen! Sehen Sie doch hin, da!“

Unweit von den Forschern waren deutlich vier dunkle, massive Blöcke zu sehen, die sich langsam durch die Tundra fortbewegten.

„Basalthügel und andere vulkanische Gesteine bewegen sich gewöhnlich nicht von der Stelle“, bemerkte Papotschkin sarkastisch. „Aber in diesem rätselhaften Land unerklärbarer Phänomene wandern vielleicht auch Hügel von einem Ort zum anderen. Schade, daß Borowoj nicht hier ist!“

Kaschtanow hatte unterdessen sein Fernglas hervorgeholt und auf die wandernden Hügel gerichtet.

„Wissen Sie was, Semjon Semjonowitsch“, sagte er mit vor Erregung bebender Stimme, „diese Hügel fallen nicht in meine, sondern in Ihre Zuständigkeit, denn es sind große elefantenähnliche Tiere. Ich erkenne deutlich ihre langen Rüssel.“

Die Forscher liefen weiter voran und blieben erst stehen, als sich der Nebel wieder gelichtet hatte. Die dunklen Massen waren schon erheblich näher gekommen.

„Legen wir uns hin", sagte der Zoologe, „sonst bemerken sie uns noch und laufen weg."

Beide legten sich auf die Erde. Nun blickte Papotschkin durchs Fernglas und wartete auf einen günstigen Augenblick. Schließlich zerteilte sich der Nebel so weit, daß man klar vier elefantenartige Tiere erkennen konnte, die mit ihren Rüsseln die Zweige niedriger Sträucher abrissen und sie geschickt in ihr Maul beförderten. Es waren drei große Tiere und ein kleineres.

„Sie haben ungeheuer große, stark gekrümmte Stoßzähne", sagte Papotschkin, „ein rotbraunes Fell und kurze Schwänze, mit denen sie vergnügt wedeln. Wenn ich nicht wüßte, daß das Mammut auf unserer Erde ausgestorben ist, würde ich sie nicht für Elefanten, sondern für Mammute halten ... Aber in diesem ungewöhnlichen Land kann durchaus auch das Mammut erhalten geblieben sein."

Kaschtanow lud inzwischen seine Flinte mit einem Sprenggeschoß und zielte auf ein Tier, das am nächsten stand und ihm die linke Flanke zukehrte.

Ein ohrenbetäubender Knall zerriß die Stille. Das Tier warf seinen Rüssel hoch und ging mit den Vorderbeinen in die Knie, erhob sich wieder, lief noch ein paar Schritte und sank dann auf der Erde nieder.

Die anderen Tiere stoben auseinander, hoben ihre Rüssel, stießen einen langgezogenen Laut aus, der an das Brüllen eines Stiers erinnerte, und verschwanden mit schwerfälligem Trab im Nebel.

Vor Ungeduld fiebernd, stürzten Kaschtanow und Papotschkin zu ihrer Beute hin. Das Tier lag auf der rechten Seite, es hatte die Beine von sich gestreckt und den Kopf mit seinen ungeheuerlichen Stoßzähnen zurückgeworfen. Aus der klaffenden Wunde unter dem Schulterblatt floß ein breiter Blutstrom, der runde Bauch hob und senkte sich noch im Krampf, während der Rüssel erzitterte.

„Vorsicht!" sagte Kaschtanow. „In der Agonie kann das Tier noch so wild mit dem Rüssel oder den Beinen ausschlagen, daß wir unsere Knochen aufsammeln können."

Die beiden Jäger blieben etwa zehn Schritt vor dem Tier stehen und betrachteten es erregt und voller Neugier.

„Ich glaube auch, es ist ein Mammut", sagte Kaschtanow. „Die gewaltigen Ausmaße – der Koloß ist beinahe sechs Meter lang –, die nach innen gekrümmten Stoßzähne, die lange, rotbraune Behaarung ... – all das sind Merkmale eines Mammuts. Außerdem gab es in polaren Gegenden niemals Elefanten, während das Mammut in der sibirischen Tundra lebte."

„Wenn ich es nicht mit eigenen Augen gesehen hätte, würde ich es niemals glauben. Das ist wirklich eine Entdeckung!"

„Nun, wohl keine größere als diese ganze tiefe Einsenkung und die grüne Tundra hier, unter dem einundachtzigsten Grad nördlicher Breite. Offenbar hat sich das Mammut auf diesem durch sein Eis völlig von anderen Regionen isolierten und klimatisch günstigen Festland des Polarkreises bis in unsere Tage hinein erhalten können. Es stellt sozusagen ein lebendes Fossil dar."

„Oder die urzeitliche Fauna des Fridtjof-Nansen-Landes hat sich so den neuen Bedingungen des Lebens angepaßt. Offensichtlich war dieses Land früher nicht durch Eis und Schnee von den anderen Regionen der Erde abgetrennt, und es hatte die gleiche Fauna und Flora wie der Norden Amerikas und Asiens. Später, vielleicht während der Eiszeit, fand das Mammut hier seine letzte Zuflucht."

„Und jetzt ist es von unserer Expedition entdeckt worden! Was aber machen wir nun mit diesem Ungetüm? Um es zum Lager zu transportieren, braucht man einen Plattenwagen mit einer Lokomotive davor!"

„Wenn das Mammut nicht zum Lager kommen kann, muß das Lager eben zum Mammut kommen", scherzte der Zoologe.

„Das ist eine Idee! Aber wenn es in der Tundra Mammute gibt, dann werden hier auch Bären, Wölfe, Polarfüchse, kurzum Raubtiere auftauchen. Und ehe wir hierhergezogen sind, haben sie unsere Beute verzehrt!"

„Das ist wahr! Wir werden das Mammut sofort ausmessen, es genau beschreiben und fotografieren. Zur ‚Polarstern' nehmen wir vielleicht einen Stoßzahn und einige Präparate aus Teilen des Gehirns, der Haut und des Fleisches mit."

„Den Rüssel aber, meine ich doch, wollen wir auf jeden Fall abtrennen, um ihn unseren Kameraden zu zeigen. Die werden vielleicht Augen machen! Und dann verspeisen wir ihn. Das wird ein Leckerbissen werden, wie ihn noch kein einziger Naturforscher zu sich genommen hat. Elefantenrüssel sollen sehr gut schmecken. Aber die Rüsselspitze müssen wir unbedingt aufbewahren, denn sie wurde bisher noch nie an Mammutkadavern gefunden, und man weiß dadurch nicht, wie sie beschaffen ist."

Die Jäger traten an das inzwischen leblose Mammut und begannen es abzumessen und sorgfältig zu untersuchen.

Papotschkin nahm die Maße ab, und Kaschtanow notierte. Dann wurde der Kadaver von allen Seiten her fotografiert. Dabei stellte sich der Zoologe stolz neben dem Tier auf, erkletterte es, um einen Maßstab zu haben. Ab und an rief er:

„Ist das nicht ein Ding! Im Expeditionsbericht wird es ein einmaliges Bild geben: der Wissenschaftler Papotschkin auf einem toten Mammut, aber keinem fossilen, sondern einem heute noch lebenden!"

Nachdem die Forscher ihre Arbeit abgeschlossen hatten, schnitten sie dem Tier den Schwanz, den Rüssel und ein Büschel seiner langen Behaarung ab, nahmen ihre Flinten auf und wollten zum Lager zurückkehren, doch da blickte der Zoologe ratlos um sich und sagte:

„Aber wo ist unser Lager? Ringsum nur Tundra, Nebel und keinerlei Sicht. Pjotr Iwanowitsch, wir haben uns verirrt! Ich weiß wirklich nicht, wohin wir gehen sollen . . ."

Kaschtanow bekam bei diesen Worten zunächst einen kleinen Schreck, dann aber sagte er lächelnd:

„Einem Menschen, der einen Kompaß in der Tasche hat, kann auch der Nebel nichts anhaben, denn er weiß, in welcher Richtung er vorher gegangen ist. Vom Nachtlager führte unser Weg exakt in südöstlicher Richtung, folglich müssen wir nach Nordwest zurückkehren."

„Aber als wir die Mammute sahen, sind wir aller Wahrscheinlichkeit nach nicht mit dem Kompaß gelaufen."

„Doch! Bevor ich den Kompaß wegsteckte, habe ich mir wie gewohnt unsere Marschrichtung gemerkt. Sie brauchen sich keine Gedanken zu machen, ich werde Sie schon zurückbringen."

Den Kompaß in der Hand, bewegte sich Kaschtanow sicher durch die Tundra, der Zoologe folgte ihm.

Zwei Stunden lang dauerte der Marsch über die Ebene. Die Nebelschwaden zogen noch immer niedrig über den Boden, manchmal verflogen sie, und dann wurde die Sicht in einem Umkreis von ein bis zwei Kilometern frei. Bei einer solchen Gelegenheit erblickte Kaschtanow endlich, etwas abseits von ihrem Weg, einen seltsamen Gegenstand, der sich über der Ebene erhob. Er machte den Zoologen darauf aufmerksam.

„Was ist das?" fragte Papotschkin. „Sieht ganz so aus wie das Gerüst einer Nenzenjurte. Gibt es hier etwa auch Menschen?"

„Ich nehme an, das sind unsere Skier. Sie haben vergessen, daß wir sie hier zurückgelassen haben."

„Ein Glück, dann gehen wir also richtig."

Als die Forscher ihre Skier erreicht hatten, brauchten sie sich keine Sorgen mehr zu machen, und sie steckten den Kompaß weg. Die Skispuren waren auf der feuchten Tundraerde noch gut auszumachen. Bald schon zeigte sich der Hügel mit dem Zelt in der Ferne.

Ein ungebetener Gast

Als die beiden Männer sich dem Hügel so weit genähert hatten, daß sie nicht nur die Jurte, sondern auch die Menschen und Tiere erkennen konnten, sagte Kaschtanow zu seinem Gefährten:

„In unserem Lager scheint nicht alles in Ordnung zu sein: Die Männer laufen aufgeregt hin und her, die Hunde bellen."

Sie blieben stehen, um besser hören zu können. Und tatsächlich war wütendes Hundegebell zu vernehmen, dann krachten drei Schüsse hintereinander.

„Es werden doch nicht Mammute oder andere urzeitliche Tiere angegriffen haben? Ich bin jetzt bereit, an alles zu glauben", sagte der Zoologe.

„Laufen wir schneller, vielleicht braucht man unsere Hilfe."

Sie rannten so schnell, wie es ihre Last und ihre Kräfte zuließen. Am Fuße des Hügels warfen sie die Skier und den Mammutrüssel ab und waren im Nu oben.

Die Hunde bellten und zerrten an ihren Leinen, die Jurte war leer. Auf dem gegenüberliegenden Abhang entdeckten Kaschtanow und Papotschkin eine dunkle Masse, neben der sich Borowoj und Igolkin mit Flinten in den Händen postiert hatten.

Die beiden Ankömmlinge stürzten zu ihren Kameraden hin.

„Was ist los?"

„Sehen Sie selbst!" antwortete Borowoj erregt. „Dieses seltsame Tier hat unsere Hunde angegriffen, oder es wurde von ihnen angegriffen. Wir saßen in der Jurte und haben den Beginn des Kampfes verpaßt. Kurzum, bevor wir mit unseren Flinten hinausliefen, hat es bereits zwei Hunde zertrampelt. Um es abzulenken, haben wir ihm ein paar Kugeln in den Bauch gejagt – mit dem Ergebnis einer tödlichen Magenverstimmung."

Igolkin zerrte die Hunde beiseite, die das erlegte Tier beschnupperten, und die drei Forscher machten sich daran, es genauer zu betrachten. Als Papotschkin und Kaschtanow den Kopf erblickten, riefen sie zugleich:

„Das ist ja ein Nashorn!"

„Ein Nashorn hier, auf dem Polarland?" meinte Borowoj ungläubig. „Es ähnelt zwar in der Tat ziemlich stark einem Nashorn, das ich allerdings bisher nur auf Abbildungen gesehen habe – aber kann es denn hier, in der Tundra, ein Tier geben, das in den Tropen beheimatet ist? Das kann ich nicht glauben!"

„Und werden Sie es uns abnehmen", unterbrach ihn Kaschtanow, „daß wir soeben auf einer Mammutjagd waren? Verstehen Sie: Wir haben ein Mammut getötet, das bislang als fossiles Tier galt, welches vor einigen zehntausend Jahren lebte . . .!"

„Haben Sie Erbarmen mit mir", schrie Borowoj, „scherzen Sie nicht so grausam! Ich fürchte um meinen Verstand. Alles, was wir in den letzten Tagen zu sehen bekamen, ist so ungewöhnlich, so widernatürlich! Mir scheint, ich träume, oder ich habe den Verstand verloren."

„Beruhigen Sie sich doch, mein Lieber", rief Kaschtanow und nahm Borowoj bei der Hand. „Wir alle sind durcheinander . . . Wir alle sind verblüfft angesichts dessen, was wir in den letzten Tagen zu verkraften hatten. All das ist merkwürdig und vorläufig unerklärlich, doch in der Natur gibt es nichts Widernatürliches! Denken Sie daran, daß wir uns auf einem abgelegenen Polarfestland befinden, das tief in die Oberfläche unseres Planeten eingesenkt und von der übrigen Welt durch einen breiten Eisgürtel abgeschnitten ist. Auf solch einem Festland können durchaus eigenartige physikalische Verhältnisse herrschen, die die Existenz des Mammuts ermöglichen, das wiederum in anderen Regionen der Erde längst ausgestorben ist. Warum kann also dessen Zeitgenosse – das Nashorn – nicht auch erhalten geblieben sein?"

„Ein afrikanisches oder indisches Nashorn in der Polartundra?"

„Kein afrikanisches, sondern ein sibirisches langhaariges Nashorn, das einst gemeinsam mit dem Mammut in der Tundra Sibiriens lebte."

„Ach so! Ich habe gar nicht gewußt, daß es solch ein Nashorn gab. Doch warum meinen Sie, dies hier sei kein afrikanisches?“

„Schauen Sie her: Es hat ein langhaariges, bräunliches Fell. Das Nashorn der tropischen Regionen dagegen ist kahl. Außerdem ist dieses hier größer als die heute noch lebenden Vertreter dieser Art von Säugetieren, und das vordere Horn ist von riesigen Ausmaßen und an der Seite abgeplattet.“

Als Borowoj sah, wie ruhig Kaschtanow und Papotschkin auf diese seltsame Begebenheit reagierten, bezwang auch er seine Erregung und fragte:

„Und wo ist das Mammut, auf das Sie Jagd gemacht haben?“

„Wir konnten es doch nicht auf unseren Schultern herschleppen“, sagte Papotschkin und lachte auf. „Wir haben es ziemlich weit weg von hier, in der Tundra, erlegt. Dort tauchte plötzlich eine kleine Herde von vier Tieren auf, und unser Geologe hielt sie aus einiger Entfernung für steile Basalthügel. Aber dann begannen zu unserem Entsetzen diese vulkanischen Hügel durch die Tundra zu wandern. Hahaha! Übrigens, wo ist unser Rüssel? Wir haben nur ihn und den Schwanz mitgebracht. Hoffentlich haben ihn nicht die Hunde aufgefressen!“

„Wir holen das Zeug rasch, ehe es zu spät ist!“

Das Fotografieren, Ausmessen und Beschreiben des Nashorns nahm mehr als drei Stunden in Anspruch. Erst dann dachten die Forscher an eine Ruhepause. Beim Frühstück fiel ihnen ein, daß ja noch zwei Kameraden fehlten, die bereits lange unterwegs waren, was sie nun mit Unruhe erfüllte.

„Mit dieser Sonne am Himmel, die ewig im Zenit steht, verliert man allmählich jedes Zeitgefühl“, brummte Borowoj. „Morgens, mittags, abends, alles das gleiche . . . Der Tag erscheint einem endlos.“

„Er ist in der Tat endlos, wenn die Sonne immer den gleichen Stand hat“, bestätigte Kaschtanow.

„Allerdings war in der vergangenen sogenannten Nacht das Licht etwas schwächer“, bemerkte der Meteorologe. „Obwohl Sie dazu neigten, dies mit dem dichteren Nebel zu erklären, bin ich da anderer Meinung. Ich verließ die Jurte gegen Mitternacht und sah, daß der Nebel nicht dichter als tagsüber war und die seltsame Sonne merklich schwächer schien. Auf ihrer Scheibe glaubte ich große dunkle Flecken zu erkennen.“

„Das ist hochinteressant", rief der Professor. „Warum haben Sie uns noch nicht von dieser neuerlichen merkwürdigen Erscheinung berichtet?"

„Merkwürdige Erscheinungen gibt es hier mehr als genug. Ich wollte die Sache erst noch einmal für mich überprüfen, bevor ich mit Ihnen darüber rede. Heute mittag habe ich erneut das verrückte Himmelslicht beobachtet und mich davon überzeugen können, daß keine dunklen Flecken zu sehen waren, so daß ich dachte, ich hätte mich heute nacht einfach nur geirrt."

„Ich glaube", sagte Papotschkin, „daß während unserer Reise durch das Fridtjof-Nansen-Land auf dem zentralen Gestirn unseres Planetensystems irgendeine Katastrophe geschah. Deshalb steht es auch unter achtzig Grad nördlicher Breite im Zenit und leuchtet Tag und Nacht."

„Vielleicht hat sich unsere Erde so gedreht, daß ihr nördliches Polargebiet nun der Sonne direkt zugewandt ist . . ."

„Das ist irgendwie unbegreiflich", brummte Borowoj, „wie konnte eine so erhebliche Neigung der Erdachse in so kurzer Zeit und ohne ernstliche Erschütterungen vor sich gehen?"

„Es kann doch sein, daß wir diese Erschütterungen in dem Eis und dem Nebel nicht bemerkt haben. Anders läßt sich dieser merkwürdige Sonnenstand meiner Meinung nach nicht erklären", beharrte Kaschtanow.

„Und warum sind Sie so fest davon überzeugt, daß dieser Himmelskörper über uns derselbe ist, den wir zuletzt über dem Kamm des Russki-Gebirges gesehen haben?"

„Was kann es sonst sein?" fragte Papotschkin verwundert.

„Warum sollte man nicht mit der gleichen Berechtigung annehmen, daß der Mond wieder ein glühender Himmelskörper geworden ist oder daß zufällig ein neues, selbständiges Himmelslicht in unser Planetensystem geraten ist, das die Erde zu seinem Trabanten gemacht hat?" meinte der Meteorologe mit einem ironischen Lächeln.

„Wozu diese vielen unglaublichen Vermutungen!" sagte Kaschtanow. „Es gibt doch Hypothesen über die Verlagerung der Drehachse unserer Erde, die auf geologischen Tatsachen beruhen. Damit erklärt man zum Beispiel die Vereisungen in Indien, Afrika, Australien, China und die subtropische Flora auf dem Franz-Joseph-Land, auf Grönland und in anderen Regionen während verschiedener erdgeschichtlicher Entwicklungsphasen."

„Darüber will ich nicht streiten, das müssen Sie ja besser wissen! Doch heute habe ich den Durchmesser dieses Himmelskörpers bestimmt. Es stellte sich heraus, daß er vierzig Minuten mißt, während der Sonnendurchmesser bekanntlich nur dreißig Minuten beträgt."

„Das ist ein äußerst wichtiger Fakt", rief Kaschtanow überrascht.

„Und außerdem: dieses rötliche Licht anstelle des gewohnten gelben ...?"

„Ist das nicht eine Folge des Nebels?" fügte Papotschkin ein.

„Das dachte ich zunächst auch, aber heute gelang es mir, den Himmelskörper zu beobachten, als sich der Nebel für eine gewisse Zeit völlig aufgelöst hatte. Und die Scheibe blieb trotzdem rötlich! So sieht die Sonne aus, wenn sie niedrig am Himmel steht und durch feuchtere, tiefe Luftschichten oder während eines Staubsturms scheint."

„Ja, auch das ist seltsam!"

„Und dann diese dunklen Flecken, durch die zu bestimmten Zeiten das Licht schwächer wird! Heute nacht werde ich versuchen, auch das zu überprüfen. Wenn sich die Flecken wiederholt zeigen, bin ich restlos davon überzeugt, daß nicht die Sonne, sondern etwas anderes über uns am Himmel steht."

„Und wo ist dann unsere Sonne geblieben?" fragte Papotschkin entgeistert.

„Woher soll ich das wissen? Das ist ein weiteres Glied in der Kette unbegreiflicher Erscheinungen, deren Zeuge wir in den letzten Tagen werden mußten."

„Tja, eine ganze Kette", sagte Kaschtanow nachdenklich. „Eine ungeheuerliche Einsenkung im Festland; die merkwürdigen Ausschläge der Magnetnadel; unbegreifliche Veränderungen des Luftdrucks; warmes Wetter am einundachtzigsten Breitengrad, das nach dieser Grenze zwischen dem Eis und der grünen Tundra gar nicht so unbegreiflich ist; Mammute und Nashörner, die hier umherziehen; eine Sonne, die keine ist und Tag und Nacht im Zenit steht ..."

„Und das ist noch nicht alles, davon bin ich fest überzeugt. Da kommen endlich unsere Kameraden. Ich gehe jede Wette ein, daß auch sie ein seltsames Faktum anbringen."

Alle sprangen hoch und blickten in die Ferne, wo die zwei Männer, die etwas Dunkles schleppten, bereits zu erkennen waren. Papotschkin stellte den Teekessel auf den Spirituskocher und berei-

tete ein Schaschlik aus Nashornfleisch zu. Die anderen liefen den Ankömmlingen entgegen.

„Das war heute aber eine Strapaze“, erklärte Makschejew. „Wir haben Kühe und Bullen gesehen, auf sie zwar geschossen, doch nur ein Kalb erlegt. Wir schleppen es schon drei Stunden lang.“

„Und wir haben eine interessante Tundraflora zusammengetragen, ganz einzigartig, ich würde beinahe sagen, fossile Pflanzen, wenn ich sie nicht selber gepflückt hätte!“ fügte Gromeko hinzu, der eine prall gefüllte Botanikmappe auf dem Rücken trug.

Während des Essens und Teetrinkens berichteten Makschejew und Gromeko, was sie gesehen hatten.

Zehn Kilometer ging es auf derselben Tundra vorwärts, nur daß sie etwas trockener war. Dann wurde die Vegetation üppiger, gab es Sträucher und sogar kleine Bäume ...“

„Polarbirken und Polarweiden, allerdings neuer Arten, dann auch dürre Lärchen“, fügte Gromeko hinzu, „wir sahen ebenfalls blühende Pflanzen, die mir entweder gänzlich unbekannt waren oder von verschiedenen Forschern als Vertreter der nachtertiären fossilen Flora Kanadas beschrieben worden sind."

„Schließlich stießen wir auf ein schmales, aber sehr tiefes Flüßchen, in dem wir keine Furt ausmachen konnten, und gingen stromabwärts weiter. Die Bäume überragten uns bereits, die Sträucher zwischen ihnen wurden zu einem fast undurchdringbaren Dickicht. Hier begegneten wir einer Herde wilder Rinder, die zur Tränke gekommen waren."

„Und wie sahen sie aus?" fragte Papotschkin neugierig.

„Am ehesten erinnerten sie an wilde Yaks", präzisierte Gromeko, „mit einem schwarzen, langhaarigen Fell, riesigen breiten Hörnern und einem Höcker auf dem Rücken."

„So sahen die Bullen aus, die anderen – offenbar Kühe – waren ein bißchen kleiner und hatten kürzere, nicht ganz so breite Hörner. Außerdem zogen noch einige Kälber mit ihnen. Ich hatte in der Tundra nur mit Sumpfvögeln und Kleintieren gerechnet, also nur Schrot mitgenommen."

„Und ich hatte überhaupt kein Gewehr bei mir."

„Es blieb uns nichts anderes übrig, als mit einer Kartätsche, die sich zufällig in der Patronentasche befand, auf das Kalb zu schießen. Die Herde floh ins Dickicht, und das Kalb stürzte in das Flüßchen. Wir haben es herausgezogen und mit dem Messer geschlachtet."

„Das Kalb wog gut fünfzig Kilogramm, und wir hatten einen Weg von zwölf Kilometern vor uns. Deshalb haben wir das Tier ausgenommen, obwohl wir uns denken konnten, daß Semjon Semjonowitsch darüber böse sein wird."

„Er fand genug anderen Trost", sagte Kaschtanow und lachte auf. „Wissen Sie, was für einen Schaschlik Sie eben gegessen haben?"

„Etwa von einem Polarhasen, was? Ich weiß gar nicht, gibt es so ein Tier?"

„Es war kein Hase, sondern ein Nashorn, obendrein ein längst ausgestorbenes!"

„Pfui Teufel! Sie haben also im ewigen Eis der Tundra den Kadaver eines Nashorns gefunden und beschlossen, von seinem Fleisch, das einige tausend Jahre alt ist, zu kosten?" sagte Gromeko verwundert. „Hätte ich das gewußt, ich hätte keinen Bissen davon angerührt. Jetzt wird mir speiübel."

„Aber der Schaschlik schmeckte gut, nur daß er etwas zäh war", meinte Makschejew.

„Kein Wunder bei so antikem Fleisch!"

„Und wissen Sie schon", mischte sich Papotschkin ein, „daß wir Sie zum Abendbrot mit gekochtem Mammutrüssel bewirten werden?"

„Das geht aber doch ein bißchen zu weit", empörte sich Gromeko. „Wollen Sie uns etwa vergiften? Sie stellen wohl Versuche darüber an, wie diverse urzeitliche Gefrierkadaver auf den Magen eines modernen Menschen wirken!"

Makschejew, der während seiner Wanderungen in Alaska und durch das Tschuktschenland das Ekeln verlernt hatte, sagte:

„Ich habe gelesen, daß der Elefantenrüssel ein leckeres Gericht sein soll. Also muß ein Mammutrüssel ein kulinarischer Superlativ sein."

„Nein, ich werde ihn nicht essen", rief Gromeko verärgert aus. „Ich brate mir lieber die Kalbsleber, die ist wenigstens frisch!"

Als die anderen das Erstaunen ihrer Kameraden genug genossen hatten, weihten sie diese in die Ereignisse, die sie an diesem Tag gehabt hatten, ein, zeigten ihnen den Kadaver des Nashorns, den Rüssel, den Schwanz und das Haarbüschel des Mammuts, woraufhin sich der Botaniker beruhigte. Er unterbreitete sogar Vorschläge, wie und womit der berüchtigte Rüssel zu kochen sei, nahm einige Knollen wilden Knoblauchs aus der Tasche, die er unweit von dem Ort der Tränke jener Wildrinder gefunden hatte.

„Dies wird den Rüssel gut durchwürzen, schade daß ich so wenig davon gefunden habe."

Beim Abendbrot beschlossen die Männer, noch einen Tag an dieser Stelle zu bleiben, um zu fünft jenes erlegte Mammut aufzusuchen, aus dem ein Fleischvorrat geschaffen und einige zur Präparierung bestimmte Teile gewonnen werden sollten, die dann zur Jurte getragen werden mußten.

„Jetzt können wir mit allem gebotenen Ernst beraten, wie wir unsere Reise fortsetzen werden und wohin es gehen soll", schlug Kaschtanow nach dem Essen vor. „Unsere Aufklärung hat uns genügend Stoff geliefert. Doch während unserer Unterhaltung können wir dem Zoologen beim Präparieren des Schädels von Nashorn und Kalb helfen. Übrigens, Semjon Semjonowitsch, zu welcher Art gehört Ihrer Meinung nach das Kalb?"

„Wenn ich das lebende Mammut und das sibirische Nashorn nicht mit eigenen Augen gesehen hätte", erwiderte der Zoologe, „würde ich behaupten, daß die von uns beobachteten Wildrinder den tibetanischen Yaks nahekommen. Doch nun muß ich annehmen, daß es sich um jene Urrinder handelt, die gemeinsam mit dem Mammut und dem Nashorn längst von der Erde verschwunden sind."

Truchanows Brief

Bei der Erörterung der weiteren Marschroute waren sich alle darüber einig, daß das Friedtjof-Nansen-Land der Expedition nicht nur viel Neues, sondern auch viele Rätsel gebracht hatte und daß die ungewöhnlichen Tatsachen mit jedem Tag des Vorwärtskommens zunahmen.

Die Abstecher des letzten Tages hatten gezeigt, daß hinter der Tundra ein Waldgebiet begann, das mit Hundeschlitten nicht mehr zu durchqueren war. Deshalb müßten die Schlitten, Skier, ein Teil des Gepäcks und die Hunde zurückgelassen werden, um den weiteren Weg zu Fuß und mit dem allernötigsten Gepäck auf dem Rükken zu bestreiten.

Aber es war völlig unklar, wie weit sich dieses Waldgebiet hinziehen und was dahinter liegen würde. Am wahrscheinlichsten war noch, daß Wärme, Pflanzen und Tiere sich lediglich auf den Grund der tiefen Einsenkung beschränken würden. Womöglich würden auf dem gegenüberliegenden Abhang der Senke erneut Schnee und Eis beginnen. Folglich brauchte man wieder Hundeschlitten und Skier.

Angesichts einer solchen Vermutung erwies sich ein anderer Plan für die künftige Marschroute als zweckmäßig. Man könnte auf den Hundeschlitten am Eissaum entlang weiter in die Tundra vordringen, um auf diese Weise die Ränder der gesamten Einsenkung zu erforschen, und in ihr Inneres Abstecher ohne Gepäck machen. Dann aber würde die Mitte der Einsenkung, die vermutlich mit ihrer Flora, Fauna und geologischen Struktur am interessantesten war, unerforscht bleiben. Da vom Eisrand her zahlreiche Wasserläufe in die Einsenkung flossen, müßten dort große Seen oder wenigstens ein großer See sein.

Jeder Plan hatte sein Für und Wider. Wofür sollte man sich nun entscheiden? Borowoj, Igolkin und Makschejew waren für die Marschroute am Eisrand entlang, die Naturforscher dagegen zogen es vor, in das Zentrum der Einsenkung zu ziehen, wo sie sich mehr Forschungsmaterial für ihre Spezialgebiete erhofften.

Schließlich hätten auch zwei Trupps gebildet werden können. Der eine könnte mit schwerem Gepäck am Rand vorstoßen, der andere die Einsenkung durchqueren, und beide würden sich dann auf der gegenüberliegenden Seite treffen. Doch wer konnte schon wissen, wie weit sich die Senke nach Osten oder Westen erstreckte, ja ob sie überhaupt umschritten werden konnte? Vielleicht würden sich die Hindernisse als unüberwindbar erweisen? Vielleicht würden beide Trupps oder einer von ihnen in eine ausweglose Lage geraten! Vielleicht führte diese Teilung gar zum Untergang der gesamten Expedition!

Die bevorstehende Entscheidung zu treffen war sehr schwer, zumal sie verhängnisvolle Folgen haben konnte.

Kaschtanow zog all das in Betracht und sagte zu seinen Kameraden, die immer noch erbittert stritten und jeweils auf ihren Vorschlägen beharrten:

„Erinnern wir uns doch daran, daß wir vom Initiator der Expedition für den Fall einer komplizierten Situation einen versiegelten Umschlag erhalten haben. Ihn dürfen wir öffnen, wenn wir nicht mehr wissen, wo wir uns befinden und was weiter zu tun ist. Meinen Sie nicht auch, daß dieser Augenblick jetzt gekommen scheint? In den letzten Tagen haben wir so viel Ungewöhnliches und Rätselhaftes erlebt, und jetzt wissen wir nicht einmal, wie es weitergehen soll."

Den Brief Truchanows hatten alle anderen vergessen, und Kaschtanows Vorschlag stieß auf allgemeine Zustimmung. Der Brief wurde einem Kasten entnommen, in dem man die wertvollsten wissenschaftlichen Geräte und das Bargeld aufbewahrte. Kaschtanow öffnete ihn und las laut vor:

„Liebe Freunde!

Wenn Sie diese Zeilen lesen, werden Sie sich möglicherweise in einer schwierigen Situation befinden. Doch ich hoffe, daß Ihre Erwartung, Rat und Aufklärung zu bekommen, von mir nicht enttäuscht wird.

Ich muß zunächst gestehen, daß ich Sie zu einem äußerst riskanten und ungewöhnlichen Unternehmen verführt habe. Wenn Sie gewußt hätten, wohin die Reise gehen sollte, hätten Sie mich vielleicht für verrückt erklärt und von der Expedition Abstand genommen. Ich hatte bereits einen Versuch unternommen: Ich weihte einen Wissenschaftler in meine Pläne ein und schlug ihm vor, die Expedition auf meine Kosten zu veranstalten. Doch er lehnte kategorisch ab und nannte mich einen Träumer, der jeden Sinn für die Realität verloren hätte.

Deshalb bestand die einzige Möglichkeit, eine Expedition zur Überprüfung meiner Theorien ins Leben zu rufen, darin, ihr Ziel und die eigentliche Aufgabenstellung zu verschweigen. Die Expedition mußte so den Anschein erwecken, als müsse sie zur Erforschung des noch unbekannten Gebietes der Arktis ausgerüstet werden. Denn es hätte sich auch herausstellen können, daß meine Theorien tatsächlich unbegründet sind und die Expedition lediglich vom Eis eingeschlossene Inseln entdeckt, sich auf deren Erforschung beschränkt und wohlbehalten zurückkehren würde. In diesem Fall wären meine Ausgaben gleichsam nicht vergeblich gewesen, da die Expedition ein für allemal die Haltlosigkeit meiner Hypothese bewiesen und zugleich den letzten großen weißen Fleck auf der Landkarte der Arktis getilgt hätte.

Doch nun komme ich zum Kern der Sache. Eine Reihe von Beobachtungen auf den Sternwarten des Montblanc, des Munku-Sardyk, das Studium der Fachliteratur, die Erkenntnisse der Erdbebenforschung und das Wissen um die Verteilung und Anomalie der Schwerkraft brachten mich auf die Hypothese, daß der Kern unseres Planeten gänzlich anders beschaffen ist und zwar nicht so, wie es die Geologen und Physiker bisher annahmen. Ich bin davon überzeugt, daß die Erde in ihrem Innern einen mehr oder weniger großen Hohlraum hat, möglicherweise mit einer kleinen zentralen Sonne, die bereits erloschen sein kann. Dieser Hohlraum kann mit der Erdoberfläche der Erdkugel durch eine beziehungsweise zwei mehr oder minder große Öffnungen verbunden sein, was die Möglichkeit bietet, in das Innere dieser Hohlkugel einzudringen.

Meine Überlegungen konnten nur durch eine speziell ausgerichtete Expedition zur Auffindung einer dieser Öffnungen bestätigt oder widerlegt werden, die freilich in den vielen unerforschten Regionen der Arktis und der Antarktis zu suchen wären. Für den Anfang entschied ich mich für die Arktis als das einer russischen Expedition am besten zugängliche Gebiet.

Sollte es Ihnen gelungen sein, die Öffnung zu finden, so versuchen Sie, in diese hinabzusteigen. Vielleicht haben Sie diesen Abstieg bereits unbemerkt vollzogen – in der Annahme, daß es sich um eine tiefe Einsenkung im Festland handelt.

Wenn das zutrifft und Sie noch genügend Kräfte und Transportmittel besitzen, probieren Sie ruhig, noch tiefer hinabzusteigen, um diesen inneren Hohlraum der Erde soweit wie möglich zu erforschen, ohne jedoch dabei Ihr Leben aufs Spiel zu setzen.

Sollte diese Aufgabe aus irgendeinem Grund Ihre Kräfte übersteigen, dann kehren Sie zurück, denn allein die Entdeckung eines Eingangs in den inneren Hohlraum der Erde wäre schon eine außerordentliche Feststellung. Dann könnte die Erforschung des Hohlraumes selbst einer anderen, auf Grund der gesammelten Erfahrung neu ausgerüsteten Expedition übertragen werden. Als wahre Wissenschaftler werden Sie – da bin ich sicher – an der Schwelle grandioser und wunderbarer Entdeckungen nicht haltmachen wollen. Doch ich bitte Sie darum, die Lage gründlich zu prüfen, alle Argumente dafür und dagegen abzuwägen und allein der Vernunft zu folgen, um das bereits Erreichte nicht zu gefährden.

Vielleicht teilen Sie sich in zwei Hälften, von denen die eine in die Tiefe des Hohlraums vordringt und die andere am Eingang bleibt, um entweder der ersten zu Hilfe zu eilen oder der Wissenschaft die Nachricht von der großen Entdeckung zu überbringen.

Ich bin zutiefst traurig, daß es das Schicksal mir verwehrt hat, an Ihrer Arbeit, Ihren Entbehrungen und Entdeckungen teilzuhaben und daß ich mich mit diesem Brief begnügen muß. Wenn er Ihnen keinerlei Klarheit gebracht hat, nehmen Sie ihn einfach nicht zur Kenntnis. In jedem Falle aber wünsche ich Ihnen von ganzem Herzen viel Erfolg.

Nikolai Truchanow

„Polarstern", am 14. Juni 1914

Das Land des ewigen Lichts

Alle Expeditionsteilnehmer lauschten mit zunehmendem Interesse und Erstaunen dem Wortlaut des Briefes.

Als Kaschtanow ihn verlesen hatte, herrschte einige Zeit lang Schweigen.

Jeder überdachte das Gehörte und versuchte, es mit den seltsamen Tatsachen und Erscheinungen der letzten Tage in Zusammenhang zu bringen.

„Jetzt ist mir einiges klar“, sagte Borowoj mit einem Seufzer der Erleichterung in der Stimme. „Ich begreife nun diese Sonne im Zenit, diese Wärme, das Mammut und das Nashorn, den ständigen Nebel und die Launen des Kompasses. Nur die Streiche des Barometers kann ich mir noch nicht zur Genüge erklären.“

„Ja, fast alles wird jetzt klar“, bestätigte Kaschtanow. „Ich glaube, daß der Abstieg in die Öffnung der Erdkugel am Paß des Russki-Gebirges begann. Die Eisbarriere ist offenbar der äußerste Rand, jene Stelle, an der die Abschrägung einsetzt. Als wir das Eis überwunden hatten, befanden wir uns bereits im Innern des Hohlraums und bewegten uns statt nach Norden nach Süden, so wie es der Kompaß auch richtig anzeigte, obwohl wir unsere Marschrichtung nicht geändert hatten. Dann stieg das Gelände wieder an, und nachdem wir das flache Eisgebirge passiert hatten, landeten wir in der Tundra unweit der Ausläufer des Eises, das sich aus dem in der Tiefe des Hohlraums angewehten Winterschnee bildet. Das Mammut, das Nashorn und das Urrind haben sich in dem gleichmäßigen und günstigen Klima erhalten. Außerdem fehlt hier der Mensch, der sie ausrottet.“

„Jawohl! Wir haben diesen inneren Hohlraum kaum betreten, und schon sind drei seiner Bewohner tot . . .“ bemerkte Gromeko.

„Die Sonne, die wir ständig im Zenit sehen, ist offenbar ein tatsächlicher kleiner Kern der Erdkugel. Er befindet sich noch im glühenden Zustand und spendet der inneren Oberfläche der dicken und vollständig erhärteten Hülle, von der wir bisher nur die äußere Seite kannten, Licht und Wärme. Jetzt können wir dank der Truchanow-Expedition wenigstens einen Teil dieser inneren Oberfläche kennenlernen, die uns zweifelsohne sehr viel Interessantes und Unerwartetes bringen wird. Schon bei den ersten Schritten sind wir einer auf der Erdoberfläche längst verschwundenen Flora und Fauna begegnet."

„Wir sollten diesem neuentdeckten Land einen Namen geben. Sonst sagen wir andauernd innere Oberfläche und äußere Oberfläche. Das ist doch schon nicht mehr das Fridtjof-Nansen-Land", erklärte Makschejew.

„Richtig, es ist zu groß und außerdem vom Fridtjof-Nansen-Land durch eine Eisbarriere getrennt ... Wie wollen wir es also nennen?" fragte Gromeko.

„In diesem Land herrscht immer Tag. Der im Innern unseres Planeten verborgene Leuchtkörper entspricht gleichsam den Vorstellungen der antiken Völker vom Gott des Feuers, der unter der Erdoberfläche wohnen soll. Ich schlage daher vor, diesen Leuchtkörper Pluton und das Land Plutonien zu nennen", sagte Kaschtanow.

Es wurden noch andere Namen vorgeschlagen, doch nach einer kurzen Diskussion stimmten alle zu, daß Plutonien der passendste sei.

„Jetzt noch eine wichtige Frage: Wollen wir uns damit zufriedengeben, daß wir zwar nicht nur die Öffnung entdeckt haben, sondern auch in sie hinabgestiegen sind und ein Stückchen Plutonien gesehen haben? Kehren wir nun zur ‚Polarstern' zurück, um Truchanow die glänzende Bestätigung seiner Schlußfolgerungen zu überbringen? Oder versuchen wir, weiter in das Land des ewigen Lichtes vorzudringen?"

„Natürlich machen wir nicht Halt! Vorwärts, solange unsere Kräfte und Vorräte reichen", klang es von allen Seiten.

„Auch ich bin dieser Meinung", sagte Kaschtanow, „aber wie organisieren wir die weitere Erforschung Plutoniens?"

„Ich nehme an, je weiter wir vorstoßen, desto wärmer wird es. Denn Schnee und Eis sind das Ergebnis des Eindringens von Kälte und atmosphärischen Niederschlägen auf der äußeren Erdoberfläche. Schlitten, Skier und Hunde werden uns nur lästig. Wir müssen sie zurücklassen."

„Man kann die Hunde nicht alleinlassen. Also sollten wir dem Ratschlag Truchanows folgen und einige Expeditionsteilnehmer abstellen. Wenigstens zwei Mann, denn wem kann zugemutet werden, die Einsamkeit so lange allein zu tragen? Diese beiden warten hier mit Schlitten, Hunden und dem überflüssigen Gepäck und machen in der Zeit in der Tundra und an der Eisgrenze ihre Beobachtungen. Wenn die anderen zu einem vorher festgelegten Termin nicht zurückgekehrt sind, dann müssen diese zwei versuchen, auf einem Hundeschlitten zur ‚Polarstern' zu gelangen, um dort den Bericht von unseren Entdeckungen zu überbringen. Sie würden dann die Anführer einer neuen Expedition zur Suche nach dem verschollenen Trupp und zur weiteren Erforschung Plutoniens werden."

„Aber wie wollen die Verschollenen durch das Eis zurückgelangen, falls sie nur kurze Zeit nach dem festgesetzten Termin eintreffen?" fragte Makschejew.

„Für einen solchen Fall müssen zwei Hundeschlitten, Skier und ein Lebensmitteldepot zurückgelassen werden. Die Zuspätgekommenen müssen sich dann ohne Hunde behelfen und die Schlitten selber ziehen. Das wird nicht so schwer sein, denn am Weg sind ausreichend Verpflegungsdepots verteilt, daß es möglich sein wird, die Last auf ein Minimum zu reduzieren."

Alle hielten diesen Plan für den zweckmäßigsten und stimmten ihm zu. Doch niemand wollte in der Tundra, an der Schwelle zu dem geheimnisvollen Land, zurückbleiben. So mußte entschieden werden, wer von den Expeditionsteilnehmern für die Reise ins Innere Plutoniens unabkömmlich sei. Vor allem waren es der Zoologe, der Botaniker und der Geologe, die in der Tundra wenig zu tun hätten. Folglich müßten Kaschtanow, Papotschkin und Gromeko unbedingt an der Weiterreise teilnehmen. Igolkin, der einzige Nichtwissenschaftler unter den Expeditionsteilnehmern, war als Betreuer der Hunde natürlich zum Zurückbleiben in der Tundra verurteilt. Somit blieben noch Borowoj und Makschejew übrig, von denen nur einer weiterziehen konnte. Da jeder von den beiden dem anderen die Teilnahme an der Plutonienreise großzügig überließ, sollte nun das Los entscheiden. Borowoj zog das Zettelchen mit dem Wort „Bleiben!", so daß Makschejew fahren konnte.

Die Beratung über die Organisation des Trupps, der weiter nach Plutonien vordringen sollte, dauerte einige Zeit. Man mußte die Fortbewegungsart festlegen und in Abhängigkeit davon klären, was mitzunehmen sei. Obwohl auf alle Konserven verzichtet wurde, weil man sich die notwendige Nahrung allein von der Jagd versprach, mußte jeder doch beträchtliches Gepäck mitschleppen, und von gut begehbaren Wegen konnte nicht ausgegangen werden.

„Könnten wir nicht einfach unser Gepäck von den Hunden tragen lassen?" fragte Gromeko. „Allerdings sind das die armen Tiere nicht gewöhnt, und sie werden sich obendrein in einem warmen Land nicht sonderlich wohl fühlen."

„Dieser Vorschlag läßt sich kaum verwirklichen", bemerkte Makschejew. „Wir riskieren dabei, die Tiere zu verlieren, und sie brauchen wir noch für den Rückmarsch durch das Eis. Ich würde eine gefügigere und mächtigere Kraft vorschlagen, die nicht nur unsere Sachen, sondern auch uns selbst tragen wird."

„Und was ist das für eine Kraft?" riefen die anderen.

„Die Kraft des Wassers. Jener tiefe Fluß, auf den wir heute stießen und den wir nicht überqueren konnten, fließt doch in Richtung Süden, wohin auch wir wollen! In unserem Gepäck sind zwei kleine Faltboote, die wir zum Passieren der Eislöcher mitgenommen haben. Bisher waren sie noch nicht vonnöten, deshalb hat auch keiner daran gedacht. Jedes Boot hat Platz für zwei Mann, wir setzen uns hinein und fahren los. Wenn die Wälder beginnen und die Boote überladen sein sollten, bauen wir ein Floß und werden solange darauf schwimmen, wie es uns trägt."

„Ein ausgezeichneter Plan!" rief Kaschtanow.

„Leicht und bequem! Man sitzt im Boot, hält Ausschau ...", meinte Papotschkin begeistert.

„Nur wird unser Blickfeld begrenzt sein: Die Flußufer haben wahrscheinlich eine dichte Vegetation, wir schwimmen dann durch einen grünen Korridor und sehen nichts!" sagte Gromeko.

„Wer hindert uns denn daran, das Ufer zu betreten, und dort, wo es uns interessant und notwendig erscheint, Abstecher zu unternehmen! Wir werden ja auch auf dem Ufer übernachten", präzisierte Makschejew.

„Und diese Abstecher machen wir ohne Gepäck und mit frischen Kräften", sagte Papotschkin.

„Boot und Floß werden uns beim Sammeln von Forschungsmaterial nicht einschränken. Dagegen wäre es schwierig, die täglich zunehmende Beute auf dem Rücken davonzutragen", meinte Kaschtanow.

„Schließlich bieten uns die Boote auch mehr Schutz vor allen möglichen Tieren und Ungeheuern des Waldes und des Sumpfes. Wer weiß, welche Überraschungen uns das geheimnisvolle Land in seinem Innern noch bescheren wird!" erklärte Gromeko.

„Mit einem Wort, Jakow Grigorjewitsch, Sie haben uns einen ausgezeichneten Tip gegeben und unseren allgemeinen Dank verdient.

Ich schlage deshalb vor, den Fluß nach Ihnen zu benennen. Jetzt aber meine ich, sollten wir uns in die Schlafsäcke verkriechen oder – da es ja warm ist – uns einfach drauflegen. Morgen können wir das Fell des erlegten Mammuts, seine Stoßzähne und den Fleischvorrat auf den Hundeschlitten hierherbringen." Mit diesen Worten schloß Kaschtanow.

„Aber wir wollten doch das ganze Lager zum Mammut hin verlegen", erinnerte Papotschkin.

„Das wäre kaum von Vorteil. Das Flüßchen nämlich, das wir überqueren wollen, fließt in entgegengesetzte Richtung. Sich also davon zu entfernen hat keinen Sinn. Außerdem weist der Hügel, auf dem unser Lager steht, viele Vorzüge auf: Er ist trocken, von weitem gut einzusehen, genügend vom Waldrand mit seinem Tierbestand entfernt, liegt ganz in der Nähe des Eises und wird vom Wind ungehindert erfaßt, was für die Hunde nicht unwichtig ist, falls es noch wärmer wird! Von ihm aus kann man gut das Herannahen irgendwelcher Feinde bemerken."

„Auch für meteorologische und andere Beobachtungen liegt er sehr günstig", fügte Borowoj hinzu. „Wir werden hier eine regelrechte Wetterstation einrichten. Ich hoffe, daß meine Barometer nun die Schwankungen des Luftdrucks richtig anzeigen werden."

Ungebetene Totengräber

Es war bereits zehn Uhr abends, als die Besprechung zu Ende ging und die Männer sich auf ihren Schlafsäcken ausstreckten, um bald darauf einzuschlafen.

Beim Frühstück am nächsten Morgen stand die Frage, wer nun zum Mammut gehen sollte und ob es sich überhaupt lohnen würde. Wäre es nicht vielleicht zweckmäßiger, gleich mit den Reisevorbereitungen zu beginnen?

„Wenn wir genau wüßten, daß wir auf weitere Mammute stoßen, dann brauchten wir nicht zu diesem zu gehen. Es ist bereits beschrieben und fotografiert. Da jedoch bald der Wald beginnt, ist es durchaus möglich, daß wir diesen Tieren, die vielleicht nur in der Tundra, an der Eisgrenze, leben, nicht mehr begegnen werden", sagte Kaschtanow.

So war der Marsch zu dem Mammut eine beschlossene Sache. Vier Männer auf drei Hundeschlitten nahmen daran teil.

Im Lager blieben Gromeko, der vor dem Aufbruch noch schnell die Frühlingsflora der Tundra in der Umgebung des Hügels untersuchen und sammeln wollte, und Kaschtanow, der am Hang zu graben begann, um dessen Gesteinszusammensetzung zu bestimmen. Dieser einzelne Hügel in der Weite der Tundra kam ihm seltsam vor.

Den Trupp zur Jagdstelle führte Papotschkin an, der den Weg kannte. Unterwegs wurden einige Sumpfvögel und zur Freude des Zoologen ein äußerst merkwürdiger Hase erlegt, der eher einer riesigen Springmaus ähnlich sah.

Der Kadaver des Mammuts erhob sich in der Ferne wie ein Hügel in der ebenen Tundra. Als die Männer näherkamen, bemerkte Igolkin, der die besten Augen hatte, daß sich an dem Kadaver ein paar unbekannte graue Tiere zu schaffen machten.

Die Jäger ließen ihre Hundeschlitten in einiger Entfernung stehen, gingen vorsichtig auf das Mammut zu und blieben plötzlich erstaunt stehen: Die eben noch geschäftigen Tiere waren im Nu verschwunden, wie von der Erde verschluckt.

„Oho!" rief Papotschkin, als alle anderen an das Mammut herangetreten waren. „Sehen Sie nur, hier hat sich seit gestern schon jemand ans Werk gemacht."

Es sah so aus, als hätten riesige Maulwürfe ihr Unwesen getrieben: Meterhohe, mit Wurzelwerk vermengte Erdhügel umsäumten den Kadaver, dessen Hinterteil in einem Loch lag und schon nicht mehr über die Oberfläche der Tundra hinausragte.

„Wer könnte das gewesen sein?" rätselten die Jäger.

„Irgendwelche erfahrenen Totengräber! Mir scheint, sie wollten den ganzen Kadaver vergraben, vielleicht um ihn vor den Wölfen zu verbergen oder als Nahrungsvorrat", bemerkte Makschejew.

Igolkin holte einen Hund heran, der die aufgewühlte Erde beschnupperte, plötzlich unter den Bauch des Mammuts sprang und ein seltsames Tierchen hervorzog, das sich mit seinen kurzen Pfoten verzweifelt wehrte und wie ein Ferkel quiekte. Es wurde dem Hund entrissen, mit einem Messer geschlachtet und danach eingehend studiert. Sein Aussehen erinnerte besonders durch die Farbe an einen Dachs.

Bei der weiteren Suche wurden noch einige von diesen Tieren

unter dem Kadaver entdeckt. Sie waren tatsächlich dabei, ihn zu vergraben, vermutlich, um ihn später allmählich aufzufressen.

Das Wirken dieser ungebetenen Totengräber machte das Abhäuten des ganzen Mammuts unmöglich, so daß sich die Männer mit der linken Körperhälfte begnügen mußten. Danach untersuchten sie dessen Eingeweide, trennten einen Vorder- und einen Hinterfuß ab, sägten einen Stoßzahn durch, schnitten ein Auge, die Hälfte des Gehirns, die Zunge und zwei Zähne heraus. Die Hunde fraßen sich an Ort und Stelle satt. Es wurden auch ein paar große Fleischstücke von der Keule und etwas Filet auf den Schlitten verladen, wonach sich die Jäger langsam auf den Rückweg machten. Ein Totengräber, eine Springmaus und die Vögel – das war die zoologische Ausbeute des Tages. Papotschkin konnte damit durchaus zufrieden sein.

„Mögen die Totengräber den Rest einbuddeln", scherzte Borowoj. „Wenn uns das Fleisch für die Hunde ausgeht, hole ich zusammen mit Igolkin noch einen Vorrat. Vielleicht machen wir es auch schon früher, bevor nämlich das Fleisch verdirbt."

„Dann nehmen Sie auch den Schädel mit", bat Papotschkin. „Die Totengräber werden ihn bis dahin bestimmt sauber abgenagt haben."

Als sich die Jäger dem Lager näherten, sahen sie Kaschtanow und Gromeko bei einer merkwürdigen Beschäftigung. Die beiden schleppten aus einem Loch im Abhang des Hügels weiße Blöcke eines weißen Steins und türmten sie auf.

„Dieser Hügel ist eine wahre Schatzkammer für unsere Expedition", erklärte Kaschtanow den eintreffenden Kameraden. „Um seine Zusammensetzung festzustellen, habe ich ein Loch von anderthalb Meter Tiefe gegraben und stieß dabei auf kompaktes, reines Eis. An einer anderen Stelle erging es mir genauso. So kam ich auf die Idee, in den Hügel einen Eiskeller zu graben, der uns ausgezeichnet als Kühlschrank für den Proviant und die Felle dienen wird. Denn nicht jeden Tag kommt bei uns ein Mammut oder ein Nashorn zum Abendbrot vorbei."

„Sagen Sie bloß, der Hügel ist ganz aus Eis und nur auf seiner Oberfläche mit einer Erdschicht bedeckt!" fragte Borowoj erstaunt.

„Ich denke schon. Im Norden Sibiriens trifft man auf solche fossilen Eishügel. Entweder ist es eine große, zufällig erhalten gebliebene Schneewehe oder ein zurückgebliebener Eisblock, der allmählich vom Schlamm und Sand der Gletscherbäche zugedeckt wurde und eben dadurch nicht auftaute."

Diese Entdeckung Kaschtanows war für den hierbleibenden Trupp besonders wertvoll: Die zwei Männer hatten somit einen prächtigen Aufbewahrungsort für Nahrungsmittel, der sich obendrein gleich unter der Jurte befand.

„Wir bauen später noch eine richtige Tür und eine große Kammer in der Tiefe", erklärte Borowoj.

„Und außerdem graben wir an einer anderen Stelle des Hügels eine zweite Eishöhle, wo wir die Hunde unterbringen, falls es ganz warm wird", ergänzte Igolkin.

Nachdem die Schlitten entladen waren, halfen alle Kaschtanow und Gromeko beim Ausheben eines genügend großen Innenraums für die Aufbewahrung der Mammut- und Nashornteile. Als der Bau fertig und alles verstaut war, wurde der Eingang mit Eisblöcken ausgelegt und mit Skiern und Schlitten versperrt, damit die Hunde nicht an das Fleisch herankamen.

Am nächsten Morgen setzten die Reisevorbereitungen ein. Das Gepäck wurde sortiert. Konserven, Spiritus und Dörrfisch kamen in den Eiskeller. Die Schlitten wurden mit den Booten und der Ausrüstung für die Fahrt ins Innere Plutoniens beladen. Zum letztenmal aßen die Expeditionsteilnehmer gemeinsam Mittag, nahmen dann Abschied von Borowoj, der zurückblieb, um das Lager zu bewachen, und brachen auf zum Makschejew-Fluß. Igolkin sollte gegen Abend mit den Schlitten wiederkommen. Die Männer beschlossen, einen Hund als Wächter mitzunehmen. Dafür wurde General auserwählt. Man schor den Hund kahl, damit er weniger unter der Hitze litt. Dadurch bekam der zottige Hund ein so kurioses Aussehen, daß alle lachen mußten. Auf dem Kopf blieb ihm ein Schopf, am oberen Teil der Füße ein Haarkranz und am Schwanzende eine Besenquaste. Makschejew, der den Hund so zugerichtet hatte, erklärte, daß diese „Verschönerungen" die Raubtiere unterwegs abschrecken sollten.

Bald war das Ufer des Flusses erreicht. Er hatte eine Breite von fast sechs Metern und war ein bis zwei Meter tief. Die Boote wurden ins Wasser gelassen. Jeweils zwei Mann nahmen in einem Boot Platz, der eine am Steuer, der andere an den Rudern. General setzte sich in Makschejews und Gromekos Boot an den Bug; es fuhr voran. Die komische Schnauze des Hundes mit den großen abstehenden Ohren und dem Schopf dazwischen erhob sich über den Bootsrand.

Igolkin blieb so lange am Ufer zurück, bis die beiden Boote, die schnell stromabwärts glitten, in der Ferne verschwanden. Auf der Jurte, die sich am Horizont kaum erkennbar abzeichnete, hißte Borowoj eine weiße Flagge. Die Expedition, die bisher alle Arbeit und Mühe gemeinsam zu tragen hatte, teilte sich nun. Vier Kameraden hatten sich auf die Fahrt in das Innere eines geheimnisvollen Landes begeben. Ob sie vollzählig zurückkehren werden? Wann und wie wird das geschehen?

Rasch glitten die beiden Boote auf dem dunklen Wasser dahin, das mit leichtem Plätschern südwärts strömte. Von den niedrigen Ufern hingen Sträucher der Polarweide herab, die mit jungem Laub bedeckt waren. Links und rechts erstreckte sich noch immer dieselbe flache Tundra mit niedrigem Gebüsch, und es wehte ein gleichmäßiger Fahrtwind. Er kam, wie die Forscher jetzt richtig erkannt hatten, von Norden, vom kalten Eisrand der Öffnung, von der äußeren Erdoberfläche, und drang in den inneren warmen Hohlraum. Immer noch stand Nebel über der Landschaft, der die rötliche Scheibe – nach wie vor unbeweglich im Zenit – mal zeigte und mal verbarg. Die Temperatur betrug zwölf Grad plus, der Nebel entlud sich ab und an in einem feinen Regen, der alsbald aufhörte.

Die Boote legten etwa acht Kilometer in einer Stunde zurück. Die Männer am Steuer machten Geländeaufnahmen und notierten sich die Richtung aller Flußwindungen. Nach fünfundzwanzig Kilometern wurde das Nachtlager aufgeschlagen.

Bei einem kleinen Landgang zeigte sich, daß die Sträucher der Tundra größer wurden und hier und da mit niedrigen Lärchen vermischt waren. Diese bildeten gemeinsam mit Weiden und Birken kleine, aber sehr dichte Gehölze. Durch das Dickicht führten schmale Pfade zum Flußufer hin, offenbar der Weg zur Tränke für verschiedene Tiere.

Zum erstenmal übernachteten die Männer in einem leichten Zelt und ohne Schlafsäcke.

„Dieses ewige Licht wirft unsere Gewohnheiten und Vorstellungen komplett über den Haufen“, sagte Makschejew beim Schlafengehen. „Man schaut auf die Uhr und sagt morgens, mittags, abends – aber diese Sonne steht immer im Zenit und wärmt gleichmäßig, wie zum Hohn über unser Zeitgefühl.“

Die Nacht verlief ruhig.

Am zweiten Tag wurden fünfzig Kilometer zurückgelegt. Die Männer brachen ihre Bootsfahrt früher ab, um eine längere Exkursion ins Landesinnere zu unternehmen. Nun waren die Flußufer bereits mit größeren Sträuchern und einzelnen Bäumen bewachsen, die eine grüne Wand bildeten und so die Sicht einengten.

Nach dem Mittagessen blieb Gromeko bei dem Zelt zurück, um

Pflanzen zu sammeln. Makschejew schlug mit General die westliche, Kaschtanow und Papotschkin die östliche Richtung ein. Dabei benutzten sie die Wildpfade durch das mehr als mannshohe Strauchdickicht. Mitunter waren im Boden die Spuren verschiedener Tiere zu sehen. Der Zoologe erkannte in ihnen die Spuren eines Mammuts, eines Nashorns, großer und kleiner Paarhufer sowie eines Einhufers. Manchmal entdeckte er auch die Spuren weicher Tatzen von Raubtieren verschiedener Größe. Bei ihrem Anblick überkam die Forscher ein Gruseln, waren manche doch etwa zwanzig Zentimeter lang, wobei sich die Krallen an die vier Zentimeter in den Boden gedrückt hatten. An der Spurenform meinte der Zoologe zu erkennen, daß sie von einem riesigen Bären stammten.

„Das ist vermutlich ein Höhlenbär, ein Zeitgenosse des Mammuts", bemerkte Kaschtanow. „Er scheint größer zu sein als alle uns geläufigen Vertreter dieser Art."

„Ob er auch auf Höhlenmenschen Jagd macht?" fragte Papotschkin.

„Knochen, Krallen und Zähne dieses Bären, vom Höhlenmenschen bearbeitet, wurden mitunter gefunden", antwortete Kaschtanow. „Ich weiß allerdings nicht, ob man auch vom Bären bearbeitete Knochen und Schädel jenes Menschen gefunden hat!"

„In jedem Fall aber ist es besser, diesem Bären aus dem Weg zu gehen!"

„Einem so interessanten Tier aus dem Weg zu gehen . . .? Unsere Ahnen, nur mit Keulen und Faustkeilen bewaffnet, haben ihn bezwungen. Wir dagegen besitzen moderne Flinten, Sprengmunition und sollen ihn fürchten? Das wäre aber eine Schande!"

Etwas abseits vom Fluß erreichten die Forscher eine Lichtung mit dichtem, jedoch niedrigem Gras und vielen bunten Blumen.

Kaschtanow und Papotschkin machten zwischen den Sträuchern am Waldrand eine kurze Rast und sahen, wie auf der vor ihnen liegenden Wiese einzeln und in ganzen Herden verschiedene Säugetiere weideten, darunter auch Arten, die längst von der Erdoberfläche verschwunden waren: Hier gab es schwarze Urochsen mit riesigen Hörnern und Höckern, Riesenhirsche mit ungeheuerlichen Geweihen, kleine Wildpferde mit zottigem Fell, schwach behaartem Schwanz und kurzer Mähne. Vor einem Gesträuch dösten friedlich zwei Nashörner vor sich hin, und einige Mammute standen in einer kleinen Gruppe. Im Takt bewegten sie Kopf und Rüssel hin und her, wahrscheinlich wehrten sie auf diese Weise lästige Insekten ab, denn es gab hier bereits in großen Schwärmen Mücken, Bremsen und Schnaken.

Nachdem sich die beiden Forscher an dem friedlichen Bild dieses Weideplatzes „lebender Fossilien“ satt gesehen hatten, beschlossen sie näher heranzugehen, um einige der Tiere zu fotografieren. Sie schlichen längs der Waldlichtung zunächst an eine Gruppe von Urochsen heran, dann an zwei Nashörner, die beim Spiel aufgenommen wurden: Sie sprangen plump aufeinander los, kreuzten ihre Hörner, zertrampelten mit ihren säulenförmigen Beinen das Gras unter sich und zerwühlten die Erde.

Dann waren die Mammute an der Reihe. Sie standen näher zur Mitte der Lichtung hin. Doch ehe sich die Jäger nahe genug heranschleichen konnten, brach am gegenüberliegenden Ende der Lichtung, wo die Hirsche weideten, eine Panik aus: Die Tiere hoben ruckartig die Köpfe, lauschten und stoben auseinander. Offenbar waren sie durch einen unsichtbaren, doch zweifelsohne äußerst gefährlichen Feind aufgescheucht worden. Die Hirsche jagten an den Mammuten vorbei, welche ebenfalls unruhig wurden, ihre Rüssel hoben und im schweren Trab davonliefen. Hirsche und Mammute stürmten direkt auf die im Gebüsch verborgenen Jäger zu.

„Wenn die Hirsche nur noch hundert Schritte von uns entfernt sind, schießen Sie auf das vorderste Tier“, sagte Kaschtanow rasch. „Wenn sie dann für einen Augenblick stehenbleiben, werde ich sie fotografieren und dann auch schießen, sonst zertrampeln sie uns.“

Papotschkin lud sein Gewehr durch und legte an. Als der vorderste Riesenhirsch mit hoch erhobenem Haupt und nervös geblähten Nüstern nahe genug herangekommen war, drückte er ab. In die Brust getroffen, brach der Hirsch unversehens zusammen und stürzte auf die Knie. Die anderen erstarrten im Lauf, drängten sich zu einem Rudel zusammen und streckten ihre Köpfe vor.

In diesem Moment gelang es Kaschtanow, die Gruppe zu fotografieren. Dann übergab er dem Zoologen den Fotoapparat und schoß selber auf einen anderen Hirsch, der ihm seine linke Flanke zuwandte. Das Tier machte einen Sprung nach vorn und fiel schwer zu Boden. Die anderen schwenkten scharf rechts ein und rasten den Waldsaum entlang.

Die Mammute, die den Hirschen gefolgt waren, blieben vor den Opfern der Jäger stehen. Papotschkin hatte inzwischen beide Flinten neu geladen. Kaschtanow fotografierte die Mammutgruppe.

„Soll ich nun schießen?“ fragte der Zoologe mit vor Erregung zitternder Stimme.

„Wozu? Unser Fleischvorrat ist jetzt groß genug, und das Mammut haben wir bereits in der Tundra kennengelernt. Wir werden nur dann schießen, wenn sie auf uns losgehen.“

Aber die Tiere blieben stehen, wedelten lediglich mit den Rüsseln, als würden sie sich miteinander beraten. Es waren sechs, darunter zwei Jungtiere mit kleinen Stoßzähnen und noch kurzhaarigem Fell. Die Jungtiere beruhigten sich schnell, begannen zu spielen und um die Alten herumzutoben, die von Zeit zu Zeit warnend aufbrüllten. Schließlich trabte ein alter Bulle nach rechts, und die ganze Herde folgte ihm bis zum Waldrand. Nur die beiden Nashörner blieben zurück.

„Wer hat nur die friedlichen Pflanzenfresser erschreckt?“ fragte Kaschtanow, „etwa ein Höhlenbär . . .?“

„Oder gar ein anderes, noch schrecklicheres Urtier aus Ihrem paläontologischen Zoo!“

„Wer weiß das schon! Ich meine jedoch, wir gehen lieber zum anderen Ende der Lichtung. Das Raubtier könnte uns aus dem Dickicht so urplötzlich angreifen, daß wir nicht einmal mehr Zeit zum Schießen haben.“

„Nun, dann machen wir uns an die Hirsche ran. Sie müssen gemessen, ausgenommen und zu den Booten geschafft werden.“

Die erlegten Hirsche gehörten einer riesigen Art an, die zusammen mit dem Mammut, dem Urrind und dem Höhlenbär längst von der Erdoberfläche verschwunden war.

Die Jäger zogen den beiden Tieren die Felle ab und trennten vom kleineren Hirsch die Keulen. Schwer beladen schleppten sie sich zum Fluß hin. Sie wollten danach noch einmal Fleisch holen, falls ihre Kameraden weniger Glück hatten und das unbekannte Raubtier, das wahrscheinlich in der Nähe der Lichtung umherstrich, ihnen noch etwas übriglassen würde.

Die Jagd auf den Jäger

Am Anlegeplatz trafen sie auf Gromeko, der voller Ungeduld ihre Rückkehr erwartete. Er hatte die Umgebung untersucht, Pflanzen zusammengetragen und eine am Morgen erlegte Wildgans gerupft und zum Kochen angesetzt. Plötzlich tauchte General auf, allein, ohne seinen Herrn. An seinem Hals hing ein mit Bindfaden befestigter Zettel, den Makschejew geschrieben hatte: „Ich habe ein großes Raubtier erlegt, das ich unmöglich allein zum Anlegeplatz tragen kann. Es ist daher notwendig, daß Semjon Semjonowitsch die Beute vor Ort besichtigt. General kennt den Weg; hier aber für alle Fälle eine Skizze."

Auf der Rückseite des Zettels war mit Bleistift der vom Jäger zurückgelegte Weg mit allen Wendungen, wie auch die Entfernung in Schritten aufgezeichnet.

Nach kurzer Rast machten sich Papotschkin und Gromeko auf, um Makschejew zu suchen. General führte sie gut, blieb jedoch häufig an den Kreuzungen der Wildpfade unschlüssig stehen. In solchen Fällen half der Zettel weiter. Die Jäger kamen schnell voran, und nach einer halben Stunde waren sie bereits an jener Stelle, an der sich ihr Kamerad befinden mußte. Da hörten sie zwei kurz aufeinander folgende Schüsse.

General sprang mit lautem Gebell nach vorn. Die Jäger eilten ihm hinterher, denn sie befürchteten, daß Makschejew in Gefahr war.

Bald erreichten sie eine große Lichtung mit Sträuchern und einer Baumgruppe in der Mitte. Ganz in der Nähe erblickten sie eine gelbliche Masse und darüber Makschejews Kopf. Etwas weiter entfernt liefen auf der Lichtung ein gutes Dutzend rotbräunlicher Tiere, die unschwer als Wölfe zu identifizieren waren.

General blieb am Rande der Lichtung stehen, da es ihm riskant schien, bei einem so offensichtlichen Übergewicht der Feinde anzugreifen.

Als die Wölfe die Jäger bemerkten, entfernten sie sich langsam. Makschejew rief:

„Wenn Sie eine Doppelflinte bei sich haben, brennen Sie ihnen einige Ladungen Schrot auf den Pelz. Es wäre schade, Spenggeschosse auf sie zu verschwenden."

Gromeko beeilte sich, seine Doppelflinte mit Schrot zu laden. Er schoß zweimal hintereinander in die Menge. Die Wölfe wurden in die Flucht geschlagen, quer durch die Büsche, gefolgt von General, der ein angeschossenes Tier totbiß. Die Jäger kamen auf Makschejew zu, der ihnen folgendes erzählte:

„Als ich diese Lichtung hier erreichte, machte ich am Waldrand halt, denn der Hund wurde unruhig und begann zu knurren. Hinter einem Gehölz sah ich ein paar Hirsche weiden und beschloß, Jagd auf sie zu machen. Immerhin haben wir solche Tiere bisher noch nicht zu Gesicht bekommen. Ich schlich, von dem Gesträuch gedeckt, am Waldsaum entlang und erblickte plötzlich ein großes, gelbes Tier, das seinerseits die Hirsche von der anderen Seite beschlich. Ich dachte mir, dieses Wild sei noch interessanter als die Hirsche und beobachtete es genauer, versteckte mich im Gebüsch, etwa hundert Schritt entfernt. Das gelbe Tier war von seiner Jagd auf die Hirsche so gefesselt, daß es mich nicht bemerkte. Vielleicht aber wollte es auch ein zweibeiniges Geschöpf, das ihm obendrein zum erstenmal in die Quere kam, nicht zur Kenntnis nehmen. Als es das Gehölz erreicht hatte, richtete es sich in voller Größe auf und erspähte sich gierig durch die Zweige ein Opfer. Die ahnungslosen Hirsche weideten indessen friedlich vor sich hin. Jetzt erst erkannte ich an den hellen Flanken des Raubtiers dunkle Streifen; also ein Tiger, dachte ich. Er kehrte mir seine linke Seite zu und bot einen grandiosen Anblick. Schnell schoß ich, und das Sprenggeschoß streckte ihn auf der Stelle nieder.

Die aufgescheuchten Hirsche flüchteten am Gehölz vorbei, stießen auf den in seinen letzten Zuckungen liegenden Tiger und kamen dann unmittelbar auf mich zu gelaufen. Ich konnte gerade noch rechtzeitig zur Seite springen. Es waren herrliche Tiere – ein alter Hirsch mit einem riesigen Geweih, einige Hirschkühe und Kälber.

Zunächst wollte ich den Tiger allein abhäuten. Doch als ich ihn näher untersuchte, stellte sich heraus, daß er einer ungewöhnlichen Rasse angehören mußte, die auf der Erdoberfläche vermutlich ausgestorben ist. Darum hielt ich es für angebracht, den Zoologen herbeizurufen. Ich wollte Sie anfänglich selbst holen gehen, dann befürchtete ich jedoch, daß ein anderes Raubtier das Fell verunstalten könnte. Deshalb kam ich auf die Idee, General zu schicken, der seine Aufgabe großartig gemeistert hat. Es war nur gut, daß ich zurückblieb, denn bald hörte ich, wie erst einer, dann zwei Wölfe aufheulten, und allmählich versammelten sich auf der Lichtung etwa zehn solcher Tiere. Als sie mich neben dem Kadaver sahen, fürchteten sie zunächst näherzukommen, wurden aber später so frech, daß ich doch ein paar Kugeln auf sie verschwenden mußte."

Das erlegte Raubtier hatte ein weißlichgelbes, braun gestreiftes Fell und einen dunkelbraunen Streifen längs des Rückens. Das gab ihm die Ähnlichkeit mit einem Tiger. Doch die Form des Kopfes und des Körpers, der kurze Schwanz und die Tatzen ließen den Zoologen ausrufen:

„Das ist kein Tiger, sondern ein Bär!"

Makschejew war etwas enttäuscht, mußte jedoch, nachdem er das Tier noch einmal betrachtet hatte, zugeben, daß lediglich die braunen Streifen an den grausamsten Vertreter des Katzengeschlechts erinnerten, während andere Merkmale auf einen Bären hinwiesen.

„Offenbar ist es ein Höhlenbär, ein Zeitgenosse des Mammuts, den wir bislang nur von unvollständigen Skelettfunden her kennen", erklärte Papotschkin. „Er ist um vieles interessanter als ein einfacher Tiger."

Nachdem der Bär ausgemessen war, wurde ihm das Fell abgezogen. Zusammen mit dem Schädel und einem Hinterbein schafften die Männer es zum Anlegeplatz.

Das Abendessen war an diesem Tag exzellent: Wildganssuppe mit Zwiebeln, Schaschlik vom Hirsch und gebratenes Bärenfleisch. Letzteres übrigens schmeckte nicht jedem, denn es roch sehr scharf.

An diesem Tag war der Nebel schon nicht mehr so dicht. Pluton strahlte durch eine dünne Wolkendecke, die sich nur selten bis zur Undurchdringlichkeit verdichtete. Die Temperatur hielt sich um 13 Grad plus. Der Wind hatte nachgelassen.

„Ich nehme an", bemerkte Gromeko, „daß in ein paar Tagen der Nebel ganz verschwunden sein wird. Dann werden wir endlich sehen, welche Farbe der Himmel Plutoniens hat."

Die Nachtruhe wurde lediglich von fernem Wolfsheulen unterbrochen. Wahrscheinlich fraßen sich die Tiere auf den Lichtungen an den Kadavern der Hirsche, des Bären und ihrer eigenen Artgenossen satt. Diesen Lauten schenkte nicht einmal General Beachtung, der am Eingang des Zeltes lag. Ein Räuchertopf schützte ihn vor lästigen Insekten.

Danach, am anderen Morgen, ging es weiter. Das Flüßchen wurde breiter und tiefer. Die schwer beladenen Boote liefen nicht mehr Gefahr, das Ufer zu streifen oder aber mit der Spitze bei einer scharfen Flußbiegung aufzulaufen.

Die Ufer waren durchweg von verschiedenen Sträuchern bewachsen, die eine Höhe von etwa vier Metern erreichten und eine Art grüner Mauer bildeten. Unter ihnen waren einige Weidenarten, Salweiden, Faulbäume, Hagedorn und Wildrosen, die hier als undurchdringliches Dickicht wucherten. Ab und an ragten die Gipfel von Birken und Lärchen heraus. Das Thermometer zeigte plus vierzehn Grad an. Nur selten verhüllte der Nebel den Himmel. Er zog in durchsichtigen und formlosen Wolkengebilden in großer Höhe dahin, vom rötlichen Pluton durchschienen.

„Der Nebel wird aller Wahrscheinlichkeit nach bald ganz und gar verschwinden", sagte Makschejew, der die meteorologischen Beobachtungen übernommen hatte. „Doch ob diese grüne Wand, die uns jede Sicht nimmt, jemals aufhören wird?"

„Wenn wir uns schwerbepackt im Dickicht des Waldes dahinschleppen würden, könnten wir kaum mehr sehen und kämen obendrein unvergleichlich langsamer vorwärts", entgegnete Gromeko, den diese grüne Mauer als Botaniker am meisten interessierte. Während der Mittagspause an einer kleinen, unbewachsenen Uferstelle machten Kaschtanow und Gromeko einen Abstecher in den Wald. Papotschkin widmete sich dem Fischfang. Makschejew erkletterte einen Baum, der über die anderen ein wenig hinausragte. Als er wieder herabstieg, sagte er zu dem Zoologen:

„Bald wird sich die Landschaft ändern. In der Ferne sieht man schon unbewaldete Höhen mit großen Wiesen. Unser Flüßchen führt genau dorthin."

„Und was ist in nächster Nähe zu sehen?"

„Nur dichter Wald, nach allen Seiten hin, ein grünes Meer ohne Lichtungen."

„Wenn er uberall so dicht ist, werden unsere Kameraden bald dasein."

Kaschtanow und Gromeko kehrten eine Stunde später mit beinahe leeren Händen zurück. Sie waren die ganze Zeit über einen Wildpfad gelaufen, der rechts und links von einer grünen Wand umsäumt war, hatten einige Pflanzen gesammelt, kleine Vögel beobachtet und verschiedene Geräusche im Dickicht belauscht, ohne jedoch auf eine einzige Lichtung zu stoßen. Der am Fluß zurückgebliebene Zoologe hatte mehr Glück: Ihm waren einige große Fische an die Angel gegangen, die entfernt an sibirische Arten erinnerten, außerdem ein riesiger grüner Frosch von beinahe dreißig Zentimeter Länge.

Nach einer kurzen Verschnaufpause ging die Reise weiter. Zwei Stunden später erhob sich am rechten Ufer ein ziemlich hoher Hügel, dann ein zweiter, ein dritter ... Auch die Hügel waren dicht bewaldet. Hier gab es bereits Bäume der gemäßigten Zone: Linden, Ahorne, Ulmen, Buchen, Eschen und Eichen. In den Tälern zwischen den Hügeln standen dunkle Tannen und anderes Nadelgehölz. Die Zweige der Bäume waren von Efeu, Hopfen, wildem Wein und Winden umrankt und hingen zuweilen bis zum Wasser hinab. Vögel zwitscherten und sangen in dem grünen Dickicht. Manchmal sprang ein Eichhörnchen oder ein Burunduk* von Zweig zu Zweig.

„Bei unserem abendlichen Abstecher werden wir heute so manches Neue zu Gesicht bekommen", bemerkte Gromeko. „Die Vegetation deutet auf ein wärmeres Klima hin."

„Stimmt", sagte der Zoologe. „Gestern fühlte ich mich noch im Norden Sibiriens. Heute schon erinnert mich die Natur an meine Heimat, an den Süden Rußlands."

„Ob wir heute bereits auf richtige Tiger stoßen werden?" fragte Makschejew.

„Es wird besser sein, wir teilen uns diesmal nicht, sondern bleiben zusammen, um Gefahren wirksamer zu begegnen", schlug Kaschtanow vor.

Allmählich wurden die Hügel höher. Bald konnte man sie als kleine Berge bezeichnen. Ihre Nordhänge waren von dichtem Laubwald bedeckt, auf den Südseiten dagegen sah man große Wiesen mit einzelnen Bäumen und Sträuchern. Ab und zu zeigten sich Felsen, die die Neugier des Geologen weckten.

„Nun ja, heute wird auch die Geologie auf ihre Kosten kommen", rief Makschejew aus.

„Das ist schon lange fällig. Meine Spitzhacke lechzt nach Arbeit. Der einzige Hügel in der Tundra hat meine Erwartungen enttäuscht", sagte Kaschtanow mit einem Lachen.

„Deshalb sollten wir das Nachtlager aufschlagen", empfahl Gromeko, „wir haben heute fast hundert Kilometer zurückgelegt."

* Erdhörnchen; Nagetier

Abenteuer auf einem Hügel

Eine günstige Anlegestelle wurde in der Nähe eines großen Hügels gefunden, der vom rechten Ufer durch einen schmalen Streifen hochstämmiger Bäume getrennt war. Die Forscher stärkten sich mit Tee und kaltem Fleisch, dann begaben sich alle vier zu dem Hügel. Am Zelt wurde nur General zurückgelassen, der mit einer langen Leine an einem Baum festgebunden war.

Im dichten Unterholz, das ohne Axt keinen einzigen Schritt ermöglicht hätte, fand man einen Wildpfad. Verschiedenartige Sträucher und rankende Pflanzen bildeten eine undurchlässige grüne Wand, die den Pfad zu beiden Seiten hin abschloß. Durch das grüne Dach über den Köpfen der Männer drangen lediglich einzelne rötliche Strahlen.

Die Jäger bewegten sich im Gänsemarsch, und ohne miteinander zu sprechen, vorwärts. Sie hielten, die Büchsen schußbereit, nach allen Seiten Ausschau, um eine interessante Beute zu erhaschen oder einem gefährlichen Feind zuvorzukommen. Doch außer kleinen Vögeln und einigen Eichhörnchen war weit und breit nichts zu sehen.

Bis zum Abhang des Hügels gab es auf dem Weg keinen Zwischenfall. Die Forscher machten sich an den Aufstieg. Das Gras reichte kaum bis zu den Knien. Gromeko vertiefte sich so sehr in das Sammeln diverser Pflanzen, daß er etwas zurückblieb.

Während der Zoologe eine getötete große Schlange untersuchte und beschrieb, hackte Kaschtanow mit großer Mühe eine Gesteinsprobe aus dem Boden. Es war ein seltsames, klebriges Gestein von gelbgrüner Garbe mit den kleinen Einsprenkelungen eines silberweißen Metalls. Der Geologe betrachtete den Fund mit einer Lupe und rief plötzlich erstaunt aus:

„Wissen Sie, woraus dieser Felsen besteht! Er hat die gleiche Zusammensetzung wie eisenhaltige Aerolithen der Mesosideritenreihe – es ist eine Olivinmasse mit Nickeleiseneinschlüssen!"

„Und was bedeutet das?" fragte Makschejew.

„Daß sich die Hypothesen der Geologen über die Zusammensetzung der tieferen Erdschichten bewahrheiten. Wir befinden uns offenbar im Bereich der sogenannten Olivinzone, eine Zone schwerer Gesteinsarten, die viel Eisenerz enthalten. Sie haben die gleiche Zusammensetzung wie die Steinmeteoriten, die aus dem interplanetarischen Raum auf die Erde herabfallen und Splitter kleiner Planeten sind. Man muß daher annehmen, daß wir noch auf kompakte metallische Gesteinsarten stoßen werden."

Als Gromeko, der inzwischen ein ganzes Bündel verschiedener Pflanzen gesammelt hatte, wieder Anschluß an die Gruppe gefunden hatte, setzte die Expedition ihren Aufstieg fort, dabei vorsichtig auftretend, da im Gras giftige Reptilien verborgen sein konnten. Manchmal war tatsächlich das Rascheln unsichtbarer Tiere zu hören, die vor den Forschern flüchteten.

Auf dem Gipfel des Hügels ragte eine Reihe niedriger Felsen empor, darauf sonnten sich unzählige große gelbgrüne und dunkelgefleckte Eidechsen. Sie ähnelten so sehr den Felsvorsprüngen, daß Kaschtanow gar eine von ihnen ergriff und für seinen Irrtum zu bezahlen hatte: Die Eidechse biß ihn empfindlich in den Finger. Daraufhin klopfte er zunächst alle ähnlichen Vorsprünge mit der Spitzhacke ab, um sich nicht noch einmal so zu irren.

Der den feuchten Winden zugewandte Nordhang des Hügels war mit dichtem Wald bewachsen, in den man ohne Axt kaum vordringen konnte. Der Südhang, den die Forscher untersuchten, war eine weite Wiese mit einzelnen Bäumen. Von oben konnte man weit ins Land hineinblicken. Bis zum Horizont erstreckte sich nach Süden, Osten und Westen eine Hügellandschaft. Nach Norden hin wurden die Hügel zunehmend flacher, und in der Ferne sah man auf einer Ebene einen dichten Waldstreifen, der ab und zu von silbernen Flußbändern zerschnitten war.

Die Männer saßen auf der Hügelkuppe und blickten in die Ferne. Plötzlich schoß aus dem Wald, der am Nordhang fast bis zur Hügelspitze reichte, ein Rudel Wildschweine. Allen voran ein Keiler mit l.ngen Borsten auf dem Rücken und riesigen weißen Hauern. Er blieb stehen, hob den Kopf mit böse funkelnden, kleinen Augen und witterte. Sein Wühlrüssel hob und senkte sich, die Luft einatmend. Hinter ihm drängten sich einige Säue und Frischlinge. Von jenen Wildschweinen, die der Zoologe kannte, unterschieden sich diese Paarhufer lediglich durch ihre Größe.

„Sieh mal einer an, das Abendbrot ist von allein zu uns gekommen", sagte Makschejew. „Ich meine, ein Frischling am Spieß wäre jetzt nicht zu verachten."

„Ein besonderer Fleischbedarf liegt nicht an", entgegnete Gromeko, der für den Proviant verantwortlich war. „Wir haben noch etwas von dem Hirsch."

„Es schadet aber nicht, wenn der Vorrat größer wird. Denn wir werden nicht immer soviel Glück haben bei der Jagd."

„Aber wissen Sie auch, wie gefährlich es ist, auf Wildschweine zu schießen? Ein gereizter Keiler ist ein furchtbarer Gegner", warnte Papotschkin.

„Dann steigen wir eben auf die Felsen – dort kommen sie nicht hoch – und schießen von da aus ein paar Frischlinge ab", schlug Kaschtanow vor.

Sie erkletterten die Spitze des Hügels. Makschejew lud seine Flinte mit Kartätschen und feuerte auf die Frischlinge. Das Rudel stob auseinander, nur drei getroffene Frischlinge blieben im Gras liegen. Dann aber umringten der Keiler und die Säue den Felsen, auf dem die Männer lauerten, umkreisten ihn und versuchten immer wieder auf die glatten Kanten zu springen. Durch diese Belagerung konnten die Forscher die Wildschweine aus nächster Nähe betrachten. Als die Wißbegier des Zoologen befriedigt war, kam die Frage auf, was nun zu tun sei.

„Sie können uns hier immerhin einen ganzen Tag festhalten. Das Futter haben sie vor der Nase, im Unterschied zu uns. Außerdem ist es hier oben ziemlich unbequem", sagte Kaschtanow. „Wir werden sie mit Schüssen davonjagen müssen."

In diesem Augenblick rief Makschejew, der schon eine ganze Weile den Waldrand beobachtet hatte:

„Am Waldsaum entlang schleicht sich ein riesiges Raubtier. Ich sehe momentan nur seinen gelben Rücken."

„Wo ist es?"

„Da drüben war eben der Rücken zu sehen, genau vor dem Strauch, der in die Lichtung hineinragt. Achten Sie jetzt auf die Gegend rechts davon."

Alle starrten gebannt in die angegebene Richtung. Und tatsächlich: Rechter Hand zeigte sich ein bräunlichgelbes Tier, das sich langsam vorwärtsbewegte. Man konnte in seinem Fell dunkle Querstreifen erkennen.

„Wieder ein Bär?" mutmaßte Makschejew.

„Vielleicht ist es diesmal ein Tiger", sagte Papotschkin. „Er schleicht wie eine Katze."

„Ich meine, es ist an der Zeit zu schießen", erklärte Kaschtanow.

„Auf wen denn, auf das Raubtier oder auf die Wildschweine?"

„Besser auf die Wildschweine! Wenn sie in den Wald fliehen, stoßen sie genau auf das Raubtier, und es wird ihre Verfolgung aufnehmen. Sollten sie aber in einer anderen Richtung entweichen, dann wird das Raubtier seine Stellung ändern, und wir können es besser betrachten oder auch erlegen. Jetzt ist lediglich sein Rücken zu sehen, es hat keinen Sinn zu schießen."

„Zuerst geben wir einen Schuß auf die Wildschweine ab, mögen die drei anderen Gewehre das Raubtier im Korn behalten."

Der Zoologe, der auf einem Felsvorsprung saß, zielte auf den Keiler. Dieser hatte sich gerade aufgerichtet und mit seinen Hauern versucht, Makschejews Stiefel zu treffen. Der Schuß aus allernächster Nähe streckte das Tier auf der Stelle nieder. Die übrigen Wildschweine erschraken und ergriffen in Richtung Wald die Flucht. Als sie den Waldrand fast erreicht hatten, schnellte links von ihnen das bräunlichgelbe Raubtier vor und war mit einem gewaltigen Satz plötzlich bei dem Rudel. Zwei Wildschweine brachen unter den Pranken des Angreifers zusammen. Die anderen verschwanden quiekend im Wald.

„Das ist kein Bär, das ist ein Tiger!“ rief Papotschkin, der das Tier während seines weiten Sprungs beobachtet hatte.

„Tatsächlich“, bestätigte Kaschtanow. „Wahrscheinlich ist es ein Säbelzahntiger, nach seinen gewaltigen Fangzähnen im Oberkiefer zu urteilen. Diese Tierart war im Tertiär weit verbreitet, ist aber vermutlich gegen Ende dieser Ära ausgestorben.“

„Der Tiger wird uns leider durch die Lappen gehen. Sehen Sie nur, er schleppt bereits seine Beute in den Wald. Womöglich ist ihm unsere Nachbarschaft nicht ganz geheuer!“ rief Makschejew aus.

„Lassen Sie ihn nur laufen“, sagte Papotschkin, der mit dem Ausmessen des erlegten Keilers beschäftigt war. „Heute gab es genug Material. Wollen wir etwa dieses Biest auch zu den Booten schaffen, oder begnügen wir uns mit den Frischlingen?“

„Wenn es fett ist, wäre es gut, den Speck mitzunehmen“, bemerkte Gromeko. „Dann können wir unser Fleisch braten. Machen Sie sich ruhig über ihn her, ich sammle noch ein paar Pflanzen.“

Ein Flieger wider Willen

Kaschtanow widmete sich erneut der Untersuchung seiner Felsen, Makschejew und der Zoologe befaßten sich mit dem Keiler und den Frischlingen, Gromeko war unterdessen zum Südhang gegangen und stieg ihn langsam hinab. Er war ganz in die Sammlung von Pflanzen vertieft, unter denen viele neue Arten und Gattungen zu finden waren. Plötzlich huschte ein breiter Schatten über den Hügel, wie von einer Regenwolke, die die Sonne verdeckt hatte. Der Zoologe und Makschejew zuckten zusammen, hoben die Köpfe. Da erblickten sie einen dunklen Riesenvogel, der – einem Adler ähnlich – über der Lichtung kreiste.

Mit einemmal setzte er zum Sturzflug an, ging über dem Botaniker nieder, packte ihn mit den Fängen am Rücken und trug ihn davon. Doch die Last war selbst für einen so starken Vogel zu schwer. Mächtig mit den Flügeln schlagend, flog er in nur vier Meter Höhe, ohne weiter aufsteigen zu können. Von seiner Beute jedoch, die hilflos in seinen Fängen hing, konnte der Raubvogel nicht lassen.

Papotschkin und Makschejew griffen nach ihren Gewehren, aber der Zoologe setzte seine Büchse sofort wieder ab.

„Meine Flinte ist mit einer Kartätsche geladen, ich könnte Gromeko verwunden."

Makschejew, der in seiner Flinte noch eine Kugel für den Tiger hatte, zielte und schoß, als sich der Vogel näherte. Der Räuber sackte nach unten, ließ den Botaniker fallen und schlug nach einem kurzen Flug hart auf den Felsen auf.

Die beiden Jäger liefen auf Gromeko zu. Der lag, mit dem Gesicht nach unten, bewußtlos auf dem Hügelhang. Der Vogel hatte mit seinen Krallen die dicke Wolljacke zerrissen. Da sie aber nicht eng am Körper anlag, sondern in losen Falten herabhing, hatten die Fänge nur die Jacke ergriffen und in die Haut lediglich ein paar Schrammen gerissen. Die beiden Männer brachten ihren Kameraden wieder zur Besinnung und verbanden ihm die Wunden. Als Gromeko zu sich gekommen war, erkletterten Papotschkin und Makschejew die Felsspitze, um den Vogel zu holen. Es war ein Geier von nie dagewesenen Ausmaßen, mit mehr als vier Meter Flügelspannweite und anderthalb Meter Länge vom Schwanzende bis zur Schnabelspitze. Sein Federkleid war auf der Oberseite dunkelbraun und auf der unteren hellbraun, mit dunklen Streifen abgesetzt. Der beinahe nackte Hals war von einem großen Kragen aus schmutzigweißen Federn umsäumt. Die Wurzel des mächtigen Schnabels krönte ein großer, gelber Kamm.

Ein solcher Vogel hätte mühelos einen Hammel, eine Ziege oder ein kleines Schwein forttragen können. Doch ein Mensch von siebzig Kilogramm Gewicht war für ihn zu schwer. Offenbar hatte der Vogel den Botaniker mit einem im Gras weidenden bräunlichen Vierfüßler verwechselt.

Der Geier wurde gleich auf dem Felsen ausgemessen und mit gespannten Flügeln fotografiert. Auch Gromeko kam hinzu, um sich seinen Angreifer näher zu betrachten. Er erzählte seinen Kameraden, daß der Vogel sich mit einer solchen Wucht und so überraschend in seinen Rücken gekrallt hatte, daß er ihn für einen Tiger hielt und vor Schmerz das Bewußtsein verlor.

„Wollen wir jetzt nicht zur Anlegestelle zurückkehren?“ fragte Papotschkin. „Wir sind heute von Wildschweinen und einem Geier überfallen worden, haben einen Tiger aus der Nähe gesehen. Lohnt es sich also, unser Schicksal noch weiter herauszufordern?“

Alle waren von dem Marsch und den Aufregungen dieses Tages erschöpft. Bereitwillig machten sich die Männer, schwer beladen mit den Frischlingen, den Schinken und dem Bauchspeck des Keilers, mit den Gesteinsproben und Pflanzen, auf den Rückweg.

In der Nähe des Zeltes angekommen, hörten sie General wütend bellen. Im Laufschritt erreichten sie die kleine Wiese am Flußufer und sahen, wie der Hund, versteckt hinter dem Zelt, ein gewaltiges Flußpferd anbellte, das halb im Wasser, halb auf dem Trockenen stand. Wahrscheinlich wollte das Tier hier weiden oder sich ein wenig auf der Wiese suhlen, da war es von dem Lärm, den General machte, überrascht worden. Das Flußpferd starrte mit stumpfem Blick auf das ihm unbekannte unruhige Tier und sperrte hin und wieder sein furchtbares Maul mit den sperrig langen Zähnen und der riesigen rosa Zunge auf. Angesichts dieses Rachens begann General vor lauter Angst zu heulen und zu winseln.

Als das Ungeheuer die Menschen auf der Wiese bemerkte, drehte es sich plump um, ließ sich ins Wasser zurückfallen und schwamm flußabwärts davon. Aus dem Wasser ragte nur noch sein breiter, fetter Rücken mit den kleinen Warzen darauf.

„Gut, daß wir zurückgekommen sind“, meinte Gromeko und band General los. „Dieses Ungeheuer hätte uns viele Unannehmlichkeiten bereiten, das Zelt zerreißen, alle Sachen zertrampeln und die Boote versenken oder gar durchlöchern können.“

„Ob unsere Boote noch heil sind?“ rief Makschejew aus und stürzte zum Ufer. Gleich darauf ertönte von dort ein Schrei: „Ein Boot ist da, das andere verschwunden. Hat etwa das Scheusal das Tau zerrissen?“

„Wir müssen sofort hinterher, solange es noch in der Nähe ist!“ rief Kaschtanow, der ebenfalls zum Ufer gelaufen war.

Beide griffen nach ihren Flinten, sprangen in das übrig gebliebene Boot und ruderten stromabwärts. Bald darauf erblickten sie das vermißte Boot. Anstatt ruhig davonzuschwimmen, kreiste es in der Flußmitte auf der Stelle. Schnell kamen sie näher. Kaschtanow wollte schon mit dem Bootshaken operieren, als das Boot plötzlich, wie lebendig geworden, zur Seite schoß und davonraste, weit schneller als die Strömung. Da mußten die Männer erneut die Verfolgung aufnehmen. Makschejew ruderte mit aller Kraft, und Kaschtanow hielt den Bootshaken in Bereitschaft.

„Irgend jemand zieht es hinter sich her!" rief er, als das Boot, an das sie schon ganz nahe herangekommen waren, sich wieder ruckartig entfernte.

„Vielleicht ist es das Flußpferd? Es könnte sich mit seinem Bein im Tau verheddert haben, oder es hat das Tau mit den Zähnen gepackt . . ."

„So ist es!" schrie Kaschtanow auf, der plötzlich vor dem Boot den breiten Rücken und das Haupt des Tieres erblickte, das zum Luftholen aufgetaucht war.

„Wenn wir ihn anschießen, schwimmt er noch schneller oder zieht das Boot auf Grund."

„Es bleibt uns also nichts anderes übrig, als das Boot zu überholen und das Tau durchzuschneiden. Sonst bekommen wir es nie frei."

Makschejew legte sich wieder in die Riemen. Bald darauf gelang es ihm, das Boot an sich heranzuziehen, und im Schlepptau des Flußpferdes zog er sich an die Bootsspitze heran. Kaschtanow zerschnitt flink das straff gespannte Tau, dessen Ende sofort im Wasser verschwand.

„Noch ein paar Sekunden, und ich hätte aufgeben müssen", sagte Makschejew, schwer atmend. „Wenn es nicht schade um die Munition wäre, würde ich dem Scheusal für solche Scherze eine Kugel in den Hintern jagen."

„Wir haben uns vom Zelt weit entfernt", bemerkte Kaschtanow. „Jetzt müssen wir gegen die Strömung rudern. Lassen Sie mich nur machen, und Sie ruhen sich eine Weile aus."

Sie tauschten die Plätze, nahmen das zurückeroberte Boot ins Schlepptau und traten stromaufwärts die Rückfahrt an.

„Unser Fluß ist recht tief geworden", sagte Makschejew, der das Boot mit dem Bootshaken abstoßen wollte und nicht mehr auf Grund kam. Das Wasser hatte eine Tiefe von zwei Metern. „Deshalb sind hier so große Tiere aufgetaucht. In Zukunft sollten wir unsere Boote über Nacht und während der Abstecher vorsichtshalber an Land ziehen."

Die Fahrt ging auf dem dunklen Fluß nur langsam voran, inmitten gründer Wände von Sträuchern und Bäumen, die ein undurchdringliches Dickicht bildeten. Einige Büsche waren vom Fluß unterspült und ließen ihre Zweige ins Wasser herabhängen. Über großen dunkelroten Blüten einer unbekannten Schlingpflanze flatterten bunte Schmetterlinge, und summten Bienen.

Am Kiel rauschte das Wasser. Die Ruder plätscherten gleichmäßig, im Dickicht zwitscherten Singvögel. Makschejew beugte sich über den Bootsrand und beobachtete Fische, die bis zur Wasseroberfläche auftauchten und dann wieder in der Tiefe verschwanden.

„Wie herrlich hier die Natur ist, wenn man sie vom Boot aus genießt", sagte er. „Doch auf dem Ufer kann man keinen Schritt durchs Dickicht riskieren. Überall lauern Giftschlangen und Raubtiere. Es ist kaum zu glauben, daß wir nach so vielen Tagen des Kampfes mit Eis, Nebel und Schneestürmen plötzlich auf einem Fluß rudern, der auf der inneren Oberfläche unserer Erde dahinfließt. Und so dicht in der Nähe des Eises ersteht eine Landschaft, die an die Urwälder Afrikas und Südamerikas erinnert. Es wäre interessant zu wissen, auf welchem Breitengrad Nordamerikas wir uns jetzt befinden."

„Das läßt sich unschwer ausmachen, wenn man unsere Marschroute von der Eisbarriere bis hierher in die Karte einzeichnet. Ich denke, wir sind noch unter der Beaufortsee, auf sehr hohen Breiten, oder günstigenfalls unter der Tundra der Nordküste von Alaska. Dort ist es hundekalt, gibt es Schnee und Eisbären – hier dagegen eine üppige Vegetation, Tiger, Flußpferde und Schlangen."

Da erblickte Makschejew im Wasser das klare Spiegelbild Plutons, hob rasch den Kopf und rief aus:

„Aha, die liebe Sonne zeigt sich endlich am Himmel. Sieh mal einer an!"

Die Forscher waren es bisher gewohnt, Pluton nur durch einen mehr oder weniger dichten Nebel- beziehungsweise Wolkenschleier zu sehen. Sie hatten keinerlei Vorstellung von der wirklichen Farbe des Himmels und dem Aussehen dieses leuchtenden Kerns der Erde. Jetzt zerriß dieser Schleier, und es bildeten sich Häufchenwolken. Dazwischen war der klare Himmel zu sehen. Aber er war nicht von einer hellblauen Farbe wie über der Erdoberfläche, sondern dunkelblau. Pluton stand im Zenit. Sein Durchmesser schien größer als der der Sonne.

Dieser unterirdische oder innerirdische Stern erinnerte an die in einem Dunstschleier aufgehende oder untergehende Sonne. Auf seiner Scheibe konnte man ziemlich viele dunkle Flecken verschiedener Größe ausmachen.

„Dieser zentrale Himmelskörper oder eigentliche Kern unserer Erde befindet sich bereits in seinem letzten Glühstadium, er ist jetzt ein verlöschender roter Stern. Es dauert nicht mehr lange, und er leuchtet nicht mehr. Dann herrscht auf der inneren Oberfläche der Erde Dunkelheit und Kälte, woraufhin das ganze üppige Leben allmählich untergehen wird", sagte Kaschtanow.

„Gut, daß wir noch rechtzeitig hierhergekommen sind und es erforschen", rief Makschejew. „Eine Weile später hätten wir umkehren müssen, weil ringsum nur die schwarze Nacht anzutreffen wäre."

„Nicht mehr lange – das habe ich im geologischen Sinne gemeint. Auf die Erdjahre übertragen, kann das Jahrtausende bedeuten, so daß unsere fernen Nachkommen noch die Gelegenheit haben werden, diese innere Erdoberfläche zu erforschen und sie sogar zu besiedeln."

„Na, schönen Dank! In ein Land umzusiedeln, das zum Untergang im Dunkel einer ewigen Nacht verdammt ist . . .!"

Ein tropisches Gewitter

So verging in einem angeregten Gespräch unmerklich die Zeit. Beide Boote erreichten die Anlegestelle, wo Papotschkin und Gromeko bereits mit dem Abendbrot warteten. Der gebratene und gekochte Frischling, gewürzt mit Wildzwiebeln, die der Botaniker auf dem Hügel gesammelt hatte, schmeckte hervorragend. Gemeinsam wurde beschlossen, in Zukunft mehr eßbare Früchte, Wurzeln und Gräser zu sammeln, um die Speisen abwechslungsreicher zu gestalten. Immerhin waren alle Gemüsekonserven und Teigwaren im Basislager zurückgelassen. Die Männer hatten lediglich Tee, Zucker, Kaffee, etwas Zwieback, Brühpaste und solche Gewürze wie Salz und Pfeffer mitgenommen. Jagd und Fischfang sollten die hauptsächliche Ernährung sichern, und die örtliche Flora konnte sie aufbessern.

Neben dem Zelt wurde ein großes Feuer gemacht, neben dem die ganze Nacht hindurch die Expeditionsmitglieder abwechselnd Wache hielten: Die Begegnung mit dem Tiger ließ einen Angriff von Raubtieren befürchten. Jeder hörte im nahen Wald allerhand Geräusche: Knacken im Unterholz, das Auffliegen und den Schrei aufgeschreckter Vögel. General spitzte häufig die Ohren und knurrte.

Am nächsten Tag blieb die Landschaft anfangs unverändert. Dichter Wald am Flußufer, und die Hügel, am Nordhang bewaldet, am Südhang mit Gras bewachsen, setzten sich fort. Die Tagesrast fand am linken Ufer statt, für das sich Kaschtanow und Gromeko nach dem Mittagessen interessierten.

In der Flora gab es viel Neues. Vereinzelt tauchten immergrüne Gewächse auf – Myrten, Lorbeer und Kirschlorbeer. Der Haselnußstrauch erreichte die Größe von Eichen. An den Südhängen wuchsen Buchen, Zypressen, Lebensbäume und Eiben. Prächtige Magnolien prangten mit ihren großen weißen duftenden Blüten. Im Uferdickicht wuchs hier und da Bambus, rankten verschiedenartige Lianen. Gromeko war hell begeistert.

Die Lufttemperatur erreichte an diesem Tag bereits 25 Grad im Schatten, da der Nordwind, bisher ein ständiger Wegbegleiter der Expedition, sich gelegt hatte. Die Luft wurde feucht und stickig von den Ausdünstungen der dichten Wälder. Die Forscher gelangten nur langsam auf den Hügel und waren in Schweiß gebadet, obwohl die trüben Strahlen der Sonne den Wolkenschleier kaum durchdrangen.

Die ganze Natur schien unter der schwülen Hitze zu erstarren, Vögel und Tiere suchten im Schatten Schutz.

Auf der Hügelspitze ließen sich Kaschtanow und Gromeko nieder, um auszuruhen. Als sie in Richtung Norden blickten, entdeckten sie die Ursache der unerträglichen Hitze: Am Horizont türmte sich in phantastischen Zacken eine dunkelviolette Gewitterwolke, deren bläulich purpurroter Rand von grellen Blitzen erhellt wurde. Die Wolkenwand kam rasch näher.

„Wir müssen zu den Booten", rief der Botaniker. „Wahrscheinlich kommt ein tropischer Regenguß auf uns zu."

Beide eilten den Hügel hinab, strauchelten beim Laufen im hohen Gras und rutschten an abschüssigen Stellen aus. In zehn Minuten erreichten sie das Lager. Makschejew und Papotschkin erwarteten sie voller Ungeduld, denn sie wußten keinen Rat. Das Zelt würde dem Aufprall der Regenmassen oder dem Hagel kaum standhalten, der Fluß könnte über seine Ufer treten und entwurzelte Bäume mit sich führen, so daß es auch im Boot nicht ungefährlich würde. Am zweckmäßigsten schien es, alles auszuladen, die Boote an Land zu ziehen und selber unter den Sträuchern Zuflucht zu suchen.

Als die Männer darüber berieten, erinnerte sich Papotschkin, daß er stromabwärts, bei der Jagd auf eine Wasserschlange, am Fuße eines Hügels einen überhängenden Felsen gesehen hatte. Dieser könnte einen guten Regenschutz bieten. Doch Eile war geboten: Das Gewitter kam immer näher. Alle sprangen in die Boote, ruderten zu dem Felsen, und nach einigen Minuten war alles ausgeladen und unter dem Felsvorsprung verstaut. Die Höhle erwies sich als sehr geräumig, bot nicht nur den Männern und dem Hund Unterschlupf, sondern ließ auch Platz für das Gepäck und sogar die Boote, die als Windschirm aufgestellt wurden.

Die Forscher hatten einige kleine Schlangen verjagt, die sich in den Felsspalten verbargen, und konnten nun in aller Ruhe das erhabene Schauspiel einer atmosphärischen Katastrophe erleben.

Die bläulich-purpurrote Wolkenwand hatte die Mitte des Himmels erreicht und verdeckte nun die Sonne. Ihre Unterseite war bereits schwarz: ein Abgrund, den fortwährend grelle Blitze aufleuchten ließen, begleitet von solchen Donnerschlägen, wie sie die Forscher bisher noch nie gehört hatten. Mal glichen sie ohrenbetäubenden Explosionen, dann wiederum krachte es, als zerplatzten riesige Massen eines festen Stoffes, oder sie erinnerten an die Salven von Hunderten schweren Geschützen.

Der nahe Wald rauschte dumpf unter den ersten Windstößen. Vom Norden her näherte sich noch ein anderes, furchtbares Krachen, das alle mit Angst und Schrecken erfüllte, ja sogar das Rollen des Donners übertönte. Es schien, als würde von dort ein gigantischer Eisenbahnzug heranrasen, der alles auf seinem Weg zermalmte.

Die Forscher wurden blaß und hielten unruhig Ausschau.

Der Wirbelsturm brauste mit voller Kraft heran. Durch die Luft schossen unzählige Blätter, Blumen, Zweige, ganze entwurzelte

Sträucher und Vögel, die es nicht mehr geschafft hatten, im Wald Schutz zu suchen. Es wurde immer dunkler. In den kurzen Pausen zwischen den ohrenbetäubenden Donnerschlägen pfiff, zischte und krachte es ringsum. Regentropfen und Hagelkörner prasselten auf die Erde oder das brodelnde, schäumende Wasser nieder. Dann brach völlige Finsternis herein. Nur der Schein der Blitze bot für kurze Augenblicke ein schreckliches Bild: Es schien, als habe sich der ganze Wald in die Luft gehoben und jage im Regenstrom davon. Durch den Donner konnte kaum ein Wort vernommen werden, selbst wenn es ins Ohr geschrien wurde.

Diese Katastrophe währte nur fünf Minuten. Rasch klarte es auf, der Wind wurde schwächer, Lärm und Donner verhallten im Süden, und der Regen hörte fast ganz auf. Dafür schwoll der Fluß an, er wurde rotbraun und schmutzig. In seinem von Schaum bedeckten Wasser trieben Blätter, Zweige, Äste und ganze Bäume dahin. Am Himmel zogen noch graue Wolkenfetzen, doch Pluton zeigte sich bereits am Himmel und beschien die vom Sturm angerichteten Verwüstungen.

Die Expeditionsmitglieder krochen unter dem Felsvorsprung hervor und schauten sich um. Sie entdeckten neben den Booten einen ganzen Haufen von Blättern, Zweigen und Ästen, vermischt mit walnußgroßen Hagelkörnern. Einige spitze Äste waren so herabgestürzt, daß sie die Segeltuchverkleidung der Boote durchlöchert hatten und schnell repariert werden mußten. Die Männer holten Nadel, Garn und geteerte Segeltuchflicken hervor und machten sich an die Arbeit.

In etwa einer Stunde war der Schaden behoben. Unterdessen kehrte der Fluß in seine Ufer zurück, die Oberfläche war frei von umherschwimmenden Hindernissen, und die Fahrt konnte fortgesetzt werden. Die schwarze Gewitterwolke war hinter dem Hügel im Süden verschwunden, und zum erstenmal betrachteten die Forscher den klaren, dunkelblauen Himmel.

„Es ist kaum zu fassen", sagte Papotschkin, als er im Boot saß, „daß genau über uns, über diesem blauen Himmel, in schätzungsweise zehntausend Kilometer Entfernung, eine gleichgeartete Welt mit Wäldern, Flüssen und allerlei Tieren existiert. Sie über unseren Köpfen zu sehen wäre hochinteressant!"

„Die Entfernung ist einfach zu groß", bemerkte Kaschtanow. „Eine so starke Luftschicht, mit Staubpartikeln und Wasserdämpfen durchsetzt, ist nicht durchsichtig genug. Und die grünbewachsene Erde reflektiert zuwenig Licht."

„Ist Ihnen aufgefallen", sagte Makschejew, „daß – als wir gestern die Gegend von einem verhältnismäßig flachen Hügel aus observierten – man hier viel weiter sehen kann als dort oben, in unserer Welt? Wir konnten immerhin die bewaldete Ebene etwa hundert Kilometer weit überblicken, weil die Oberfläche, auf der wir uns befinden, nicht – wie auf der Erde – konvex, sondern konkav ist. Es hatte den Anschein, als befänden wir uns auf dem Boden einer flachen Schale."

„Theoretisch müßte unser Blickfeld unbegrenzt sein, wir müßten die Landschaft, die sich immer höher zum Himmel erhebt, nicht auf hundert, sondern auf fünfhundert oder tausend Kilometer überblikken können. Doch in größerer Entfernung werden die unteren Luftschichten immer undurchsichtiger, und die Umrisse der Gegenstände zerfließen."

„Folglich kann die Linie des Horizonts sich hier nicht so scharf und deutlich abzeichnen wie auf der Erdoberfläche. In Wirklichkeit gibt es hier keinen Horizont, wir sehen lediglich den allmählichen Übergang der Erdoberfläche in den Himmel!"

„Doch bis jetzt konnten wir wegen der niedrighängenden Wolken oder des Nebels diese Erscheinung noch nicht wahrnehmen."

Gegen Abend wurde der Fluß beträchtlich breiter, seine Strömung allerdings langsamer, also mußten die Männer ständig rudern, um schneller vorwärtszukommen.

Die grünen Laubwände beider Uferseiten öffneten sich an manchen Stellen, entweder floß hier das Wasser in schmalen Flußarmen ab, oder es kehrte zum Hauptstrom zurück. Inmitten dieses Stromes tauchten Inseln auf, die von hohem, dichtem Schilf umsäumt waren.

Als die Männer eine dieser Inseln umschifften, bemerkten sie in deren Schilfgürtel eine Lücke, von der aus ein Pfad ins grüne Dikkicht führte. Makschejew steuerte sein Boot dahin, um anzulegen und die Insel zu besichtigen.

Doch kaum war das Boot mit seiner Spitze auf die schlammige Uferböschung weich aufgelaufen, da erblickten die Männer in dem grünen Gestrüpp den Kopf eines Säbelzahntigers. Zwei blendend weiße Hauer von fast dreißig Zentimeter Länge ragten wie bei einem Walroß aus seinem Oberkiefer. Das Raubtier war offenbar satt und hatte daher nicht die Absicht anzugreifen. Es sperrte seinen gewaltigen Rachen weit auf, so als wollte es gähnen, dann verschwand der Kopf in dem Dickicht. Die plötzliche Begegnung mit diesem schrecklichen Raubtier ließ die Männer auf einen Landgang verzichten.

Am darauffolgenden Tag wurde der Fluß wieder schmaler und die Strömung schneller.

Die Vegetation erinnerte immer mehr an die Subtropen. Eiche, Buche und Ahorn verschwanden. Sie wurden von Magnolien, Lorbeer, Gummibäumen und vielen anderen Gewächsen verdrängt, die der Botaniker nur dem Namen nach kannte oder bisher lediglich in dürftigen Exemplaren in Treibhäusern gesehen hatte. Im übrigen war es nicht schwer, auch vom Boot aus die Yucca-, Fächer- und Sagopalme zu bestimmen.

Hügel wurden seltener, auch flacher, doch dafür breiter. An ihren Abhängen wuchs üppiges, hohes Gras. Vereinzelt oder in Gruppen erhoben sich Bäume, die an die Galeriewälder von Zentralafrika erinnerten.

Ein undurchdringliches Dickicht zog sich an den flachen Flußufern entlang.

Zur Mittagsrast legten die Männer in der Nähe eines solchen Hügels an, um von dort aus einen längeren Abstecher zur Erforschung der Flora zu starten. Makschejew erklärte sich bereit, die Boote zu bewachen, die anderen begaben sich nach der Mahlzeit auf den Hügel.

Ein wandernder Höcker

Die ersten Meter durch das Lianen- und Buschdickicht konnten nur mit der Axt gebahnt werden. Dann aber, im Halbdunkel des hohen grünen Gewölbes riesiger Eukalyptus-, Myrten-, Lorbeer- und anderer Bäume, lichtete sich das Unterholz.

Zwischen Farnen und Baumstämmen war die Erde von verschiedenen Moosen und prächtigen Orchideen bewachsen. Hoch in der Luft schwirrten und zirpten Insekten, unten dagegen herrschte Stille. Ab und zu glitt eine Schlange oder eine Eidechse lautlos über den Boden.

Am Fuß des Hügels lichtete sich der Wald. Die rötlichen Strahlen Plutons drangen bis zum Boden. Hier war mehr Leben, gab es mehr

Sträucher und auch Blumen. Die Männer stießen auf einen Pfad, der sich zwischen den Bäumen hindurchschlängelte, und hofften, daß er sie aus dem Wald herausführen würde. An der Spitze lief Kaschtanow, ihm folgte Papotschkin, beide hatten ihre Flinten schußbereit und schauten wachsam in alle Richtungen. Gromeko war der letzte, er blieb öfter zurück, um Pflanzen zu sammeln.

Plötzlich hielt Kaschtanow inne und hob warnend die Hand. Vorn war ein starkes Knacken und ein leichtes Brummen zu vernehmen. Dann tauchte auf dem Pfad ein riesiges Tier von merkwürdigem Aussehen auf, das an einen Bären erinnerte, doch einen langen buschigen Schwanz und einen schmalen Kopf hatte.

„Das ist ein Ameisenbär", flüsterte der Zoologe. „Man kennt diese Art aus Südamerika. Die Ameisenbären sind äußerst friedlich – trotz des furchterregenden Äußeren und der großen Krallen. Aber sie sind viel kleiner als dieses Exemplar. Das ist ja mehr als zwei Meter hoch!"

Unterdessen hatte der Ameisenbär die Menschen bemerkt, die ihm den Weg versperrten, und blieb unschlüssig stehen.

„Machen wir ihm Platz", zischelte der Zoologe. „Mag er an uns vorbeigehen, dann kriegen wir mehr von ihm zu sehen."

Die Jäger traten beiseite und versteckten sich hinter einer Gruppe dichter Büsche. Der Ameisenbär blieb noch ein paar Minuten lang stehen, schaute mißtrauisch in den Wald hinein, dann setzte er sich allmählich in Bewegung, hielt jedoch alle fünf bis sechs Schritte inne und schaute sich wieder um.

Während eines solchen Verweilens gelang es Papotschkin, den Ameisenbär zu fotografieren. Als das Tier das Klicken des Auslösers hörte, rannte es los, taumelnd auf seinen dicken Pfoten und mit ausgestrecktem Schwanz. Von der Schnauze bis zur Schwanzspitze war es etwa vier Meter lang.

Nach Verlassen des Waldes standen die Forscher direkt am Fuß des Hügels, dessen Hang nur allmählich anstieg. Kaschtanow betrachtete verdrossen diesen eintönigen Hang, der ihm kaum Interessantes versprach, während der Botaniker begeistert war vom Überfluß unbekannter Blumen und sich sogleich daran machte, sie zu sammeln. Da bemerkte der Geologe unterhalb des Hügels einen ziemlich großen, kuppelähnlichen Höcker, dessen nackte Seiten metallisch glänzten.

„Endlich auch was für mich!" rief er, zückte seinen Hammer und stürzte, beinahe im Laufschritt, auf den Höcker zu, während Papotschkin einer neuen Eidechse nachstellte, die sich vor ihm auf ein Bäumchen zu retten versuchte.

Als Kaschtanow den Höcker erreichte, blieb er verblüfft stehen. Der war völlig kahl, nicht einmal Gras wuchs auf ihm, und seine gesamte Oberfläche bestand aus sechseckigen bräunlichen Platten mit dunklen Rändern. Der erstaunte Geologe wollte mit seinem Hammer ein Stückchen von dem Gestein abschlagen, doch der Hammer prallte ab.

In der Hoffnung, daß oben auf dem Höcker mehr Gesteinsrisse zu finden seien, kroch er hinauf, was ihm nicht sogleich gelang. Obwohl die Erhebung nur etwa drei Meter hoch war, waren ihre Seiten steil und glatt. An der Spitze aber war das Gestein ebenfalls sehr hart, so daß der Geologe einen großen Meißel aus seinem Gürtel zog, diesen in einen Spalt zwischen zwei Platten einsetzte und mit dem Hammer darauf einschlug. Die Spitze des Meißels drang allmählich in das Gestein ein.

Plötzlich warf ein starker Stoß den Geologen um, und er schaffte es gerade noch, sich am Meißel festzuhalten, um nicht abzurutschen. Die Stöße wiederholten sich, und Kaschtanow blickte sich konsterniert um. Ihm schien, daß die Erde unter seinen Füßen in Bewegung gekommen war und die Bäume schwankten.

„Ein schreckliches Erdbeben!" rief er seinen Kameraden zu, die etwa vierzig Schritt von ihm entfernt waren. „Spüren Sie die Stöße?"

Als Gromeko und Papotschkin diesen Aufschrei vernahmen, schauten sie sich verwundert an. Sie hatten keinerlei Anzeichen eines Erdbebens wahrgenommen. Doch als sie zu Kaschtanow hinüberblickten, waren sie äußerst überrascht. Der Höcker mit dem Geologen bewegte sich langsam am Hügelhang.

Nach einem Augenblick der Verwirrung liefen beide auf diese seltsame wandernde Erhöhung zu, deren Unterteil im dichten Gras nicht zu sehen war. Als Papotschkin näher herangekommen war, rief er lachend:

„Das ist eine gigantische Schildkröte! Pjotr Iwanowitsch, Sie reiten auf einer Schildkröte!"

Da wendete der kleine Hügel und kam auf seine Verfolger zu. Diese sahen nun einen langen Hals und einen abscheulichen mit kleinen Hornplatten bedeckten Kopf, nicht kleiner als der eines Stiers. Im aufgesperrten Maul kamen platte Zähne zum Vorschein.

Kaschtanow begriff, was los war, ließ seinen Meißel in dem Panzer stecken und sprang rasch ab. Erst jetzt bemerkte er den wild um sich schlagenden riesigen Schwanz, dick wie ein Baumstamm und stark genug, um dem Professor die Beine zu brechen.

Das Tier fühlte sich befreit und lief den Hang entlang, Kopf und Schwanz verschwanden im Gras. Wieder sah es einem kahlen wandernden Höcker auf verblüffende Weise ähnlich.

Nach einigen Sticheleien über das lustige Abenteuer des Geologen, der eine lebende Schildkröte für einen Steinhügel und ihre Bewegung für ein Erdbeben gehalten hatte, sagte Kaschtanow zu seinen Kameraden:

„Übrigens vermute ich, daß es keine Schildkröte war, sondern ein Glyptodon, ein Tier aus der Familie der Panzertiere, wie es gemeinsam mit dem riesigen Ameisenbär, dem Faultier, dem Mastodont und dem gewaltigen Nashorn zur Fauna des Pliozän im Tertiär gehörte. Viele Überreste dieser Tiere fand man zu Hauf in Südamerika.“

„Richtig! Wir haben ja im Wald auch einen riesigen Ameisenbär angetroffen“, meinte Papotschkin.

„Genau das hat mich auf diese Vermutung gebracht. Wenn wir in nördlicheren Breiten, in der Nähe der Schneegrenze, solche Fossilien wie das Mammut, das Langhaarnashorn, das Urrind, den Höhlenbären und den Riesenhirsch lebend angetroffen haben, die auf der Erde nach dem Tertiär existierten, dann ist es auch nicht verwunderlich, daß weiter südlich, wo große Hitze herrscht, noch ältere Formen vorzufinden sind als die des Pliozäns.“

„Heißt das, wenn man Ihrem Gedanken folgt, daß wir weiter südlich noch älteren Tierwelten begegnen – etwa der des Miozän, des Eozän, der Kreide- und der Jurazeit und so weiter?“ fragte der Zoologe etwas ungläubig.

„Ich würde mich darüber gar nicht wundern“, sagte Gromeko. „Seitdem wir dieses merkwürdige innerirdische Land entdeckt haben, wundere ich mich über gar nichts mehr und bin bereit, Inguanodonten, Plesiosaurier, Pterodaktylen, Trilobiten und andere paläontologische Kuriosa zu begrüßen.“

„Dann ist es schade, daß wir den Ameisenbär und das Glyptodont nicht erlegt haben. Wie wollen wir jetzt ihre Existenz nachweisen! Das Glyptodont habe ich nicht einmal fotografiert.“

„Vielleicht begegnen wir den Tieren noch einmal.“

„Übrigens ist es an der Zeit, unseren Fleischvorrat zu erneuern", erklärte Gromeko, „sonst müssen wir uns morgen mit Speck begnügen."

Während dieser Unterhaltung hatten die Jäger den Hügel bestiegen und seinen Kamm erreicht, auf dem sich ein schmaler, aber dichter Buschstreifen erstreckte. Zur Freude Kaschtanows waren hier kleine Gesteinskuppen verborgen. Der Geologe machte sich sofort mit seinem Hammer zu schaffen. Doch Papotschkin, der bereits durch die Büsche hindurchgekrochen war, stoppte ihn mit einem Ruf:

„Nicht so laut, bitte! Auf dem anderen Hang gibt es einen ganzen Zoo von Grasfressern!"

Kaschtanow unterbrach sein Hämmern, steckte eine Gesteinsprobe in die Tasche und kroch ebenfalls durch die Büsche. Gromeko folgte ihm.

Auf dem noch flacheren Südhang erblickten sie verschiedene friedlich weidende Tiere. In nächster Nähe graste eine Nashornfamilie, die sich allerdings wesentlich von ihren Artgenossen in Indien und Afrika, aber auch von dem Langhaarnashorn unterschied. Es waren dicke, kurzbeinige und stämmige Geschöpfe, die eher einem kleinen Flußpferd ähnelten. Doch die Kopfform und das kurze, dicke Horn des Bullen verrieten ihre Gattung. Die Nashornkuh hatte anstelle des Horns nur einen großen, schwielenartigen Zapfen. Das neben der Mutter spielende Junge sah wie eine Riesenleberwurst aus. Um an die Milch heranzukommen, legte es sich auf die Erde und zwängte sich seitlich unter den Wanst der Mutter, die es bei jeder Bewegung etwas einquetschte, was das beleidigte Kleine mit einem unzufriedenen Grunzen quittierte.

Etwas abseits weidete eine Herde riesiger Elefanten. Kaschtanow beobachtete sie mit dem Fernglas und meinte, daß es sich wahrscheinlich um Mastodonte handele. Vom Mammut unterschieden sie sich durch eine abgeplattete Stirn, lange und gerade Stoßzähne sowie einen längeren Körper.

In ihrer Nachbarschaft ästen einige riesige Antilopen, sie waren bräunlichgelb, schwarz gefleckt wie Leoparden, und trugen ein langes, säbelartiges Geweih. Sie bewegten sich springend vorwärts, weil ihre Hinterläufe bedeutend länger als die Vorderläufe waren. Gromeko hielt sie zunächst für übergroße Hasen.

Am Waldrand befanden sich noch seltsamere Tiere, die teils einer

Giraffe, teils einem Kamel ähnlich waren. An die Giraffe erinnerte ein sehr langer Hals und der Kopf mit kleinen Zapfen, an das Kamel dagegen die bräunliche Färbung des Fells und der Körper mit einem kleinen Höcker. Ein Pärchen dieser Tiere, in denen Kaschtanow die Vorfahren des Kamels und der Giraffe zu erkennen glaubte, stand am Waldrand und zupfte etwa vier Meter über dem Boden Blätter und Zweige von den Bäumen.

Als Beute schien den Jägern die Antilopen und Kamelgiraffen am wichtigsten. So teilten sie sich auf: Kaschtanow ging über einen Umweg zu den Kamelgiraffen, Papotschkin zu den Antilopen, und Gromeko sollte unterdessen die Nashörner und Mastodonten fotografieren.

Gromeko bekam plötzlich Appetit auf Nashorn am Bratspieß, und er streckte das nichtsahnende Tier mit einem Schuß nieder. Seine Eltern schlugen sich nicht in die Flucht, wie es der Jäger erwartet hatte, sondern beschnupperten den Kadaver und stürzten dann mit einem lauten Grunzen auf den Botaniker zu, der die Unvorsichtigkeit beging, sich am Waldrand zu zeigen. Er floh zurück in die Büsche und konnte gerade noch zur Seite springen, als von dort, wo er eben noch gestanden hatte, ein Krachen brechender Äste laut wurde. Beide Nashörner zertrampelten die Büsche, schleuderten sie mit ihren Mäulern in alle Richtungen und arbeiteten sich bis zum Kamm durch. Dann liefen sie weiter. Als sie jedoch bemerkt hatten, daß ihr Feind verschwunden war, kehrten sie um und rasten dorthin, wo ein Rascheln in den Büschen die Anwesenheit des Jägers verriet.

In diesem Augenblick fiel bei den Antilopen Papotschkins Schuß. Die ganze Herde raste den Hügel hinauf, auch die Mastodonten setzten sich dorthin in Bewegung. Sie hoben dabei ihre Rüssel und stießen warnende Trompetentöne aus. Gromeko geriet in eine riskante Situation: Zum einen mußte er die Nashörner im Auge behalten und vor ihnen hin und her laufen, zum anderen drohte von herbeipreschenden Antilopen und Mastodonten ebenfalls Gefahr. Doch der Botaniker hatte einen glücklichen Einfall. Er hatte bemerkt, daß die Antilopen und die Mastodonten zwar den Hang von verschiedenen Seiten, aber ungefähr zur selben Stelle hin erstürmten. Statt nun auf der Flucht vor den Nashörnern hin und her zu springen und sich durch die Büsche zu schlagen, rannte er jetzt zwischen den Antilopen und den Mastodonten den Hang hinunter. Er rechnete fest damit, daß sie seine Verfolger aufhalten würden. So kam es auch. Nachdem die Nashörner in Rage geraten und wieder durch das Gesträuch gebrochen waren, stieß das eine mit den Mastodonten, das andere mit den Antilopen zusammen. Das führte zu einer Panik unter den Tieren. Ein Nashorn wurde von den Mastodonten zu Boden gerissen und zertrampelt, das andere jagte die Antilopen in die Flucht und lief hinter ihnen her. Gromeko blieb als Sieger auf dem Schlachtfeld zurück.

Nachdem er sich von dem Wahnsinnslauf etwas erholt hatte, stieg er erneut zu den Büschen hinauf, fand seine Flinte wieder, die er auf der Flucht abgeworfen hatte, und begann seine Beute, das kleine Nashorn, zu suchen, weswegen er soviel Angst durchzustehen hatte. Es zu finden war nicht schwer, denn der kugelrunde Leib, der fast einem Faß glich, war schon von weitem in dem zertrampelten Gras zu sehen. Dann stieß Gromeko wieder zu seinen Kameraden. Mit Fellen, Schädeln und Fleisch schwer bepackt, liefen sie zur Anlegestelle zurück. Makschejew hatte sich bereits über ihre lange Abwesenheit Sorgen gemacht. Zwar war er nicht von der Stelle gewichen, doch blieb auch er nicht ohne Beute. Ein Raubtier hatte sich an das Zelt herangeschlichen, wahrscheinlich in der Absicht, General zu verspeisen. Statt dessen wurde es selbst zum Opfer einer Gewehrkugel. Es ähnelte einem Wolf, hatte einen großen Kopf, den Körperbau einer Katze und eine ziemlich lange Mähne. Kaschtanow meinte, es sei ein Vorfahre unserer Wölfe aus dem Pliozän.

Pluton erlischt

Während das Antilopenfleisch im Kessel kochte und das junge Nashorn am Spieß briet, sortierten die Forscher die große Ausbeute dieses Tages.

Bei dieser Arbeit bemerkten sie, daß das Licht schwächer und noch rötlicher als sonst wurde. Sie schauten nach oben, um die Ursache für diese Erscheinung zu ergründen. So stellten sie fest, daß der Himmel zwar wolkenlos war, Pluton selbst aber nur trübes Licht ausstrahlte und auf einer Hälfte seiner großen Scheibe viele große dunkle Flecken aufwies.

Mit dem Schwächerwerden des Lichts ging ein Temperaturanstieg einher. Das Thermometer kletterte an diesem Tag bereits auf achtundzwanzig Grad plus im Schatten. Letzteres hätte man durchaus gutheißen können, doch das schwache Licht sorgte für einige Beunruhigung.

„Und was wird, wenn Pluton nun vollends erlischt?" fragte Gromeko, als die Männer während des Abendbrots feststellten, daß das Licht noch schwächer und die Anzahl der dunklen Flecke auf der Scheibe immer größer wurde.

„. . . und wir plötzlich von einer totalen Finsternis überrascht werden, auf die allmählich polare Kälte folgt?" fügte Papotschkin hinzu.

„Und unsere warme Bekleidung haben wir weit im Norden, im Lager, zurückgelassen!" rief Makschejew.

„Ich glaube, diese Abschwächung des Lichts ist nur vorübergehend", beruhigte sie Kaschtanow. „Pluton befindet sich, seinem roten Licht und der Menge dunkler Flecken nach zu urteilen, tatsächlich im letzten Stadium des Glühens. Doch diese Periode kann noch Hunderte und Tausende von Jahren andauern. Sterne, die im Weltall zu beobachten sind und Pluton gleichen, verblassen zeitweilig und erlöschen sogar ganz, flammen dann aber wieder auf. Der Wärmevorrat in ihrer Masse ist noch gewaltig, und die sich durch Abkühlung an ihrer Oberfläche bildende Kruste, welche wir als dunkle Flecken wahrnehmen, reißt immer wieder auf und schmilzt, den Wärmevorrat allmählich verzehrend. So kann ein Himmelskörper nicht plötzlich erlöschen."

„Und wenn aber Pluton infolge Sauerstoffmangels ganz erlischt? Immerhin kommt der Sauerstoff, den er verbraucht, durch die polare Öffnung unseres Planeten aus der Lufthülle."

„Das ist recht unwahrscheinlich, denn dann müßte Pluton in den Millionen Jahren seines Glühens den gesamten Sauerstoff unserer Erde verbraucht haben, und die Menschen wären schon lange erstickt. Die Verbrennungsprozesse auf den leuchtenden Himmelskörpern sind uns noch zuwenig bekannt. Vielleicht verlaufen sie anders als auf der Erde. Möglicherweise bildet sich dort der Sauerstoff als Produkt des Zerfalls anderer chemischer Elemente. Die Entdekkungen der letzten Jahre im Zusammenhang mit den Umwandlungen des Radiums lassen uns heute bereits anders über die Unteilbarkeit dieser Elemente nachdenken, welche früher noch als unumstößliche Wahrheit galt."

„Kurzum, ‚Es gibt mehr Ding' im Himmel und auf Erden, als unsere Schulweisheit sich träumen läßt, Horatio' – und in Plutonien können wir uns täglich von der Wahrheit dieses Hamletschen Ausspruchs überzeugen", sagte Gromeko und schlug vor, sich schlafenzulegen, solange es dunkel und kühl war.

Die Tierwelt im Wald schien ebenfalls zu spüren, daß mit der Natur etwas nicht stimmte. Die Vögel waren vollends verstummt, und anstatt ihres Gezwitschers hörte man die angsterfüllten Schreie verschiedener Tiere. General heulte ab und zu auf und spitzte die Ohren.

Doch die Forscher, die vor dem Zelt ein Lagerfeuer gemacht hatten, schliefen fest und ließen sich durch diese Laute nicht stören. Sie erwachten später als gewöhnlich.

Einer nach dem anderen verließ das Zelt, doch noch immer war es dunkel. Alles war in ein rötliches Dämmerlicht getaucht. Die Scheibe des Pluton wies zahlreiche dunkle Flecken auf, die die Helligkeit um neun Zehntel vermindert hatten. Bei diesem Licht schienen das Laub und das Gras ebenso wie der Himmel beinahe schwarz. Ringsum herrschte Totenstille: Weder Vögel noch Tiere oder Insekten gaben irgendwelche Lebenszeichen von sich, nur das Laub raschelte ab und an im leichten Wind. In dieser Stille lag etwas Unheimliches.

Die Männer berieten sich und kamen zu dem Schluß, daß es riskant sei, die Fahrt in diesem Dämmerlicht auf einem unbekannten Fluß fortzusetzen, denn die dicht bewaldeten Ufer bargen viele Raubtiere, die gefährlich werden könnten. Außerdem könnte man auf Grund laufen oder die Faltboote an Baumwurzeln beschädigen.

„Und wenn diese Dunkelheit nun ganze Wochen und Monate andauert?" fragte Gromeko. „Werden wir dann etwa nicht von der Stelle rücken? Der Proviant reicht für drei bis vier Tage!"

„Was sind Sie doch für ein Kauz!" entgegnete ihm Kaschtanow. „Sogleich machen Sie pessimistische Prognosen . . . Warten wir ein paar Tage ab, und dann werden wir schon sehen, ob wir weiter- oder zurückfahren."

„Inzwischen reparieren wir die Boote, bauen ein Floß und erledigen einige angefallene Wartungsarbeiten", sagte Makschejew. „Die Boote sind schon leck."

Mit diesem Vorschlag waren alle einverstanden, und beim Schein des Lagerfeuers begann die Arbeit. Die Männer reparierten die Boote und fällten einige große Bambusstämme, die in der Nähe des

Rastplatzes wuchsen. Das nahm allerhand Zeit in Anspruch, da die Expeditionsmitglieder nur eine Handsäge im Gepäck hatten. Dann entfernten sie die Zweige von den Rohrschäften, zersägten diese in Stücke von der Länge eines Bootes und verbanden die einzelnen Teile zu einem anderthalb Meter breiten Floß. Es sollte zwischen den beiden Booten Platz finden und die umfangreicheren, mit Fellen bedeckten Gegenstände tragen. Die mit dem Floß verknüpften Boote waren nun eine Art feste, leichte und ziemlich wendefähige Fähre.

Diese Arbeiten währten einen ganzen Tag. Dabei beobachteten die Männer Pluton und stellten fest, daß die Zahl der dunklen Flecke und ihre Größe unverändert blieb. Man legte sich früh schlafen. Neben dem Zelt flackerte ein kleines Lagerfeuer. General lag vor dem Eingang. Die Forscher hofften ruhig schlafen zu können. Sie wollten nur ab und zu aufstehen, um etwas Holz nachzulegen.

Doch diese Hoffnung ging nicht ganz in Erfüllung. Sowie in dem Zelt Stille herrschte und aus dem nahen Dickicht leise Geräusche zu vernehmen waren, spitzte General die Ohren und knurrte. Die Geräusche ließen nach, und der Hund beruhigte sich wieder. Dann knackte es abermals im Dickicht, so als schliche ein Raubtier ganz in der Nähe durch die Büsche und spüre einer Beute nach, ohne jedoch den Angriffssprung zu wagen. Damit nicht alle gleichzeitig auf der Hut zu sein brauchten, wurde eine Wache mit Ablösung eingerichtet. Papotschkin setzte sich als erster ans Feuer, die schußbereite Flinte in der Hand. Die Geräusche kamen mal näher, mal entfernten sie sich, und der Geologe gewöhnte sich bald so sehr an sie, daß er fest einschlief. Das Feuer ging allmählich aus, es verwandelte sich in einen Haufen glimmender Holzscheite.

Plötzlich begann der Hund wütend zu bellen. Papotschkin erwachte und sah am Wiesenrand ein großes Raubtier, das einem Löwen glich. Doch es hatte eine kürzere Mähne. Aus seinem halbgeöffneten Rachen ragten wie bei den Säbelzahntigern riesige Hauer. Das Raubtier stand unentschlossen da. General schlich, laut bellend und mit eingezogenem Schwanz, hinter das Feuer, näher zum Zelt hin.

Der Zoologe kam rasch zu sich, erhob das Gewehr und schoß auf das Raubtier aus etwa zwanzig Schritt Entfernung. Die Kugel traf genau in die Brust, doch das Tier hatte noch Kraft genug zu einem Sprung. Es landete in dem Gluthaufen, versengte sich den Bauch und rollte zum Zelt. Mit den hinteren Tatzen riß das Tier eine Zeltwand von oben bis unten auf und streifte dabei Makschejews Stiefel, die am Kopfende lagen. Die vordere Pranke schlug im Kampf um sich, traf Kaschtanow beinahe ins Gesicht, zertrümmerte dessen Taschenuhr, die in einer Mütze aufbewahrt am Boden lag und zerfetzte die Mütze. General wurde durch einen Hieb ins Innere des Zeltes geschleudert, dort landete er, aus einigen Wunden blutend, mit aller Wucht auf Gromeko, der noch immer an der hinteren Zeltwand friedlich schnarchte.

Es entstand ein unbeschreiblicher Tumult. Neben dem Zelt brummte und tobte ein riesenhaftes Etwas, unter seinen Hieben riß die Zeltwand in Fetzen. Im Innern des Zeltes kämpfte Gromeko mit General, der sich hinter ihm verstecken wollte und den er für ein Raubtier hielt. Kaschtanow suchte vergeblich nach Streichhölzern, die in der Mütze neben der Uhr gelegen hatten, aber er fand nicht einmal die Mütze. Papotschkin schrie von draußen:

„Verlassen Sie schnellstens von der anderen Seite das Zelt! Es ist ein Löwe, den ich angeschossen habe und nicht töten kann, da ich fürchte, Sie zu treffen!"

Schließlich streckte das Tier im Todeskampf die Tatzen von sich und blieb reglos liegen. Makschejew fand endlich Streichhölzer und zündete eine Kerze an. Gromeko ließ von General ab. Alle drei, halb angezogen und erschrocken, hoben die hintere Zeltwand hoch, krochen auf allen vieren hinaus und schauten sich um. Am erloschenen Feuer versuchten die Männer die Situation zu rekonstruieren. Papotschkin mußte eingestehen, daß er eingeschlafen war und das Feuer hatte ausgehen lassen, weshalb das Raubtier einen Angriff riskiert hatte.

Das erlegte Tier war ein Säbelzahnlöwe, obwohl sein Körperbau eher an einen Bären erinnerte. Nur die Form des Kopfes und der Tatzen belegte seine Zugehörigkeit zur Familie der Katzen. Die Mähne war kurz, fast schwarz, das Fell gelbbraun, der Schwanz ohne Quaste. Die Hauer im Oberkiefer waren so furchtbar wie die Krallen an den riesigen Pranken. Das Zelt bedurfte einer gründlichen Reparatur, ebenso Makschejews Stiefel. Die plattgedrückte Uhr Kaschtanows und seine zerfetzte Mütze mit der zerborstenen Streichholzschachtel wurden erst nach längerem Suchen in einem Winkel des Zeltes gefunden.

Gromeko holte den zitternden General hinter einem Schlafsack hervor, untersuchte und wusch dessen Wunden. Dann schleppten die Männer den Löwen beiseite und versuchten weiterzuschlafen. Die Wache übernahm Makschejew, und der Rest der Nacht verlief ruhig. Am nächsten Morgen war die Dämmerung etwas heller. Auf der Plutonscheibe schien die Zahl und Größe der dunklen Flecken abgenommen zu haben. Die Männer beschlossen noch abzuwarten, machten sich unterdessen an die Ausbesserung des Zeltes und die Vermessung des Löwen, dem sie anschließend das Fell abzogen. Gegen Mittag wurde es noch heller. Später verschwand der größte Teil der Flecken, als hätte Pluton neue Kräfte gesammelt und sie geschmolzen. Er schien mit voller Leuchtkraft, die nach vierzig Stunden Dämmerung besonders stark wirkte.

Das Gepäck wurde schnell auf die Boote und das Floß verladen. Die Fahrt ging weiter, allerdings langsamer als bisher, da die Fähre weniger manövrierfähig war und die Forscher viel mehr rudern mußten. Gegen Abend veränderte sich die Landschaft. Die Hügel an den Ufern wurden zunächst flacher, bis sie schließlich ganz verschwanden. Anstelle der dichten Wälder und Gebüsche breitete sich nun eine Steppe mit vereinzelten Baumgruppen aus, in denen der gigantische Baobab vorherrschte. Lediglich an den Ufern entlang gab es eine üppige Vegetation mit Palmen, Bambus und Lianen, in denen Vögel und große Affen verschiedener Arten hausten. In den Steppen weideten Antilopen, Mastodonten, Nashörner, Kamelgiraffen, ungehörnte Giraffen und urzeitliche Pferde. Im Dikkicht, nahe des Flusses, waren Tiger, Flußpferde und Hirsche zu sehen.

Riesensaurier und seltsame Vögel

Das erste Nachtlager wurde auf einer großen Insel aufgeschlagen, deren größter Teil ebenfalls Steppencharakter trug. Nur die Inselufer waren an manchen Stellen von Sträuchern und Schilf umsäumt. Das Zelt wurde an der Nordspitze der Insel aufgestellt. Von hier aus war der Fluß einzusehen, der sich in zwei Arme teilte, jeder von ihnen mindestens einhundert Schritt breit.

Nach dem Abendbrot wurde die Stille der Natur von Lärm durchbrochen. Vom gegenüberliegenden Flußufer her hörten die Männer langgezogene Schreie, die dem Stimmengewirr einer Menschenmenge glichen. Zuweilen wurden sie von lautem, kurzem Bellen und Heulen übertönt.

Aus dem grünen Dickicht am Ufer brach durch Büsche und abgeknicktes Schilf eine kleine Herde rötlicher, weißgescheckter Vierbeiner, die sich ins Wasser stürzten und zur Insel schwammen. Ihnen folgte ein Rudel bunter Raubtiere. Mit Geheul und Gebell sprangen auch sie ins Wasser, um einem Tier, das etwas zurückblieb und dessen Kräfte offensichtlich nachließen, den Fluchtweg abzuschneiden.

Nach einigen Minuten erreichten die Verfolgten die Insel und jagten sehr dicht am Zelt vorbei. Sie ähnelten Pferden, hatten jedoch fast keine Mähne.

Das zurückgebliebene Tier erreichte noch vor den Raubtieren die Insel, konnte aber die steile Uferböschung nicht so schnell erklimmen. Oben wurde es auf der Stelle von den heulenden und bellenden Verfolgern umringt. Mit letzter Kraft schlug es vorn und hinten aus und biß um sich. Doch der ungleiche Kampf mit einem Dutzend Feinde konnte nicht lange währen. Die Raubtiere wichen den Hufen des Opfers aus, ließen aber von ihm nicht ab. Sie warteten darauf, daß es gänzlich erschöpft sein würde.

Da griffen in diesen Kampf die Menschen ein. Drei Schüsse in das Rudel Raubtiere streckten zwei von ihnen nieder und jagten die anderen davon. Doch das entkräftete Opfer war schon nicht mehr in der Lage, die unverhoffte Rettung zu genießen. Als die Jäger näher herantraten, war das Tier kaum noch am Leben. An seinem Hals klaffte eine große Wunde, die ihm wahrscheinlich eines der Raubtiere beim ersten Angriff auf die Herde zugefügt hatte. Dadurch war das Opfer erheblich geschwächt worden und verblutete allmählich auf der Flucht.

Bei der Untersuchung des erlegten Raubtieres stellten die Jäger fest, daß es einer primitiven Art von Säugetieren angehörte.

Es hatte die Ausmaße eines sibirischen Wolfes, doch sein Körper und der lange, dünne Schwanz erinnerte eher an eine Katze. Das Rücken- und Flankenfell war dunkelbraun, mit gelben Streifen abgesetzt, die Unterseite dagegen durchgehend gelb. Die Zähne waren fast gleichförmig und sahen wie Hauer aus.

Das Opfer der Raubtiere verdiente nur mit großen Einschränkungen die Bezeichnung Pferd. Es war nicht größer als ein stämmiger Esel, wirkte aber durch seine dünnen Beine etwas graziöser. Es hatte nicht wie die echten Pferde einen voll ausgebildeten Huf, sondern vier Hufe an jedem Bein. Dabei war der mittlere am größten, die anderen dagegen kaum entwickelt.

Bei der Untersuchung dieses seltsamen Tiers kamen Kaschtanow und Papotschkin zu dem Schluß, daß es sich um ein Urpferd, den Vorläufer des heutigen Pferdes, handelte. Seinem Aussehen nach glich es am ehesten dem amerikanischen Lama.

Am nächsten Tag ging es weiter. Die Landschaft blieb unverändert. Sie erinnerte an Savannen oder Prärien mit hohem Gras. Auf einer großen Insel beobachteten die Forscher eine Herde von Titanotherien, einem Mittelding zwischen Flußpferd und Nashorn.

Die Männer wollten unterhalb der Herde anlegen, um aus der Deckung des Buschwerks ein Tier zu erbeuten. Sie stießen aber auf eine noch interessantere Entdeckung: auf ein vierhörniges Nashorn, Vertreter der ältesten Dickhäuter. Es stand mit den Vorderfüßen im Wasser und stillte gerade seinen Durst. Als sich das Floß ihm näherte, hob das Tier seinen unförmigen Kopf und riß den Schlund weit auf, als wollte es die ungebetenen Gäste verschlingen oder zumindest bespucken. Aus dem Oberkiefer ragten zwei lange, gelbe Stoßzähne. Zwischen den kleinen Augen waren ihm zwei nicht sehr große, nach außen gebogene Hörner gewachsen, und hinter den Ohren saßen zwei weitere, stumpfe Hornzapfen.

Während die Männer am Ufer anlegten und vorsichtig durch die Büsche stiegen, um das ungewöhnliche Tier zu fotografieren, entfernte es sich vom Fluß in einem schwerfälligen Trab. Kaschtanow und Papotschkin verfolgten das Tier noch eine Weile in der Hoffnung, daß es stehenbleiben würde. Plötzlich bemerkten sie auf einer nahe gelegenen Lichtung ein Tier von ungeheuren Ausmaßen, das neben einem Baum stand und aus einer Höhe von fünf Metern dessen Blätter abfraß. Form und Farbe seines Körpers erinnerten an einen kolossalen, vier Meter großen Elefanten. Doch der Kopf und der lange Hals unterschieden sich stark von dem eines Elefanten. Der Kopf war im Verhältnis zur Körpermasse sehr klein und glich dem eines Tapirs. Mit seiner verlängerten Oberlippe riß das Tier ganze Blattbüschel auf einmal ab.

„Was für ein Monstrum“, flüsterte Papotschkin. „Der Körper eines Elefanten, der Hals eines Pferdes, der Kopf eines Tapirs und das Gebahren einer Giraffe.“

„Ich glaube“, sagte Kaschtanow, „wir haben das Glück, einen seltenen Vertreter der Unterfamilie hornloser Nashörner zu sehen, von denen man vor kurzem in Belutschistan Überreste fand. Daher bekam dieses größte aller Landsäugetiere auch den Namen Belutschitherium. Es lebte Ende des Oligozän oder Anfang des Miozän."

„Tatsächlich ein Koloß", sagte der Zoologe. „Mir scheint, ich könnte, ohne mich zu bücken, mit eingezogenem Kopf unter seinem Bauch hindurchgehen."

„Wenn man ein ausgewachsenes indisches Nashorn neben ihn stellte, würde dessen Rücken ebenfalls nur bis zum Bauch dieses Monsters reichen, so daß man es für sein Junges halten könnte."

„Wie schade, daß ich mich nicht neben ihm postieren kann, damit wir einen Maßstab für das Foto haben!" sagte Papotschkin und drückte auf den Auslöser. „Obwohl das Tier harmlos wirkt, möchte ich ihm dennoch nicht allzu nahe kommen; eine zufällige Beinbewegung kann einem alle Knochen brechen."

„Nehmen Sie den Baum daneben mit auf. Seine Höhe werden wir später ausmessen."

Die Beobachter warteten solange ab, bis sich das Belutschitherium entfernt hatte. Dann bestimmten sie mit einem Bergkompaß die Höhe des Baumes und maßen die Fußspuren des Tieres aus, die im Verhältnis zu seiner Größe klein ausfielen.

Am Abend desselben Tages tauchte am Ufer einer großen Insel ein Corifodonten-Paar auf, große Dickhäuter, die durch ihre Körperform Titanotherien glichen.

Als die Tiere sahen, wie sich das Floß näherte, hob der Bulle den Kopf, sperrte seinen Rachen weit auf und zeigte im Ober- und Unterkiefer jeweils zwei ziemlich lange und spitze Hauer.

Ein Landgang auf dieser Insel, wo die Männer auf Jagd gehen wollten, mißglückte, weil in einiger Entfernung am Ufer ein großes Raubtier seine Beute verschlang. Beim Anblick des Floßes hob es den Kopf und knurrte grimmig.

Dieses Tier hatte einen riesigen Körper, aber kurze und recht dünne Beine. Seine Schnauze war langgestreckt und erinnerte an die eines Windhundes. Es erreichte die Größe eines stämmigen Tigers, weshalb es die Männer nicht riskierten, sich ihm zu nähern. So gingen sie an diesem Tag leer aus.

Am nächsten Morgen beobachteten die Forscher an den Flußufern und auf Inseln weidende Pferde, Titanotherien, vierhörnige Nashörner, Antilopen, Creodontier und andere Lebewesen. Kaschtanow war der Meinung, daß diese Fauna im großen und ganzen dem Beginn des Tertiär zuzuordnen sei.

Nach dem Mittagessen starteten die Männer einen Landgang, um die Steppe jenseits des Flusses zu erkunden.

In der Nähe eines Sees erregte ein Tier ihre Aufmerksamkeit ganz besonders. Wie andere Grasfresser auch, weidete es friedlich auf einer saftigen Wiese.

Das beruhigte die Jäger, die bereits ihre Flinten entsichert hatten. Plötzlich erblickten sie ein Ungeheuer, nachdem sie sich durch das Gebüsch zum Seeufer vorgearbeitet hatten. Sogar General, der sich schon an verschiedenartige seltsame Tiere gewöhnt hatte und Raubtiere sofort von Grasfressern unterschied, erschrak heftig und schmiegte sich winselnd an Makschejews Beine.

„Was für ein kolossales Nashorn!" flüsterte Makschejew und blieb im Gebüsch stehen, um das Ungeheuer nicht zu reizen.

Doch einem Nashorn ähnelte es nur auf den ersten Blick, denn über der Nasenwurzel war ihm ein kleines Horn gewachsen. Zwei andere große Hörner, die von der Stirn aus nach vorn ragten, ließen eher die Verwandtschaft mit einem Rind vermuten. In allem übrigen unterschied sich das Tier sowohl vom Nashorn als auch vom Rind. Der Kopf war in Relation zum Körper unverhältnismäßig groß und erreichte eine Länge von fast zwei Metern. Der hintere Teil des Schädels mündete in einen flachen und breiten Kamm, den man für riesige, abgeplattete Ohren halten konnte. Tatsächlich aber war dies nur Schmuck oder diente dem Schutz der oberen Halshälfte. Er war mit kleinen Schuppen bedeckt, und sein äußerer Rand trug scharfe Zacken. Dieser Kragen vergrößerte fraglos das Gewicht des ohnehin schon riesenhaften Kopfes und behinderte dessen Anheben.

Die Vorderbeine waren entschieden kürzer als die Hinterbeine, so daß das Tier beim Laufen sein Hinterteil hoch trug. Wenn sein Kopf und die Beine im Gras steckten, glich es einem Hügel von fast fünf Meter Höhe. Der massive Leib war mit runden Schuppen gepanzert, die größeren bedeckten den Rücken und die Flanken, die kleineren den Bauch und die Beine. Der Körper endete in einem kurzen, jedoch dicken Schwanz, der der hinteren Körperhälfte als Stütze diente. Vom Kopf bis zum Schwanzansatz war das Tier etwa acht Meter lang.

„Was für ein Ungeheuer", flüsterte Gromeko.

„Was ist das für ein Biest?“ fragte Papotschkin.
„Das müßte ein Triceratops sein, ein Vertreter aus der Gattung der Dinosaurier“, antwortete Kaschtanow. „Zu ihr gehörten verschiedene Riesenechsen.“
„Es ist also ein Reptil! Gab es etwa gehörnte Reptilien?“ fragte Makschejew.
„Die Gattung der Dinosaurier umfaßt verschiedene Formen, sowohl pflanzen- als auch fleischfressende Echsen, große und kleine Tiere, die im Trias und bis zum Ende der Kreidezeit lebten.“
„Soll das heißen, wir sind jetzt bereits in der Kreidezeit angelangt? Je weiter wir auf dem Fluß vordringen, desto mehr werden uns solche Ungeheuer begegnen, ja?“ rief Papotschkin aus.
„Es wäre gut, wenn sie so harmlos blieben wie dieses“, bemerkte Gromeko. „Auf ein Raubtier von solcher Größe zu stoßen . . ., na vielen Dank! Es zerreißt einen, noch bevor man überhaupt die Flinte anlegt.“
„Große Tiere sind im allgemeinen schwerfällig“, entgegnete Kaschtanow. „Meiner Meinung nach geht von Säbelzahntigern weit mehr Gefahr als von solchen Giganten aus.“
„Man müßte ihn veranlassen, den Kopf zu heben, oder ihn auf eine freie Stelle locken. Ich habe bereits zwei Aufnahmen gemacht, aber auf beiden sind weder die Beine noch die Schnauze zu sehen!“ sagte Papotschkin.
„Vielleicht sollten wir das Tier durch einen Schuß aufscheuchen“, schlug Makschejew vor.
„Nein, entweder erschrickt es und läuft davon, oder es greift uns an. Einen solchen Koloß wird auch ein Sprenggeschoß nichts anhaben können.“
„Hetzen wir doch General auf das Monstrum!“
Nach langem Zureden und Antreiben gelang es, den zitternden und knurrenden Hund auf das Ungeheuer zu hetzen. Er stürzte mit lautem Gebell auf den Dinosaurier zu, blieb jedoch in respektvoller Entfernung stehen. Der Angriff des Hundes endete unerwartet. Das Ungeheuer stürzte in den See, wirbelte dabei ganze Wasserfontänen auf und verschwand in dem aufgewühlten, schlammigen Wasser.
Alle lachten angesichts dieser blamablen Flucht, und General, stolz auf seinen Sieg, lief zum Ufer und bellte zornig die trüben Wellen an. Nach einiger Zeit zeigten sich über dem Wasserspiegel die beiden Hörner und der Halskragen des Sauriers, der seinen

Kopf herausstreckte, um Luft zu holen. Papotschkin hatte seinen Fotoapparat schußbereit, mußte sich jedoch mit einer Aufnahme vom Kopf des Monstrums begnügen. Als der Saurier seine seltsamen Verfolger am Ufer wahrnahm, tauchte er wieder unter.

An einem anderen See scheuchte General einen ganzen Schwarm merkwürdiger Vögel aus dem dichten Schilf auf. Sie hatten die Ausmaße großer Schwäne, aber einen längeren Körper, einen kürzeren Hals und einen gestreckten spitzen Schnabel mit scharfen kleinen Zähnen. Bei der Jagd auf Fische schwammen und tauchten sie exzellent. Es gelang, einen dieser Vögel zu erlegen.

Kaschtanow untersuchte das Tier und kam zu dem Schluß, daß es ein Hesperornis sein müsse, ein zahntragender, flügelloser Vogel aus der Kreidezeit, der mit den heutigen Pinguinen verwandt war. Seine Flügel waren in einem rudimentären Zustand und in einem weichen, haarähnlichen Gefieder verborgen.

Sümpfe und Seen

Nach dreitägiger Weiterfahrt durch das Land der trockenen Steppen erreichten die Forscher dessen Südrand, wo die Vegetation sogleich eine andere wurde. Die Ufer des Flusses waren mit einem grünen Dickicht aus verschiedenen Nadelbäumen, Sagopalmen und Riesenfarnen vieler neuer Arten bewachsen, die hier mannshoch wurden. Hohe schilfähnliche Pflanzen säumten die Ufer. Flache Sandbänke waren von anderthalb Meter hohen und zweieinhalb Zentimeter dicken Schachtelhalmen bedeckt. Aus dem Dickicht ertönte ein nie verstummendes Zirpen, und über dem Wasser kreisten seltsame Insekten. Sie ähnelten Libellen, doch ihre Flügelspannweite erreichte fast vierzig Zentimeter. Der metallisch glänzende Körper war zwanzig Zentimeter lang. Die einen waren goldgelb, andere stahlgrau, wieder andere smaragdgrün, dunkelblau und feuerrot. Sie schwirrten umher, jagten einander in der Sonne und gaben ein melodisches Klappern von sich, das an den Klang von Kastagnetten erinnerte.

Die Forscher waren von diesem schönen Bild so fasziniert, daß sie die Ruder ins Boot nahmen. Die Fähre trieb langsam stromabwärts, und die Männer erfreuten sich an dem Schauspiel. Papotschkin holte sein Schmetterlingsnetz hervor und fing nach langen Be-

mühungen eine Wasserjungfer. Als er sie aus dem Netz bergen wollte, biß sie ihn kräftig in den Finger, und der verdutzte Gelehrte ließ sie entwischen.

Die undurchdringliche grüne Uferbarriere bot keinerlei Möglichkeit zum Anlegen, vergeblich suchten die erschöpften Forscher nach einer kleinen Wiese für das Nachtlager.

Unterdessen meldete sich der Hunger, aber die grünen Schachtelhalme wurden immer dichter.

„Wie schade, daß wir nicht am Ende der Steppe angelegt haben", sagte Gromeko.

„Ein anderes Mal werden wir gescheiter sein", meinte Makschejew und lachte.

Die Männer legten einen Kilometer nach dem anderen zurück, doch das Uferdickicht wollte sich einfach nicht lichten. Endlich zeigte sich nach einer Flußbiegung auf dem linken Ufer ein niedriger grüner Streifen: eine lange, schmale Landzunge, die in eine Sandbank überging und ausschließlich von Schachtelhalmen bewachsen war. Da sich nichts Besseres fand, beschlossen die Männer, hier anzulegen. Sie ruderten die Boote in eine kleine Bucht zwischen Landzunge und Ufer und machten sich mit ihren Jagdmessern über das Gestrüpp her. Das war kein leichtes Unterfangen, denn die dicken, kieselerdehaltigen Halme ließen sich nur schwer abschlagen, und auf ihren stachligen Stümpfen konnte man weder sitzen noch liegen.

„Versuchen wir es, sie mitsamt der Wurzel auszureißen", schlug der Botaniker vor. „Im weichen Schwemmland dürften sie nicht allzu fest sitzen."

Das war ein guter Rat. Die Schachtelhalme ließen sich einfach herausreißen, und nach einer halben Stunde war für Zelt und Lagerfeuer ein annehmbarer Untergrund geschaffen. Doch mit dem Feuer gab es Probleme: Die grünen Schachtelhalme brannten nicht. Das Abendbrot konnte nicht zubereitet werden, selbst auf Tee mußten die Männer verzichten. Außerdem stiegen aus dem Schachtelhalm ganze Schwärme aufgescheuchter Mücken auf. Sie waren zwanzig Millimeter lang, und nur der Rauch eines Lagerfeuers hätte sie vertreiben können.

„Da fällt mir ein", sagte Gromeko, „daß ich ganz in der Nähe, auf dem Weg hierher, einen abgestorbenen Baumstamm aus dem Dikkicht ragen sah. Wir müssen ihn herholen!"

Mit Beilen und Stricken bewaffnet, lösten Gromeko und Makschejew ein Boot vom Floß und ruderten stromaufwärts los. Etwa hundert Schritt vom Lagerplatz entfernt sahen sie den ausgetrockneten dicken Stamm. Seine wenigen Zweige ragten aus dem grünen Dickicht, allerdings hing der Baum so hoch über dem Wasser, daß er weder mit der Hand noch mit dem Beil zu erreichen war.

„Versuchen wir doch, den Strick um einen Ast zu schlingen, vielleicht bricht dann der Stamm ab“, schlug Makschejew vor.

Gromeko krallte sich an einigen Schachtelhalmen fest, damit das Boot nicht abgetrieben würde, während Makschejew den Strick um einen dicken Ast warf und ihn anzog. Der Ast brach nicht ab, doch der ganze Baumstamm begann zu knarren.

„Lassen Sie das Boot los, helfen Sie ziehen!“ rief Makschejew seinem Kameraden zu.

Jetzt packten beide, in dem wackligen Boot stehend, den Strick und zogen daran mit aller Kraft. Der Baumstamm stürzte mit voller Wucht auf die Spitze des Bootes, das unter dieser Last zu sinken begann. Gromeko konnte gerade noch ein paar Schachtelhalme packen und das Heck an sie heranziehen, als die Bootsspitze unterging.

„Verdammt! Was machen wir nun?“ rief Makschejew.

So saßen beide im Heck, die Beine im Wasser, klammerten sich mit der einen Hand an die Schachtelhalme und mit der anderen an den Strick, der den unglückseligen Baum am Davonschwimmen hinderte.

„Ans Ufer können wir nicht, das Boot ausschöpfen auch nicht, also müssen wir um Hilfe rufen“, sagte Gromeko.

Beide begannen laut zu rufen. Zunächst meldete sich niemand, dann hörten sie Kaschtanow fragen, was los sei.

„Einer muß uns helfen und einen Eimer mitbringen. Unser Boot ist halbgesunken.“

„Ich komme gleich!“

In diesem Augenblick tauchte im Wasser neben der abgesackten Bootsspitze ein riesiger grünlichbrauner Kopf mit einer kurzen breiten Schnauze und kleinen Augen unter dem flachen Stirnbein auf. Das Tier glotzte kurz auf die vor Überraschung erstarrten Menschen. Dann kroch es mit weit geöffnetem Schlund, in dem ein paar Reihen scharfer Zähne zu sehen waren, auf die Bootsspitze, die sich unter seinem Gewicht nun noch mehr senkte. Die Krallen der breiten Vorderfüße klammerten sich an den dicken Bootsrand.

Auf der Suche nach Brennholz hatten die Jäger keine Flinten mitgenommen. Nun standen sie wehrlos vor einem unbekannten Amphibium, das zweifellos ein gefährliches und starkes Raubtier war. Außerdem lagen ihre Beile im Vorderteil des Bootes, also im Wasser und unter den Krallen des Feindes.

„Binden Sie rasch Ihr Messer an den Riemengriff", rief Makschejew, „ich versuche, das Monstrum mit dem anderen Ruder in Schach zu halten!"

Er nahm sein Messer zwischen die Zähne und stieß das Ruderblatt mit voller Wucht in den halbgeöffneten Rachen des Tiers. Der starke Stoß traf Gaumen und Zunge, das aufgescheuchte Ungeheuer schloß krampfhaft den Schlund. Holz splitterte, die scharfen Zähne zermalmten es und fraßen sich in die Metallverkleidung des Blattes. Makschejew stieß das Ruder immer tiefer in den Schlund, doch es wurde kürzer: Die Kiefer mahlten, und das Tier spie blutbefleckte Holzsplitter aus.

Inzwischen hatte Gromeko sein großes Jagdmesser am Griff des zweiten Ruders befestigt. Er erhob sich hinter Makschejew und stach mit dieser improvisierten Lanze dem Ungeheuer ins Auge. Wahnsinnig vor Schmerz warf es sich zur Seite, entriß Makschejew das Ruder und verschwand im Fluß. Für einen Augenblick kam sein breiter, bräunlichgrüner Rücken mit einer doppelten Schuppenreihe und ein kurzer, dicker Schwanz zum Vorschein, der mit solcher Kraft das Wasser peitschte, daß die beiden Jäger von oben bis unten pitschnaß wurden.

Durch die jähe Bewegung des Monstrums wurde das Boot vom Ufer abgestoßen und versank vollends.

Der zu Hilfe eilende Kaschtanow war nicht mehr weit weg vom Schauplatz des Desasters. Als er in der Flußbiegung auftauchte, sah er die von dem Ungeheuer wild aufgewirbelten Wassermassen, konnte jedoch nicht begreifen, was geschehen war. Auf den Wellen schwamm schaukelnd und zuweilen abtauchend ein Baumstamm an ihm vorüber. Den hielt er für ein Krokodil, und so holte der Professor mit dem Bootshaken zum Schlag aus. In diesem Augenblick jedoch schrie Gromeko, der die so teuer erstandene Beute nicht verlieren wollte:

„Halten Sie den Stamm auf, das ist unser Brennholz!"

Kaschtanow fing ihn mit seinem Bootshaken ab, nahm ihn ins Schlepptau und ruderte an seine Kameraden heran, die bis zum Bauch im Wasser standen.

Nach einigem Gerangel gelang es, das Boot aus der Tiefe zu holen und leerzuschöpfen. Schließlich kehrten sie mit dem Baumstamm zum Lager zurück. Papotschkin konnte sich vor Mückenschwärmen kaum noch retten, General hatte vor ihnen, bis zu den Ohren im Wasser stehend, Schutz gefunden.

Die Männer zogen den Baumstamm an Land und zerhackten ihn schnell. Bald prasselte ein gemütliches Feuer. Die in die Glut geworfenen Schachtelhalme erzeugten einen derart beißenden Rauch, daß die Mücken die Flucht ergriffen. Makschejew und Gromeko, die sich am Feuer trockneten, tränten die Augen.

Als Kaschtanow von dem Angriff des Wasserungeheuers hörte, sagte er:

„Ich glaube, es war eine Echsenart, die im Tertiär von der Erdoberfläche verschwunden ist."

„Etwa ein Ichthyosaurus?" fragte Makschejew, der noch einige vage Erinnerungen an die Paläontologievorlesungen während seines Bergbaustudiums hatte.

„Ihrer Beschreibung nach zu urteilen, nicht. Der Ichtyosaurus war bedeutend größer, hatte eine andere Kopfform und kam in der Jurazeit vor. Euer Freund wird wohl ein kleines Kreidezeitkrokodil gewesen sein."

„Tja, mit einem Ichtyosaurus wären Sie nicht so leicht fertiggeworden", sagte Papotschkin, „er hat einen längeren Hals als Eure Ruder, braucht gar nicht erst aufs Boot zu klettern, sondern hätte Euch vom Wasser aus gepackt."

„Wir werden mit der Zeit bestimmt noch auf diese Riesenechse stoßen", sagte Kaschtanow. „Stromabwärts treffen wir nämlich die Vertreter einer immer älteren Fauna. Jetzt sind wir bereits in der Mitte oder gar am Anfang der Kreidezeit angelangt."

„Ja, die Tier- und Pflanzenwelt ringsum ähnelt immer weniger dem, was wir auf der Erdoberfläche zu sehen gewohnt sind", fügte Gromeko hinzu. „Die Übergänge vollziehen sich fließend, so daß wir sie nicht gleich bemerken. Wenn man jedoch genau beobachtet – alles um uns herum ist neu. Viele Laubbäume, Blumen und Gräser sind verschwunden, statt dessen dominieren Palmen, Schilfgräser und Nacktsamer. Sporenpflanzen wachsen in Hülle und Fülle."

„Dieses unterirdische Reich steckt voller Überraschungen, wir sollten vorsichtiger sein. Kein Schritt ohne Flinte mit Sprenggeschoß!"

„Ich glaube, es wäre gut, wenn wir uns vor dem Abendbrot etwas ausruhen, um dann, nach dem Essen, unsere Fahrt bis zu einem passenderen Anlegeplatz fortzusetzen. Für ein großes Lagerfeuer, das uns gegen Raubtiere schützen würde, haben wir zuwenig Holz", schlug Gromeko vor.

Alle waren einverstanden. Die Männer trockneten und reparierten das beschädigte Boot, speisten, schliefen zwei Stunden am Feuer, dann fuhren sie weiter. Das übriggebliebene Holz wurde mitgenommen. Noch zwei Stunden lang ging es vorbei an dem undurchdringlichen Dickicht aus Schilf und Schachtelhalmen. An stillen Winkeln sprangen aufgescheuchte Fische aus dem Wasser und fielen klatschend zurück. Manchmal war zu beobachten, wie hinter einem Fisch die widerliche Schnauze einer Echse mit weit aufgerissenem Rachen auftauchte. Wasserwirbel und glucksende Geräusche verrieten, daß ein riesiger Körper in der Tiefe verschwunden sein mußte. Hin und wieder stoben Libellen nach allen Seiten auseinander, um sich vor einem großen blauen Vogel mit gewaltigem Schnabel zu verstecken, der mit rauschenden Schwingen plötzlich hervorschoß und im Flug nach Insekten schnappte.

Schließlich lichtete sich das grüne Dickicht, die Strömung wurde langsamer und die Wasserfläche immer breiter. Der Fluß wurde zum See mit Inseln. Eine davon erregte die Aufmerksamkeit der Forscher. Etwa die Hälfte der Insel war bewaldet, das übrige Territorium bestand aus einer ziemlich großen Wiese mit vereinzelten Bäumen. Hier wurde angelegt.

Diese Wiese war mit dem niedrigen, harten Gras einer Bärlappart bedeckt. Ein leichter Wind strich darüber hinweg. An Brennstoff mangelte es nicht. Deshalb wurde beschlossen, am Waldrand mehrere große Lagerfeuer zum Schutz gegen Raubtiere zu entfachen, um ruhig schlafen zu können.

Als die Holzstöße zu prasseln begannen und Rauch ins Dickicht zog, flüchteten aus dem Wald viele kleine Vögel und verschiedene Insekten. Einige von ihnen fielen auf die Erde herab, und der Zoologe nutzte die Gelegenheit, seine Sammlung unbekannter Arten zu vervollständigen. Da erschien auf der Waldwiese ein seltsames und furchteinflößendes Wesen, das einem Stachelschwein sehr ähnlich sah, jedoch die Größe eines Ochsen hatte. Seine Stacheln waren etwa einen Meter lang.

Als es sich aufrichtete, glich das Tier einer riesigen stachligen Kugel. Das Ungeheuer lief an den verdutzten Männern vorüber und verschwand im Schilf.

Ihm hinterher sprang aus dem Dickicht mit kurzen, hohen Sätzen eine Art Raubtier. Es war dunkelgelb, hatte einen Katzenkopf, einen ziemlich langen und dicken Schwanz, kurze Beine und eine stumpfe Schnauze, aus der scharfe Zähne ragten. Das Tier ähnelte einem gewaltigen Otter von fast zwei Meter Länge, hatte jedoch im Unterschied zu ihm größere Ohren und eine kurze Mähne. Es schlich am Waldrand entlang zum Wasser hin, offenbar ohne jede Angriffsabsichten. Sein Aussehen allerdings interessierte Kaschtanow so sehr, daß er es mit einem gutgezielten Schuß niederstreckte.

Tatsächlich: ein herausragendes Exemplar. In seinem Maul waren weder platte Schneide- noch spitz- oder stumpfhöckrige Backenzähne zu entdecken, etwa wie bei Raubtieren der Neuzeit. Alle Zähne waren, wie bei Reptilien, kegelförmig und mehr oder minder scharf. Nur die vorderen waren etwas kleiner geraten als die anderen und leicht abgeplattet. Die Fangzähne, insbesondere die oberen, übertrafen an Größe alle anderen und ragten aus dem Maul.

„Da haben wir ein interessantes Beispiel für ein urzeitliches Säugetier. Noch hat es die Zähne einer Echse, doch bereits mit Anzeichen einer Differenzierung, die in späteren Perioden zur Ausprägung gelangte", sagte der Geologe.

Aus dem Dickicht kam nun kein Tier mehr, so daß die Forscher endlich ihre wohlverdiente Ruhe genießen konnten, freilich nur unter dem Schutz einer sich ständig ablösenden Wache, die das Feuer unterhielt, um die lästigen Insekten fernzuhalten. So verlief die Nacht ohne Vorkommnisse.

Auch am nächsten Tag änderte sich die Landschaft nicht. Der Fluß hatte sich endgültig in einen See mit vielen Inseln verwandelt. Die Strömung nahm immer mehr ab, so daß die Forscher ununterbrochen rudern mußten. Über Wald und Wasser schwirrten riesige, fast dreißig Zentimeter lange, gehörnte Käfer und bunte Libellen. Manchmal tauchten Schmetterlinge auf, deren einzelne Flügel eine ganze Handfläche hätte bedecken können. Ab und zu zeigten sich seltsame kleine und größere blaugraue Vögel. Sie erinnerten entfernt an Reiher, hatten jedoch kürzere Stelzbeine, einen längeren Schwanz und einen kleiner geratenen Schnabel, in dem man nicht sonderlich große Zähne erkennen konnte.

Es gelang, einen Vogel im Flug zu erlegen. Kaschtanow erklärte seinen Gefährten dieses merkwürdige gefiederte Geschöpf, das eine Übergangsform zwischen Echse und Vogel darstellte. Es erreichte die Ausmaße eines Kranichs, sein Gefieder war graublau, sein langer Schwanz bestand nicht nur aus Federn wie bei einem Vogel, sondern auch aus zahlreichen Wirbeln. Er hatte folglich den Bau eines Reptilienschwanzes, aus dem zu beiden Seiten Federn wuchsen. Am Flügel hatte der Vogel drei lange Finger mit ebensolchen Krallen wie an den Füßen, so daß er mit Hilfe seiner Extremitäten Bäume und Felsen erklettern konnte. Kaschtanow untersuchte das Tier und kam zu dem Schluß, daß es zur Art der Archaeopteryx gehörte, sich jedoch von den in Europa, in den Ablagerungen der Oberjurazeit gefundenen Exemplaren, durch seine Größe unterschied.

Gegen Abend wurde das Ufer ganz flach und über weite Strecken sumpfig. Die Vegetation bestand aus Schachtelhalmen und Farnen mit einzelnen Gruppen seltsamer Bäume. In diesem Dickicht wimmelte es nur so von stechenden Insekten, die zornig über die Forscher herfielen und jeden Versuch, sich dem grünen Ufer zu nähern, verhinderten. Nach jedem mißglückten Anlegemanöver verfolgten sie die Boote noch einige Zeit weiter. Mücken von fünfundzwanzig Millimeter Länge, Fliegen von der Größe einer Hummel, mehr als vier Zentimeter lange Bremsen und Stechfliegen wetteiferten bei diesen Angriffen auf Menschen, die schmählich den Rückzug antreten mußten und voller Sorge waren, wie sie wohl die Nacht inmitten der Heerscharen dieser geflügelten Quälgeister verbringen würden.

Die Fahrt durch diese Sumpflandschaft währte einige Stunden. Die Männer ruderten pausenlos, um schneller diese Gegend hinter sich zu lassen. Die Fauna bestand hier anscheinend nur aus Insekten, urzeitlichen Vögeln in der Luft, Fischen und Echsen, die sich im dunkeln und tiefen Wasser verbargen und ihre Anwesenheit durch plätschernde Geräusche und Strudel verrieten. Vierbeiner konnten in diesem Sumpfdickicht wahrscheinlich gar nicht existieren.

„Welches irdische Tier könnte schon die Bisse dieser furchtbaren Blutsauger aushalten?“ meinte Gromeko.

Plötzlich kam vom Süden her eine frische Brise auf, und zuweilen war ein gleichmäßiges Rauschen zu vernehmen.

„Vor uns liegt ein großer See mit kahlen Ufern oder sogar ein Meer", sagte Makschejew, der dieses Rauschen als erster gehört hatte.

„Ein Meer?" fragte Papotschkin verwundert. „Sollte es in Plutonien gar ein Meer geben?"

„Wenn es Flüsse gibt, woran nicht zu zweifeln ist, müssen diese ja schließlich in ein stehendes Gewässer münden. Sie können doch nicht unendlich fließen."

„Können sich Flüsse nicht auch in versumpften Seen verlieren oder einfach im Sand versickern? Allem Anschein nach befinden wir uns doch auf einem solchen See!"

„Völlig richtig! Doch bei einem solchen Wasserüberfluß ist eher ein offenes Wasserbecken wahrscheinlich. Dieser versumpfte See hier stellt nur den Saum eines großen Sees oder eines Meeres dar."

Das Echsenmeer

Jeden interessierte die Frage, welche Ausmaße dieses Wasserbecken haben würde und ob dies nicht eine Schranke sein könnte für das Vordringen ins Innere Plutoniens. Denn ein uferloses Meer auf leichten Booten zu durchqueren wäre unmöglich.

Nach einer Stunde zeigte sich im Süden, am Ende des seeähnlichen Flusses mit kaum wahrnehmbarer Strömung, ein blauer Streifen. Eine Mündung schien nahe. Die Ruderer legten sich ins Zeug, und nach einer halben Stunde erreichten sie den Rand eines Sees oder eines Meeres.

Die Vegetation am Flußufer erstreckte sich nicht bis zum Meer hin, zwischen ihr und dem Wasser lag ein breiter, kahler Sandstreifen. Offenbar ließ die Brandung hier keinen Pflanzenwuchs zu.

Auf diesem sandigen Strand, der von einem erfrischenden Wind umweht und von lästigen Insekten frei war, schlugen die Männer ihr Nachtlager auf.

Als sie das Gepäck ausgeladen hatten und das Lagerfeuer bereits prasselte, liefen alle zum Meer, um die Beschaffenheit des Wassers zu erkunden. Die Forscher wollten wissen, ob sich vor ihnen ein abflußloses salziges Meer oder nur ein großer See mit abfließendem Wasser befand. Außerdem hatten alle Lust zum Baden, denn seit der Entdeckung großer Echsen im Flußwasser hatten die Männer darauf verzichten müssen.

Sie entkleideten sich rasch auf dem weichen Sand und begaben sich in das seichte Wasser. Seine Tiefe nahm nur sehr langsam zu, und selbst nach fünfzig Schritten reichte es gerade bis zum Gürtel. Das Wasser war salzig, allerdings weniger als das der Ozeane auf der Erdoberfläche. Es ließ sich mit dem Wasser der Ostsee vergleichen.

Nach dem erfrischenden Bad besprachen die Männer, wie es weitergehen sollte. Das Meer schien nicht endlos, im Süden konnte man sogar mit bloßem Auge die gegenüberliegende Küste am Horizont erkennen. Durch das Fernglas war deutlich ein grüner Vegetationsgürtel mit einzeln herausragenden Baumgruppen und violett schimmernden Massiven – wahrscheinlich Felsen – zu sehen. Hinter dem grünen Dickicht ließen sich dank der nach innen gewölbten Erdoberfläche die Fortsetzung der gleichfalls violett schimmernden Ebene und hier und da – doch schon nicht mehr so klar – höhere Bergkuppen ausmachen. Diese Landschaft erweckte in allen Forschern den Wunsch, das andere Ufer zu erreichen. Das schien nicht unmöglich: Es war kaum mehr als vierzig bis fünfzig Kilometer entfernt. An einem ruhigen Tag mit leichtem Wind, der es gestatten würde, ein Segel zu benutzen, könnte man sich ohne sonderliches Risiko auf die Überfahrt einlassen.

Da die Jagd während der letzten Tage in den versumpften Seen erfolglos blieb, war der Fleischvorrat aufgebraucht, so daß es zum Abendbrot Grütze gab. Makschejew und Papotschkin versuchten sich im Fischfang, denn sie hatten beim Baden große Fische gesehen. Mit Angeln und Ködern begaben sie sich stromaufwärts zu einer Stelle, an der das Schilf den Strand erreichte und das Wasser tiefer war. Die Schwimmer der ausgeworfenen Angeln blieben eine Zeitlang unbeweglich, und die Angler wollten schon den Platz wechseln, als die Fische plötzlich anbissen.

Makschejew zog einen großen Fisch aus dem Wasser, doch Papotschkins Beute war so schwer, daß die Angelschnur zu reißen drohte. Deshalb versuchte Papotschkin, seinen Fisch ans Ufer zu zerren, um ihn hier mit dem Kescher einzufangen. Plötzlich sprudelte und rauschte es im Wasser, als wollte eine Fontäne aufsteigen. Die Angelrute bekam einen heftigen Ruck versetzt, und eine dunkle Masse verschwand mit Fisch und Haken in der Tiefe. Papotschkin sah lediglich einen beschuppten Rücken und einen kurzen Schwanz.

Makschejew, der gerade seinen Fisch vom Haken nahm, schrie, als er das Rauschen vernahm:

„Da haben Sie aber einen Riesenfisch erwischt, Semjon Semjonowitsch! Der wiegt bestimmt acht Kilo!"

„Von wegen acht! Achthundert!" antwortete der entsetzte Zoologe. „Er hat meine Angelschnur durchgebissen und ist verschwunden."

Makschejew lief zu ihm und zeigte seinen Fisch vor. Das war ein höchst seltsames Tier: breit und flach wie eine Flunder, seine Schuppen waren etwa einen Quadratzentimeter groß, es hatte einen runden Schwanz, beide Augen auf einer Kopfseite und lange Rükkenstacheln.

„Ob man solch ein Ungeheuer essen kann?" fragte Makschejew ungläubig.

„Freilich. Es ähnelt einer Flunder, obwohl es einige Unterschiede gibt. Meiner Meinung nach ist es ein Rochen. Eigentlich kann man jeden frischen Fisch essen, nur bei einigen Arten sind der Rogen, die Milch und das schwarze Häutchen an der Innenfläche der Bauchwände giftig. Wenn man alle Innereien entfernt, kann man auch eine gänzlich unbekannte Fischart essen. Es sei denn, das Fleisch stinkt oder der Fisch selbst ist zu grätig."

„Wenn das so ist, schlage ich vor, angeln wir noch ein bißchen weiter. Und wie sah der Ihnen entwischte Fisch aus?"

„Ich glaube, es war kein Fisch, eher eine große Echse, die den Fisch mitsamt Haken und Angelschnur verschlungen hat."

„Sieh mal einer an, auch hier gibt es offenbar Raubtiere, und da haben wir so unbekümmert im Meer gebadet!"

„Tja, man sollte vorsichtiger sein. Immerhin lebten in den Meeren der Jurazeit, und ein solches Meer liegt wahrscheinlich vor uns, riesige Ichthyosaurier, Pläsiosaurier und andere Raubechsen, denen es nichts ausmachen würde, einen Menschen durchzubeißen."

„Und Haifische? Gab es die damals schon?"

„Aber sicher! Diese Raubfische lebten bereits im Devon und erreichten eine riesige Größe. Man hat Zähne gefunden, die siebzig Zentimeter lang sind. Stellen Sie sich mal einen Schlund vor, in den solche Zähne passen!"

Die Angler warfen erneut ihre Ruten aus und fingen alsbald

einige große Fische, die einem Sterlet ähnlich sahen. Die Beute wurde sofort gesäubert und kam in den Topf. Während die Fischsuppe kochte, erhaschten die Angler noch zehn solcher Bewohner der Meerestiefen.

Nach dem Abendbrot saßen alle neben dem Zelt, rauchten Pfeife und besprachen die bevorstehende Überfahrt. Das Meer plätscherte leise ans Ufer, das von verschiedenen Muscheln bedeckt war. Sie erregten die besondere Neugier des Geologen.

Während Papotschkin und Makschejew mit dem Fischfang beschäftigt waren, hatte Kaschtanow eine ganze Sammlung zusammengetragen und festgestellt, daß die Muscheln zu den Ammonshörnern gehörten.

„Sehen Sie nur", rief Gromeko plötzlich, „was dort für riesige Seeschlangen schwimmen!"

Etwa hundert Meter vom Meeresufer entfernt erhob sich im Wasser erst ein Kopf mit langem Hals, dann ein zweiter. Die Köpfe waren so flach wie bei einer Schlange, und die Hälse bewegten sich anmutig hin und her. Es sah aus, als glitten zwei riesige schwarze Schwäne, deren Körper kaum zu sehen waren, auf dem Wasser dahin.

„Das sind keine Schlangen", sagte Kaschtanow, der die Tiere durch das Fernglas beobachtete. „Ich bin sicher, daß es nichts anderes als Pläsiosaurier sind, die in einem Meer des oberen Jura durchaus vorkommen können."

„Was für Monster!" sagte Papotschkin, der die Bewegungen der Tiere ebenfalls durch ein Fernglas verfolgte. „Ich glaube, ihr Hals ist bestimmt zwei Meter lang."

„Und werden sie uns auch keinen Besuch abstatten wollen?" fragte Gromeko, der sich noch gut an das Abenteuer mit der Echse erinnern konnte.

„Wer kann das wissen? Doch ich nehme an, daß sie auf dem Festland sehr schwerfällig sind und wir uns vor ihnen schnell genug in Sicherheit bringen können. Laden wir aber für alle Fälle unsere Flinten mit Sprenggeschossen!"

Die Seeungeheuer zeigten allerdings keine Lust zu einem Landgang. Sie begannen zu tauchen und Fische zu jagen. Lautlos am Meeresufer entlangschwimmend, spähten sie nach Beute, die sie mit einer schnellen Bewegung ihres langen Halses packten, hochwarfen und am Kopfende wieder auffingen, um sie so trotz Schuppen und Stacheln leichter zu verschlingen. Die Bewegungen der Pläsiosaurier waren dabei schnell und graziös. Doch manchmal entkam ein Opfer, und bei der Verfolgung stob das Tier aus dem Wasser, durchpflügte geräuschvoll die Wellen und streckte den Hals weit vor.

Diese Fischjagd der Pläsiosaurier, von den Forschern mit großem Interesse verfolgt, endete mit einer Schlacht. Die zwei Tiere hatten gleichzeitig einen großen Fisch gepackt, und jedes versuchte, dem Rachen des anderen die Beute zu entreißen.

Dem einen gelang es, und schnell schwamm der Saurier davon. Der andere holte ihn ein und umschlang mit seinem Hals den des Gegners, um diesen zu zwingen, den Fisch loszulassen. Die verschlungenen Hälse schlugen nach allen Seiten hin aus, die dunklen Leiber drängten aufeinander zu, die kurzen Schwänze und Schwimmflossen peitschten wütend das Wasser und wirbelten ganze Fontänen auf. Schließlich grub der eine Pläsiosaurier seine Zähne in den Hals des Gegners und zerrte ihn in die Tiefe. Lange noch wogte das Wasser an der Stelle, wo die Ungeheuer verschwunden waren.

Eine Stunde später sahen Gromeko und Kaschtanow, die am Strand angeschwemmtes Holz für das nächtliche Lagerfeuer sammelten, eine dunkle Masse auf den Wellen schaukeln. Sie trieb am Ufer entlang und kam allmählich näher, bis sie sich nicht mehr bewegte; offensichtlich war hier eine Sandbank.

Nachdem die beiden mit dem Holz zum Zelt zurückgekehrt waren – ihre Kameraden schliefen bereits – ruderten sie mit einem Boot zu der dunklen Masse hinaus. Es war der Kadaver eines der Pläsiosauriers, auf dem mittlerweile große Vögel saßen und mit ihren Schnäbeln herumhackten. Andere, etwas kleinere Vögel, kreisten über ihnen. Offenbar warteten sie den Zeitpunkt ab, daß auch sie an der Reihe waren und ihren Anteil an der Beute abbekommen würden. Dabei gaben sie seltsame Laute von sich, die dem Quaken riesiger Frösche glichen. Ihre Flugbewegungen erinnerten an Fledermäuse.

Gromeko und Kaschtanow mußten den Vogelschwarm erst mit einigen Schüssen verjagen, um sich dem Kadaver nähern zu können. Der Kopf hielt sich nur noch an einigen Hautfetzen am oberen Teil des Halses, der von den Zähnen des Gegners völlig zerfleischt war. Das tote Tier lag mit dem Bauch nach oben im Wasser, aus dem seine riesigen Schwimmflossen ragten. Die Unterseite trug keine Schuppen und war von bräunlichgrüner Farbe.

Den Pläsiosaurier an Land zu ziehen war schier unmöglich. Sein Rumpf war etwa zwei Meter lang, der Hals noch länger, der Schwanz dagegen etwas kürzer. Die hinteren Flossen erreichten eine Länge von fast anderthalb Metern.

Die erlegten Vögel entpuppten sich als Flugechsen zweier Arten. die eine übertraf an Größe einen Adler, die andere war kaum größer als eine Ente.

Beide Arten hatten einen riesigen Kopf und Zähne im Schnabel, einen kahlen Körper und eine Flughaut, die ähnlich wie bei Fledermäusen sich zwischen den vorderen und hinteren Extremitäten spannten. Die kleinere Art hatte einen langen Schwanz.

Die Überfahrt

Am nächsten Tag schien das Wetter für eine Seefahrt durchaus günstig. Der Himmel war fast wolkenlos, es wehte ein leichter Nordwind, der zwar keine großen Wellen bewegte, jedoch für das Segel stark genug war. Vor der Abfahrt wurden die Boote und das Floß sorgfältig untersucht. Zwischen zwei Bootshaken, die als Mast dienten, spannten die Männer ihre Zeltleinwand auf. Makschejew errichtete am Meeresufer eine Pyramide aus Treibholz. An ihrer Spitze befestigte er eine Stange mit einer weißen Fahne, die für die Rückfahrt als Wegweiser dienen sollte. Etwas weiter vom Ufer entfernt, gleich am Rande des Dickichts, wohin die Meeresbrandung nur in Ausnahmefällen reichen würde, vergrub man im Sand die Sammlungen aus Gesteinsproben, Herbarien, Schädeln, Knochen und Fellen der erlegten Tiere, um dem Risiko einer Beschädigung bei der Überfahrt zu entgehen. Außerdem wollten die Forscher sich jeder überflüssigen Last entledigen. Über dem zugeschütteten Loch wurde eine zweite Pyramide aus Treibholz errichtet, um das Vergrabene vor Raubtieren zu schützen, die vom Geruch der Felle angezogen werden könnten. An der Pyramide befestigten die Männer eine Flasche, in der eine kurze Beschreibung der Marschroute der Expedition vom Basislager bis zum Meeresufer steckte. Als all diese Arbeiten beendet waren, setzten sich die Forscher in ihre Boote und nahmen südlichen Kurs auf die in der Ferne kaum wahrnehmbare Küste. Nachdem die Boote und das Floß sich genügend weit vom Strand entfernt hatten, blähte der Wind das Segel auf, und die Fahrtgeschwindigkeit nahm zu.

Aus einiger Entfernung konnten die Männer das Nordufer besser überblicken. Östlich und westlich von der Mündung des Makschejew-Flusses erstreckte sich die gleiche grüne Vegetation, die nur an manchen Stellen von anderen Flußmündungen unterbrochen wurde. Die Pyramide mit der Fahne zeichnete sich deutlich auf dem grünen Hintergrund ab. Jenseits des Vegetationsstreifens waren weder Berge noch Hügel zu sehen. Vermutlich war das ganze Küstengebiet dahinter eine bewaldete und versumpfte Ebene.

Nach zweistündiger Fahrt legten die Ruderer eine Pause ein und überließen es dem Wind, Floß und Boote voranzutreiben.

Das Meer war beinahe ruhig. Eine leichte Brise kräuselte seine Oberfläche, auf der sich, weitab vom Ufer, keinerlei Leben mehr zeigte. Die Tiefe war beträchtlich, denn eine hundert Meter lange, am Ende beschwerte Leine konnte den Meeresboden nicht erreichen. Andere Mittel zur Tiefenbestimmung standen den Forschern nicht zur Verfügung. Nach der Rast ruderten sie noch eine Stunde lang.

Jetzt befanden sie sich etwa in der Mitte des Meeres, denn beide Küsten schienen gleich weit entfernt zu sein. Bald nahm der Wind zu, die Fahrt wurde schneller. Schon konnten die Männer deutlich schwarze, violette und rötlich schimmernde hohe Felsen unterscheiden, die sich terassenartig aus dem Meer ins Landesinnere erhoben. Sie erstreckten sich an der Küste entlang, rechter Hand breitete sich ein grüner Waldstreifen aus. Noch weiter rechts wurde diese Vegetation von rötlichen Hügeln abgelöst. Mal reichten sie bis zum Wasser herab, mal waren sie von ihm durch einen grünen Streifen getrennt.

Je näher die Küste kam, desto belebter schien die See. Riesige Quallen, deren durchsichtige, geleeähnliche Körper einen Durchmesser von fast einem Meter hatten, schaukelten auf den Wellen. Als die Männer das Rudern einstellten, konnten sie im Wasser ganze Schwärme kleiner und großer Fische ausmachen. Ab und zu zeigte sich ein Nautilus mit aufgespanntem Segel und roten Fühlern über dem schneeweißen Muschelgehäuse.

Zwei Kilometer vor der Küste wurden die Meeresbewohner noch

zahlreicher. An manchen Stellen bildete der Seetang schwimmende Inseln, und nur mit Mühe ließen sich die Ruder in ihrer grünen, weichen Masse bewegen. Zusammen mit den Ranken dieser Pflanzen konnten aus dem Meer kleine Muscheln, Fische und Insekten geborgen werden.

Das improvisierte Lot wurde hinabgelassen und zeigte eine Tiefe von fünfundzwanzig Metern an. Der weiße Streifen der Brandung unterhalb des Felsens war von hieraus bereits gut zu erkennen.

Bis jetzt verlief die Überfahrt völlig reibungslos und erinnerte eher an eine Bootspartie. Doch die Männer hatten noch aufregende Momente zu überstehen. Etwa einen Kilometer vor der Küste erhob sich plötzlich, keine dreißig Meter vom Floß entfernt, der Kopf eines Pläsiosaurus. Er wiegte sich graziös auf einem langen Hals hin und her. Die Echse schwamm langsam näher und beäugte die Menschen. Wahrscheinlich hielt sie sie mitsamt ihrem Wasserfahrzeug für ein großes, unbekanntes Tier.

Die Flinten mit den Sprenggeschossen waren schußbereit. Als das Ungeheuer gefährlich nahe war, dröhnten zwei Schüsse. Beide Kugeln trafen das Tier. Der schlanke Hals erzitterte. Aus dem halbgeöffneten Schlund quoll Blut, der Kopf sank hilflos am zerschmetterten Hals herab. Das Tier wühlte in seinem Todeskampf das Wasser um sich so sehr auf, daß die Forscher alle Eile hatten, um weiterzukommen und nicht zu kentern.

Sie ruderten mit aller Kraft auf das Ufer zu, als eine dunkle Masse, einem U-Boot gleich, im aufschäumenden Wasser dicht an ihnen vorüberschoß. Aus den Wellen erhob sich ein grünbrauner Rücken und ein riesiger krokodilähnlicher Kopf. Mit halbgeöffnetem Schlund, aus dem scharfe Zähne ragten, raste das Monstrum auf den sterbenden Pläsiosaurus zu, in Erwartung einer leichten Beute.

„Das ist wahrscheinlich ein Ichthyosaurus", rief Kaschtanow.

„Dieses Scheusal wird wohl um einiges gefährlicher als das andere sein", bemerkte Makschejew. „Es kann mit Leichtigkeit einen Menschen schnappen und durchbeißen."

„Im Wasser ist es nur schwer zu bemerken und zu erlegen", sagte Gromeko. Die Küste war schon nah. Die Forscher beobachteten noch, wie ein junger Ichthyosaurus Fische jagte. Diese sprangen genauso aus dem Wasser wie Gründlinge, Elritzen und Alande, wenn sie von einem gefräßigen Hecht verfolgt werden. Der Schlund des Ichthyosaurus hatte eine große Ähnlichkeit mit dem eines Hechtes.

Am Fuß der kahlen Felsen mußten die Ruderer der Brandung ausweichen und steuerten auf das niedrige Meeresufer zu, das von einer grünen Wand umsäumt war. Davor gab es eine sandige Stelle, wo sie anlegen wollten. Das Meer war am Ufer so seicht, daß die Männer ins Wasser mußten, um die Boote und das Floß an Land zu ziehen. Die Überfahrt hatte fast sechs Stunden gedauert. Es war bald Mittag, und nach dem Essen sowie einer Rast würde man noch genug Zeit haben, um die Gegend ringsum zu erforschen. Das Floß und die Boote wurden an Land gezogen, das Zelt aufgestellt und das Mittagessen zubereitet. Dabei bemerkten die Männer, daß das Süßwasser zu Ende ging.

„Wir waren sehr unvorsichtig", sagte Papotschkin, „wer weiß, ob es an dieser Küste Süßwasser gibt! Wir hätten für ein paar Tage Vorrat mitnehmen sollen."

„Wenn wir kein Trinkwasser finden, müssen wir die Rückfahrt antreten, ohne hier etwas gesehen zu haben", erklärte Gromeko.

„Ich glaube, Ihre Befürchtungen sind grundlos", beruhigte Kaschtanow die anderen. „Wenn diese Küste keinerlei Vegetation aufweisen würde, dann wäre es etwas anderes. In einem solchen Fall hätten wir freilich Wasser mitgenommen, denn der bloße Anblick einer öden Küstenwüste hätte uns sicher auf diesen Gedanken gebracht."

„Ich bin überzeugt, daß wir ganz in der Nähe einen Bach oder eine Quelle ausfindig machen", sagte Makschejew. „Diese üppige Vegetation ist ohne Süßwasser einfach undenkbar."

Nach dem Mittagessen und einer kurzen Ruhepause gingen der Zoologe und der Botaniker in den Wald auf Wassersuche. Kaschtanow und Makschejew sollten die Uferfelsen östlich der Anlegestelle untersuchen.

Jeder lud seine Flinte mit Sprenggeschossen, falls man einer Landechse oder einem anderen unbekannten Raubtier begegnen sollte. General wurde in der Nähe des Zeltes angebunden, neben ihm machten die Männer ein großes Feuer, das ungebetene Gäste abschrecken sollte.

Makschejews Millionen und Milliarden

Die nahegelegenen Felsen waren fast schwarz, hin und wieder mit roten und gelben Flecken übersät. Sie bestanden aus Eisenerz, genauer gesagt, aus Magneteisenstein. Jeder Schlag mit dem Hammer brachte es zum Vorschein. Lediglich an manchen Stellen konnte man ein unbekanntes, dunkles Gestein entdecken.

„Welche Reichtümer hier ungenutzt herumliegen!" rief Makschejew, als sie eine Reihe von Uferfelsen untersucht hatten und überall auf das gleiche Erz stießen, das an seiner Oberfläche nur etwas verwittert und oxidiert war.

„Wie wahr! Hier könnte man eine Erzhütte errichten, die die ganze Menschheit auf der Erde mit Eisen versorgen würde", bemerkte Kaschtanow. „Freilich müßte man zuerst eine Eisenbahn durch das Fridtjof-Nansen-Land und Plutonien legen sowie einige größere Eisbrecher in der Beaufortsee bereitstellen."

„Das ist eine Sache der Zukunft, vielleicht sogar einer nicht allzu fernen. Wenn die Eisenerzvorräte dort oben ausgehen, werden sich sogar noch schwierigere Unternehmungen für die Menschheit als nützlich und zwingend erweisen."

Einen Kilometer weiter setzte das Meer allen folgenden Erkundungen eine Grenze. Die Wellen brandeten am Ufer steiler Felsen und ließen nicht einmal Raum genug für einen schmalen Pfad.

„Alles Weitere müssen wir bei ruhigem Wetter vom Boot aus erforschen", schlug Makschejew vor.

„Vorerst jedoch versuchen wir durch eine der Schluchten, die wir passiert haben, weiter nach oben zu gelangen", sagte Kaschtanow.

Beide Forscher gingen ein Stückchen zurück und stiegen die nächstliegende Schlucht empor, die den Magneteisenfelsen zerschnitt. Den Eingang zur Schlucht versperrten riesige Erztrümmer, über die die Männer nur mit großer Mühe hinwegklettern konnten.

Während dieser akrobatischen Übung blieb Makschejew plötzlich verdutzt stehen.

„Schauen Sie mal her! Was ist das?" rief er und zeigte auf eine glänzende gelbe Ader von etwa fünf bis zehn Zentimetern Breite, die über einen gewaltigen Magneteisenblock verlief. „Ich gehe jede Wette ein, daß das hier reines Gold ist!"

„Sie haben völlig recht", antwortete Kaschtanow. „Das ist gediegenes Gold und zwar von einem hohen Feingehalt."

„Was für Reichtümer hier bloß herumliegen!" schrie der ehemalige Goldgräber. „Ich habe bestimmt schon viele Goldvorkommen gesehen . . . in Kalifornien und Alaska . . ., aber eine solche Ader reinen Goldes habe ich noch nie gesehen, ja nicht einmal davon gehört."

„Auch ich kenne keine Beschreibung derartiger Goldvorkommen", pflichtete ihm Kaschtanow bei. „Doch die Ader ist nur in diesem Block enthalten, nicht im Felsen, so daß sich der Fund letztendlich auf einige Dutzend Kilo beschränkt."

„Wenn die Ader den Eisenerzblock durchzieht, warum sollte sie dann nicht auch den Felsen durchziehen, von dem sich der Eisenblock gelöst hat?"

„Freilich werden wir danach suchen, doch es kann auch sein, daß die Ader einen völlig unzugänglichen Felsen durchzieht, und wir werden zu ihm hinaufschauen wie der Fuchs zu den Weintrauben."

„Es gibt keine Felsen, die für Dynamit und Bergbauarbeiter unzugänglich bleiben", rief Makschejew besessen. „Wenn wir ihn nur fänden!"

„Ich glaube, der Fund hat für uns nur einen rein theoretischen Wert. Wir können auf unseren Booten nicht einmal hundert Kilogramm, geschweige denn eine Tonne Gold mitnehmen."

„Und wennschon! Wir nehmen soviel mit, wie wir können. Und dann entsenden wir eine Spezialexpedition ins Innere der Erde aus, um das Gold zu bergen."

Nachdem die Geologen die Felsen untersucht hatten, die am Eingang zur Schlucht über die Gesteinstrümmer hinwegragten und dort kein Gold mehr fanden, drangen sie weiter in die allmählich breiter werdende Schlucht vor. Zu beiden Seiten erhoben sich Steilwände, der Boden war von Geröll und Gesteinssplittern übersät. In den Steilwänden fanden sich nur Magneteisenvorkommen, doch Kaschtanow entdeckte zwischen dem Geröll auch andere Mineralien.

„Hier ist ja wieder Gold!" sagte Makschejew, als er etwa fünfzig Schritt in die Tiefe der Schlucht zurückgelegt hatte. Er hob ein einzelnes Bruchstück auf, in dem sich punktförmige Goldeinschlüsse zeigten.

Zweihundert Schritt vom Eingang entfernt stieg die Sohle terrassenähnlich an. Nachdem die Geologen die ersten Stufen erklommen hatten, versperrte ihnen eine etwa vier Meter hohe Steilwand den Weg, deren glatter Felsen aus Magneteisen unüberwindlich war.

Makschejew schlug verärgert mit dem Geologenhammer gegen die Steilwand und sagte:

„Weiter geht es nicht, und unsere Hoffnungen auf eine fündige Goldmine können wir vergessen."

„Ja, wir werden eine andere Schlucht suchen müssen."

„Was ist denn das schon wieder!" rief Makschejew gereizt. „Anstatt uns Gold herauszurücken, will der Felsen mir auch noch meinen einzigen Hammer wegnehmen."

Der Hammer, mit dem Makschejew gerade noch gegen die Wand geklopft hatte, blieb an ihr kleben, und der Ingenieur versuchte vergeblich sein Werkzeug abzureißen.

In diesem Augenblick wandte sich Kaschtanow, der neben einer Stufe eine Gesteinsart untersuchte, von der Wand ab. Er trug seine Flinte auf dem Rücken und spürte plötzlich, wie eine mächtige Kraft ihn anzog. Das Gewehr klatschte an den Felsen, und der Geologe war außerstande, sich von ihm loszureißen.

„Wie stark doch die Magnetkraft dieses Erzes ist!“ rief er, als ihm klar wurde, was hier vorging. „Dieses Magneteisenerz hat sowohl Ihren Hammer als auch meine Flinte angezogen.“

„Und wie kriegen wir sie wieder los? Wir können solch unentbehrliche Gegenstände doch nicht zur ewigen Erinnerung an unseren mißratenen Ausflug hierlassen!“

Kaschtanow befreite sich aus dem Riemen, die Flinte blieb weiterhin fest an der Felswand kleben. Zur selben Zeit packte Makschejew mit beiden Händen seinen Hammer und riß ihn mit einem gewaltigen Ruck von dem Gestein ab. Danach machten sich beide an das Gewehr und befreiten es ebenfalls mit vereinten Kräften.

„Da können wir nichts machen! Gehen wir zurück!“ schlug Kaschtanow vor. „Mit eisernen Gegenständen in der Hand quälen wir uns hier bloß ab!“

„Warten Sie nur, ich habe eine Idee, wie wir weiter nach oben kommen! Die Flinten lassen wir hier, in dieser kahlen Schlucht wird es keine Raubtiere geben.“

„Und weiter?“

„Gucken Sie mal!“

Makschejew suchte aus dem Geröll einige ausreichend große Erzbrocken zusammen und begann, sie mit ihren glatten Flächen an die Steilwand zu heften. Sie blieben auch sofort kleben und hafteten gut. So entstand eine Art Treppe, auf der man, wenngleich nicht ohne Risiko, nach oben klettern konnte.

„Ihr Erfindungsgeist macht mich sprachlos“, sagte Kaschtanow. „Sie sind ein echter Goldgräber, der aus jeder schwierigen Lage einen brillanten Ausweg findet.“

„Danke für das Kompliment“, entgegnete Makschejew. „Auf diese Idee brachte mich mein Hammer. Als er an der Wand klebte, mit dem Stiel zu mir gewandt, und ich darauf drückte, ohne ihn zu lösen, kam mir der Gedanke: das ist doch die Stufe einer Treppe, und alles andere war klar.“

Die Geologen ließen ihre Gewehre, die Patronentaschen und einen Beutel mit Gesteinsproben zurück, dann kletterten sie nach oben. Makschejew führte und baute die Treppe über sich weiter, jeweils aus Erzstücken, die ihm sein Gefährte reichte. Nach einigen Minuten waren beide oben.

Die Schlucht blieb unverändert. Links und rechts Steilwände, die Sohle war auch hier terassenförmig, und ringsum Magneteisenerz.

Nach zweihundert Schritten entdeckten die Geologen auf dem Boden der Schlucht einen glänzenden gelben Klumpen von der Größe eines Ochsenkopfes: Das war reines Gold!

„Na, mein lieber Goldgräber! Versuchen Sie mal, dieses Stückchen ins Lager zu schaffen!" sagte Kaschtanow und mußte dabei lachen.

„Tja, ein solider Brocken", erwiderte Makschejew und stieß mit dem Fuß gegen den Goldklumpen, der nicht von der Stelle rücken wollte. „Ich glaube, das Ding wiegt an die achtzig Kilo und ist etwa hunderttausend Rubel wert! Offenbar liegt die Goldmine ganz in der Nähe."

Beide hoben den Kopf und betrachteten aufmerksam die steilen Wände der Schlucht. Alsbald entdeckten sie rechter Hand, in etwa vierhundert Meter Höhe, in dem dunklen Magneteisenerz eine schräg verlaufende gelbe Goldader. Mal erreichte sie eine Breite von einem halben Meter, mal verengte sie sich wieder mit Einsprengungen nach oben und unten.

„Vor uns liegen Millionen", sagte Makschejew und seufzte, nachdem er mit einem Blick die Ausdehnung der Ader in etwa überschaut hatte. „Hier liegen Dutzende von Tonnen Gold frei herum!"

„Sie lassen sich zu sehr vom Gold blenden", bemerkte Kaschtanow. „Wenn diese Ader auch etliche Millionen verspricht, so ist es doch nur eine Ader! Sie wird von einem ganzen Berg aus wertvollem Eisenerz umgeben. Milliarden Tonnen, die Milliarden Rubel einbringen."

„Doch ist durchaus wahrscheinlich, daß dies nicht die einzige Ader ist. Womöglich bestehen ganze Teile des Berges aus Gold! Dann würden seine Vorkommen auch Milliarden von Rubeln einbringen."

„Wenn wir solche Mengen Gold förderten, würde sein Marktpreis schnell fallen. Es ist nämlich deshalb so teuer, weil seine Vorräte in der Natur so gering sind. Außerdem hat Gold im Leben der Menschheit bei weitem nicht so eine Bedeutung wie Eisen, ohne das die moderne Technik nicht auszukommen vermag. Wenn man Goldmünzen und unnützen Goldschmuck abschafft, wird die Nachfrage nach Gold sehr gering werden."

„Sie überschätzen die Rolle des Eisens", protestierte Makschejew. „Gäbe es viel Gold, dann würde man viele Metalle ersetzen können, besonders in Kupfer-, Zink- und Bleilegierungen. Die Technik hat einen großen Bedarf an widerstandsfähigen, nichtoxydierenden Metallen und Legierungen. Aus billigem Gold könnte man Bronze, Draht und vieles andere herstellen, wofür jetzt notgedrungen Kupfer und dessen Legierungen genommen werden.“

„Und trotzdem: wir haben es hier mit enormen Eisenerzvorkommen zu tun und offensichtlich viel geringeren Goldvorräten.“

„Also gut! Dann nehmen Sie sich das Eisen und überlassen das Gold mir, wenn wir hierher zurückkehren, um die Funde zu bergen!“ sagte Makschejew und lachte auf.

„Ich kann Ihnen auch das Eisenerz noch überlassen. Mögen diese Millionen und Milliarden Ihre Beute sein!“ entgegnete Kaschtanow ebenfalls im Scherz.

Die Forscher kehrten zum Meeresufer zurück und besichtigten noch einige Schluchten. Die Felsen bestanden überall aus Eisenerz, das an mehreren Stellen von Goldadern durchzogen war. Doch eine so große Ader wie in der ersten Schlucht fand sich nicht mehr. Makschejew mußte zugeben, daß der Wert der Eisenerzvorkommen den der Goldminen weit übertraf. Mit verschiedenen Proben des Millionen- und Milliardenerzes schwer beladen, kehrten die Geologen schließlich zum Zelt zurück, wo sie die bereits wartenden Kameraden mit ihrem Bericht in Erstaunen versetzten.

Im Schachtelhalmwald

Hinter dem sandigen, mit Geröll bedeckten Meeresstrand wucherte eine üppige Vegetation. Dicht nebeneinander erhoben sich riesige Schachtelhalme von acht bis zehn Meter Höhe. Ihre grünen Zweige breiteten sich flach über der Erde aus, so daß man sich nur kriechend oder tief gebückt unter ihnen fortbewegen konnte. Zwischen den Schachtelhalmen wuchsen verschiedene Arten baumähnlicher Farne.

Papotschkin und Gromeko suchten nach einem Pfad oder einer natürlichen Schneise. Schließlich fanden sie ein enges, ausgetrocknetes Flußbett, das sich an der Grenze zwischen Felsen und Wald entlangzog. Ganz in Meeresnähe gabelte sich das Flußbett: Die linke Abzweigung setzte sich über Felsen und Wald fort, während die rechte tief ins Dickicht führte. Hier veränderte sich die Vegetation ein wenig. Außer Schachtelhalmen und Farnen gab es nun auch

Sago- und andere Palmen, die die Schachtelhalme um einige Meter überragten. Der Waldboden war mit niedrigem stachligem Gras bedeckt. Zwischen Flußbett und Waldrand stießen die Männer auf weitere Pflanzen. Gromeko rief Namen für Namen und wurde immer mehr von einem Fieber der Begeisterung gepackt.

„Wissen Sie, in welchem erdgeschichtlichen Zeitabschnitt wir uns jetzt befinden?"

„Etwa in der Steinkohlezeit?" brummte der Zoologe, der bislang keinerlei wissenschaftliche Ausbeute finden konnte und sich an dem borstigen Gras lediglich die Hände zerstochen hatte.

„Danebengegriffen! Gab es etwa in der Steinkohlezeit Ichthyo- oder Pläsiosaurier? Dank unserem Geologen sind wir in dieser Frage bereits aufgeklärter. Nein, mein Lieber, wir befinden uns in der Jurazeit. Sehen Sie nur, hier ist der für diese Periode typische Farn, da steht der schlanke Gingkobaum, und dieses stachlige Gras wurde erstmalig in den Juraablagerungen des Irkutsker Gouvernements, am Ufer der Angara, gefunden. Es trägt den Namen seines Entdeckers, des Geologen Tschekanowski."

„Wie reizend! Finden Sie, es hat sich gelohnt, das Kraut nach ihm zu benennen? Es ist schlimmer als unsere Brennesseln, und nur eine Echse mit gepanzerter Speiseröhre ist in der Lage, es zu verzehren."

„Malen Sie bloß nicht den Teufel an die Wand", unterbrach Gromeko seinen verärgerten Kameraden. „Sehen Sie sich doch mal diese niedliche Fährte an. Ich glaube, das fällt in Ihre Kompetenz!"

Er blieb in der Mitte des Flußbetts stehen und zeigte auf den Boden. In dem feinen Sand hatten sich die tiefen Abdrücke riesiger Tapsen mit offensichtlich stumpfen Krallen abgezeichnet, die von jeweils drei Zehen ausgingen. Jede Spur war über dreißig Zentimeter lang.

„Das muß aber ein Monstrum gewesen sein, was hier vorübergegangen ist", sagte der Zoologe mit einem leichten Zittern in der Stimme. „Ob es wohl ein Pflanzenfresser oder ein Raubtier ist? Falls letzteres zuträfe, wäre eine persönliche Begegnung nicht sonderlich angenehm."

Papotschkin betrachtete aufmerksam die Spuren im Gras, die sich im Geröll verloren.

„Komisch, daß alle Spuren dieselbe Größe haben!" sagte Gromeko. „Soviel ich weiß, sind die Vorderfüße immer kleiner als die hinteren. Und außerdem: Was ist das für ein merkwürdiger Streifen zwischen den Abdrücken der rechten und linken Läufe? Es sieht so aus, als hätte das Tier einen Balken hinter sich hergeschleift."

Papotschkin mußte lachen.

„Das ist die Schwanzspur einer Echse! Und wenn ich ihre Ausmaße mit der gleichbleibenden Größe der Fußabdrücke vergleiche, drängt sich mir die Vermutung auf, daß das Tier nur auf den Hinterbeinen spazieren gegangen ist und sich dabei auf seinen Schwanz gestützt hat."

„Sagen Sie bloß, solche zweibeinigen Echsen hat es jemals gegeben!"

„Jawohl, und zwar in der Jurazeit. Zum Beispiel das Iguanodon, das einem gewaltigen Känguruh ähnlich sah und riesige Hinterbeine, jedoch kleine Vorderläufe hatte."

„Und wovon ernährte es sich?"

„Es war, der Form seiner Zähne nach zu urteilen, ein Pflanzenfresser. Wenn diese Spuren tatsächlich von einem Iguanodon stammen, brauchen wir uns nicht zu fürchten, obwohl dieses Ungeheuer in der Jurazeit eine Länge von fünf bis zehn Metern erreicht hat."

„Dann ist ja alles in Ordnung!" Der Botaniker seufzte auf. „Ich habe die scheußliche Echse noch gut in Erinnerung, die Makschejew oder mich zum Abendbrot verspeisen wollte."

An der Flußgabelung beschlossen die Männer, die rechte Abzweigung unterhalb des Felsens zu nehmen. Hier bestand mehr Aussicht, eine Trinkwasserquelle ausfindig zu machen. Und tatsächlich: Oberhalb der Gabelung wurde der Erboden immer feuchter und die kümmerliche Vegetation zunehmend üppiger, vielfältiger.

Alsbald schimmerte Wasser durch Gräser und Laub im Flußbett.

„Wir sind gerettet!" rief Papotschkin. „Die Quelle ist nicht weit von unserem Lager entfernt."

„Und was machen wir, wenn das Wasser salzig ist?" provozierte Gromeko.

„Probieren Sie doch mal! Dem Aussehen nach handelt es sich um Trinkwasser."

„Wie wollen Sie denn dem Aussehen nach Süßwasser von Salzwasser unterscheiden? Ich könnte das nicht."

„Sie sind Botaniker und wissen nicht, welche Pflanzen in der Nähe von Salzwasser wachsen?"

„Erstens befinden wir uns hier in der Jurazeit, und welche Pflanzen in der Nähe jurazeitlichen Salzwassers gedeihen, wissen wir nicht. Zweitens haben sie behauptet, das Wasser nach dem Aussehen und nicht nach der Beschaffenheit der benachbarten Pflanzen unterscheiden zu können!"

„Ich habe mich unklar ausgedrückt. Ich hätte sagen sollen, nach dem Aussehen des Flußbetts. Wenn es sich um eine Salzwasserquelle gehandelt hätte, so wäre das ganze Flußbett mit den Ablagerungen verschiedener Salze bedeckt."

Während dieser Unterhaltung kamen Papotschkin und Gromeko rasch voran. Das Flußbett schnitt sich, einem engen Spalt gleich, in den hohen Felsen, und hier entsprang auch ein kleiner Süßwasserbach, der allmählich im Sand versickerte. Im Boden sah man große und kleine Fährten von Echsen, die hierher zur Tränke kamen.

„Echsen scheint es hier in Hülle und Fülle zu geben", sagte Gromeko. „Ehe man sich versieht, steht so ein zweibeiniges Ungeheuer vor einem!"

Die Jäger löschten ihren Durst und schritten mit schußbereiten Flinten am Bach entlang weiter in die Schlucht hinein. Diese wurde immer breiter und mündete bald in einen Kessel, der von beinahe senkrechten, dunkelroten Felsen umsäumt war. Die an ihrem Fuß wachsenden grünen Sträucher und Bäume ergaben einen prächtigen Farbkontrast. In dem Tal schimmerte, inmitten einer grünen Wiese, ein kleiner See, dessem Grund offenbar einige Quellen entströmten. Ein breitgetretener Wildpfad führte über die Wiese zum See. Trotz des klaren Wassers konnte man kaum den Grund ausmachen.

Die Jäger füllten ihre mitgebrachten Gefäße mit Wasser und versteckten sich dann in den Büschen, um einem Tier aufzulauern, das vielleicht zur Tränke kommen würde. Doch es verstrich eine Minute nach der anderen, und nichts zeigte sich. Nur ein paar Libellen schwebten in der Luft; sie waren noch größer als jene, die den Makschejew-Fluß belebt hatten. Papotschkin verfolgte sie mit seinen Blicken. Da griff er plötzlich nach der Flinte.

„Nanu! Sie wollen doch nicht etwa mit Sprenggeschossen auf die Libellen schießen?" sagte Gromeko und lachte.

„Pssst! Schauen Sie dorthin, auf den Felsen ...", flüsterte der Zoologe und verwies auf die am Eingang des Talkessels aufragenden Felsen.

Auf einem kleinen Vorsprung stand auf den Hinterbeinen, sich mit dem Schwanz abstützend, eine nicht sehr große Echse, die einem Känguruh ähnlich sah, allerdings war sie grün und braun gefleckt, während der Kopf mit seiner Rüsselnase an einen Tapir erinnerte.

„Das ist vermutlich ein Iguanodon", flüsterte Papotschkin.

„Schade, daß es kein Känguruh ist", bemerkte der Botaniker. „Ein Känguruh könnten wir zum Abendbrot verspeisen, eine Echse dagegen – vielen Dank!"

„Mein Lieber, vergessen Sie bitte nicht, daß wir uns in der Jurazeit befinden und für unsere Ernährung weder Vögel noch Säugetiere finden werden. Wenn wir nicht verhungern wollen, müssen wir uns auf Echsenfleisch umstellen. Trotz Ihres botanischen Eifers haben Sie bislang noch keine eßbaren Wurzeln, Früchte oder Gräser gefunden. Wir können unmöglich Schachtelhalme oder dieses ekelhafte Tschekanowski-Kraut kauen!"

„Und Fische? Im Meer gibt es doch Fische!"

„Warum haben Sie keine Angst, Fische zu essen, weigern sich jedoch, das Fleisch einer pflanzenfressenden Echse zu probieren? Das sind doch alles nur Vorurteile, die man in diesem unterirdischen Reich ablegen muß."

Ein Schuß krachte. Das Tier machte einen Sprung und stürzte schwerfällig auf die Wiese herab. Als es nach letzten Zuckungen reglos liegenblieb, krochen die Jäger aus ihrem Hinterhalt hervor.

Die junge Echse war größer als ein Mensch. Ihr plumper Körper ruhte auf massigen, langen Hinterläufen und einem dicken Schwanz, der sich am Ende plötzlich verjüngte. Die Vorderläufe waren kurz und dünn, mit je fünf Zehen und kleinen scharfen Krallen. Die Hinterläufe dagegen waren dreigliedrig und mit großen, jedoch stumpfen Krallen versehen. Der Körperbau ließ insgesamt erkennen, daß das Tier die vertikale Lage einer horizontalen vorzog, denn sein hinterer Körperteil überragte den vorderen beträchtlich. Der Kopf war groß und sah mit seinen herabhängenden fleischigen Lippen und den kleinen Augen ziemlich abstoßend aus. Der Leib war, wie bei einem Frosch, völlig nackt, und die Haut fühlte sich glitschig und kalt an.

„Sehr appetitlich sieht sie nicht aus!" sagte Gromeko und stieß mit der Stiefelspitze gegen das dicke Hinterteil der Echse. „Ich würde sagen, eine Art Riesenfrosch!"

„Wenn die Franzosen so gern Froschschenkel essen, warum sollten dann russische Forscher nicht auch ein Iguanodonsteak probieren?

Aber zunächst wollen wir das Tier beschreiben, bevor wir es vierteilen!"

Nachdem die Jäger die Echse ausgemessen, beschrieben und fotografiert hatten, trennten sie von dem Kadaver die fleischigen Hinterbeine ab, von denen jedes etwa sechzehn Kilogramm wog. Mit Fleisch und Wasser schwer beladen, traten Gromeko und Papotschkin den Rückweg an.

Das Fleisch der Echse, in kleinen Stücken auf der Pfanne gebraten, erwies sich als so schmackhaft und zart, daß selbst Gromeko, der vor allen Reptilien und Amphibien eine tiefe Abscheu empfand, es mit größtem Appetit aß.

Beim Abendbrot wurde die Weiterreise besprochen. Die Fortbewegungsart mit dem Boot, das bis jetzt unschätzbare Dienste bewiesen hatte, schien nun nicht mehr möglich, es sei denn, von Süden her würde ein befahrbarer Fluß ins Meer münden, auf dem man stromaufwärts weiter ins Land vordringen könnte. In erster Linie galt es, eine solche Mündung ausfindig zu machen.

Falls es keinen Fluß geben sollte, müßte man zu Fuß weitergehen, was freilich der Reise enge Grenzen setzte.

Pflanzen- und fleischfressende Saurier

Am nächsten Tag kam ein ziemlich scharfer Wind auf, der im Meer für einen beträchtlichen Wellengang sorgte. Die Spritzer der Brandung erreichten sogar das Zelt. Bei diesem Wetter war eine Meeresfahrt auf dem zerbrechlichen Boot unmöglich, so daß beschlossen wurde, zu viert einen Abstecher ins Innere des unbekannten Landes zu unternehmen und das Flußbett zunächst als Weg zu benutzen.

Da es unwahrscheinlich war, daß Meeresechsen das leere Zelt angreifen würden, ließ man lediglich General zurück, allerdings nicht angebunden, damit er sich bei Gefahr im Dickicht verstecken konnte.

Oberhalb der Flußgabelung setzten die Forscher ihren Weg auf der linken Abzweigung fort. Von beiden Seiten her war das Flußbett von hohen Schachtelhalmen und Farnen umsäumt. Nur ab und zu schlängelten sich Wildpfade durch das Dickicht. Über den Baumwipfeln schwirrten riesige Libellen und andere, ebenso große Insekten. Hin und wieder schossen kleine Pterodaktylen durch die Luft, die nach den Insekten jagten. Aber das Walddickicht selbst schien ohne Leben zu sein. Weder Vogelgezwitscher noch irgendein anderes Geräusch war zu vernehmen. Nur einmal bemerkte Gromeko, der allen voranschritt, auf einem schmalen Wildpfad ein Tier von der Größe eines kleinen Hundes. Doch es huschte so rasch vorüber, daß er nicht einmal die Flinte anlegen konnte.

So mußten sich die Jäger mit der Jagd auf Insekten begnügen. Papotschkin erbeutete einen Schmetterling von fünfunddreißig Zentimeter Flügelspannweite, der auf einer Palmenblüte saß, und einige faustgroße Käfer, die sehr schmerzhaft bissen und kratzten.

Endlich hörte der Wald auf. Die Jäger betraten eine große, von dem gleichen borstigen Gras bedeckte Lichtung. An einigen Stellen, wo der Boden feucht war, wuchsen Bärlapp, Moos und kleine, niedrige Farnbüsche. Im Süden reichte die Lichtung bis zu den steilen und kahlen Hängen dunkelroter Berge, die etwa zweihundert Meter hoch waren und von einer tiefen Schlucht unterbrochen wurden. Wahrscheinlich kam von dort das Wasser, das die Lichtung versumpfte und während der Regenzeit durch das Flußbett zum Meer hin floß. Die Lichtung war etwa einen Kilometer lang und hundert bis zweihundert Meter breit.

Die Bergschlucht lockte die Geologen an, und so gingen alle dorthin. Nach einem kurzen Marsch erblickten sie im Norden der Lichtung hinter vereinzelten Bäumen eine kleine Herde weidender Echsen.

Die einen standen aufrecht auf ihren Hinterläufen und rissen mit ihren dicken Lefzen Palmenblätter, zarte Schachtelhalme und Farntriebe ab. Andere, vornehmlich Jungtiere, fraßen Gras, und es sah wirklich komisch aus, wie sie dabei ihr dickes Hinterteil hoben und ihren Schwanz hin- und herbewegten. Manchmal begannen sie zu spielen und einander zu jagen, sprangen ungeschickt auf ihren Hinterbeinen oder auch auf allen vieren umher.

Eine derart interessante Begebenheit wie das Weiden und Spielen von Iguanodons durfte man sich auf keinen Fall entgehen lassen, und so kehrten die Forscher eilig zum Waldrand zurück, schlichen im Schutz der Bäume auf die Tiere zu, um sie zu fotografieren. Es gelang ihnen, eine Aufnahme aus der Nähe zu machen. Dann wurden die Iguanodons unruhig: Die alten Tiere hörten auf zu fressen, witterten Gefahr und stießen ein warnendes Pfeifen aus. Die Jungen vernahmen es, erhoben sich sofort auf die Hinterbeine und liefen, plump watschelnd, zu ihren Eltern hin, die sie, den Rücken nach außen gewandt, schützend umzingelten.

Die zweite und dritte Aufnahme fixierte diese Aufregung der Iduanodons, die, wie sich herausstellte, nicht unbegründet war. Von der gegenüberliegenden Seite der Lichtung her näherte sich am Waldsaum in riesigen Sätzen ein Tier, das die Jäger zunächst ebenfalls für ein Iguanodon hielten.

Es hatte dieselbe Größe und bewegte sich auch nur auf den Hinterbeinen fort. Als das Monstrum herankam, konnte man erkennen, daß es sich von den pflanzenfressenden Echsen durch einen schlankeren Leib und unvergleichlich schnellere Bewegungen unterschied. Das Tier hatte den Kreis der Iduanodons erreicht und gab ein lautes Zischen von sich, auf das hin seine Gegner mit einem gedehnten, kläglichen Pfeifton reagierten. Dann begann es mit kurzen Sprüngen um die Echsen zu kreisen, stieß aber von allen Seiten her auf die erhobenen Hinterteile und die schweren, um sich schlagenden Schwänze der bedrohten Iguanodons. Der Schlag eines Schwanzes oder der schweren Hinterbeine hatte offenbar eine schreckliche Wucht.

Erfolglos versuchte das Monstrum, den Kreis zu durchbrechen und ein Jungtier zu rauben. Dann setzte es plötzlich mit einem mächtigen Sprung über die Köpfe der Verteidiger hinweg und landete schließlich inmitten der dicht zusammengedrängten Iguanodons. Die furchtsamen Pflanzenfresser stoben auseinander, um sich zu retten. Das Untier hatte ein Junges geschnappt und ihm sogleich die Kehle durchgebissen.

Die Männer fotografierten verschiedene Angriffsmomente, dann krachten drei Schüsse, und der Räuber streckte sich neben seinem Opfer nieder. Als er reglos dalag, näherten sich ihm die Jäger, um diesen neuen Vertreter der Großreptilien genauer zu betrachten. Der ähnelte tatsächlich mit seinen langen Hinterbeinen und dem dicken Schwanz, der dem Körper als Stütze diente, einem Iguanodon.

Die Vorderläufe waren sehr kurz und wiesen vier Zehen mit scharfen Krallen auf. Auf dem kurzen Hals saß ein kleiner Kopf mit einem riesigen Schlund, der vor scharfen Zähnen förmlich starrte. Aus der Nasenwurzel wuchs ein kurzes, plattes Horn – eher Schmuck als Angriffswaffe.

Zwei kleinere Hörner erhoben sich über den Augen; vom Nacken bis zur Schwanzspitze zog sich eine Reihe kleiner, aber scharfer Stacheln. Die nackte, runzlige Haut war graugrün. Das Tier hatte eine Länge von fünf Metern und schien ungeheuer stark zu sein. Von seiner Gewandtheit und Furchtlosigkeit hatten sich die Forscher bei dem Angriff auf die Iguanodons überzeugen können.

Nachdem Kaschtanow mit der Untersuchung der erlegten Echse fertig war, meinte er, daß es sich um ein Ceratosaurus aus der gleichen Dinosaurierordnung handeln müsse, der auch das Iguanodon und andere Landechsen des Mesozoikum angehörten.

„Ich hoffe, daß wir dieses abscheuliche Raubtier nicht verzehren werden", sagte Gromeko, als das Tier ausgemessen und beschrieben war.

„Warum denn nicht? Wenn es kein anderes Fleisch gäbe, müßten wir uns damit begnügen", antwortete Makschejew. „Aber wir können ja auch das Fleisch des jungen Iguanodons nehmen, das dem Räuber zum Opfer fiel."

„Wir müssen es nur gut verstecken, sonst lassen uns die Pterodaktylen nichts übrig. Sehen Sie nur, sie haben die Beute bereits gewittert."

Und tatsächlich: Über der Lichtung kreisten mit einem heiseren Quaken einige Flugechsen. So beeilten sich die Jäger, die Hinterkeulen des jungen Iguanodons abzutrennen und sie im Dickicht, in den Ästen der Bäume, zu verstecken. Dann schritten sie durch die Lichtung, die nach dem Kampf und den Schüssen wie ausgestorben wirkte, auf die Schlucht zu.

Die Schlucht der Pterodaktylen

Der Eingang zur Schlucht war breit. Auf ihrem Boden schlängelte sich ein kleiner, von Farnen umsäumter Bach. Die Steilhänge waren ohne jede Vegetation: kahle Felsen von rötlicher, schwarzer oder gelber Farbe. Kaschtanow und Makschejew eilten zu ihnen. Gromeko suchte an den Ufern des Baches nach neuen Pflanzen, während Papotschkin große Schmetterlinge jagte.

Der erste Felsen, den die Geologen erreichten, war dunkelrot. Kaschtanow glaubte, erneut auf Eisenerz gestoßen zu sein. Als er jedoch ein Stück abgeschlagen und unter der Lupe betrachtet hatte, schüttelte er den Kopf und sagte:

„Das ist etwas Neues!"

Ein paar an anderen Stellen abgeschlagene Stücke sahen ganz ähnlich aus. Größere Proben jedoch konnten die Geologen den harten und glatten Felsen nicht entnehmen. So begannen sie mit vereinten Kräften einen Felsblock der gleichen Gesteinsart zu zertrümmern. Da endlich zeigte sich ein Riß, und der Brocken zerfiel in zwei Teile. Im Innern glänzten Adern und Einschlüsse eines weißen Metalls.

Kaschtanow bückte sich und rief erstaunt aus:

„Gediegenes Silber! Offenbar in kompaktem roten Silbererz!"

„Schon wieder ein Millionenreichtum", sagte Makschejew grinsend.

Nach dem Fund der Goldader, deren Bedeutung Kaschtanow so geringschätzig bewertet hatte, verhielt sich Makschejew gegenüber den mineralischen Gaben dieses Wunderlandes skeptisch.

Ein Stückchen weiter wurden die Felsen schwarz und wiesen gelbe, rote Flecken sowie Adern auf. Hier gab es wieder reines Magneteisenerz. Noch weiter waren die Felsen verwittert, zerklüftet und von glänzend gelber oder grünlichgelber Farbe. Kaschtanow erkannte in ihnen Bleiocker und oxydierte Bleierze, in deren Tiefe reine Bleiglanzvorkommen stecken konnten.

Beide Männer drangen noch weiter in die Schlucht vor und entdeckten einen Felsen, der durch seine dunkelgrüne Farbe auffiel. Von weitem hatte es den Anschein, als sei er von Moosen und Flechten überwuchert. An diesem Felsen prallte der Hammer mit einem metallischen Klang ab, und es gelang nur mit großer Mühe, kleine Stücke abzuspalten, die Kaschtanows Erstaunen noch vermehrten.

„Gediegenes Kupfer in kompakten Massen, an der Oberfläche oxydiert!"

„Was für Reichtümer stecken in diesem Land!" rief Makschejew aus. „Jedes Erz, das man sich nur wünscht, ist hier zu haben. Man könnte hier ein Universalhüttenwerk bauen."

„Tja, wenn eines Tages auf der Erdoberfläche die Erze für die wachsenden Bedürfnisse der Menschheit nicht mehr ausreichen, dann wird man wohl oder übel die nötigen Metalle hier gewinnen müssen. Und weder Eis noch Nebel, noch Schneestürme werden ein Hindernis sein."

„Oder die Menschen bohren durch die Erdkruste einen Tunnel, um auf dem kürzesten Weg an diese Vorräte heranzukommen . . .“, scherzte Makschejew.

In diesem Augenblick raste über ihren Köpfen ein großer Schatten hinweg, und gleichzeitig hörten sie Gromeko rufen:

„Achtung, eine Flugechse!“

Beide griffen nach den Flinten und guckten nach oben. Etwa zwanzig Meter über ihnen schwebte ein riesiges Tier von dunkler Farbe. An seinem Flug ließ sich unschwer erkennen, daß es sich um einen Pterodaktylus handelte. Das Tier war bedeutend größer als die Flugechsen am Meeresufer, seine Flugspannweite erreichte mindestens sechs Meter. Die Echse spähte nach Beute, hielt den Kopf mit dem riesigen Schnabel nach unten gesenkt, als betrachte sie staunend die noch nie gesehenen zweibeinigen Geschöpfe.

Die Jäger konnten nicht warten, bis sich die Echse besonnen hatte, denn das Tier hätte sie umbringen oder mit seinen Krallen und Zähnen gefährlich verletzten können, falls es aus einer solchen Höhe auf seine Opfer niedergehen würde. Makschejew zielte rasch und schoß. Der Pterodaktylus scherte aus, schlug schwer mit den Flügeln und landete schließlich auf einem Felsvorsprung. Hier blieb er liegen, bewegte den Kopf hin und her und öffnete und schloß sein vor Zähnen strotzendes Maul.

„Er scheint etwas abbekommen zu haben“, sagte Makschejew, aber er schoß nicht noch einmal, denn das Tier war zu weit entfernt.

In diesem Moment hörten die Geologen von der Wiese her, wo sich der Zoologe und der Botaniker befanden, einen lauten Schrei und kurz darauf einen Schuß.

Aus dem Dickicht der Schachtelhalme und Farne, die das Flußbett vom Felsen trennten, kam ein zweiter Pterodaktylus geflogen, der in seinen Krallen einen großen Gegenstand hielt. In der Annahme, daß die Echse einen der Kameraden davontrug, schoß Kaschtanow los. Der Räuber schlug mit den Flügeln, ließ seine Beute fallen und stürzte, sich überschlagend, am Waldrand ab. Die Geologen eilten dorthin, um ihrem Gefährten, der aus einigen Meter Höhe herunterfiel, zu helfen. Als sie sich aber durch das Dikkicht geschlagen hatten, stießen sie mit Gromeko und Papotschkin zusammen, die ihnen entgegenliefen.

„Seid ihr beide heil und am Leben? Aber wer ist dann der Echse aus den Krallen gefallen?“

Papotschkin und Gromeko mußten lachen.
„Die Echse hat lediglich meinen Mantel davongetragen, in den die gesammelten Pflanzen eingewickelt waren. Er lag auf der Wiese, und wahrscheinlich hielt sie ihn für Aas", erklärte der Botaniker.
„Ich hab auf ihn geschossen, aber wahrscheinlich nicht getroffen", ergänzte der Zoologe.
Alle vier liefen zu jener Stelle, wo die angeschossene Echse lag. Als die Menschen näherkamen, richtete sie sich auf und stürzte ihnen entgegen. Dabei schlug sie mit einem Flügel um sich und zog den anderen, der wahrscheinlich gebrochen war, hinter sich her.
Die Echse watschelte wie eine Ente, streckte ihren riesigen Kopf nach vorn, sperrte den Rachen weit auf und quakte zornig. Der Fleischwulst auf der Nasenwurzel lief dunkelrot vor Wut an. Das Tier war so groß wie ein Mensch und konnte trotz seiner Wunde gefährlich werden, so daß die Jäger ihm den Fangschuß versetzen mußten.
Während Kaschtanow und Papotschkin den Pterodaktylus untersuchten, begaben sich Makschejew und Gromeko auf die Suche nach dem entführten Mantel. Sie schritten die ganze Lichtung bis zu den Felsen ab, krochen ins Dickicht und fanden doch nichts.
„Das ist aber merkwürdig, wo ist er nur geblieben?" brummte der Botaniker und wischte sich den Schweiß vom Gesicht. „Die Echse konnte unmöglich meinen Mantel verschlingen . . ."
„Ich habe ganz deutlich gesehen, wie sie ihn nach dem Schuß fallen ließ", bestätigte Makschejew.
In diesem Augenblick erhob sich der andere Pterodaktylus, der bislang auf dem Felsvorsprung gesessen hatte, schwebte im Gleitflug zu den Wipfeln der Schachtelhalme, packte dort einen dunklen Gegenstand und flog mit ihm weiter.
„Verdammt noch mal!" rief der Botaniker. „Das ist ja mein Mantel. Wir haben ihn auf der Erde gesucht, und er war in den Schachtelhalmen hängengeblieben."
Makschejew zielte bereits auf die vorbeifliegende Echse, als sich der Mantel plötzlich ausbreitete und allerlei Pflanzen zur Erde herabfielen. Das erschreckte Tier ließ seine Beute los, und Makschejew setzte die Flinte ab.
„Diese Pterodaktylen sind anscheinend nicht besonders intelligent", sagte Gromeko und lief auf seinen Mantel zu.
„Vielleicht sind sie klüger, als Sie denken. Womöglich wollten die

Tiere Ihren Mantel und Ihr Heu stehlen, um den Jungtieren ein komfortableres Nest zu bauen!“ scherzte Makschejew.

„Sagten Sie ‚Heu‘? Wie respektlos reden Sie von meinen botanischen Sammlungen! Vielleicht erzählen Sie mir noch, daß der Pterodaktylus meinen Mantel geraubt hat, um seine nackten Jungen zu bekleiden – zum Beweis für die Intelligenz dieser Ungeheuer?“

„Nein, das möchte ich nicht behaupten“, lenkte Makschejew ein und lachte dabei. „Ich will nur sagen, daß die Flugechsen Herren der Jurazeit waren und auf einer sehr hohen Entwicklungsstufe standen . . . Doch warum haben Sie vo viele Pflanzen von derselben Sorte gesammelt?“ fügte er hinzu, als er sah, daß der Botaniker die auf der Lichtung verstreuten Stengel einsammelte, die allesamt wie Schilf aussahen.

„Raten Sie mal, was das ist!“ entgegnete Gromeko und reichte ihm einen Stengel.

„Eine Schilfart, nehme ich an. Dick und ziemlich stachlig. Ich glaube, nur Echsen können sowas fressen.“

„Sie haben es erraten: die Iguanodons fressen das sehr gern, doch auch wir werden dieses Schilf nicht verschmähen.“

„Was Sie nicht sagen! Bestimmt taugt es nur für eine Suppe.“

„Nein, für den Tee. Brechen Sie nur mal einen Stengel auseinander.“

Makschejew tat es; aus dem Stengel quoll eine farblose Flüssigkeit.

„Probieren Sie mal den Saft dieses von Ihnen so gering geschätzten Schilfgrases.“

Der Saft war klebrig und süß.

„Ist das etwa Zuckerrohr?“

„Wenn es kein Zuckerrohr ist, wie wir es von der Erdoberfläche her kennen, dann handelt es sich in jedem Fall um eine zuckerhaltige Pflanze.“

„Und wie haben Sie erraten, daß sie süß ist?“

„Im Maul des jungen Iguanodon, dem das Raubtier auf der Lichtung die Kehle durchgebissen hatte, entdeckte ich den Stengel einer mir noch unbekannten Pflanze. Er fühlte sich irgendwie klebrig an. Und so begann ich die Stelle zu suchen, wo die Pflanze wächst, fand die Stengel in Hülle und Fülle am Ufer des Baches und habe natürlich ihren Saft gekostet. Unsere Zuckervorräte gehen zur Neige. Wir können Zucker durch den Saft dieses Schilfrohrs ersetzen und daraus sogar welchen gewinnen. Sie sehen also, mein Heu ist manchmal direkt nützlich!"

Gromeko kehrte zu den anderen zurück und zeigte auch den Kameraden seinen Fund. Alle billigten sein Vorhaben und beschlossen, auf dem Rückweg möglichst viel von dem Schilfrohr mitzunehmen, um zu versuchen, aus ihm Zucker zu kochen.

Die Jäger setzten jedoch vorerst ihren Weg durch die Schlucht fort. Sie verengte sich zu einem regelrechten Spalt, dessen Boden ganz und gar von Wasser bedeckt war. Es wurde dunkel und feucht. Die Jäger gingen im Gänsemarsch, allen voran Makschejew mit schußbereitem Gewehr. Als letzter lief Kaschtanow, der mit seinem Hammer die Felsen abklopfte.

Doch da hellte es vorn auf. Grünes Laub zeigte sich. Der Spalt wurde alsbald breiter und verwandelte sich in einen ziemlich großen, von Felsen umringten Kessel. Diese waren steil, etwas weiter oben wurden sie stufenförmig, traten zurück und bildeten eine Art Amphitheater. Der Boden des Talkessels war von saftigem grünem Gras bedeckt, in der Mitte befand sich ein See, der den Bach speiste.

„Pfui Teufel, wie es hier stinkt!" rief Gromeko, als die Jäger sich dem See näherten.

„Wirklich, es riecht abscheulich. Wie nach Aas", bestätigte Makschejew.

„Und wenn es ein Mineralsee ist, mit Schwefelquellen beispielsweise?" mutmaßte Papotschkin, als er sich über das Wasser beugte.

Die Jäger blickten sich um, und plötzlich hörten sie ein merkwürdiges Zischen und Kreischen. Es klang so, als streiche jemand mit Korken über Glas. Diese Laute kamen von oben, von den Felsen des Talkessels, doch zu sehen war nichts.

In diesem Augenblick huschte eine große dunkle Masse über die Wiese und ließ sich auf einer der Felsenstufen nieder. Da ertönte ein besonders lautes Zischen und Kreischen.

„Ein Pterodaktylus!" rief Makschejew.

„Offensichtlich befinden sich hier die Nester der Flugechsen", vermutete der Zoologe.

„Das ist auch die Ursache des Gestanks. Diese Tiere sind nicht sehr sauber in ihrer Haltung."

Die Echse erhob sich von dem Felsvorsprung in die Luft, bemerkte die Menschen und begann mit lautem Quaken über dem

Kessel zu kreisen. Das Kreischen und Zischen auf dem Felsen verstummte sofort.

„Sieh mal einer an, jetzt sind sie ruhig, die Jungen!"

„Es wäre interessant, Eier und Jungtiere aus den Nestern zu holen!" schlug der Zoologe vor.

„Versuchen Sie nur mal, diese Steilhänge zu erklimmen und sich mit den Eltern anzulegen. Sie werden Ihnen Ihre Neugier schon stillen!"

„Hier wimmelt es ja nur so von Echsen!" rief Kaschtanow und zeigte auf einen anderen Pterodaktylus, der sich hinter einem Felsvorsprung zeigte, während zwei weitere Tiere bereits in der Luft schwebten.

„Wollen wir jetzt das Feuer eröffnen?" fragte Makschejew, der seinen Fehltreffer wiedergutmachen wollte.

„Wozu? Einen haben wir schon erlegt und untersucht. Außerdem sollten wir mit unserer Munition sparsam umgehen", mahnte Kaschtanow.

„Treten wir lieber den Rückzug an! Links um und Marsch! Ehe alle Echsennester Alarm schlagen ...", sagte der Botaniker, dem der weitere Aufenthalt in diesem stinkenden Kessel wenig behagte.

Über der Wiese kreisten und quakten bereits mehrere Flugechsen, so daß es die Jäger für ratsam hielten, Gromekos Vorschlag zu folgen. Als sie sich dem Spalt näherten, bemerkten sie am Fuß der Steilwand ganze Haufen von Knochen verschiedener Größe, vermengt mit dem Kot der Pterodaktylen.

„Wir sind in die Abfallgrube des Echsennistplatzes geraten", scherzte Makschejew.

„Sie haben sich hier an einem sicheren Platz eingerichtet. Das ist ja eine regelrechte Festung!"

„Wahrscheinlich sind andere Echsen auf die Eier und Jungen der Pterodaktylen scharf", erläuterte der Zoologe. „Schauen Sie nur: obwohl es Reptilien sind, verhalten sich diese Tiere wie Vögel!"

„Ganz richtig! Die Flügel ermöglichen es ihnen, die Lebensweise ihrer fernen Vorfahren zu ändern."

„Schade, daß wir nicht erfahren konnten, wie die Nester, Eier und die Jungtiere dieser Flugechsen aussehen!"

„Ich glaube, sie brüten ihre Eier nicht wie Vögel aus", bemerkte Kaschtanow, „sondern überlassen dies der Sonne, wie es andere Reptilien auch tun."

„Machen Sie sich keinen Kopf, irgendwo werden wir die Eier von Iguanodons und Pläsiosauriern schon noch finden", tröstete Gromeko den Zoologen.

„Wenn sie frisch sind, machen wir daraus ein kolossales Rührei. Ich kann mir durchaus vorstellen, wie groß die Eier dieser Ungetüme sind: eins reicht für uns alle!" sagte Makschejew im Scherzton.

Als die Forscher, beladen mit Zuckerschilfrohr, zu der Lichtung zurückkehrten, bot sich ihnen an der Stelle, an der der erlegte Raubsaurier lag, ein unerwarteter Anblick.

In der Luft jagten Flugechsen verschiedener Größe hin und her. Die Kadaver des Ceratosaurus und des Iguanodons waren unter den Tieren, die sich über sie hermachten, kaum zu sehen. Diese rissen große Fleischstücke aus ihrer Beute, verschlangen sie auf der Stelle oder trugen sie zu den Bergschluchten davon, wo sie wahrscheinlich ihre Nistplätze hatten. Gekreisch, Quaken und Zischen ergaben einen ohrenbetäubenden Lärm.

Als die Männer näherkamen, stoben die schmausenden Leichenfledderer aufgescheucht auseinander. Einige erhoben sich in die Luft und kreisten über der Lichtung, andere watschelten auf ihren kurzen Beinen mit halbausgebreiteten Flügeln zur Seite – wahrscheinlich waren sie so vollgefressen, daß ihnen das Fliegen schwerfiel. Es gelang Papotschkin, zwei Momente dieses heillosen Durcheinanders mit dem Fotoapparat festzuhalten.

Die satten Echsen griffen die Menschen nicht an, obwohl diese ihren Festschmaus gestört hatten. Sie füllten die Luft lediglich mit verschiedenen Lauten, die anscheinend ihr Unbehagen ausdrücken sollten.

Die Jäger luden die im Dickicht versteckten Keulen des Iguanodons auf und setzten ihren Rückweg in dem ausgetrockneten Flußbett fort.

In der Nähe des Talkessels blieb der allen voranschreitende Gromeko plötzlich stehen und wies auf die riesige Fährte eines Tiers im feuchten Sand des Flußbettes.

„Das ist kein Iguanodon", sagte Papotschkin. „Dieses Tier bewegt sich auf allen vieren. Schauen Sie hierher! Da ist die Fährte der Hinterläufe mit drei Zehen und da die Spur der Vorderbeine mit fünf Zehen!"

„Außerdem haben die Füße eine andere Form, und sie sind noch größer als bei einem Iguanodon", ergänzte Kaschtanow.

„Kann man an einer Spur erkennen, ob es sich um einen Pflanzenfresser oder um ein Raubtier handelt?" fragte Makschejew.

„Ich glaube, es ist ein Pflanzenfresser. Die Zehen haben keine Krallen, sondern enden eher hufförmig, und damit kann das Tier nicht zupacken."

„Da haben wir auch den Abdruck des Schwanzes. Er ist kürzer und dünner als der eines Iguanodons", bemerkte der Geologe und zeigte auf eine langgezogene Delle, die sich zwischen den Fußabdrücken dahinschlängelte.

„Auf jeden Fall ist es ein sehr großes Tier, und es muß sich ganz in der Nähe unseres Sees aufhalten, denn die Fährte führt nicht zurück", sagte Gromeko.

„Stimmt! Halten wir also die Gewehre schußbereit und seien wir auf der Hut", meinte Makschejew.

Langsam, Schritt für Schritt, stiegen die Jäger das Flußbett hinab und spähten dabei aufmerksam nach vorn. Doch nichts war zu sehen, nur Libellen und Käfer flogen über den Schachtelhalmen und Farnen. Als die Jäger den schmalen grünen Korridor passiert und die Felsen erreicht hatten, blieben sie unentschlossen stehen.

Makschejew flüsterte seinen Gefährten zu, sie mögen ein wenig warten, lief selbst durch die Schlucht und gab den anderen dann ein Zeichen, daß sie ihm folgen sollten. Im Talkessel versteckten sich die Männer hinter Bäumen und konnten einem interessanten Schauspiel beiwohnen.

Auf der Wiese weidete ein Ungeheuer. An Größe und seltsamer Gestalt übertraf es alles, was die Forscher bislang in Plutonien, dem Reich ausgestorbener Giganten, gesehen hatten.

Das Tier war acht Meter lang und fast vier Meter hoch. Die Vorderläufe waren um vieles kürzer als die Hinterläufe; aus dem massigen, vornübergeneigten Körper ragte ein auffallend kleiner eidechsenähnlicher Kopf. Längs des Rückgrats befanden sich zwei Reihen hochstehender und zur Seite geneigter Hornplatten, die wie kleine Flügel aussahen. Die größten vier Paare ragten über dem Rücken, drei kleinere über dem dicken Hals und zwei weitere Paare über dem Schwanz empor. Der Schwanz war kürzer und nicht so gewaltig im Vergleich zu dem des Iguanodons und des Ceratosaurus, er hatte unterhalb der Hornplatten noch drei Paar langer Stacheln. Die nackte, runzlige Haut des Ungeheuers war stellenweise mit warzenförmigen Erhöhungen übersät, die kleineren davon saßen an Hals und Kopf; weniger dicht, aber mit größeren Warzen waren Körper und Schwanz besetzt. Dunkelbraune Flecken auf schmutziggrüner Haut steigerten noch den ekelerregenden Anblick, den das Tier bot.

Es weidete ruhig am Seeufer, riß mit seinem großen Maul, dessen Ausmaße in keinem Verhältnis zu dem kleinen Kopf standen, ganze Bündel des süßen Schilfrohrs und kleine Schachtelhalme ab. Bei jeder Regung des Körpers bewegten sich die Rückenplatten wie Flügel.

„Wie Amors Flügel", flüsterte Makschejew.

„Welch ein Schönling, dieser Amor der Jurazeit", sagte Gromeko und lachte. „Ich hätte mir nie vorstellen können, daß es solche Untiere gegeben hat."

„Dieses furchteinflößende Aussehen, die Platten, Stacheln, Warzen, Flecken haben einzig die Aufgabe, alle Feinde dieses friedlichen und wahrscheinlich harmlosen Tieres abzuschrecken", sagte der Zoologe, der bereits einige Aufnahmen gemacht hatte. „Und was meinen Sie, wie dieser Amor heißt?" wandte er sich an den Geologen.

„Bestimmt ist es ein Stegosaurus, der originellste Vertreter derselben Dinosaurierordnung, zu der auch das Iguanodon, der Ceratosaurus und das schon früher von uns beobachtete Triceratops gehören. Im oberen Jura lebten einige Arten dieser Ungeheuer, deren Überreste in Nordamerika gefunden wurden."

Nachdem die Jäger die Echse ausreichend beobachtet hatten, gaben sie aus ihrem Versteck einen Schuß ab, der in den Felsen ein gehöriges Echo hervorrief, und schrien mit schrillen Stimmen.

Das erschreckte Tier stürzte davon. Es lief wie ein Paßgänger, wobei seine Rückenplatten aufeinanderschlugen und wie Kastagnetten klapperten. Als es verschwunden war, verließen die Jäger ihr Versteck, füllten ihre Gefäße mit Wasser aus dem See und schritten das Flußbett entlang zu ihrem Lager. Sie freuten sich schon auf den Iguanodonbraten und die Rast am Ufer des ruhigen Meeres.

Vollständig ausgeraubt

Wie groß war jedoch ihr Erstaunen, als sie aus dem Wald traten und sahen, daß das Zelt verschwunden war.

„Wir haben uns wahrscheinlich verlaufen und sind an einer anderen Stelle herausgekommen", mutmaßte Kaschtanow.

„Unmöglich“, sagte Makschejew. „Wir sind doch eben über die Barriere geklettert, die wir gestern in der Mündung des Flußbettes unweit des Lagers errichtet haben.“

„Richtig! Aber wo ist unser Zelt?“

„Und wo sind unsere Sachen?“

„Wo ist General?“

Die verdutzten Forscher liefen dorthin, wo eigentlich das Zelt stehen müßte. Da aber war nichts zu sehen, weder das Zelt noch das Gepäck, nicht einmal ein Fetzen Papier. Geblieben waren lediglich die erloschene Feuerstelle und Erdlöcher von den herausgerissenen Zeltpfählen.

„Was hat das zu bedeuten?“ fragte Gromeko, als alle vier neben der erkalteten Feuerstelle standen, auf der sie das Iguanodon braten wollten.

„Also, ich begreife absolut nichts“, murmelte Papotschkin bekümmert.

„Sonnenklar, daß wir vollständig ausgeraubt wurden!“ rief Makschejew aus.

„Aber wer soll es gewesen sein! Wer?“ schrie Kaschtanow. „Das kann doch nur das Werk vernunftbegabter Wesen sein . . . Und solche haben wir während der ganzen Zeit seit Verlassen der ‚Polarstern‘ nicht angetroffen.“

„Unsere Sachen können unmöglich von Iguanodons gestohlen worden sein!“

„Oder von Stegosauriern!“

„Auch nicht von Pläsiosauriern!“

„Vielleicht waren es die verfluchten Pterodaktylen, und sie haben unser Zeug in ihre Nester geschleppt?“ vermutete Gromeko und mußte dabei an das Abenteuer mit seinem Mantel denken.

„Das ist wenig wahrscheinlich! Zelt, Geschirr und all die Kleinigkeiten, das Bettzeug . . ., solche Schlauheit und List kann ich den Tieren kaum unterstellen“, entgegnete Kaschtanow.

„Und unsere Boote?“ rief Makschejew.

Alle liefen zum Waldrand, wo sie vor dem Ausflug ihre Boote und Ruder im Dickicht versteckt hatten. Hier fehlte nichts.

„Wir haben unser Floß am Meeresufer, direkt gegenüber dem Zelt, zurückgelassen“, sagte Gromeko. „Es ist ebenfalls verschwunden.“

„Was machen wir nun?“ rief der Zoologe und brachte auf diese Weise die allgemeine Ratlosigkeit zum Ausdruck. „Ohne Zelt, ohne

Vorräte, ohne Kleidung, ohne Werkzeug gehen wir am Ufer dieses verfluchten Meeres vor die Hunde!"

„Lassen Sie uns unsere Lage mit kühlem Kopf durchdenken!" schlug Kaschtanow vor. „Zunächst wollen wir uns ausruhen und neue Kräfte sammeln. Müdigkeit und ein leerer Magen sind schlechte Ratgeber. Fleisch haben wir mitgebracht, machen wir also ein Feuer und braten es!"

„Und dazu trinken wir Zuckerwasser", ergänzte Gromeko und zeigte auf einen Blechkanister mit Wasser und ein großes Bündel von dem süßen Schilfrohr.

Das Feuer wurde angezündet, das Fleisch in kleine Stücke geschnitten, auf Stöckchen gesteckt und zum Braten über die Glut gestellt. Die Forscher setzten sich um das Feuer, saugten an den Schilfstengeln, tranken Wasser dazu und rätselten weiterhin über das geheimnisvolle Verschwinden ihres Zeltes.

„Jetzt ergeht es uns wie Robinson auf der unbewohnten Insel", scherzte Makschejew.

„Allerdings mit dem Unterschied, daß wir vier Mann sind und Gewehre und Munition haben", bemerkte Kaschtanow.

„Wir müssen die Patronen zählen und sollten damit höchst sparsam umgehen."

„Ich habe in meiner Feldflasche etwa zwei Glas Kognak", sagte Gromeko, der als Arzt den Alkohol für besondere Fälle mit sich führte.

„Und ich habe in meinem Beutel einen kleinen Teekessel, einen zusammenklappbaren Trinkbecher und etwas Tee", fügte der Zoologe hinzu, der ohne einen solchen Vorrat keine Exkursion unternahm.

„Ausgezeichnet! Da können wir uns wenigstens ab und zu mit Tee beköstigen", sagte Makschejew. „In meiner Tasche befindet sich außer Pfeife, Tabak, Kompaß und Notizbuch sonst gar nichts."

„Mir geht es genauso, abgesehen von den Hämmern."

„Der Schaschlik ist fertig", rief der Botaniker, der auf die Stöckchen mit dem Fleisch achtgegeben hatte.

Jeder nahm sein Stöckchen und begann zu essen. Doch das Fleisch war ungesalzen und schmeckte fade.

„Wir müssen am Meeresufer nach Salz suchen", bemerkte Makschejew. „Hätten wir das Fleisch doch wenigstens in Meerwasser getaucht."

Unterdessen kochte das Wasser im Teekessel, jeder bekam Tee, einen Becher Tee, gesüßt mit dem Saft des Schilfrohrs. Nach der Mahlzeit zündeten die Männer ihre Pfeifen an und berieten erneut ihre weiteren Pläne. Alle stimmten darin überein, daß man alsbald die Verfolgung der Diebe aufnehmen und die Richtung feststellen müßte, in der sie sich mit den gestohlenen Sachen aus dem Staub gemacht hatten.

„Wir sollten unbedingt die nächste Umgebung unseres Lagerplatzes absuchen", meinte Makschejew. „Die Diebe können durchaus aus der Luft gekommen sein, wie es Michail Ignatjewitsch annimmt. Ich aber halte das für unwahrscheinlich. Sie könnten genausogut den Wasserweg benutzt und auf dem Rückweg unser Floß mitgenommen haben. Oder sie sind vom Festland gekommen. Doch bis zum Wasser hätten sie ebenfalls eine Strecke im Sand zurücklegen müssen. Folglich müssen sie Spuren hin zu unserem Zelt und zurück hinterlassen haben."

„Schade, daß wir nicht gleich daran gedacht haben. Statt dessen sind wir hier herumgelaufen und haben womöglich die Spuren schon verwischt."

„Nach Osten, an den Felsen entlang, kommt man nicht weit, wie wir gestern gesehen haben", fuhr Makschejew fort. „Durch das Flußbett werden sie ebenfalls kaum gegangen sein. Dort steht unsere Barriere, und außerdem ist uns niemand entgegen gekommen. Also müssen wir nach den Spuren der Räuber entweder am Meeresufer oder in westlicher Richtung suchen."

„Völlig richtig", bemerkte Kaschtanow. „Die beiden Richtungen sind am wahrscheinlichsten."

„Machen wir uns an die Arbeit! Da ich in der Spurensicherung die größte Erfahrung von uns allen habe, möchte ich Sie bitten, hier sitzenzubleiben, bis ich die Umgebung erforscht habe", schloß Makschejew.

Makschejew kniete nieder und begann, der Boden um den Zeltplatz herum genau zu untersuchen. Dann ging er zum Ufer, betrachtete aufmerksam die Stelle, wo das Floß gelegen hatte, kehrte um und lief westwärts, am Meeresufer entlang. Nach etwa zweihundert Schritten steckte er einen trockenen Stock in den Sand und ging zu seinen Kameraden zurück.

„Unsere Habe ist nicht von Menschen, nicht einmal von Echsen gestohlen worden. Den Spuren nach zu urteilen, und davon gibt es ringsum sehr viele, wurde sie von irgendwelchen großen Insekten weggeschleppt. Zunächst dachte ich, daß sie die Sachen zum Floß getragen und auf dem Wasserweg fortgeschafft haben. Doch die Spuren reichen nicht bis ans Wasser, und es gibt auch keine Anzeichen dafür, daß das Floß zum Wasser hingeschleppt wurde. Es ist auf ganz unerklärliche Weise verschwunden. Das Zelt und die Sachen sind teils getragen, teils durch den Sand gezerrt worden – und zwar in westlicher Richtung, immer am Meeresufer entlang. Die Diebe haben sechs Beine, und ihr Körper ist etwa einen Meter lang, wie ich aus den Abdrücken im Sand schließe."

„Das sind ja ganz schöne Biester!" rief Papotschkin.

„Aber was ist mit General passiert?" fragte Kaschtanow. „Ob er getötet wurde, oder hat ihn jemand lebendig weggeschleppt für eine spätere Mahlzeit? Oder sollte er aus Angst vor den Räubern selbst davongelaufen sein?"

„Um den Zeltplatz herum gibt es viele Spuren von General, aber sie sind von den Insektenspuren überdeckt, also älter. Frisches Blut ist nirgendwo auszumachen, auch keine Teile von den Insekten, die der Hund eventuell zerfleischt haben könnte. Ich glaube, General ist vor den zahlreichen und niemals zuvor gesehenen Feinden ausgerückt und hält sich im Dickicht versteckt. Übrigens muß ich noch den Boden am Waldrand untersuchen."

Makschejew schloß seine Ausführungen und betrachtete erneut die Spuren zwischen Lagerplatz und Waldrand. Dort ging er einige Male hin und her, studierte aufmerksam den Boden, blieb schließlich stehen und rief seine Gefährten zu sich.

„An dieser Stelle ist General ins Dickicht entwichen. Doch zuvor muß mit ihm etwas passiert sein. Er hat die Hinterläufe über den Boden geschleift."

Makschejew schlug mit seinem Jagdmesser die unteren Zweige des Schachtelhalms ab und kroch in das Dickicht hinein, dabei pfiff er ab und zu nach dem Hund und lauschte. Endlich war ein schwaches Winseln zu vernehmen. Einige Augenblicke später schleppte sich General aus dem Dickicht. Er sah schrecklich aus, sein ganzer Körper war aufgedunsen, und das Hinterteil schleifte kraftlos am Boden.

„Was ist mit dir, General, mein armes Hündchen?" fragte Makschejew und streichelte den Kopf des Tiers, das ihm freudig maulend die Hände leckte.

Der Ingenieur kroch aus dem finsteren Dickicht wieder hervor, hinter ihm der Hund, der durch sein jämmerliches Aussehen das Mitgefühl aller erregte.

„Die Diebe haben ihm bestimmt die Wirbelsäule gebrochen", vermutete Papotschkin.

„Das glaube ich nicht", entgegnete Gromeko, der den Hund untersuchte. „Auf keinen Fall . . .", fuhr er fort, „eher haben sie General mit vergifteten Pfeilen verwundet. Auf seinem Rücken sind einige kleine Wunden, doch die Wirbelsäule ist heil."

„Wie kommen Sie auf Pfeile?" fragte Makschejew verwundert. „Unsere Diebe waren doch Insekten!"

„Das habe ich ganz vergessen. Dann haben sie General eben mit ihren giftigen Zähnen gebissen oder aber gestochen."

„Was machen wir nur mit General? Ob man ihn heilen kann?"

„Ich glaube schon. Wäre das Gift tödlich, so wäre der Hund bereits verendet. Zu unserem Unglück ist die Hausapotheke zusammen mit der anderen Habe gestohlen. So müssen wir es mit kalten Umschlägen versuchen."

Makschejew nahm den kläglich winselnden General auf die Arme und trug ihn zum Meeresufer hin. Gromeko begann den Körper des Tieres mit Wasser zu übergießen. Der Hund wollte zunächst entwischen und heulte auf, doch bald wirkte das kalte Wasser, und das Tier beruhigte sich.

Während sich der Botaniker um General kümmerte, zogen seine Gefährten Boote und Ruder aus dem Dickicht, brachten sie ins Wasser und verstauten darin die verbliebene Ausrüstung. Dann gingen zwei Mann wieder zum See zurück, um Süßwasser zu holen, die anderen brieten das Iguanodonfleisch auf Vorrat, um die Verfolgung der Diebe nicht durch Essenkochen aufzuhalten.

Die Vorbereitungen währten etwa eine Stunde, und in dieser Zeit war die Schwellung bei General bedeutend zurückgegangen. Er machte die ersten Gehversuche. Die Männer beschlossen, ihn im Boot mitzunehmen. Zwei Forscher sollten am Meeresufer entlangfahren, die beiden anderen die Spuren der Diebe auf dem Festland verfolgen, solange sie am Ufer verliefen. Auf diese Weise konnten die Bootsinsassen den Fußgängern notfalls zu Hilfe eilen oder sie an Bord nehmen. Diese wiederum konnten die Boote anhalten, falls die Spuren ins Landesinnere führen sollten.

Auf den Spuren der Diebe

Makschejew ging mit Gromeko zu Fuß, Kaschtanow und Papotschkin saßen in den Booten, versuchten immer auf der Höhe der Fußgänger zu bleiben. Zum Glück war das Wetter ruhig, und das Meer regte sich kaum. Makschejew lief vornweg, immer den Spuren der Diebe hinterher. Manchmal blieb er stehen und wechselte mit dem Botaniker ein paar Worte. An einer Stelle zum Beispiel waren im Sand die Abdrücke vieler gestohlener Sachen zu sehen, die von den Dieben während einer Rast abgelegt worden waren. An einer anderen Stelle fanden sich Abdrücke vom Floß, bei deren Anblick Makschejew rief:

„Das Rätsel mit dem Floß hat sich erledigt: Die Diebe haben es die ganze Zeit über getragen."

„Wozu, zum Teufel nochmal?" fragte Gromeko. „Und wozu brauchen sie unser Zelt, das Bettzeug und die anderen Gegenstände? Sie haben sogar die Gold- und Eisenerzproben mitgenommen, die Pjotr Iwanowitsch und ich gestern gesammelt haben."

„Es ist mir im übrigen unbegreiflich, was das für Viecher sein sollen. Man könnte fast glauben, es seien vernunftbegabte Wesen, und ich würde mich nicht wundern, wenn sie unser Zelt aufschlügen, in unserem Bettzeug schliefen und von unserem Geschirr äßen."

„In diesem Land vergangener Erdzeitalter, das voller Wunder steckt, ist alles möglich. Könnte es nicht sein, daß einige Insekten der Jurazeit eine solche Stufe der Intelligenz erreicht haben und so zu Herren der Natur wurden?"

„Es gibt doch auch in unserem Zeitalter kluge Insekten, die nach bestimmten Gesetzen in einer Gemeinschaft zusammenleben, beispielsweise Bienen und Ameisen."

„Stopp mal! Sie bringen mich da auf einen Gedanken. Vielleicht waren es Ameisen, die unsere Sachen weggeschleppt haben?"

„Und warum keine Bienen oder Wespen?"

„Wenn wir von den Gewohnheiten der Ameisen auf der Erdoberfläche ausgehen, so paßt zu ihnen die Rolle von Dieben am besten. Sie schleppen alles Mögliche in ihren Bau, sogar Dinge, die sie überhaupt nicht gebrauchen können. Außerdem besitzen sie im Verhältnis zu ihrer Größe eine außerordentliche Kraft."

„Jawohl, Bienen sind um vieles schwächer und tragen in ihren Bienenstock nur Honig und Blütenstaub. Wespen räubern alles Eßbare zusammen. Beide sind mit Flügeln ausgestattet, während unsere Diebe offenbar keine haben."

„Ich bin auch dieser Meinung, obwohl auch geflügelte Insekten Gegenstände, die für sie in der Luft zu schwer sind, am Boden schleifen könnten."

„Ich meine, unser Gedankengang ist im großen und ganzen richtig. Am wahrscheinlichsten sind Ameisen, es können aber auch Bienen oder Wespen sein."

„Sowohl die einen als auch die anderen verfügen über beißende Kieferteile und einen giftigen Stachel. Ich nehme an, daß sie General gestochen haben, als er das Zelt verteidigte."

„Völlig richtig! Bisse oder Stiche verursachen eine Geschwulst und starke Schmerzen. Zieht man die Größe der Insekten in Betracht, so ist eine vorübergehende Lähmung durch Gifteinwirkung leicht möglich."

So unterhielten sich die zwei Fußgänger über die Natur der gesuchten Diebe. Es vergingen zwei Stunden, und sie wurden langsam müde, denn das Vorwärtskommen im weichen Ufersand war kräftezehrend.

„Also, ich kann nicht mehr", sagte Gromeko schließlich, blieb stehen und wischte sich die Schweißströme vom Gesicht. „Heute ist es furchtbar schwül, nicht einmal Wind weht."

„Dafür ist das Meer ruhig, und unsere Kameraden können leicht mithalten."

„Vielleicht sollten wir sie ablösen? Wir haben unsere unteren Gliedmaßen überstrapaziert und sie ihre oberen . . ."

„Ob sie aber die Spuren der Diebe weiter verfolgen können? Wollen wir es versuchen."

Makschejew rief die Ruderer heran. Als sie anlegten, zeigte er Kaschtanow und Papotschkin die Insektenspuren, dann ging er eine Weile neben ihnen her, um zu sehen, wie sie sich dabei anstellten. Anschließend stiegen er und der Botaniker ins Boot und ruderten weiter.

Die Landschaft blieb unverändert. Entlang der Küste erstreckte sich noch immer der sandige und mit Geröll bedeckte Strand, etwa hundert bis zweihundert Schritte breit, der bei heftigen Stürmen wahrscheinlich jedes Mal vom Meer überschwemmt wurde. Er war vom gleichen Schachtelhalm- und Farndickicht umsäumt, und nur selten war dieses durch ein schmales Flußbett, das so aussah wie das zuvor erforschte, unterbrochen. Auf dem Strand sonnten sich Iguanodons, die beim Herannahen der Menschen und Boote in den Wald flüchteten. Im Meer zeigten sich manchmal Pläsiosaurier, sie schwammen auf dem Wasser wie riesige schwarze Schwäne mit anmutig gebogenem Hals. Über dem Wald kreisten hin und wieder Flugechsen, die nach Beute Ausschau hielten.

Nach weiteren zwei Stunden waren rötliche Hügel zu sehen, die bis zum Meerufer reichten und die grüne Wand des Waldes abzulösen schienen. Hier mündete ein tieferes und breiteres ausgetrocknetes Flußbett, das sich weit ins Landesinnere erstreckte und den Waldrand von den Hügeln trennte, die aus einer Anhäufung von feinem rötlichen Sand bestanden. Die Spuren der Diebe bogen in das Flußbett ab, so daß die Fußgänger den Ruderern zuriefen, sie mögen anlegen.

Nachdem sich die Forscher davon überzeugt hatten, daß die Spuren der Diebe tatsächlich von der Küste wegführten, erörterten sie abermals die Lage.

Sie mußten nun die Boote zurücklassen und die Verfolgung zu Fuß fortsetzen.

Doch dieser Tag mit dem Abstecher aufs Festland, dem langen Marsch, den Sorgen und Aufregungen hatte die Männer müde gemacht. Außerdem war General noch zu sehr geschwächt. So beschlossen sie, zunächst ein paar Stunden am Ufer des Meeres auszuruhen. Hier war es wenigstens frisch, und damit konnte im Landesinnern, weitweg vom Wasser, an diesem schwülen Tag keiner rechnen.

Die Männer zogen ihre Boote ans Ufer, machten rasch ein Feuer, brieten Fleisch und kochten Tee. General bekam wieder kalte Umschläge.

Nachdem sich die Forscher gestärkt hatten, legten sich drei von ihnen im Sand schlafen, und der vierte übernahm die Wache, da man vor einem Überfall der Echsen oder der geheimnisvollen Insekten nicht sicher war.

Die nächsten drei Stunden verliefen ohne Zwischenfälle. Die letzte Wache hielt Kaschtanow. Er lag auf dem Sand, ganz in der Nähe des Wassers, und dachte über das weitere Schicksal der Expedition nach, das eine traurige Wendung nehmen könnte, falls es nicht gelang, den Dieben die wertvollen Sachen wieder abzujagen.

Allmählich schlummerte er unter der Wirkung der unerträglichen Schwüle ein, bis er plötzlich aus einem Alptraum erwachte. Er hatte von einer gigantischen Echse geträumt, die auf seiner Brust saß und mit ihrer riesigen klebrigen Zunge sein Gesicht leckte.

Stöhnend, voller Entsetzen, riß er die Augen auf und erblickte über sich die Schnauze Generals, der ihm eine Pfote auf die Brust gelegt hatte und kläglich winselte.

Der treue Hund hatte ihn nicht ohne Grund geweckt: Als Kaschtanow den Kopf hob, sah er, daß der nördliche Horizont sich stark verdunkelt hatte. Ein tropisches Gewitter, wie es die Forscher bereits am Makschejew-Fluß erlebt hatten, kam näher. Grollen lag in der Luft, und die schwarze Wolkenwand wurde ständig von grellen Blitzen zerrissen.

Es war keine Zeit zu verlieren. Die Männer mußten sich möglichst weit vom Meer entfernen, das jeden Augenblick gefährlich aufbrausen konnte.

Kaschtanow weckte die Schlafenden. Sie beschlossen, zu den Hügeln zu laufen, weil es im Wald ebenso gefährlich werden konnte. Ihre Boote schleppten sie mit, damit sie nicht den Wellen zum Opfer fielen.

Als die Forscher den Kamm der ersten Hügelkette erreicht hatten, die Kaschtanow sofort als Meeresdüne erkannte, sahen sie, wie sich zu ihren Füßen ein tiefes Tal ausbreitete, das parallel zum Meeresufer verlief. Es war genauso kahl wie die Hänge der Hügel. Überall lag der gleiche rötliche Sand, der unter den Strahlen des von der Gewitterwand noch nicht verdeckten Pluton glühte.

In diesem Tal wollten die Forscher das Ende des Gewitters abwarten. Um sich vor dem Regenguß zu schützen, krochen sie unter die umgedrehten Boote. Das war der einzige Unterschlupf, die einzige Rettung, denn ihre wasserdichten Mäntel waren zusammen mit der übrigen Kleidung gestohlen worden.

Das Gewitter ließ nicht lange auf sich warten. Die bläulichpurpurrote Wolkenwand bedeckte bereits den halben Himmel, verbarg auch Pluton. Es wurde dunkel, die ersten Windstöße fegten über das Tal hinweg und wirbelten den Sand vom Kamm der Dünen hoch. Die Dünen selbst schienen zu rauchen. Heißer Sand stand in der Luft, die nun noch stickiger wurde. Da brauste auch schon ein Orkan heran. Kaschtanow steckte für einen Augenblick seinen Kopf unter dem Boot heraus, und ihm schien, daß die ganze erste Dünenkette sich in die Luft erhob und in das Tal stob. Sandkörner prasselten in Strömen auf die Boote herab. Der Schachtelhalmwald bebte unter der Gewalt des Sturmes. Die schlanken Stämme bogen sich fast bis zur Erde, ihre Zweige schlängelten sich wie grüne Haarsträhnen auf dem Boden, abgebrochene Stengel schossen aufgewirbelt durch die Luft.

Die Finsternis wurde immer wieder von grellen Blitzen zerrissen, danach erschien sie noch schwärzer. Donner grollte ununterbrochen.

Dann trommelten große Regentropfen auf die Boote, und es ergoß sich ein kräftiger Schauer, der die Luft sogleich von Sand und Staub reinigte. Obwohl der Wind noch immer tobte, wirbelte er nicht mehr den feuchten Sand auf. Trotz der herabstürzenden gewaltigen Wassermassen rannen von den Hängen nur kleine und schnell im Sand versickernde Bäche herab. Der Boden sog begierig das Wasser auf.

Das Gewitter raste schnell vorüber. Pluton schimmerte wieder durch Wolkenfetzen hindurch. Der Regen hatte aufgehört, und die Forscher wollten unter den Booten hervorkriechen, wo sie in stickiger Luft hockend hatten ausharren müssen. Aber das war nicht so einfach, die Boote ließen sich nicht anheben. Der vom Sturm angehäufte nasse Sand lastete schwer auf ihnen, und sogar die Bootsrükken waren eingedrückt.

„Wir sind unter dem Boot eingesperrt“, rief Papotschkin. „Helft uns, hier herauszukommen.“

„Wir sind ja selbst gefangen“, antwortete Makschejew, der zusammen mit Kaschtanow und General unter dem anderen Boot saß. „Was wollen wir tun?“

„Einen Durchgang unter der Bootswand in den lockeren Sand graben.“

„Das ist eine Idee! Wir machen es auch so.“

Eine Zeitlang war es ruhig, nur das schwere Atmen der Menschen, die wie Maulwürfe einen Tunnel im Sand gruben, war zu vernehmen.

Dann kroch unter dem einen Boot der schmutzige und zerzauste Makschejew auf dem Bauch hervor, hinter ihm Kaschtanow, gefolgt von General. Unter dem anderen Boot kamen der Zoologe und der Botaniker frei.

Danach mußte der Sand von den Booten entfernt werden, und

die Männer schleppten sie ins Tal hinab, zum ausgetrockneten Flußbett. Als sie es jedoch erreichten, blieben sie verdattert stehen. Hier wälzte ein ziemlich breiter, tosender Strom sein gelblichrotes Wasser, das weder befahrbar noch zu überqueren war.

„Es ist unmöglich, die Verfolgung der Diebe fortzusetzen", rief Gromeko verärgert. „Wir müssen solange warten, bis das Wasser abgelaufen ist."

„Halb so schlimm!" bemerkte Makschejew. „Viel bedenklicher ist, daß das Wasser die Spuren der Diebe überall vernichtet hat und wir jetzt nicht wissen, welche Richtung sie eingeschlagen haben."

„Warum haben wir nur die Rast eingelegt und Zeit verloren", sagte Papotschkin bekümmert. „Bis zum Regenguß hätten wir gut und gern zehn Kilometer zurücklegen können und wären vielleicht sogar bei dem Unterschlupf der Diebe angelangt."

„Daran läßt sich nun nichts mehr ändern. Ich denke, wir brauchen diesen Unterschlupf nicht mehr allzu lange zu suchen. Die Diebe können unmöglich unsere Habe Dutzende Kilometer wegschleppen!" sagte Kaschtanow tröstend.

Das Wasser im Flußbett sank vor den Augen der Forscher, und

nach einer halben Stunde blieben nur noch vereinzelte Pfützen zurück.

„Vorwärts, Marsch! Das Wasser ist verschwunden", sagte Makschejew.

„Und was machen wir mit den Booten? Wir können sie doch nicht wer weiß wieviele Kilometer ins Landesinnere mitschleppen", bemerkte Kaschtanow.

„Wir werden sie in der Nähe des Meeres zurücklassen müssen, allerdings gut versteckt vor den geheimnisvollen Räubern."

„Vergraben wir sie doch im Sand!" schlug Gromeko vor.

„Ein guter Gedanke! Der Sand ist locker. Wir müssen zwar mit den Händen buddeln, aber uns bleibt sonst kein anderer Ausweg."

Die Herren der Juranatur

Die Männer vergruben ihre Boote und liefen das Flußbett hinauf. Wasser floß keines mehr, doch große Pfützen und der klebrige Lehmboden zwangen sie, an manchen Stellen auf das eine oder andere Ufer zu klettern. Die Forscher bewegten sich behutsam vorwärts und hielten ihre Flinten schußbereit, immer in Erwartung eines plötzlichen Zusammentreffens mit den gesuchten Räubern. Links vom Flußbett erstreckte sich der gleiche Wald aus Schachtelhalmen, Farnen und Palmen, zur rechten erhoben sich hintereinander die rötlichen kahlen Dünenreihen. Der Unterschlupf der Diebe konnte sich sowohl im Wald als auch in den Dünen befinden.

Nach einiger Zeit stießen die Forscher auf etwas Dunkles, das im Flußbett lag und von Sand und Schlamm halbbedeckt war. Sie schaufelten den Sandberg frei und erblickten eine riesige schwarze Ameise, deren Körper etwa ein Meter lang war und deren Kopf fast so groß wie der eines Menschen aussah. Die im Todeskrampf verschlungenen Beine hatten scharfe Krallen.

„Das ist der Herr der Jurazeit!" rief Kaschtanow aus.

„Wenn seine Kolonien ebenso stark bevölkert sind wie die Ameisenhaufen auf der Erdoberfläche, dann haben wir es mit Tausenden von Feinden zu tun", sagte Papotschkin.

„Wie wahr! Und zwar mit gierigen, klugen und gnadenlosen Feinden", fügte Gromeko hinzu.

Unterdessen kam General, der als letzter hinterherhinkte und sich von Zeit zu Zeit ausruhte, näher. Als er die tote Ameise sah, stürzte sich der Hund mit einem wütenden Knurren auf sie.

„Aha, mein Lieber! Du erkennst also einen deiner Peiniger wieder", rief Makschejew und hielt den Hund zurück.

Etwas weiter lag eine zweite und dann eine dritte tote Ameise. Offenbar hatte der Regen die Räuber unterwegs überrascht und fortgeschwemmt.

„Diese schwarzen Teufel haben alle unsere Sachen eingesaut und verdorben", rief Gromeko verzweifelt aus.

„Ja, es ist kaum anzunehmen, daß sie soviel Verstand aufbringen, unser Zelt aufzuschlagen und sich darin, zusammen mit den Sachen, zu verstecken", bestätigte Papotschkin.

„Ich vermute, sie haben ihren Unterschlupf noch vor dem Regen erreicht", erklärte Makschejew. „Immerhin haben sie sich lange vor uns auf den Weg gemacht, und wir haben obendrein noch etliche Stunden gerastet."

Die nächsten zwei Kilometer legten die Männer schweigend zurück. Der Wald am Flußbett lichtete sich allmählich und wurde von unzähligen Pfaden durchkreuzt. Auf den Sandhügeln, besonders in den Mulden zwischen ihnen, tauchten Sträucher, Grasbüschel und niedrige Schachtelhalme auf.

Plötzlich blieb Makschejew stehen und wies auf das vor ihnen liegende Tal inmitten zweier Hügelreihen. Dort bewegten sich im Sand zwei dunkle Körper, die eine weiße Kugel mal schleppten, mal rollten.

„Sind das Ameisen?"

„Offensichtlich! Aber was schleppen sie da mit sich herum? Wir hatten doch gar nichts Rundes und Weißes . . ."

„Sie haben eben noch andere Beute gemacht."

„Wollen wir sie ihnen abnehmen?"

„Nein, es ist besser, wenn wir vorsichtig ihren Spuren folgen. Die werden uns zum Ameisenhaufen hinführen."

„Halten Sie ja General fest, damit er sich nicht wieder auf sie stürzt!"

Die Männer gingen ein paar Schritte zurück und versteckten sich am Waldrand. Bald tauchten hinter den Sträuchern am Talausgang die Ameisen wieder auf, die einen großen, weißen, eiförmigen Gegenstand vor sich herrollten.

„Sagen Sie bloß, die Eier dieser Ameisen sind wirklich so groß?" fragte Makschejew.

„Nein, ich glaube, das ist eher das Ei einer Flugechse, das sie geraubt haben und nun in ihren Bau bringen", sagte Papotschkin.

„Was meinen Sie, ob man diese Echseneier essen kann?"

„Warum nicht? Man ißt doch auch die Eier von Schildkröten! Weshalb also sollte man nicht die einer Echse verspeisen können?"

„Das sollten wir im Auge behalten", sagte Gromeko, „bei der Kargheit unserer Verpflegung und der Notwendigkeit, mit Munition zu sparen, käme ein Rührei gerade recht."

„Für solch ein Riesenei braucht man eine entsprechende Bratpfanne."

„Eine kleine wird es auch tun. Wir schlagen ein Loch in die Schale, verquirlen Dotter und Eiweiß mit einem Stock, schütten etwas Salz hinzu und gießen immer nur die nötige Menge auf die Pfanne."

„Wenn wir eine Pfanne hätten ... Die Ameisen haben doch unsere Küche weggeschleppt."

„Ach, das hab ich ganz vergessen. Aber vielleicht läßt sich auch aus der Schale eine Pfanne machen? Wir trennen vorsichtig die Spitze des Eis ab und werden einfach darin braten ..., ja?"

„Und womit, bitteschön? Wir haben kein Fett."

„Doch, wir haben noch den Speck vom Iguanodon."

Während die Männer ihre kulinarischen Überlegungen anstellten, hatten die Ameisen das Ei bereits bis ans Flußbett herangerollt, wo sie unschlüssig stehenblieben, da die Ufer ziemlich steil abfielen. Es war zwar nicht schwer, das Ei hinabzustoßen, und auf dem weichen Sand würde es nicht einmal zerbrechen, doch es auf der anderen Uferseite wieder hinaufzutransportieren schien den Ameisen dann doch zu kompliziert.

Die Insekten liefen einige Male um das Ei herum und am Uferhang entlang, bewegten ihre Fühler, berührten damit einander, offenbar um sich zu beraten. Dann kletterte eine Ameise ins Flußbett hinab, erkundete das gegenüberliegende Ufer, blieb dort stehen, als überlege sie, lief danach am Ufer entlang und blieb häufig stehen, um den Hang zu betrachten.

In etwa fünfzig Schritt Entfernung fand sie eine flachere Stelle, die ihr für eine Überquerung günstiger erschien. Nun begann sie diese Stelle noch mehr einzuebnen, indem sie mit ihren Vorderbeinen und Kiefern Erdklumpen herausbrach und sie beiseitc trug.

Die zweite Ameise, die das Ei bewachte, hatte alsbald das Warten satt, stieg ebenfalls ins Flußbett hinab und folgte den Spuren ihrer Gefährtin, die hinter einer Uferbiegung nicht zu sehen war.

„Wollen wir nicht einfach das Ei wegholen?“ schlug Gromeko vor. Dieser Gedanke stieß zunächst auf Zustimmung, dann jedoch kamen Bedenken auf.

„Erstens können sie uns entdecken, und wir verraten ihnen somit vorzeitig unsere Anwesenheit. Zweitens werden sie das verschwundene Ei suchen, und wir müssen, statt ihren Spuren bis zum Ameisenhaufen zu folgen, uns in den Sträuchern verstecken, was uns unnötig viel Zeit kostet“, erklärte Kaschtanow, der damit den Vorschlag des Botanikers von der Hand wies.

Da erblickte Papotschkin in dem Tal zwei weitere Ameisen, die ebenfalls ein Ei wegrollten.

„Ihre Argumente, denen zufolge wir das erste Ei nicht erbeuten sollten, scheinen mir jetzt hinfällig“, sagte er.

„Dann also ran an die Arbeit!“

Makschejew und Gromeko überquerten das Flußbett, nahmen zu zweit das Ei auf, das einen Durchmesser von einem halben Meter hatte, und trugen es zu ihrem Unterschlupf am Waldrand.

Danach verwischte Makschejew behutsam mit den Händen die Fußspuren im Flußbett, die den Ameisen, wenn sie klug genug waren, verraten könnten, wohin das Ei verschwunden ist.

Bald tauchten im Flußbett die beiden Ameisen wieder auf, die zu ihrer zurückgelassenen Beute wollten. Nachdem sie das Ufer erklettert hatten und das Ei nicht finden konnten, begannen sie hin und her zulaufen, gingen aufeinander zu, bewegten ihre Fühler und waren offensichtlich verwirrt.

In diesem Augenblick erreichten die beiden anderen Ameisen mit ihrem Ei den Ausgang des Tals. Als das erste Ameisenpaar dies sah, stürzte es sich in der Annahme, das Ei sei ihnen von den anderen Ameisen gestohlen worden, auf die beiden und versuchte, ihnen das Ei wegzunehmen.

Da begann eine Keilerei. Die Ameisen stellten sich auf ihre Hinterbeine, hoben das Vorderbeinpaar und wollten mit ihren Kiefern den Hals des Gegners durchbeißen. In der Hitze des Gefechts näherte sich ein Paar der Uferkante und stürzte die Böschung hinab. Dabei fiel eine Ameise auf die andere, nutzte die Gelegenheit und biß dem Konkurrenten beinahe den Kopf ab.

Sie ließ ihr Opfer liegen und eilte ihrer Gefährtin zu Hilfe, die dem Zweikampf allein nicht länger gewachsen war. Gemeinsam bezwangen sie die andere Ameise und rollten das Ei zum Flußbett hin.

Die Forscher verfolgten den Kampf mit großem Interesse, doch blieb ihnen unklar, welches Paar nun gesiegt hatte. Denn diese Insekten waren voneinander nicht zu unterscheiden.

Die beiden Sieger blieben am Ufer stehen und berieten sich. Dann rollten sie das Ei hinab und liefen mit ihm flußbettaufwärts weiter.

An einigen Stellen, wo ihnen das Ufer nicht so steil schien, blieben sie stehen und versuchten wieder, es hochzuwuchten. Aber ihre Krallen waren zu schwach, um sich in der harten Schale festzuhaken, so rutschte das Ei weg und rollte zurück.

Als die Ameisen jene Stelle erreichten, wo ihr Artgenosse den Steinhang eingeebnet hatte, untersuchten sie den Hang und bemühten sich, das Ei hier hochzurollen, indem sie es mit ihrem Körper abstützten. Das gelang ihnen auch, und so setzten sie ihren Weg auf einem Wildpfad fort, der in den Wald führte. Das Verhalten dieser Ameisen ließ darauf schließen, daß das zweite Paar gesiegt hatte.

Jetzt galt es, den Ameisen auf dem Wildpfad zu folgen. Da keiner wissen konnte, wie lange der Marsch noch dauern würde, beschlossen die Männer, zunächst das Ei zu essen. Denn zum Tragen war es zu schwer und zum Rollen zu unbequem. So machten sie rasch in einem Sandloch Feuer, backten das Ei im Ganzen hart und zerteilten es. Aus der Schale wurden einige Teller und eine Bratpfanne gefertigt.

Nach dem Abendbrot drangen die Männer auf dem ausgetretenen, aber schmalen und daher unbequemen Pfad in den Wald. Bereits ein Meter über dem Boden waren die Zweige der Schachtelhalme so ineinander verschlungen, daß man nur kriechen oder gebückt vorwärtskam. Aller Wahrscheinlichkeit nach benutzten nur die Ameisen diesen Weg.

Nach einer halben Stunde lichtete sich der Wald. Der Ameisenpfad gabelte und kreuzte sich oft mit anderen Wegen. Makschejew mußte die Spur des Eis sorgfältig ausmachen, während Kaschtanow eine grobe Skizze des durchschrittenen feindlichen Geländes anfertigte.

„Mich wundert, daß wir bisher im Wald noch keine einzige Ameise angetroffen haben", sagte Kaschtanow.

„Womöglich ruhen und wachen sie zu bestimmten Zeiten, und andere Tiere wagen es nicht, sich dem Ameisenbau zu nähern."

Da hellte es vorn auf. Offenbar endete dort der Wald, und auf der Lichtung konnte der Ameisenhaufen stehen. Deshalb war es geboten, noch vorsichtiger zu sein. Der Zoologe blieb mit dem Botaniker und General zurück, während Makschejew und Kaschtanow sich aufmachten, das Gelände zu erkunden.

Sie stießen bis zum Waldrand vor und überblickten im Schutz der Bäume das Gelände. Vor ihnen breitete sich eine beinahe öde Fläche ohne Vegetation aus, nur vereinzelt ragten abgenagte Stengel in die Luft. In der Mitte der Lichtung erhoh sich ein riesiger kegelförmiger Hügel. Er war etwa zwölf Meter hoch, hatte einen Durchmesser von mehr als einhundert Metern und bestand aus übereinander geschichteten Baumstämmen.

Mit dem Fernglas sah man, daß die Baumstämme nicht wahllos gestapelt, sondern nach einem ganz bestimmten System angeordnet waren und ein hohes, aber kompliziertes Bauwerk bildeten. An vielen Stellen befanden sich Öffnungen. Ameisen waren nicht zu sehen. Zweifellos schliefen sie.

Die öde Lichtung war von allen Seiten durch Wald, Hügel und Dünen geschützt. Sie schien völlig von den Ameisen beherrscht. An ihrem Westrand, am Fuß der Dünen, floß wahrscheinlich ein Bach, denn hier zeichnete sich inmitten gelben Sandes ein grüner, mit Gräsern und Büschen bewachsener Streifen ab.

Wie dringt man in eine Ameisenkolonie ein?

Als Kaschtanow und Makschejew die Lichtung ausgekundschaftet hatten, kehrten sie zu ihren Kameraden zurück, um alles Weitere zu besprechen.

„Einen schlafenden Ameisenbau zu überfallen ist nicht sonderlich schwer", sagte Kaschtanow. „Ob es aber zweckmäßig ist, bezweifle ich. Immerhin wissen wir nicht, in welchem Teil dieses riesigen Baus sich unsere Sachen befinden. Außerdem können wir uns im Labyrinth seiner Gänge verlaufen."

„Innen ist es wahrscheinlich dunkel, und wir haben weder Kerzen noch Laternen", bemerkte Papotschkin.

„Wir können uns Fackeln machen. Ich habe im Wald harzige Bäume gesehen, die sich dafür durchaus eignen würden", meinte Gromeko.

„Mit Feuer werden wir ohne Frage die Ameisen wecken und uns der Gefahr eines Angriffs ausliefern, der für uns alle tragisch enden könnte", sagte Makschejew.

„Richtig. Es sind bestimmt Hunderte, wenn nicht gar Tausende. Wie viele davon wir auch immer mit Messern und Flinten erlegen . . . Am Ende werden sie uns doch zu Tode stechen oder zerbeißen."

„Was sollen wir dann machen", murmelte Kaschtanow. „Wir können unmöglich auf unsere Sachen verzichten, wir brauchen sie unbedingt für den Rückweg."

„Und wenn wir den Ameisenhaufen an einer Stelle anzünden? Die Tiere werden ihre Vorräte und darunter auch unsere Sachen retten wollen und alles aus dem Bau herausschleppen."

„Vor allem werden sie ihre Brut, die Larven und Puppen, in Sicherheit bringen. Und in dieser Zeit verbrennen unsere Sachen. Selbst wenn sie unser Zeug herausschleppen, werden wir es ihnen nur mit Gewalt abnehmen können."

„Und was, wenn wir die Ameisen ausräuchern, um später, wenn sie ihren Bau verlassen haben, unsere Sachen herauszuholen?"

„Diese Idee ist schon besser! Doch wir können ja auch nicht in die verräucherten Gänge eindringen. Und wenn sich der Rauch verzogen hat, kehren die Ameisen bestimmt zurück."

„Die Lage scheint ausweglos zu sein."

„Ich schlage folgendes vor", sagte Makschejew. „Ich lege mich in der Nähe des Ameisenhaufens hin und stelle mich tot. Die Ameisen werden mich in ihren Bau zerren. Dort kann ich vielleicht auskundschaften, wo sich unsere Sachen befinden, und in der Nacht trage ich sie dann heraus."

„Dieser Plan ist zu riskant", entgegnete Kaschtanow. „Die Ameisen werden Sie nicht lebendig und heil, sondern zerstückelt in den Bau schleppen. Doch nehmen wir einmal an, daß Sie unversehrt hineingelangen. Wie wollen Sie sich dann in der Dunkelheit, im Wirrwarr der Gänge, orientieren, und dann den Weg nach draußen finden?"

„Ich nehme ein Zwirnsknäuel mit und rolle es allmählich ab. Dann finde ich mit seiner Hilfe aus dem Labyrinth, wie Theseus mit Ariadnes Faden."

„Gut, wenn die Ameisen nichts davon merken und Ihren Faden liegen lassen. Haben Sie überhaupt Zwirn mit?"

Zwirn hatte keiner bei sich, und so wurde auch dieser Plan verworfen. Alle ließen die Köpfe hängen und knobelten neue Varianten aus, die wieder abgelehnt wurden, weil sie unausführbar waren.

„Mir fällt da was ein", sagte Kaschtanow. „Wir müssen die Ameisen mit einem Gas vergiften oder wenigstens solange betäuben, bis wir unsere Sachen in ihrem Bau ausfindig gemacht haben. Solche Gase sind Chlor, Brom und Schwefelgas. Folglich müssen wir zunächst einen Rohstoff suchen, aus dem wir eine ausreichende Gasmenge herstellen können. Chlor läßt sich aus Kochsalz gewinnen, das im Meerwasser enthalten ist. Brom findet sich wahrscheinlich in der Asche von Tang, der in diesem Meer wächst, wird aber noch schwieriger als Chlor zu gewinnen sein. Am leichtesten wäre die Herstellung von Schwefelgasen, wenn wir nur Schwefel, Schwefelkies oder ein anderes, schwefelhaltiges Erz ausmachen könnten. Auf Bleiglanz sind wir bereits in der Schlucht der Pterodaktylen gestoßen, vielleicht gibt es dieses Gestein auch hier, in den Felsen."

„Aber für die Suche nach dem Rohstoff und die Gewinnung brauchen wir viel Zeit", sagte Makschejew.

„Was sollen wir sonst machen! Unsere Munition reicht noch für ein paar Tage, um auf Jagd zu gehen und uns davon zu ernähren. Am besten, wir wenden das sicherste Mittel an, die riskanten Varianten bleiben uns immer noch für den Notfall."

„Das heißt also, wir müssen hier verschwinden, ohne etwas gegen die Räuber unternommen zu haben?"

„Ich schlage vor zu verschwinden, ehe die Ameisen uns bemerkt haben. Wir sollten ihren Verdacht nicht durch überstürzte Aktionen auf uns lenken. Andernfalls werden sie vorsichtig, stellen vor den Eingängen Wachen auf, suchen die Umgebung ab, und das wird unsere weiteren Schritte erschweren. Immerhin wissen wir nicht, auf welcher Entwicklungsstufe diese Herren der Jurazeit stehen."

Alle akzeptierten Kaschtanows Vorschlag, nur ärgerten sie sich, daß man nicht auf der Stelle mit den Räubern abrechnen konnte. So beschlossen die Forscher, am Flußbett entlang ins Hochgebirge vorzudringen, auf der Suche nach Schwefel oder schwefelhaltigen Erzen.

Auf ihrem Weg trafen sie kein einziges Tier, nicht einmal Insekten, an. Offensichtlich machten die Ameisen auf jedes Lebewesen in der Umgebung ihres Baus systematisch Jagd. Nur ab und zu flog über der öden Lichtung eine Echse hinweg. Das Flußbett zog sich am Rand der Lichtung entlang und setzte sich dann in einem tiefen Tal zwischen Sandhügeln fort. An beiden Uferseiten wuchsen Sträucher, kleine Schachtelhalme, süßes Schilfrohr und Farne. Die Forscher legten noch einige Kilometer talaufwärts zurück und beschlossen dann, sich von all den Aufregungen und Strapazen der letzten vierundzwanzig Stunden zu erholen. Jetzt führte das Flüßchen schon mehr Wasser. Die Schatten der Palmen und Schachtelhalme lockten zur Rast. Die Forscher brühten Tee auf, aßen den Rest des Eidotters und schliefen in aller Ruhe. Als jedoch in der Nähe Ameisen auftauchten, beeilten sie sich, so rasch wie möglich wegzukommen, um ihre Anwesenheit nicht zu verraten.

Nach einigen Kilometern folgten auf die sandigen Hügel Felsen, und das Flußbett schlängelte sich durch eine bergige Landschaft. Kaschtanow und Makschejew untersuchten die Felsen auf ihren Gehalt an schwefelhaltigen Mineralien, der eine machte sich am rechten Ufer zu schaffen, der andere am linken, was freilich das Vorwärtskommen verzögerte. Papotschkin und Gromeko blieben in der Nähe des Flußbetts mit schußbereiten Flinten zurück, um irgendwelches Wild zu erlegen oder einen Angriff von Echsen beziehungsweise Ameisen abzuwehren, aber die Insekten waren nicht mehr zu sehen. Die Landschaft wurde kahler, sogar am Flußbett wuchsen immer seltener Bäume und Büsche. Nur ein schmaler grüner Streifen aus Gräsern und Schilfrohr säumte noch die Ufer. Über das Schilfrohr freuten sich die Forscher ganz besonders, denn es war ihre einzige Nahrung.

Die Fauna war nur noch durch riesige Libellen, die über dem Wasser schwebten, und einige Pterodaktylen vertreten, die hinter diesen Insekten her waren. Es herrschte Windstille. Plutons Strahlen glühten erbarmungslos, und die kahlen Felshänge in dem engen Tal gaben wie die Wände eines Backofens Hitze ab. Nur die Nähe des Wassers, mit dem man seinen Durst stillen oder den Kopf benetzten konnte, gab den Forschern die Kraft, weitervoranzukommen.

Die Suche nach schwefelhaltigen Erzen verlief zunächst ergebnislos. Ihre Mittagspause machten die Männer am Flußufer. Sie tranken Tee, lutschten am süßen Schilfrohr und teilten sich den letzten Zwieback.

„Zum Abendbrot werden wir wohl eine Libelle kosten oder ein Pterodaktylus abschießen müssen“, sagte Papotschkin betrübt, während er die letzten Krümel des Zwiebacks auflas.

Die schwarze Wüste

Nach kurzer Rast wurde der Weg talaufwärts fortgesetzt. An beiden Hängen, links und rechts vom Ufer, ragten die gleichen, zerklüfteten schwarzen Felsen empor, die mal an riesige, klobige Würfel, mal an schlanke Säulen erinnerten. Die Vegetation wurde immer karger, Schachtelhalme gab es nur noch vereinzelt, Farne und Palmen waren gänzlich verschwunden, einzig Gräser und Schilfrohr säumten weiterhin die Ufer. Die Männer schlugen ihr Nachtlager am letzten verdorrten Baum auf, den sie auch gleich als Brennmaterial nutzten. Wieder wurde Tee gekocht und in großen Mengen mit dem süßen Saft des Schilfrohrs getrunken, um den Hunger zu überlisten, da niemand auf Wild gestoßen war.

Nach dem Tee bestiegen Makschejew und Kaschtanow den Steilhang, um Ausschau zu halten. Vor ihnen lag eine Ebene, die sich nach allen Seiten hin erstreckte und nur im Süden, etwa zwanzig Kilometer entfernt, von einer flachen kegelförmigen Bergkette begrenzt war.

Als beide Forscher einige Dutzend Schritte vom Rand des Steilhangs entfernt waren und das Flußtal aus den Augen verloren hatten, spürten sie die düstere, majestätische Gewalt der sie umgebenen Wüste.

Ihr Boden bestand aus schwarzen, kahlen Felsen, von großen und kleinen Trümmern übersät, die sich unter der Einwirkung ewig glühender Strahlen von ihnen losgelöst hatten. Nirgendwo ein Grashalm, ringsum nichts als schwarzes Gestein, bis hin zum Horizont, und über dem Kopf der rötliche Pluton am Himmel. Eine erbarmungslose Wüste, die den Wagemutigen, falls er in ihre unermeßlichen Weiten vordringen wollte, mit dem sicheren Tod durch Hunger und Durst bestrafen würde.

Von dem schwarzen, erhitzten Gestein strömte eine unbändige

Wärme hoch, und vor den senkrechten, glühenden Strahlen Plutons konnte man nirgendwo Schutz finden. Allein die im Süden aufragenden Berge brachten etwas Abwechslung in die erdrückende Monotonie der Landschaft, denn sie waren von weißen, gelben und roten Flecken und Streifen übersät.

Beim Anblick dieser trostlosen Landschaft sagte Kaschtanow zu seinem Begleiter:

„Ich denke, unserem Vordringen in dieses geheimnisvolle Land ist bald eine Grenze gesetzt. Das Tal, in dem wir uns befinden, endet wahrscheinlich dort, an der Berggruppe. Ich fürchte, daß sich dahinter die gleiche Wüste erstreckt, die ohne Spezialausrüstung, ohne große Wasser-, Lebensmittel- und Brennstoffvorräte absolut unpassierbar ist."

„Sagen Sie bloß, der ganze übrige Teil Plutoniens ist eine ebensolche glühende Wüste?"

„Wahrscheinlich ja. Zumindest bis zur Öffnung am Südpol, falls es eine solche gibt. Die innere Oberfläche erhält doch die für ihre Flora und Fauna notwendige Feuchtigkeit durch diese Öffnungen. Offensichtlich stellt das Meer, das wir überquerten, das letzte Wasserreservoir dar."

„Aber wir haben auch gesehen, daß die dominierenden Nordwinde diese Feuchtigkeit weiter verbreiten können."

„In letzter Zeit haben wir diese Winde mit Ausnahme der beiden stürmischen Gewitter nicht zu spüren bekommen. Offenbar entladen sich die letzten, vom Norden her kommenden Wolken über dem Meer und über dem südlich davon liegenden Landstreifen. Bis zu dieser glühenden Wüste gelangen lediglich Reste von Feuchtigkeit. Die Luft wird von ihnen nicht ausreichend gesättigt, weshalb es keine Regenfälle gibt."

„Wir werden also nur bis zu den Bergen im Süden vordringen können?"

„Ja. Dort wird sich zeigen, ob meine Vermutungen zutreffen."

„Und was machen wir, wenn wir auf dem Weg dorthin keine schwefelhaltigen Erze finden?"

„Diese Berge sind, ihrer Form und Farbe nach zu urteilen, wahrscheinlich erloschene Vulkane. Und auf Vulkanhängen findet sich immer Schwefel. Ich bin sicher, daß wir dort alles Notwendige finden werden."

„Und dann kehren wir um?"

„Ich glaube, wir sollten, da wir uns sowieso schon sehr weit vom Meer entfernt haben, die Gelegenheit nutzen und noch einen Abstecher nach Süden machen, um uns davon zu überzeugen, daß wir nicht tiefer in die Wüste vorstoßen können. Dann können wir ein ruhiges Gewissen haben, denn wir haben alles unternommen, was Menschenkräfte vermögen."

„Aber vielleicht erstreckt sich das Meer an einer anderen Stelle weiter nach Süden, und wir könnten die Expedition dorthin fortsetzen?"

„Wenn es uns gelingt, den Ameisen unsere Sachen abzunehmen, dann können wir das Meer an seiner Ost- und Westküste abfahren, um uns davon zu überzeugen."

Die Geologen hatten genügend Eindrücke von der Wüste gesammelt, warfen einen letzten Blick auf die blaue Oberfläche des Meeres und seine grünen Ufer, die in der Ferne, im Norden, kaum wahrnehmbar schimmerten, und kehrten zu den anderen Expeditionsteilnehmern zurück. Als sie in einer Felsspalte wieder hinabstiegen, dabei von einem Steinbrocken auf den anderen sprangen und hin und wieder ausrutschten, waren plötzlich zwei Schüsse zu vernehmen.

„Was ist das? Ob etwa die Ameisen so weit gekommen sind und unsere Kameraden überfallen haben?" fragte Kaschtanow.

„Wir müssen ihnen zu Hilfe eilen", sagte Makschejew.

Sie beschleunigten ihren Abstieg, erreichten nach einigen Minuten den Fuß des Steilhangs und liefen zum Rastplatz.

Doch ihre Befürchtungen erwiesen sich als unbegründet. Dies war kein Überfall von Ameisen, sondern ein glücklicher Zufall hatte den Hungrigen zu Proviant verholfen.

Papotschkin und Gromeko hatten am Flußufer gesessen und plötzlich über ihren Köpfen einen dunklen Schatten bemerkt. Sie guckten nach oben und sahen einen großen Pterodaktylus über dem Tal kreisen, den wahrscheinlich ein in der Sonne glänzendes Blechgefäß angelockt hatte. Ohne lange zu überlegen, griffen sie zu den Flinten und schossen, als die Echse einen neuen Kreis zog und nun sogar etwas tiefer flog. Eine Kugel traf, und das Tier stürzte zu Boden. Es war ein großes Exemplar, vom Kopf bis zur Schwanzspitze mehr als anderthalb Meter lang.

Zum Abendbrot stillten die Forscher ihren Hunger mit dem Echsenfleisch und legten sich schlafen, wobei jeweils einer von ihnen

Wache hielt, da sie den Rest des Fleisches, das zum Dörren auf Steinen ausgebreitet war, vor Flugechsen schützen mußten.

Am nächsten Tag wurde der Marsch talaufwärts fortgesetzt. Die Männer hatten sich mit Dörrfleisch, süßem Schilfrohr und Brennmaterialien beladen, denn sie befürchteten, unterwegs auf nichts Eßbares mehr zu stoßen. Das Tal wurde tatsächlich zunehmend öder und die Vegetation an den Steilhängen längs der Flußufer immer spärlicher. Schwefelhaltige Erze waren nicht zu finden, und Kaschtanows letzte Hoffnung blieben die vulkanartigen Berge im oberen Teil des Tals, die nach dem langen Marsch ganz nahe schienen. Kurz vor ihnen verengte sich das Tal und verwandelte sich in eine kurze Schlucht, die in einen Kessel am Fuß der Berge mündete.

Zu aller Verwunderung lag in der Kesselsohle ein ziemlich großer See, dessen felsige Ufer an verschiedenen Stellen mit kleinen Schachtelhalmen, Farnen und Schilf bewachsen waren, vornehmlich auf ebenen Flächen zwischen flachen niedrigen Hügeln. Das Ufer des Sees eignete sich gut als Lagerplatz. Hier könnte man die überflüssigen Sachen zurücklassen und die Berge unbeschwert besteigen, um dort nach Schwefel oder schwefelhaltigen Erzen zu suchen.

Die Forscher machten im Schatten der Farne Rast und hatten plötzlich Lust, in dem dunklen, ruhigen See zu baden, der einem großen glatten Spiegel in einen Ebenholzrahmen mit Smaragdintarsien glich. Papotschkin hatte sich als erster entkleidet, sprang mutig ins Wasser, tauchte kurz unter und war mit einem Satz wieder am Ufer.

„Das Wasser ist so heiß, daß es einem den Atem nimmt", schrie er.

Die anderen hielten Hände oder Füße ins Wasser und überzeugten sich davon, daß der Zoologe recht hatte.

Gromeko holte ein Taschenthermometer hervor – das einzig übriggebliebene Meßinstrument der Expedition – und tauchte es ins Wasser. Es zeigte vierzig Grad Clesius an.

„Nun, das ist ja nicht so schlimm", sagte der Botaniker. „Vierzig Grad Celsius entsprechen zweiunddreißig Grad Reaumur, und das ist die Temperatur eines heißen Bades, das man durchaus vertragen kann."

Doch ein heißes Bad konnte bei dieser Hitze keine Erfrischung bringen, deshalb begnügten sich die Forscher mit einer gründlichen Wäsche, und statt Seife benutzten sie den feinen weißen Schlamm, der den Boden des Sees mit einer dicken Schicht bedeckte. Er war noch heißer als das Wasser und verbrühte einem förmlich die Füße, wenn man sie hineinhielt. Dafür schäumte er wie Seife und hatte eine ausgezeichnete Wirkung.

„Schon wieder ein unverhoffter Reichtum, der in diesem Wunderland ungenutzt herumliegt", sagte Makschejew, während er sich mit dem Schlamm energisch abrieb.

„Tja, unternehmungslustige Menschen würden damit ein großes Geschäft machen: Heilseife aus dem Erdinnern! Heilt alle Krankheiten – vom Schnupfen bis zum Krebs! –, so etwa würde die Reklame lauten, von der Zeitungen und Zeitschriften überfüllt wären...", sagte Gromeko und lachte ironisch über die Reichtümer, die die Geschäftstüchtigkeit des ehemaligen Goldgräbers wachriefen.

„Wenn von den Reichtümern Plutoniens die Rede ist, darf man die Fauna nicht außer acht lassen", rief Papotschkin, der sich nach dem Bad sonnte. „Ich würde eine Aktiengesellschaft gründen, die die Zoologischen Gärten und Naturkundemuseen aller Länder mit diesen lebenden Fossilien versorgen würde. Eine solche Unternehmung würde einen riesigen Erfolg haben, weit mehr als all Ihre Bergbaugeschäfte. Denn Gold, Kupfer und Eisen gibt es dort oben in ausreichender Menge, aber keine lebenden Mammute, Pläsiosaurier und Pterodaktylen."

„Mich interessiert dieser heiße See", sagte Gromeko. „Ich habe schon früher bemerkt, daß das Wasser in dem Flüßchen ziemlich warm ist, habe diesen Umstand jedoch auf die Erwärmung des kahlen Tals mit seinen schwarzen Hängen durch die Strahlen des Pluton zurückgeführt. Jetzt ist mir klar, daß das Flüßchen diesem heißen See entspringt."

„Wir befinden uns zweifellos am Fuße alter Vulkane", erklärte Kaschtanow. „Der See wird aus heißen Quellen gespeist, die in den noch nicht erkalteten Tiefen des Vulkans ihren Ursprung haben."

„Wir müssen den See im Kreis abschreiten und diesen Zufluß erkunden", sagte der Zoologe.

„Damit können Sie sich ja zusammen mit Michail Ignatjewitsch befassen, während das Essen kocht, und wir erkunden inzwischen den Vulkan", schlug Kaschtanow vor.

Er und Makschejew zogen sich nach dem Baden wieder an und gingen zum westlichen Ufer des Sees, wo das Flüßchen entsprang und sich seinen Weg zwischen schwarzen aufgetürmten Steinblökken bahnte. Die beiden Forscher bestiegen die völlig kahlen, mit schwarzen Steintrümmern übersäten Hänge am Fuß des Vulkans.

Jenseits erhob sich der erste große Berg, auf dessen steilem Abhang Lavaströme zu sehen waren, die sich zu verschiedenen Zeiten aus dem Krater ergossen hatten und später zu fladenähnlichen Gebilden oder chaotisch aufgestapelten Blöcken erstarrt waren.

Kaschtanow untersuchte die ältesten Lavaausbrüche, deren Oberfläche gelb, rot oder weiß war, und erklärte Makschejew, daß es sich um Ocker, Salmiak und Schwefel handele.

„Das ist ja der Schwefel, den wir so nötig brauchen. Nur daß es hier sehr wenig davon gibt, und er sich nur mit Mühe gewinnen läßt. Ich denke, im Krater werden wir mehr finden."

Die Forscher kletterten über die Lavablöcke und erreichten nach einer Stunde den Gipfel. Er war flach, und in seiner Mitte gähnte ein schwarzer Abgrund mit beinahe senkrechten Wänden.

„Ein Krater von ganz solidem Ausmaß."

„Leider ist er völlig unzugänglich."

„Wir gehen einmal um ihn herum, vielleicht findet sich eine günstige Stelle für den Einstieg."

Auch der Gipfel des Berges bestand aus erstarrter Lava. Er bot einen weiten Ausblick nach allen Seiten. Im Norden, am Fuß der Hügel, lag der See in seinem grünschwarzen Rahmen. Er hatte die Form eines beinahe gleichmäßigen Kreises und schien ebenfalls der Krater eines noch älteren Vulkans zu sein. Im Osten und im Westen erstreckten sich gewaltige Lavastürze, die sich in der Weite der Wüste, in Hügel- und Felsenketten allmählich verloren.

Im Süden erhob sich ein zweiter, etwas höherer kegelförmiger Berg – der zentrale Krater dieses Vulkans. Dadurch war die Sicht nach Süden genommen. Beide Berge verband ein schmaler, felsiger Sattel.

Die beiden Männer umschritten den Krater von Westen her und überzeugten sich davon, daß auch an dieser Stelle ein Abstieg nicht möglich war. So begaben sie sich über den Sattel zum zweiten Berg. Sein Gipfel hatte einen ebenso tiefen Krater, in dessen Rand aber ein mächtiger Durchbruch klaffte, von dem ein gigantischer Strom erstarrter Lava hangabwärts seinen Ausgang nahm. Offensichtlich war dies das Werk des letzten Vulkanausbruchs.

Dieser Riß in der Kraterwand ermöglichte es, ohne sonderliches Risiko in das Loch hinabzusteigen.

Von diesem Berg aus war die Sicht nach Süden frei. In nächster Nähe des Zentralvulkans gab es noch einige niedrige Vulkane mit eingestürzten Kratern, hinter ihnen erstreckte sich bis zum Horizont die gleiche schwarze Wüste, die endlos schien.

„Nun ja, weiter nach Süden, ins Innere Plutoniens, kommen wir hier nicht", rief Makschejew, mit seinen scharfen Augen in die Ferne blickend. „Hundert Kilometer weit ist nichts zu sehen, nur schwarzes Gestein."

„Zwecklos, in diese Richtung eine Exkursion zu starten", fügte Kaschtanow hinzu. „Wir sehen uns die Vulkane an, sammeln Schwefel, und dann geht es zurück, zu dem Ameisenbau, um unsere Sachen wiederzuholen."

Der Ausblick vom Berggipfel machte auf sie einen beklemmenden Eindruck.

Zu ihren Füßen lagen schwarze Berge, von tiefen Schluchten wie von Falten zerrissen, mit gelben, weißen und roten Flecken übersät, als habe sie ein schlechter Maler mit einem Riesenpinsel hingekleckst. Dahinter gähnte ohne ein Anzeichen von Leben die schwarze, eintönige Wüste, deren trostlose Weite unter den rötlichen Strahlen Plutons besonders unheilvoll wirkte.

„Das ist ein Reich des Todes – noch schrecklicher als die polare Schneewüste", rief Kaschtanow aus.

„Wenn es den Geist des Bösen gäbe, dann wäre er hier am besten beheimatet!" pflichtete ihm Makschejew bei.

„Das ist eine Idee! Nennen wir diese Landschaft Teufelswüste."

„Und diese Vulkane – Santansthron. Ich habe förmlich ein Bild des Schreckens vor Augen: In den Tagen, da Pluton erlischt und ringsum rötliche Dämmerung herrscht, entsteigt dem Krater in Gestalt eines Pterodaktylus von gigantischen Ausmaßen der Geist des Bösen. Er kreist über diesen Bergen und der Wüste, erfüllt die Luft mit seinem Geheul. Er badet in dem heißen See, ruht sich auf einem hohen schwarzen Felsen aus und ergötzt sich am Anblick seines Reiches."

Die beiden Männer merkten sich die für den Abstieg in den Krater günstigste Stelle und kehrten um. Sie wählten dabei den kürzesten Weg vom Zentralkrater zum See, um ihn am folgenden Tag wieder zu benutzen, wenn sie sich zu viert nach Schwefel aufmachen würden.

Die Exkursion in den Krater des Satans

Am nächsten Morgen begaben sich alle vier zu dem Hauptvulkan. Sie nahmen für alle Fälle eine Flinte, etwas gebratenes Fleisch und süßes Schilfrohr mit. Die restliche Habe konnte am See unter der Obhut Generals zurückgelassen werden, da es hier keine Tiere gab, die ihn überfallen würden.

Der Weg führte zunächst über flache, schwarze Hügel und Lavablöcke, dann den Hang des Hauptvulkans hinauf, immer an den breiten Lavastürzen entlang, die an der Kraterbresche ihren Lauf nahmen.

Eine halbe Stunde später erreichten die Männer den Durchbruch und stiegen auf Blöcken erstarrter Lava ab, die wie Treppenstufen für Riesen in die Tiefe reichte.

Das dauerte nochmals eine halbe Stunde, und dann standen die Forscher auf dem Kratergrund, dessen Boden mit eingetrocknetem geplatztem Schlamm bedeckt war. Anscheinend hatte sich hier früher ein kleiner See befunden. Gegenüber erhob sich die Kraterwand, die von weißen, roten und gelben Einschlüssen übersät war. In den gelben Abscheidungen ließ sich leicht Schwefel in Form von kleinen und großen Kristallen erkennen, die in den Hohlräumen der Lava saßen oder ihre Oberfläche mit einer dünnen Schicht überzogen.

Die Forscher begannen mit ihren Jagdmessern die Kruste abzukratzen, größere Kristalle loszulösen und sammelten dann die Ausbeute in ihre Rucksäcke. Jeder von ihnen faßte etwa sechzehn Kilogramm Schwefel.

„Sechzehn Kilogramm Schwefel ergeben mehr als elftausend Liter Schwefelgas", meinte Kaschtanow, „und vierundsechzig Kilogramm fast fünfundvierzigtausend Liter. Ich glaube, das reicht für den Ameisenbau."

„Mehr können wir auch nicht wegschleppen", sagte Papotschkin. „Wir haben noch Gewehre und einige Vorräte, und das alles müssen wir zwei Tage lang tragen."

„Etwas können wir auch General zumuten", sagte Makschejew. „Er ist schon wieder gut bei Kräften, ruht sich heute noch den ganzen Tag aus und wird vielleicht dreißig Kilo auf seinem Rücken transportieren können. Bis zum See geht es bergab, also schaffen wir diese dreißig Kilo ohne weiteres. Ich schlage nämlich vor, noch mehr Schwefel zu sammeln, damit das Zeug auf jeden Fall reicht."

Nach dem Frühstück und einer kurzen Rast sammelten die Männer weitere dreißig Kilogramm. Makschejew knotete sein Hemd zu einem Sack und verstaute darin den Schwefel. Aus einem Spalt gelang es, eine Handvoll Kochsalz herauszukratzen.

Während der Rast hatte Kaschtanow sich mit dem Rücken gegen die Kraterwand gelehnt und plötzlich einige heftige Stöße aus der Tiefe des Berges verspürt.

Sollte der Vulkan noch nicht erloschen sein?

Da Kaschtanow keine Erfahrung mit aktiven Vulkanen hatte, maß er diesen Geräuschen wenig Bedeutung zu und erzählte seinen Kameraden nichts davon.

Als die zusätzliche Schwefelmenge beisammen war, ließen sich alle vier auf dem Boden des Kraters nieder, um sich vor dem Auf- und Abstieg mit der schweren Last noch etwas auszuruhen. Da erinnerte sich Kaschtanow an die Stöße und legte sein Ohr an die Kraterwand. Sie waren nun noch deutlicher zu hören, er spürte sogar ein leichtes Beben der Felsen.

„Vielleicht irre ich mich", rief er und sprang auf, „aber mir scheint, wir haben hier keine Zeit zu verlieren. Im Innern des Vulkans braut sich etwas zusammen. Bereitet er sich etwa auf einen Ausbruch vor? Überzeugen Sie sich selbst!"

Die anderen preßten ihre Ohren ans Gestein und mußten Kaschtanow recht geben.

„Vielleicht kommt es auch zu keinem Ausbruch, vielleicht ist es erst in einer Woche oder sogar einem Monat soweit. Doch ich kann genausowenig garantieren, daß es nicht heute schon passiert!" erklärte der Professor.

„Absolut richtig! Auf dem Boden des Kraters haben wir nichts mehr zu suchen, zumal uns noch ein schwerer Aufstieg bevorsteht", meinte Gromeko zustimmend.

Die Forscher luden ihre schweren Rucksäcke auf und kletterten auf der gigantischen Treppe wieder nach oben. Doch der Aufstieg ging nicht so schnell voran wie der Abstieg, und erst nach einer Stunde hatten sie ihn hinter sich gebracht. Die Männer drehten sich noch einmal um und sahen, daß ihre Eile durchaus angebracht war. Vom Boden des Kraters stieg eine dünne, gelbliche Rauchsäule auf, die nach Schwefel und Chlor roch.

Das Beben der Kraterwände hatte so stark zugenommen, daß man es unter den Füßen verspürte. So war alle Eile geboten, denn jeden Augenblick konnte der Ausbruch mit der Explosion des Lavapfropfens erfolgen. Ohne viel Zeit zu verlieren, nahmen die Forscher den Abstieg auf demselben Weg, auf dem sie hergekommen waren und erreichten nach zwei Stunden den See. General hatte sie erwartet und begrüßte die Ankömmlinge mit einem freudigen Winseln und Bellen.

Unterdessen schien der Vulkan es mit seinem Ausbruch nicht sehr eilig zu haben. Am Gipfel zeigte sich lediglich die dünne Rauchsäule. Sie erhob sich steil senkrecht bis zu einer ungeheuren Höhe in die Luft, wo sie verflog.

An dem See waren keine Erdstöße zu spüren. Alles ringsum schien ruhig.

Als der Schwefel neben der restlichen Habe abgeladen war, vermißte Papotschkin plötzlich seine Flinte. Wahrscheinlich hatte er sie im Krater oder auf dem Gipfel während der Rast liegenlassen. Papotschkin war sofort bereit, zum Vulkan zurückzukehren und sie zu holen.

„Wir haben noch drei Gewehre, und im Ameisenhaufen steckt eins als Reserve, so daß wir auch ohne das verlorengegangene auskommen. Außerdem hat es keinen Sinn, sich einer Gefahr auszuliefern, der wir soeben entronnen sind“, meinte Kaschtanow.

„Der Vulkan raucht ja nur“, sagte der Zoologe hartnäckig. Er mochte seine Doppelflinte, die sehr genau traf, und war über die eigene Vergeßlichkeit verärgert. „Solange Sie Rast machen, laufe ich rasch hin.“

„In den Krater eines rauchenden Vulkans sollte man vor allem der giftigen Gase wegen nicht hinabsteigen. Und wenn Sie die Flinte ausgerechnet auf dem Boden des Kraters vergessen haben! Schlagen Sie sich also Ihr Vorhaben aus dem Kopf!“ versuchte Kaschtanow ihn zu überzeugen.

„Nein, wenn ich mich recht erinnere, habe ich die Flinte noch vor dem Abstieg am Kraterrand zurückgelassen, um sie nicht unnötig über die Felsen hinunter und wieder herauf zu schleppen. Bis dorthin dauert es ja nicht lange, und es ist auch bestimmt ungefährlich“, entgegnete der Zoologe fest.

„Der Ausbruch kann jeden Augenblick beginnen. Ich weiß nicht einmal, ob wir richtig daran tun, bis morgen an diesem Ufer zu bleiben. Wäre es nicht vernünftiger, sich möglichst weit vom Vulkan zu entfernen?"

Doch alle waren vom Auf- und Abstieg mit der schweren Last zu sehr erschöpft. Das Aussehen des Vulkans rief keine besonderen Befürchtungen hervor, und zwischen Krater und See lagen etwa zwei Kilometer Luftlinie. Folglich konnten die Männer hoffen, daß der Abstand groß genug war, um der unmittelbaren Gefahr zu entgehen. Deshalb beschlossen sie, am See zu übernachten, um wenigstens den Beginn eines so grandiosen Schauspiels wie den Ausbruch eines Vulkans mitzuerleben.

Aber die Stille währte kaum vier Stunden. Plötzlich wurden die Schlafenden durch ein schreckliches Getöse und durch Erdstöße geweckt.

Alle sprangen hoch und blickten erschrocken um sich. Der Boden unter den Füßen bebte, und Schachtelhalme und Schilf am Seeufer schwankten nach allen Seiten.

Den Gipfel des Vulkans umhüllte eine dichte, schwarze Rauchwolke. Sie wurde von glühenden Steinen, die der Vulkan ausspuckte, wie von Blitzen erhellt.

Der Ausbruch hatte begonnen.

„Wo ist denn Papotschkin?" rief Makschejew, als er merkte, daß der vierte Mann fehlte.

„Der Erdstoß wird ihn doch hoffentlich nicht in den See geschleudert haben? Er lag von uns allen dem Wasser am nächsten", sagte Gromeko.

Aber die Wasseroberfläche hatte sich durch das Erdbeben nur leicht gekräuselt. Es gab keine Wellenkreise, die anzeigten, daß eben ein schwerer Körper ins Wasser gefallen sei.

„Ob er vielleicht vor lauter Angst das Tal hinunter gelaufen ist?"

„Oder er ist doch zum Krater zurückgegangen, um seine Flinte zu holen", mutmaßte Kaschtanow.

Diese letzte Ahnung schien am glaubwürdigsten, denn der Zoologe war als starrköpfig bekannt. Offenbar hatte er gewartet, bis seine Kameraden eingeschlafen waren, um dann zum Krater zu laufen.

Als alles Rufen und Suchen in der Umgebung des Sees erfolglos blieb, mußten die Männer davon ausgehen, daß der Zoologe sich auf die Suche nach seiner Flinte begeben hatte.

„Hoffentlich hat er den Vulkangipfel bei Beginn des Ausbruchs noch nicht erreicht!“ sagte Kaschtanow. „Wenn ja, ist er zweifellos umgekommen.“

„Was sollen wir also tun?“ erregte sich Makschejew. „Ich meine, wir müssen ihm zu Hilfe eilen!“

„Warten wir noch eine Weile ab“, schlug Gromeko vor. „Bis zum Boden des Kraters und zurück braucht man etwa drei bis vier Stunden. Wenn er um neun losgegangen ist, als wir gerade eingeschlafen waren, dann müßte er in einer halben oder ganzen Stunde wieder hier sein.“

„Und in dieser Zeit wird der Verlauf der Eruption zeigen, ob man sich ohne besonderes Risiko dem Krater nähern kann.“

„Aber es ist doch unerträglich, tatenlos dazusitzen und abzuwarten, statt einem Kameraden zu helfen!“

„Ja, das ist schlimm. Aber wir können ihn nur dann retten, wenn er noch nicht bis zum Krater vorgedrungen war und lediglich von einem herabfallenden Stein getroffen wurde. Falls er aber während der Explosion bereits auf dem Gipfel oder im Krater selbst war, dann ist er bestimmt tot – wenn nicht durch den Steinregen, dann infolge der Gase. Würden wir jetzt versuchen, zum Vulkangipfel vorzustoßen, so könnten wir unseren Kameraden doch nicht retten und würden damit die ganze Expedition aufs Spiel setzen. Schauen Sie nur, was da oben los ist!“

Die letzten Worte rief Kaschtanow beim Anblick ungeheuerer Dampfwolken, die der Vulkankrater herausschleuderte.

Der Vulkanausbruch

Einige Sekunden später donnerte eine ohrenbetäubende Explosion, als sei der Berg in tausend Stücke zerbrochen und in die Luft geflogen. Die Dampfwolke raste den Abhang hinunter, dehnte sich nach allen Seiten aus, wurde immer größer und verwandelte sich in eine violettschwarze, von grellen Blitzen durchzuckte Wolkenwand, in der es brauste, toste, wirbelte. Sie jagte mit der Geschwindigkeit eines Schnellzuges über den Abhang. Nach einigen Minuten erreichte ihr unterer Ausläufer den Fuß des Vulkans, während der obere Teil der Wolkenwand sich weithin über seinen Gipfel erhob.

„Das erinnert ganz an den schrecklichen Ausbruch des Mont Pelé auf der Insel Martinique, der im Mai 1902 die Stadt St. Pierre mit ihren siebenundzwanzigtausend Einwohnern innerhalb weniger Minuten ausgelöscht hat", rief Kaschtanow. „Diese Wolke, man nennt sie Glutwolke, besteht aus ungeheuer verdichteten und überhitzten Wasserdämpfen und Gasen, die nicht nur mit heißer Asche vermischt sind, sondern auch glühende Gesteinsbrocken mit sich führen."

„Unser Glück, daß die Wolke nicht zum See, sondern in eine andere Richtung rollte. Sonst hätte uns das Schicksal der Einwohner von St. Pierre ereilt", kommentierte Gromeko.

„Ja, sie hat offenbar dieselbe Bresche in der Kraterwand benutzt, durch die auch wir geklettert sind. Deshalb wälzt sie sich nach Südosten."

„Und was wird nun?" fragte Makschejew.

„Diese Glutwolken können in bestimmten Abständen von einigen Stunden oder Tagen wiederholt auftreten. Dann erst kommt die Lava."

„Können die nachfolgenden Glutwolken auch eine andere Richtung einschlagen und womöglich auf uns zurollen?"

„Wenn der Kraterrand während der Explosion beim Austritt der ersten Wolke seine Gestalt nicht verändert hat, dann ist damit zu rechnen, daß die darauffolgenden Wolken dieselbe Richtung nehmen wie die erste. Andernfalls werden sie sich einen neuen Weg bahnen."

„Sie können also auch auf uns zukommen?"

„Gewiß. Wir wollen aber hoffen, daß es nicht geschieht. Vorläufig sind wir hier verhältnismäßig gut geschützt."

Während dieser Unterhaltung breitete sich die Wolke immer mehr aus und bedeckte den größten Teil des Osthangs. Abwärts jedoch bewegte sie sich schon langsamer, und die Ausdehnung erfolgte hauptsächlich nach oben hin. Alle drei Forscher standen stumm da und beobachteten das schreckliche, zugleich majestätische Naturschauspiel.

Plötzlich tauchte hinter dem Kamm des nächsten Hügels am Fuß des Vulkans Papotschkin auf. Er rannte Hals über Kopf, ohne Mütze, mit wehenden Haaren, und sprang über Gesteinstrümmer, die ihm den Weg versperrten. Seine Kameraden stürzten ihm entgegen und überfielen ihn mit Fragen. Aber die Aufregung und das schnelle Laufen hatten ihn so sehr außer Atem gebracht, daß er nicht ein Wort hervorbringen konnte. Erst als Papotschkin sich eine Weile im Schatten der Bäume ausgeruht und einige Tassen kalten Tee getrunken hatte, kam er zu sich und berichtete:

„Trotz Ihrer Warnung wollte ich meine Flinte holen, denn der Vulkan schien mir harmlos. Ich hatte die Hoffnung, daß das Gewehr an einem der beiden Rastplätze während unseres Aufstiegs oder schlimmstenfalls auf dem Gipfel liegengeblieben war. So wartete ich ab, bis Sie fest eingeschlafen waren, und lief ohne Gepäck, lediglich mit einigen Stengeln von dem Schilfrohr, gegen zehn Uhr los. Am ersten Rastplatz lag das Gewehr nicht, und da der Vulkan nicht aktiver wurde, kletterte ich höher. Doch auch auf dem zweiten Rastplatz war die Flinte nicht zu finden. Ich war bereits sehr weit oben, etwa einen halben Kilometer unter dem Gipfel. Der verfluchte Vulkan rauchte nach wie vor nur schwach, und ich wollte nicht aufgeben.

Ich näherte mich dem Riß in der Kraterwand, und ich glaubte, meine Flinte etwa hundert Meter weiter auf einem Lavablock liegen zu sehen. Da donnerte es los, und aus dem Rachen des Vulkans wurde eine Unmenge Rauch herausgeschleudert. Ich blieb unentschlossen stehen. Weitergehen war gefährlich, so dicht am Gewehr dran sein und umkehren wollte ich auch wieder nicht. Doch die von oben herabprasselnden Steine und Schlammklumpen ließen mir keine Wahl. Sie hagelten nur so auf mich herab, und ein Brocken fiel derart schwer auf meine Schulter, daß ich vor lauter Schmerzen aufschrie. Er hat mir bestimmt eine mächtige Beule verpaßt – ich kann den Arm kaum bewegen. Jeden Augenblick war eine neue Explosion zu erwarten, der ein Bombardement mit noch größeren und glühenden Steinen folgen würde. Ich rannte zurück, so schnell das auf dem unebenen Weg ging. Nach einem halben Kilometer etwa dröhnte die zweite Explosion, und der Vulkangipfel verschwand hinter einer Rauchwolke. Ein Windstoß riß mir die Mütze vom Kopf. Wieder hagelte es Steine, und ich lief, was die Beine hergaben. Die letzte schreckliche Explosion überraschte mich bereits am Fuß des Berges und warf mich heftig zu Boden. Dabei habe ich mir fast den Arm ausgekugelt. Als ich mich wieder erhob, sah ich diese fürchterliche Wolkenwand und lief mit letzter Kraft, denn ich hatte Angst, sie könnte mich einholen und ersticken."

„Ja, Sie haben wirklich Glück gehabt und sind einer schlimmen Gefahr entronnen!" sagte Kaschtanow.

„Und als Strafe für Ihre Starrköpfigkeit haben Sie die Mütze verloren und sind müde wie ein Lastpferd", fügte Gromeko hinzu.

„Freuen wir uns lieber, daß unser Kamerad wieder da ist, und besprechen wir jetzt, was weiter zu tun ist", meinte Makschejew.

„Wir müssen weg von diesem schrecklichen Vulkan", rief Papotschkin.

„Sind Sie denn etwa in der Lage zu gehen? Sie haben sich noch nicht einmal vom gestrigen Marsch ausgeruht, ganz abgesehen von dem zusätzlichen Ausflug. Legen Sie sich schlafen. Zwei Stunden können wir noch warten."

„Vielleicht ist es doch besser, wenn wir uns noch zwei oder drei Kilometer vom Vulkan entfernen ...", schlug Makschejew vor. „Seine Nähe wird langsam lebensgefährlich."

Gromeko unterstützte diesen Vorschlag ebenfalls. Die Männer beschlossen, bis zum Rand der Schlucht zurückzugehen, wo der Kessel in das Tal des Flüßchens überging. Von dort aus würde man den weiteren Verlauf des Vulkanausbruchs beobachten können. Die Forscher füllten einen Kanister mit Wasser und schulterten die Rucksäcke mit Schwefel und den Vorräten. Zwei davon bekam General aufgebürdet, der sich zunächst sträubte und die schwere Last abwerfen wollte. Doch dann fügte sich der Hund und trottete an der Seite der Männer, statt wie sonst nach irgendwelcher Beute umherzustreunen.

Aus dem Kessel stiegen sie auf Terrassenstufen zur schwarzen Wüste hinauf, legten zwei Kilometer zurück und machten an einer Stelle Rast, wo sich die Schlucht zum Tal hin verbreiterte. Der Ausbruch schien nachzulassen. Die erste Glutwolke zerteilte sich bereits, der Berggipfel war nicht mehr verhüllt, und aus dem Krater stieg jetzt nur noch eine dünne schwarze Rauchsäule. Als Kaschtanow den Vulkan mit seinem Fernglas beobachtete, bemerkte er, daß sich der Gipfel nach den ersten Explosionen verändert hatte. Der Kraterrand an der Ostseite war niedriger, der Gipfel sah aus, als sei er schräg abgeschnitten worden.

Alle legten sich auf den kahlen Gesteinsboden der Wüste und schlummerten bald ein. So vergingen drei Stunden, bis ein furchtbares Getöse die Schlafenden weckte und ihre Blicke an den Vulkan bannte. Wieder schleuderte der Krater eine unheildrohende Wolke aus sich heraus, die in Richtung Nordost den Berghang hinabjagte, direkt auf den See zu. Kaschtanow verfolgte mit der Uhr in der

Hand die Bewegung der Glutwolke. Genau wie die erste schwoll sie zu einer hohen breiten Wand von grauvioletter Farbe an. Vier Minuten nach der Explosion erreichte die Wand den See und nahm den Beobachtern die Sicht auf ihn.

„Die Wolke rast mit der Geschwindigkeit eines D-Zuges, etwa sechzig Kilometer pro Stunde", rief Kaschtanow.

„Was für ein Glück, daß wir uns dort aus dem Staub gemacht haben!"

„Ja, die Richtung der Glutwolke hat sich um achtzig Grad geändert, wahrscheinlich infolge einer Zerstörung des Kraterrandes."

„Was wäre geschehen, wenn wir am See zurückgeblieben wären?" fragte Papotschkin interessiert.

„Nachdem, was die Expedition der Französischen Akademie der Wissenschaften beobachtet hat, die zur Erforschung des Mont Pelée nach Martinique entsandt worden war, läßt sich sagen, daß wir in den überhitzten Dämpfen der mit Asche und Geröll durchsetzten Glutwolke verbrüht und erstickt oder von Steinen erschlagen worden wären. Sie trägt sogar Steinblöcke von vier bis sechs Kubikmetern einige Kilometer weit weg. Auf ihrem Weg vernichtet die Wolke buchstäblich alles. Sie läßt nur eine Wüste zurück, einen kahlen Streifen heißer Asche, kleine und große Steine, verkohlte Bäume und Leichen."

„Was kann mit dem See geschehen sein?"

„Er ist wahrscheinlich von großen Asche- und Steinmassen zugeschüttet worden, über seine Ufer getreten und hat den kleinen Fluß, der ihm entspringt, in einen schmutzigen heißen Strom verwandelt, der bald versiegen wird."

Unterdessen war die Glutwolke über den Talkessel hinweggerollt und erreichte die schwarze Wüste, etwa zwei Kilometer vom Rastplatz der Forscher entfernt. Trotz dieses Abstandes verspürten die Männer den heißen Atem der Wolke, ein heftiger Wirbel zwang sie zu Boden. Mit Händen und Kleidung bedeckten sie ihre Gesichter. So lagen die Forscher schweißgebadet etwa eine halbe Stunde, bis das Gleichgewicht der Atmosphäre wiederhergestellt war.

Als sie aufblickten, wallte über der Wüste eine lange und hohe grauweiße Wolkenwand, die sich noch ungefähr zehn Kilometer weit von ihrem Rastplatz ausdehnte und eine Höhe von fünfzehnhundert Metern erreichte. Die Luft war noch stickig und heiß.

„Wollen wir uns nicht lieber möglichst weit von diesem schrecklichen Vulkan entfernen?" sagte Gromeko. „Wer weiß schon, ob er nicht vorhat, seine nächste Ladung direkt auf uns abzufeuern?"

„Ja, wir haben bereits gespürt, wie schwer es sich selbst in zwei Kilometer Abstand vom Rand der Glutwolke atmet. Ich kann mir gut vorstellen, wie uns in ihrer Umarmung zumute wäre."

Die Forscher luden ihr Gepäck auf und setzten den Marsch durch die Wüste in Richtung Norden fort. Allmählich näherten sie sich dem vertrauten Flußtal. Als sie aber das Tal erreicht hatten und nach unten schauten, gab es dort nicht mehr das ruhige und klare Flüßchen, sondern einen schäumenden schmutzigen Strom, der aus seinem Bett getreten war und talabwärts stürzte, wobei er die Vegetation an seinen Ufern mit sich riß.

„Ob es wohl Sinn hat, hinabzusteigen?" fragte Kaschtanow seine Gefährten. „Der Weg durch die Wüste ist leichter als auf dem sandigen Talgrund, zumal wir das verschmutzte Wasser ohnehin nicht mehr trinken können."

Alle waren damit einverstanden, den Weg durch die Wüste zu nehmen und den unteren Teil des Tals erst dort wieder zu betreten, wo die zerklüfteten Hänge einsetzten. Die Männer marschierten am Rand des Steilhangs entlang, ab und zu einen Blick nach unten werfend. Der reißende Strom begann bereits etwa zwei Stunden nach dem zweiten Ausbruch zu fallen und versiegte bald ganz. Zu sehen waren nur das kahle Flußbett, auf dem entwurzelte Bäume, Sträucher und von schmutziggrauem Schlamm bedeckte Gräser lagen.

„Der Vulkan hat sich bei uns dafür gerächt, daß wir ihm den Schwefel geraubt haben!" scherzte Makschejew. „Er hat den Fluß ausgelöscht, damit wir verdursten."

„Ja, jetzt wird das Trinkwasser wirklich knapp", meinte Gromeko. „Solange wir keine andere Quelle in der Nähe des Ameisenbaus gefunden haben, gilt es, mit unserem Vorrat sparsam umzugehen."

„Das allerdings kann die Belagerung des Ameisenhaufens gründlich verzögern."

Trotz des schweren Gepäcks und der unerträglichen Hitze legten die Forscher eine lange Wegstrecke durch die schwarze Wüste zurück und schlugen ihr Nachtlager in der Nähe des Ameisenbaus auf. Kaschtanow und Makschejew begaben sich zur Festung ihrer Gegner, um sie genau zu erforschen. Sie stiegen wieder den Hang zur Wüste hinauf und gingen am Abgrund entlang ostwärts. Von hier oben konnte man den Ameisenhaufen gut einsehen.

Er bestand aus mehreren Stockwerken. Zu ebener Erde befanden sich die Haupteingänge, in jeder Himmelsrichtung einer. Sie waren zwar nicht hoch, aber so breit, daß sie von vier oder fünf Ameisen gleichzeitig passiert werden konnten. Hier herrschte ein reges Treiben. Ameisen kamen in Kolonnen heraus und verstreuten sich nach allen Seiten hin, um Nahrung zu erbeuten. Andere wiederum kehrten zu zweit oder einzeln zurück, schleppten Baumstämme und Äste, lebendige und tote Insekten, Larven, Puppen und Schilfrohrstengel heran, um dann die Beute im Innern der Festung zu verstauen. In höher gelegenen Etagen gab es ebenfalls an verschiedenen Stellen Öffnungen. Doch diese dienten offensichtlich nur der Lüftung oder als Notausgang bei feindlichen Überfällen. Sie waren schmaler und niedriger als die unteren Eingänge und konnten jeweils nur von einer Ameise passiert werden. Aus ihnen krochen ebenfalls ab und zu Ameisen hervor, die an den stufenförmigen Vorsprüngen des Baus entlangliefen. Wahrscheinlich kontrollierten sie, ob alles in Ordnung war.

„Hoffentlich sind diese vielen Öffnungen kein Hindernis für unser Vorhaben ... Was meinen Sie?“ fragte Makschejew. „Wenn die Luftzirkulation in dem Ameisenbau zu intensiv ist, werden die Schwefeldämpfe entweichen, ohne die gewünschte Wirkung erzielt zu haben.“

„Schwefelgas ist schwerer als Luft und verdrängt diese nur allmählich“, entgegnete Kaschtanow. „Außerdem befinden sich die wichtigsten Teile der Festung – die Räume für Larven, Eier, Puppen und Vorräte – wahrscheinlich in der Tiefe, womöglich in Kammern, die unter der Erde ausgehoben wurden. Das Gas wird zunächst in diese unterirdischen Teile des Baus eindringen und sich erst dann in den oberen Etagen ausbreiten. Übrigens können wir einen Teil der Öffnungen zustopfen, wenn sich herausstellen sollte, daß der Luftzug zu stark ist.“

„Vielleicht legen wir den brennenden Schwefel gleich in die oberen Stockwerke?“

„Das könnte zu einem Brand des ganzen Ameisenbaus führen. Wir haben immerhin keine feuerfesten Hilfsgeräte wie Tiegel und Pfannen, so daß wir den Schwefel direkt aufs trockene Holz packen müßten!“

„Und wenn wir die Schale des Iguanodoneis benutzen, aus der unsere provisorischen Teller und Schüssel gemacht sind?“

„Davon haben wir nur fünf Stück, Öffnungen dagegen gibt es viel mehr."

„Dann müssen wir eben versuchen, noch heute ein oder zwei Eier zu erbeuten, und daraus ein Dutzend Schalen für die Schwefelverbrennung fertigen."

„Das ist eine Idee! Uns bleibt noch viel Zeit bis zum Abend, also unternehmen wir einen Abstecher zu den Sandhügeln, wo die Ameisen die Eier holen."

Nachdem Makschejew und Kaschtanow die Besichtigung des Ameisenbaus abgeschlossen hatten, begaben sie sich zum Rastplatz zurück und teilten den anderen zwei Kameraden ihren Plan mit.

Papotschkin und Gromeko waren sofort bereit, Eier auf den Sandhügeln zu erbeuten. Inzwischen wollten Makschejew und Kaschtanow den Schwefel zerkleinern.

Der Untergang der Ameisenkolonie

Als die letzten Ameisen in den Bau zurückgekehrt waren und Ruhe einzuziehen schien, machten sich die Forscher an die Verwirklichung ihres Vorhabens. Im Laufe des Tages waren die gesamten Schwefelvorräte mit Hilfe flacher Steine zu Pulver zerrieben worden. Die Männer füllten es in ihre Rucksäcke und begaben sich, schwer beladen, zu dem Ameisenbau. Jeder sollte in einer der Hauptöffnungen seine Portion Schwefel quer zum Gang aufschütten, damit die entstehenden Gase in die Tiefe dringen konnten, dann das Pulver anzünden und die Eingänge mit Baumstämmen verbarrikadieren, die von den Gangwänden genommen werden sollten. Danach galt es, in den oberen Öffnungen Schalen mit dem restlichen Schwefel aufzustellen, um so im ganzen unteren Teil des Ameisenbaus die Luft zu vergiften und die Tiere daran zu hindern, sich nach oben in die Flucht zu schlagen. Damit der Schwefel in den Schalen nicht allzuschnell verbrannte und womöglich das trockene Holz anzündete, wurde er leicht mit Wasser angefeuchtet.

Dieser Plan wurde exakt ausgeführt. Allerdings stießen Makschejew und Gromeko in den zwei Haupteingängen im Süden und Westen auf Ameisen, die Wache hielten. Zum Glück waren sie halb eingeschlafen und wurden, bevor sie Alarm schlagen konnten, durch Messerstiche getötet.

Die Forscher zündeten den Schwefel an und traten mit schußbereiten Flinten zurück, um flüchtende Ameisen zu erlegen. Nach einer Viertelstunde erschienen in einigen Öffnungen in den obersten Stockwerken, wo kein Schwefel hingelegt war, Ameisen, die große weiße Päckchen, offenbar ihre Puppen, schleppten. Sie liefen damit über die Außenwände nach unten, stürzten aber, bevor sie die Erde erreicht hatten, vom Schwefelgas der Haupteingänge betäubt, ab. Nur einigen gelang es, die Erde zu erreichen. Sie machten sich sofort daran, die Holzstämme vor einem Haupteingang wegzuzerren, um ihre in der Tiefe des Baus erstickenden Artgenossen zu retten. Doch diese unerwarteten Retter wurden mit ein paar Schüssen niedergestreckt. Danach zeigte sich kein einziges Insekt mehr. Die gesamte Ameisenkolonie war, im Schlaf überrumpelt, umgekommen.

Als der Schwefel verbrannt war und aus allen Öffnungen leichte, graue Rauchwolken aufstiegen, ein sicheres Anzeichen dafür, daß der Bau ganz mit Gas gefüllt war, stellte Papotschkin eine völlig natürliche Frage, auf die bisher niemand gekommen war:

„Und wie gelangen wir nun in das Innere? Es ist ja auch für uns auf längere Zeit vergiftet . . .“

„Wir müssen die unteren Öffnungen freilegen, um die Zufuhr von Frischluft zu verstärken, und dann vielleicht ein paar Tage abwarten, bis sich die Schwefelgase allmählich verflüchtigt haben“, erwiderte Kaschtanow.

„Solange tatenlos herumsitzen ist doch langweilig“, meinte Makschejew. „Können wir nicht für eine zusätzliche Ventilation sorgen, um den Gasaustritt zu beschleunigen?“

„Wie denn? Ein Feuer können wir nicht machen, wegen der Brandgefahr, und andere Mittel stehen uns nicht zur Verfügung.“

„Wenn es uns gelänge, einen Iguanodon oder einen großen Pterodaktylus zu erlegen, würde ich aus der frischen Haut einen riesigen Blasebalg anfertigen“, sagte der Ingenieur.

„Das ist eine Idee! Doch woraus machen wir die Rohre, mit denen die Luft in den Ameisenhaufen geblasen wird?“

„Taugen dazu nicht die Schachtelhalme?“ schlug Gromeko vor. „Ihre Schäfte sind hohl, man müßte nur die Scheidewände zwischen den einzelnen Kammern durchstoßen, um daraus ausgezeichnete

lange Rohre zu machen. Sie lassen sich sogar miteinander verbinden."

„Not macht erfinderisch", scherzte Papotschkin. „Ich habe immer mehr den Eindruck, daß wir, genau wie Robinson, aus jeder Schwierigkeit, die uns das Schicksal bereitet, einen Ausweg finden."

„Sogar besser als Robinson", bemerkte Kaschtanow. „Er war allein, wir dagegen sind vier, und jeder ist ein Fachmann auf seinem Gebiet. Wir müßten uns schämen, wenn es uns nicht gelänge, gemeinsam aus jeder komplizierten Lage einen Ausweg zu finden."

„Dann also an die Arbeit!" rief Makschejew. „Zwei von uns gehen zusammen mit General auf die Jagd, die anderen beiden fertigen Rohre an. Nach Baumaterial brauchen wir nicht lange zu suchen. Fast der ganze Ameisenhaufen besteht aus trockenen Schachtelhalmschäften."

Papotschkin und Gromeko kehrten zum Nachtlager zurück, banden General los, brachten die restliche Habe in die Nähe des Ameisenbaus und entfernten sich in Richtung Osten.

Makschejew und Kaschtanow gingen auf den Ameisenhaufen zu, verspürten aber etwa zwanzig Schritt von ihm entfernt einen scharfen Schwefelgeruch. Sie begannen zu husten und sahen ein, daß man sich dem Bau unmöglich nähern konnte.

„Wir müssen noch länger warten!"

„Inzwischen können wir das Material zum Verkitten der Rohre heranschaffen", schlug der Ingenieur vor. „Im Flußbett ist nach dem Vulkanausbruch noch allerhand klebriger Schlamm zurückgeblieben. Wir werden ihn herholen, bevor er eintrocknet."

Beide gingen zum Fluß und füllten ihre Rucksäcke mit dem Schlamm. Sie taten das einige Male und hatten bald einen ganzen Haufen Kitt von ausgezeichneter Klebfähigkeit zusammengetragen. Ihn deckten sie mit Rucksäcken und entbehrlichen Kleidungsstukken ab, um den Kitt vor den glühenden Strahlen Plutons zu schützen.

Dann wurden mit Hilfe von Messern, Keilen und einem großen Stein anstelle eines Hammers die Schäfte der Schachtelhalme gespalten, die Scheidewände entfernt und beide Schafthälften mit dem Kitt wieder zusammengeklebt. Die so entstandenen Rohre wurden an einigen Stellen mit elastischen Ruten verbunden.

So waren nach wenigen Stunden zwölf Rohre fertig, jedes etwa sechs Meter lang. Da die Schäfte nach oben hin enger wurden, konnte man die Rohre leicht ineinanderstecken, indem das engere, mit Kitt verschmierte Ende eines Rohrs in das größere eines anderen geschoben wurde.

Als diese Arbeit abgeschlossen war, kamen auch die Jäger mit der Haut eines Iguanodons zurück.

Aus dünneren Schäften des Schachtelhalms zimmerte Makschejew ein Gestell für den Blasebalg. Dieser wurde dann an einem der Haupteingänge des Ameisenbaus aufgestellt. Eins nach dem anderen, mit dem engeren Ende nach vorn, wurden nun die Rohre in den Gang vorgeschoben. In das weitere Ende des vorgeschobenen Rohrs wurde jeweils die engere Spitze des nachfolgenden hineingesteckt, und so verschwanden allmählich alle zwölf Rohre in der Tiefe des Ganges, aus dem noch immer reichlich Gas ausströmte. Deshalb mußten die Männer die Arbeit häufig unterbrechen und sich vom Eingang entfernen, um frische Luft zu schnappen. Das breite Ende des letzten Rohres wurde in den Blasebalg gesteckt und fest umwickelt. So war der provisorische Ventilator fertig.

Nach dem Abendbrot machten sich die Männer unverzüglich an die Durchlüftung des Ameisenbaus. Drei konnten schlafen, während der vierte den Blasebalg betätigte.

Die Durchlüftung führte bald zu einem merklichen Erfolg: Das Entweichen des Gases verstärkte sich. Unerwartete Hilfe kam von einem plötzlichen Gewitter, das viel Wind und äußerst wenig Regen brachte. Die Windstöße fegten in den Ameisenbau und bliesen das Gas aus den obersten Stockwerken.

Am nächsten Morgen inspizierten die Männer den Bau. Sie benutzten dabei kleine Fackeln, die Gromeko aus dem trockenen Stamm eines harzhaltigen Baumes angefertigt hatte. Der Gang, in dem die Durchlüftungsrohre lagen, führte mit einem leichten Gefälle in die Tiefe des Ameisenbaus. Er war etwa zwei Meter breit, jedoch nur anderhalb Meter hoch, so daß die Männer gebückt gehen mußten. Bereits in der Nähe des Eingangs lagen tote Ameisen, die während der Flucht vom Gas überrascht worden waren. Je weiter die Forscher ins Innere des Baus vordrangen, desto zahlreicher wurden die Insektenkadaver. Unterhalb des letzten Rohrsegments kamen sie nur noch vorwärts, indem sie die erstickten Ameisen beiseite warfen.

Der Gang mündete ebenso wie die drei übrigen Haupteingänge

strahlenförmig in einer großen Zentralkammer. Sie lag bereits vier Meter unter der Erde, und ihre Decke war aus Schachtelhalmen gezimmert, die an die Dachkonstruktion eines Zirkusbaus erinnerten und höchst kunstfertig den flachen Konus des Kammergewölbes bildeten. Zwischen den Öffnungen der vier Haupteingänge gab es in den Wänden der Kammer vier weitere Gänge, die ebenfalls strahlenförmig angeordnet waren und vom Zentrum her ein Gefälle nach außen hatten. Sie lagen unter der Erde, die sich hier aus Meeressand und Geröllschichten zusammensetzte. In der Kammer selbst waren haufenweise tote Ameisen, Puppen und Larven, so daß die Männer über sie hinwegklettern mußten – wahrscheinlich hatten die Tiere versucht, ihre Larven und Puppen in Sicherheit zu bringen.

Die Forscher betraten auf gut Glück einen dieser Gänge, dessen Boden dicht von Insektenkadavern übersät war. Dieser Gang war genauso niedrig wie der obere. Um nicht auf allen vieren zu kriechen, mußten die Männer die toten Ameisen an den Gangwänden stapeln, damit der Weg frei wurde. Er mündete nach etwa siebzig Schritt in einem Quergang, der zwei Meter hoch war, so daß die Männer hier aufrecht stehen konnten. Der Quergang selbst verlief kreisförmig und bildete unter der gesamten Fläche des Ameisenbaus einen Kreis und war offensichtlich dessen wichtigster Teil, denn rechts und links von ihm befanden sich einzelne Kammern von verschiedener Größe und mit verschiedener Bestimmung. In einigen lagen weiße Ameisenpuppen in Reihen, wie in Totenlaken gewickelte Kinderleichen. In anderen waren einzeln und in Haufen weiße dicke Larven verstreut, die wie zersägte Baumstämme aussahen. Es gab auch Kammern, in denen Ameiseneier gelagert waren, die an Brotlaibe erinnerten. Alle Kammern, die die künftigen Ameisengenerationen beherbergten, befanden sich in dem inneren Teil des kreisförmigen Ganges, während die auf seiner äußeren Seite als Speicher für Futtervorräte dienten. Hier lagen ganze Haufen von süßen Schilfrohrstengeln, jungen Pflanzentrieben und Gräsern sowie verschiedenen Insekten, zum Beispiel Libellen, Käfer, Würmer und Raupen. Einige von ihnen waren zerstückelt. Ihre Kadaver verbreiteten einen fürchterlichen Gestank. Nicht einmal der Schwefelgeruch, der in diesem Teil des Ameisenbaus noch besonders stark war, konnte ihn verdrängen.

Nachdem die Forscher einige Kammern zu beiden Seiten des

kreisförmigen Ganges untersucht hatten, stießen sie zu ihrer großen Freude endlich auf ihr geraubtes Eigentum. Alle Dinge waren in einer Außenkammer nebeneinander aufgestapelt und verhältnismäßig unversehrt geblieben. Hier fanden sich das Zelt und die Kisten mit den Geräten und Lebensmitteln, die Säcke mit den Kleidungsstücken und der Wäsche, das Beil, das Gewehr, das Geschirr und sogar die Eisenerz- und Goldproben von der ersten Exkursion in die Uferschluchten.

Die Männer brachten ihre Sachen in zwei Etappen aus dem Ameisenbau. Zunächst schleppten sie alles in die Zentralkammer, und von dort aus trugen sie es an die frische Luft, die nach dem einstündigen Aufenthalt in den vom Gestank der verwesenden Insekten und den Resten des Schwefelgases erfüllten Gängen und Kammern ausgesprochen wohltuend war.

Nachdem sich die Forscher ausgeruht und ihre Sachen in Ordnung gebracht hatten, fand sich zur Freude der Raucher auch der Tabak wieder, auf den sie eine Woche lang verzichten mußten. Dann besichtigten die Männer noch die oberen Stockwerke des Ameisenbaus, um sich ein vollständiges Bild von seiner Einrichtung machen zu können.

Dabei stellte sich heraus, daß der oberirdische Teil hauptsächlich für den Schutz des unterirdischen vor Witterungseinflüssen und feindlichen Überfällen bestimmt war. Die ebenfalls strahlenförmig angeordneten Gänge in diesem Teil des Baus waren schmal und niedrig. Sie mündeten in jeder Etage in eine kleine Zentralkammer, und für die Verbindung zwischen den einzelnen Stockwerken waren steile kurze Quergänge angelegt.

Die Weiterfahrt nach Westen

Nach der Wanderung durch die schwarze Wüste und in der wasserlosen Umgebung des Ameisenbaus, wo in den letzten Tagen nur mit Mühe schmutziges Wasser aus einem Loch in dem nach dem Vulkanausbruch versiegten Flußbett gewonnen werden konnte, war die Freude der Forscher um so größer, als sie endlich am Meeresufer standen und in den klaren Fluten des Echsensees badeten. Dann gruben sie ihre Boote aus und setzten die Fahrt fort.

Kaschtanow hielt eine Weiterfahrt in Richtung Süden für beinahe aussichtslos. Er glaubte, daß südlich des Echsenmeeres sich über viele tausend Kilometer nur die unfruchtbare und wasserlose Wüste erstreckte. Es war auf keinen Fall daran zu denken, mit der vorhandenen Ausrüstung in diese Wüste vorzustoßen.

Doch die Erforschung des westlichen Teils oder der Fortsetzung des Meeres schien, soweit sie überhaupt möglich war, notwendig und interessant.

Die Bootsfahrt führte an der Küste entlang, wo sich hohe und kahle Sanddünen auftürmten, die den Forschern seit ihrem Ausflug zum Vulkan zur Genüge bekannt waren. Deshalb legten sie ohne Unterbrechung eine Strecke von etwa fünfundzwanzig Kilometern zurück, bis die Dünen verschwanden. Das Meer war hier nicht sonderlich tief, und an verschiedenen Stellen schimmerten durch das Wasser ausgedehnte rötliche Sandbänke. Um sie zu umschiffen, mußte man sich von der Küste entfernen. In der Nähe des Ufers war kein einziger Pläsiosaurus oder Ichthyosaurus zu sehen, da diese Tiere tiefere Stellen bevorzugten. Dafür stießen die Männer zwischen den Sandbänken auf eine Vielzahl kleiner Fische, die sich hier vor den Raubsauriern versteckt hielten und von denen sie in anderen Teilen des Meeres gnadenlos vertilgt wurden. Ab und zu war der Meeresboden von üppigen, verschiedenartigen Wasserpflanzen bedeckt, die dem Botaniker, aber auch dem Zoologen eine reichliche Ausbeute an Forschungsmaterial einbrachten. Den Zoologen interessierten Seeigel, Seesterne, Armfüßer, Gastropoden und Blattkiemer, von denen es zwischen den Wasserpflanzen nur so wimmelte.

Endlich verloren sich die Dünen immer mehr in der Tiefe des Landes. Sie wurden von schmalen Vegetationsstreifen aus Schachtelhalmen, Farnen und Palmen abgelöst. Hier machten die Forscher ihre Mittagspause und stießen danach wieder in See. Die Sandbänke wurden immer zahlreicher. Bald gab es sogar flache Inseln, die mit kleinen Schachtelhalmen und Schilf bewachsen waren. Immer mehr Inseln tauchten auf, das Meer verwandelte sich in einen sehr breiten ruhigen Strom mit vielen Nebenarmen. Sogar das Wasser war kaum noch salzig.

„Offensichtlich mündet von Westen her ein großer Fluß in das Meer, und wir haben bereits sein Delta erreicht", meinte Kaschtanow.

„Ja, hier gibt es schon keine Brandung mehr, also auch keinen Sandstrand, der für unser Zelt so bequem war", sagte Makschejew.

„Wir werden im Dickicht, inmitten ganzer Insektenschwärme, übernachten müssen", jammerte Papotschkin.

Und tatsächlich: Insekten gab es in Hülle und Fülle. Über der Wasseroberfläche und der Inselvegetation schwirrten bunte Libellen, die mitunter von kleinen Flugechsen gejagt wurden. In den Schachtelhalmen und im Schilf summten Riesenmücken, die schon aus einiger Entfernung zu hören waren. Über Stengel und Halme krochen übergroße schwarze, rote und bonzefarbene Käfer. Manchmal fielen sie ins Wasser und versuchten zappelnd, sich an herabhängenden Blättern hochzuhangeln.

Die Fahrt zwischen der flachen südlichen Küste, die von einem undurchdringlichen Wald bewachsen war, und dem Insellabyrinth, wo sich kein günstiger Anlegeplatz bot, nahm einige Stunden in Anspruch.

So blieb den Männern nichts anderes übrig, als in der Nähe des Ufers in ihren Booten auszuruhen. Sie mußten sich mit kalter Verpflegung begnügen, da sich ringsum absolut kein Brennmaterial fand.

Alle waren betrübt von der Aussicht, einen endlosen Krieg mit den Mücken führen zu müssen.

Ein kleines Abenteuer besserte die allgemeine Stimmung auf. Die Männer ruderten sehr dicht am Uferdickicht einer großen Insel entlang und hielten Ausschau nach einem verdorrten Baum inmitten der grünen Schachtelhalme und niedrigen Farne.

„Hurra!" rief plötzlich Gromeko, als die Boote eine Landzunge umschifften und sich ein neuer Uferstreifen zeigte. „Sehen Sie nur, was für ein prima Baumstamm . . ., so niedrig über dem Wasser, wie für uns reserviert."

In der Tat: Aus der grünen Pflanzenwand ragte ein dicker, grünbrauner Balken mehr als zwei Meter hervor. Offenbar war es der vom Sturm gefällte Stamm eines großen Schachtelhalms. Die Männer ruderten rasch näher.

Makschejew stellte sich mit dem Bootshaken im Vorderteil seines Bootes auf, und Gromeko hielt einen Strick bereit, um ihn über den Balken zu werfen und diesen ins Boot zu ziehen. Er schwang das mit einem Gewicht beschwerte Lasso so geschickt, daß es sich einige Male um den Balken schlang. Doch der Baumstamm kippte graziös ab und tauchte mitsamt Strick ins Dickicht. Der verblüffte Botaniker hatte vor lauter Schreck das andere Ende losgelassen. Es krachte in den Schachtelhalmen und Farnen, die schwankten, als wälze sich durch sie ein riesiger Körper.

„Das ist aber ein schöner Baumstamm!“ rief Makschejew lachend, der gerade noch einen kleinen Kopf an einem langen Hals erkennen konnte. „Michail Ignatjewitsch wollte mit dem Lasso einen Saurier einfangen ... Warum haben Sie nur den Strick losgelassen? Sie hätten die Beute ins Boot ziehen sollen!“

„Sie haben den Hals eines Diplodocus für einen Baumstamm gehalten ... Ha-ha-ha!“ Papotschkin und Kaschtanow mußten lachen.

„Das Tier war absolut reglos, und sein Körper blieb im Dickicht verborgen“, sagte der konsternierte Botaniker, um sich zu rechtfertigen.

Alle anderen schüttelten sich vor Lachen.

„Sie brauchen gar nicht so zu lachen!“ Gromeko ärgerte sich. „Ich muß Sie daran erinnern, daß auch Ihnen solche Dinge passiert sind. Einer hielt Mammute für Basalthügel und saß dann auf einem Glyptodon, auf das er obendrein mit einem Meißel einschlug – in der Annahme, es mit einem Felsen zu tun zu haben.“

Doch diese Erinnerung steigerte nur noch die allgemeine Heiterkeit, und schließlich mußte Gromeko selber lachen.

Erschöpfung, Mücken und der Mangel an Brennstoff schienen vergessen, während sich die Männer wie um die Wette an verschiedene kuriose Abenteuer ihrer Expedition erinnerten.

Als das Lachen nachließ, sagte Makschejew, der plötzlich aufgehorcht hatte:

„Vor uns muß sich ein offenes Meer befinden, ich höre das Rauschen seiner Brandung.“

Die anderen drei nahmen die Ruder aus dem Wasser und lauschten ebenfalls. Vom Westen her war in der Tat ein leichtes Rauschen zu vernehmen.

„Wenn das so ist, dann wollen wir uns beeilen. Wo es eine Brandung gibt, findet sich auch ein passendes Plätzchen fürs Nachtlager und Brennholz.“

„Doch zunächst füllen wir unsere Kanister mit Wasser, das hier kein Salz mehr enthält, sonst müssen wir später wieder nach einem Bach suchen“, sagte Gromeko.

Die Männer befolgten diesen weisen Rat, füllten alle leeren Gefäße und ruderten mit voller Kraft los. Nach einer halben Stunde lag das Labyrinth der Inseln bereits hinter ihnen, sie hatten die offene See erreicht. Beide Ufer liefen immer mehr auseinander, und im Westen verschmolz die Wasseroberfläche mit dem Horizont. An der Südküste setzte wieder ein breiter, unbewachsener Sandstrand ein, an dem das Zelt aufgeschlagen wurde.

Dieses zweite Meer, das mit dem ersten durch eine Meerenge voller Inseln und Sandbänke verbunden war, sah genauso aus wie die Echsensee. An der Nordküste gab es lediglich einen grünen Waldstreifen zu sehen, während sich im Süden, hinter dem Wald, die dunklen Steilhänge eines Tafelgebirges erhoben. Über dem Wasser schwebten Libellen, kreisten mit schrillem Pfeifen und Quaken Flugechsen, und manchmal ragten aus ihm die Köpfe von Pläsiosauriern auf langen Hälsen.

„Vielleicht haben wir uns in dem Insellabyrinth verfahren und sind auf das Echsenmeer zurückgekehrt?" meinte Papotschkin, als sich die Forscher über die verblüffende Ähnlichkeit der beiden Meere ausließen.

„Die Ähnlichkeit ist tatsächlich frappierend. Doch Sie haben die Sandhügel an der Küste vergessen. Hätten wir uns verirrt und die östliche Richtung eingeschlagen – man kann sich ja nach diesem Pluton, der stets im Zenit steht, überhaupt nicht orientieren –, dann hätten wir diese Dünen noch lange Zeit vor Augen haben müssen", entgegnete Kaschtanow.

„Aber man sieht den Fluß nicht, den wir vermutet haben, um auf ihm weiter in Richtung Süden vorzudringen!" sagte Gromeko besorgt.

„Haben Sie etwas Geduld! Weshalb gleich den Mut verlieren ... Wir haben eben erst die offene See erreicht, und Sie werden schon unruhig."

Doch die Geduld der Forscher wurde tatsächlich auf eine harte Probe gestellt. Sie ruderten bereits einige Stunden, und die Landschaft blieb unverändert: immer noch der gleiche endlose Wald, die gleichen Steilhänge der hinter ihm liegenden Hügel. Allmählich wurde es langweilig. Pläsiosaurier, Flugechsen und Libellen wurden den Männern so geläufig, daß sie ihnen gleich viel Aufmerksamkeit schenkten wie Schwänen, Krähen und Käfern bei einer Bootspartie auf der Erdoberfläche. Nur ab und zu durchbrachen Ichthyosaurier die Eintönigkeit und zwangen die Ruderer, die Flinten durchzuladen, wenn plötzlich ganz in der Nähe ihrer Boote der breite bräunliche Rücken oder der widerliche Kopf dieses schrecklichen Räubers aus dem Wasser auftauchte.

Riesenmonster

So verging ein halber Tag, und die Männer äugten immer häufiger in Richtung Ufer, um einen Platz für die Rast und Brennholz ausfindig zu machen. Am Morgen hatten sie viele Fische gefangen, die sie jetzt braten wollten.

„Da liegen am Strand ganze Berge von Baumstämmen", rief plötzlich Makschejew.

Die Männer ruderten schneller, lenkten ihre Boote auf das Ufer und freuten sich bereits auf die bevorstehende leckere Mahlzeit.

Doch als die Stämme nur noch hundert Meter entfernt waren, sagte Kaschtanow, der sie aufmerksam betrachtet hatte:

„Das sind bei weitem keine Baumstämme, sondern riesige Tiere. Entweder sind sie tot, oder sie schlafen."

„Achtung! Fahren Sie nicht so nah ans Ufer heran", schrie Makschejew, der bemerkt hatte, daß der Haufen in Bewegung geraten war.

Voller Staunen und Entsetzen blickten die Ruderer zum Strand hinüber. Dort lagen vier gewaltige Ungeheuer ausgestreckt nebeneinander. Ihre Leiber erhoben sich wie kleine Hügel von vier Meter Höhe über den Sand. Auf ihren Rücken verlief ein schmaler und flacher Kamm, der im Unterschied zum Stegosaurus nicht mit Hornplatten und -stacheln besetzt, sondern ganz glatt und anscheinend kahl war. Die Flanken der Tiere waren gelb wie Sand und von schmalen dunklen Längsstreifen überzogen, so daß sie von weitem wie übereinander gestapelte Balken aussahen.

Selbst aus dieser Entfernung war es kaum zu glauben, daß da nicht vier Holzstapel, sondern riesige Tiere lagen, die etwa fünfzehn bis siebzehn Meter lang waren. Doch diese „Stapel" hoben und senkten sich bei der Atmung, erzitterten mitunter, und die Schwänze der Monstren bewegten sich träge im Wasser, dessen spiegelglatte Oberfläche sich dadurch leicht kräuselte.

„Wie könnte man sie wohl zum Aufstehen bringen?" sagte Papotschkin. „Wir müssen sie genauestens betrachten und fotografieren."

„Es wäre kein Problem, einige Sprenggeschosse in diese Fleischberge abzugeben", sagte Makschejew, „aber das könnte für uns schlimme Folgen haben. Wenn die Ungeheuer in Rage geraten und uns angreifen, verschlingen sie uns im Handumdrehen."

„Sind das Pflanzenfresser oder Raubtiere?" fragte Gromeko interessiert. „Daß es gigantische Echsen sind, bezweifele ich nicht."

„Ich glaube, es sind keine Raubtiere", sagte Kaschtanow. „Solche gewaltigen Ausmaße haben Raubtiere nie erreicht. Sie würden sehr viel Fleischnahrung brauchen, und die Natur ist in dieser Hinsicht äußerst sparsam. Bedenken Sie, daß alle großen Tiere unserer Zeit wie zum Beispiel Elefanten, Nashörner, Nilpferde und Wale keine Raubtiere sind."

„Dann können wir getrost Jagd auf sie machen. Schauen Sie nur, wieviel Fleisch sie haben ... Damit kann man ein ganzes Bataillon durchfüttern", sagte der Botaniker und griff zum Gewehr.

„Warten Sie noch einen Augenblick", warnte Kaschtanow. „Selbst wenn es keine Räuber sind, wäre es unklug, die Tiere zu reizen. Sie können sich auf uns stürzen und unsere Boote wie Nußschalen versenken."

„Und wenn wir einen Schuß in die Luft abgeben oder eine Schrotladung auf sie abfeuern, damit sie ein bißchen wach werden?" bohrte Gromeko hartnäckig. „Schrot wird diese Riesen lediglich etwas kitzeln."

„Nun gut. Doch wollen wir erst soweit an sie heranrudern, daß wir sie ganz genau vor uns haben, allerdings nicht näher als hundert Meter. Wenn es Landtiere sind, werden sie es nicht riskieren, so weit ins Wasser zu gehen."

Als die Boote vor den Ungeheuern hielten, jagte Gromeko in die noch immer ruhig daliegenden Tiere eine doppelte Schrotladung. Das Geschoß oder sein Krachen, das im Wald ein Echo weckte, brachte die Tiere auf die Beine.

Die Monster warfen auf seltsame Weise ihre langen Hälse hin und her, die in fünfundsiebzig Zentimeter langen, doch im Vergleich zu den riesigen Körpern lächerlich kleinen Köpfen endeten. Dann liefen sie in schwerem, plumpem Watschelgang am Ufer entlang. Ihre Beine waren kurz und schienen im Verhältnis zu den Körpermassen über ihnen schwach.

„Ich glaube, es sind Brontosaurier, die größten pflanzenfressenden Echsen der Oberjurazeit. Sie sind rasch von der Erde verschwunden und zwar wegen ihres ungelenken Körperbaus sowie des Unvermögens, sich zu wehren", sagte Kaschtanow.

„Wer wagte es denn, solche Ungeheuer anzugreifen?" fragte Makschejew neugierig. „Sie sind doch gut fünfzehn bis achtzehn Meter lang und vier Meter hoch."

„Trotz dieser Ausmaße macht es einem Raubtier, beispielsweise einem Ceratosaurus, nichts aus, solch einem Monstrum die Kehle durchzubeißen, ganz zu schweigen von der Vernichtung der Eier und Jungen."

„Allem Anschein nach gibt es auch in Plutonien nicht sehr viel davon", bemerkte Papotschkin.

„Wir haben schon viele Iguanodons, Pterodaktylen, Ichthyo- und Pläsiosaurier gesehen, aber auf Brontosaurier stoßen wir zum erstenmal. Da die Tiere feige sind, schlage ich vor, daß wir näher ans Ufer heranfahren, damit auf dem Foto mehr von ihnen zu sehen ist."

Die Echsen liefen nach Westen, in Fahrtrichtung der Boote. Nach etwa einem halben Kilometer blieben sie stehen. So befanden sich die Boote bald wieder in ihrer Nähe. Die Forscher ruderten dichter ans Ufer heran, und Papotschkin machte zwei Aufnahmen von den Tieren. Dann bat er den Botaniker, einen Schuß abzufeuern, um die Saurier während der Flucht in ihrem plumpen Trab zu fotografieren.

Diesmal hatte die aus kurzer Entfernung abgegebene Schrotsalve eine ganz andere Wirkung. Statt ihre Flucht am Strand entlang fortzusetzen, stürzten sich die Ungeheuer ins Meer, trampelten einander und wirbelten riesige Wellen, ja ganze Wasserkaskaden auf, die die leichtsinnigen Seefahrer erreichten. Gromeko, der im Boot aufrecht gestanden hatte, wurde von Kopf bis Fuß durchnäßt, verlor das Gleichgewicht und fiel mit dem Gewehr in der Hand ins Wasser. Papotschkin konnte gerade noch den Fotoapparat unter seiner Jacke verbergen und hielt tapfer seinen Kopf unter die kalte Dusche. Kaschtanow und Makschejew, die im Heck saßen, hatten zum Glück nicht die Ruder losgelassen und bemühten sich nun mit aller Macht, die Boote gegen die nacheinanderfolgenden Wellen über Wasser zu halten.

Wären die Ungeheuer direkt auf die Boote zugestürzt, das Ende

der Forscher ließe sich nicht mehr abwenden: Die Ungeheuer hätten sie mitsamt ihrer Habe unter ihren kolossalen Leibern zerquetscht und schließlich ertränkt, denn das Meer war an dieser Stelle keine zwei Meter tief. Doch die Echsen liefen, ohne ihre Verfolger wahrzunehmen, schräg an ihnen vorüber und blieben stehen, als das Wasser ihre Körper und einen großen Teil der Hälse bedeckte. Jetzt waren über der Oberfläche des bewegten Meeres nur noch vier Köpfe zu sehen, die sich nach allen Seiten drehten, so als wollten sie ihre merkwürdigen Feinde erspähen oder die Ursache dieses Durcheinanders aufklären.

Inzwischen war Gromeko bereits wieder aufgetaucht und zum Boot geschwommen, das die Wellen ein wenig vom Schauplatz der Katastrophe abgetrieben hatten. Als er ins Wasser gefallen war, hatte der Botaniker sein Gewehr nicht losgelassen. Jetzt hielt er es mit einer Hand über dem Kopf, mit der anderen klammerte er sich an den Bootsrand, bis die Kameraden ihm zu Hilfe eilten und ihn über Bord zogen.

Er war natürlich durch und durch naß geworden, ebenso wie alles, was sich in seinen vielen Taschen befand: ein Notizbuch, die Uhr, die Reiseapotheke und der Tabakbeutel. Außerdem hatte Gromeko die Pfeife im Wasser verloren und fluchte jetzt auf die Urheber seines Mißgeschicks.

„Wir müssen an Land gehen“, meinte er schließlich, nachdem er seine Empörung abreagiert hatte. „Obwohl Plutons Strahlen ganz schön wärmen, werden meine Instrumente verrosten und meine Aufzeichnungen unbrauchbar, wenn ich nicht alles sofort am Feuer trockene und putze!“

„Und die Brontosaurier?“ entgegnete Papotschkin erschrocken. „Wir machen es uns am Ufer bequem, und sie kommen aus dem Wasser, um uns vielleicht näher kennenzulernen.“

„Na und? Dann können Sie die Tiere doch ganz aus der Nähe fotografieren!“

„Ich danke vielmals. Wenn sie sich auf unserem Rastplatz tummeln wollen, dann müssen wir in den Wald fliehen und auf die Bäume klettern . . .“

„Ich glaube, diese Ungeheuer sind wirklich feige“, meinte Kaschtanow, „und obendrein nicht sonderlich intelligent. Sie werden für uns keine Gefahr bedeuten, wenn wir nicht wieder so unvorsichtig sind wie eben. Legen wir also an, um zu frühstücken, und lassen wir sie nicht aus den Augen.“

Die Männer gingen an Land, sammelten am Waldrand Brennholz, bereiteten das Essen zu und hielten mißtrauisch Ausschau nach den Brontosauriern. Diese standen noch immer an derselben Stelle im Wasser und wagten es nicht, sich dem Ufer zu nähern.

„Offenbar können diese Tiere nicht schwimmen“, bemerkte Papotschkin. „Sie retten sich vor ihren Feinden an Land ins Wasser und werden also, während wir hier sind, nicht näherkommen.“

Die Fische wurden gebraten, und Gromeko breitete unterdessen seine Kleidung im Sand aus, um sie unter Plutons Strahlen zu trocknen. Dann reinigte er, selbst splitternackt, seine Instrumente und trocknete das Notizbuch über dem Feuer. Nach dem Frühstück ruhten sich die Männer noch etwas aus und beobachteten die Saurier, die sich nicht von der Stelle rührten. Dann wurde die Fahrt an der Küste entlang in derselben Richtung wie vorher fortgesetzt. Einige Kilometer weiter begann die Küste merklich nach Süden einzuschlagen, doch ein in Fahrtrichtung liegendes, langes bewaldetes Kap versperrte den Männern die Sicht. Als es umschifft war, erwies sich die Hoffnung, das Meer würde sich noch weiter gen Süden erstrecken und ein Vordringen in die Tiefe Plutoniens ermöglichen, als trügerisch. Das Meer bildete hier lediglich eine große Bucht.

Da vom Süden her ein größerer Fluß in die Bucht münden konnte, beschlossen die Männer in ebendieser Richtung weiterzufahren. Nach einer Stunde erreichten sie das südliche Ufer der Bucht. Hier gab es tatsächlich einen Fluß, jedoch war er nicht sehr groß. Man konnte mit einem der beiden Boote einen Ausflug in das Landesinnere versuchen, das an dieser Stelle durch dichten Wald vom Meeresufer abgeschnitten war. So wurde ein Rastplatz an der Flußmündung gewählt. Die Exkursion sollten nur zwei Mann machen, die anderen beiden blieben beim Zelt zurück, denn die traurige Erfahrung am Ufer des Echsenmeeres hatte gezeigt, wie gefährlich es war, die gesamte Ausrüstung allein Generals Schutz zu überlassen. Und Ameisen konnte es auch hier geben.

Kaschtanows Brander

Kaschtanow und Papotschkin hatten in einem Boot Proviant, Reservekleidung und Jagdmunition verstaut – für den Fall, daß die Exkursion ein paar Tage dauern würde – und ruderten nun stromaufwärts. Da das Flüßchen nicht sonderlich tief, die Strömung aber ziemlich stark war, nahmen sie statt der Ruder lange Stangen und stakten damit das Boot durch das Wasser. Das schmale Flußbett war von beiden Seiten von einer hohen Waldwand umsäumt. An manchen Stellen bogen sich die Schachtelhalme, Farne und Palmen so weit über das Wasser, daß ihre Wipfel fast ineinander übergingen. So verlief die Fahrt unter einem grünen Gewölbe, durch das nur schwache Lichtstrahlen drangen.

Hier war es halbdunkel und kühl. Das Boot glitt langsam. Nur das leise Plätschern des Wassers an den Bootswänden und das Knarren der Stangen im Geröll des Flußgrundes waren zu hören.

An lichteren Stellen des grünen Korridors zirpten Libellen, flogen mit dumpfem Brummen große Käfer, bei leichtem Wind rauschten die breiten Wedel der Palmen und Farne, leise knackten die Zweige der Schachtelhalme.

Nach einigen Kilometern traten die grünen Wände plötzlich zurück, und an beiden Seiten des Flüßchens zeigte sich eine große Lichtung. Ihr Boden war mit dürftigem Pflanzenwuchs aus kleinen borstigen Büscheln verschiedener Grasarten überdeckt.

„Mir scheint, dieses Flüßchen entspringt in der Nähe jener Vulkangruppe, die wir bereits erforscht haben“, bemerkte Papotschkin.

„Das ist durchaus möglich. Dann hätten wir nicht viel zu erforschen“, sagte Kaschtanow, dem Zoologen beipflichtend. „Obgleich der Wasserreichtum des Flüßchens uns hoffen läßt, daß sein Oberlauf sich viel tiefer in der schwarzen Wüste befindet.“

Nachdem die Forscher weitere drei Kilometer durch die Waldlichtung zurückgelegt hatten, bemerkten sie vor sich an einer Verengung des Flüßchens einen ziemlich dicken Baumstamm, der die beiden Ufer miteinander verband. Er hing so niedrig über dem Wasser, daß das Boot nicht unter ihm hindurchfahren konnte.

„Man könnte annehmen, das sei eine Brücke, die sich jemand hier gebaut hat“, meinte der Zoologe und lachte. „Auf jeden Fall müssen wir anlegen und dieses Hinternis aus dem Weg räumen.“

„Es sieht tatsächlich wie eine Brücke aus“, rief Kaschtanow, als sie näher herankamen und sahen, daß da nicht nur ein Baumstamm war, sondern drei, die nebeneinander gelegt waren.

„Der Fluß kann unmöglich die Baumstämme so aufgetürmt haben“, sagte Papotschkin. „Wenn es aber eine Brücke ist, wer hat sie dann gebaut? Sollte es in diesem jurazeitlichen Land auch Menschen geben? Das wäre ja hochinteressant!“

„In der Jurazeit gab es, wie Sie wissen, keine höheren Säugetiere. Selbst Vögel waren nur durch Übergangsformen zu den Echsen hin vertreten!“

„Aber die Brücke können doch keine Echsen gelegt haben!“

„Sie haben die Ameisen vergessen. Lebewesen, die so intelligent sind, daß sie komplizierte Bauwerke nach einem ganz bestimmten

Plan errichten, können ebensogut Brücken bauen, weil sie nicht schwimmen und das Wasser fürchten."

„Sie haben recht! Da sind auch schon die Behausungen dieser verdammten Insekten", rief Papotschkin und zeigte in Richtung Westen.

Und wirklich: In dieser Richtung sahen sie einen riesigen Ameisenbau, der sich durch nichts von jenem unterschied, den die Forscher vernichtet hatten.

Die trockenen und leichten Schachtelhalmstämme ins Wasser zu werfen war eine Sache von wenigen Minuten. Dann kehrten die Forscher wieder zu ihrem Boot zurück und wollten die Fahrt fortsetzen. Doch zu ihrem Erstaunen entdeckten sie in ihrem Boot einen ungebetenen Gast: Eine Ameise betastete mit ihren Fühlern die Sachen, während eine andere am Ufer stand.

„Diese Teufel sind schon da, und unsere Flinten liegen im Boot!"

„Nehmen Sie das Messer! Zuerst greifen wir die Ameise am Ufer an, ich von vorn, und Sie schleichen sich von hinten heran."

Beide näherten sich dem Insekt, das sich beim Anblick der Feinde an einen kleinen Strauch stellte, um sich besser verteidigen zu können. Kaschtanow lenkte die Aufmerksamkeit der Ameise mit seiner Messerattacke auf sich, während Papotschkin sich über den Strauch beugte und das Insekt in zwei Hälften zerschnitt.

Doch er hatte nicht bemerkt, daß die erste Ameise mit einem Satz ans Ufer gesprungen war und von hinten ihre Kiefer in seine Wade bohrte. Der Zoologe erschrak und schrie vor Schmerz laut auf.

Kaschtanow eilte ihm zu Hilfe, tötete auch diese Ameise, konnte jedoch seinen Kameraden nur mit großer Mühe befreien. Er mußte den Ameisenkopf, der sich in der Wade verbissen hatte, erst in viele Stücke schneiden.

Die Wunde unter dem dicken Wollstrumpf war nicht groß, doch das Gift des Bisses wirkte schnell, und das Bein begann stark zu brennen und wurde steif.

„Setzen Sie sich auf die Erde, ich hole gleich Salmiakgeist und Verbandzeug", sagte Kaschtanow.

„Nein, nein! Helfen Sie mir zuerst ins Boot. Schauen Sie sich mal um!"

Über die Lichtung eilten etwa zwei Dutzend Ameisen auf sie zu. Einige Minuten später wären die Männer in einen aussichtslosen

Kampf verstrickt worden. Ohne Zeit zu verlieren, griff Kaschtanow dem Zoologen, der sein Bein nur mit Mühe nachschleppte, unter die Arme und ließ ihn von der Uferböschung ins Boot gleiten, sprang dann selbst hinterher und stieß es genau in dem Augenblick ab, als die Feinde das Ufer erreicht hatten.

Es war undenkbar, die Exkursion fortzusetzen. Ein Ruderer lag entkräftet auf dem Boden des Bootes und stöhnte vor Schmerz, und die aufgebrachten Ameisen konnten das gegen die Strömung nur langsam vorwärtskommende Boot verfolgen und es am Anlegen hindern. Deshalb packte Kaschtanow, ohne lange zu überlegen, die Ruder und wendete das Boot stromabwärts. Er bemühte sich, in der Flußmitte zu bleiben, um so einem Angriff der Insekten zu entgehen. Papotschkin streifte mit Mühe seinen Stiefel vom verwundeten Bein, betupfte die Wunde mit Salmiakgeist und verband sie. Das Bein war geschwollen und rot angelaufen. Jede Bewegung verursachte heftige Schmerzen. Nach einer halben Stunde näherte sich das Boot wieder dem Waldrand, der die Lichtung vom Norden umsäumte und sie vom Meer abgrenzte. Die Feinde waren nicht zu sehen. Kaschtanow beschloß anzuhalten, um den Verletzten bequemer zu betten. Er breitete auf dem Boden des Bootes Mäntel aus, legte Papotschkin darauf, tauchte sein Ersatzhemd ins Wasser und packte es als kühlende Kompresse auf die Wunde. Das linderte den Schmerz, und der Zoologe schlief bald ein. Kaschtanow ruhte sich kurz aus und ruderte dann weiter.

Vor dem grünen Korridor machte das Flüßchen eine Biegung. Als Kaschtanow sie passierte, bot sich seinen Augen ein Anblick, der ihn heftig erschrecken ließ. Mit schnellem Ruderschlag brachte er das Boot ans Ufer, stoppte es und verbarg es vor den Blicken der Feinde hinter einem überhängenden Strauch.

Die Ameisen waren ganz nahe. Einige Dutzend von ihnen liefen geschäftig am linken Flußufer, wo der grüne Korridor begann, hin und her. Sie zerbissen Schachtelhalmschäfte, die über dem Wasser hingen, ließen sie in den Fluß fallen und errichteten eine Barriere, die das Boot nicht so ohne weiteres passieren konnte. Zweifellos wollten sie ihren zweibeinigen Feinden den Rückzug zum Meer abschneiden. Die Lage wurde kritisch. Kaschtanow und der verletzte Zoologe waren wohl kaum imstande, sich durch die von zahlreichen Insekten bewachte Schranke einen Weg zu bahnen.

Ein einziger Biß während dieses ungleichen Kampfes, und ich

bin genauso hilflos wie Papotschkin, dachte Kaschtanow. Soll ich etwa umkehren und stromaufwärts rudern? Doch früher oder später können die Ameisen uns auch dort überfallen. Das Flüßchen ist sowieso der einzige Fluchtweg aus ihrem Reich. Wir müssen uns um jeden Preis durchschlagen. Vielleicht schüchtern Schüsse sie ein – aber was, wenn nicht? Alle kann man nicht töten, und wenn ich mit dem Abtragen der Barriere beschäftigt bin, überfallen sie uns mit einer ganzen Armee.

In dieser ausweglosen Lage kam ihm plötzlich eine Idee, die im Falle ihrer raschen Verwirklichung erfolgversprechend schien. Die mit ihrer Arbeit befaßten Ameisen hatten das vom Ufergesträuch verdeckte Boot noch nicht entdeckt. So klammerte sich Kaschtanow ans Gebüsch und zog das Boot langsam stromaufwärts. Er gelangte hinter die Flußbiegung, die ihn und das Boot vollständig vor den Insekten versteckte. Hier begann der Wald sich zu lichten, viele trokkene Schachtelhalme und Bruchholz lagen umher. Der Geologe legte an und machte das Boot fest, in dem der Zoologe noch immer schlief. Kaschtanow schleppte ein paar dicke Stämme zum Fluß, band sie rasch mit einigen elastischen Ruten zusammen, türmte auf dieses Floß einen Haufen Zweige und Reisig, und legte schließlich grüne Schachtelhalm- und Schilfrohrstengel zwischen das trockene Holz.

Als der Haufen aufgeschichtet war, kehrte er ins Boot zurück und ließ es stromabwärts treiben. Das an einer langen Stange befestigte Floß stieß er vor dem Boot her, so daß die Ameisen ihn nicht sehen konnten. Unterhalb der Flußbiegung führte die Strömung direkt zu jener Stelle, an der die Insekten die Schranke errichtet hatten. Kaschtanow zog das Floß zum Boot und zündete das aufgeschichtete Holz an. Dann schob er es wieder vor dem Boot her. Das Feuer griff immer mehr um sich, und aus den grünen Zweigen stieg dichter schwarzer Rauch.

Als Boot und Floß bis auf hundert Schritt an die Barriere herangekommen waren, ließ Kaschtanow das Floß allein weiterschwimmen und griff nach einer Stange, um das Boot in der Flußmitte zu halten. Der gigantische Scheiterhaufen schwamm lodernd auf die Schranke zu und blieb davor stehen. Dicker Qualm und züngelnde Flammen umhüllten die arbeitenden Ameisen. Einige von ihnen fielen, von den Flammen erfaßt und vom Rauch betäubt, ins Wasser. Die anderen retteten sich ans Ufer, rückten zu einem Haufen

zusammen und waren angesichts dieses niegesehenen Schauspiels verwirrt. Kaschtanow lud sein Gewehr mit Schrot, fuhr mit dem Boot immer näher heran und deckte die Ameisen mit einem gehörigen Schrothagel ein. Das Geprassel der furchtbaren, unbekannten Flammen, die Rauchschwaden und das Krachen der Schüsse, denen viele Insekten zum Opfer fielen, erschreckten die Ameisen so sehr, daß die noch lebenden und leichtverwundeten die Flucht ergriffen. Vom brennenden Floß griff das Feuer auf die Barriere über, die zur Hälfte aus trockenem Holz bestand. Während Kaschtanow auf die Ameisen schoß, ging der ganze Mittelteil der Schranke in Flammen auf.

Nachdem sich der Professor davon überzeugt hatte, daß der Feind geflohen war, legte er direkt an der Brandstätte an, erledigte die verwundeten Ameisen mit einem Messer und zerstörte die Barriere, indem er die brennenden und rauchenden Stämme ins Wasser warf. Eine Viertelstunde später war das Hindernis beseitigt. Das Floß mit dem verglimmenden Feuer schwamm weiter, und das Boot folgte ihm, ohne es zu überholen. Dem Menschen darin war es gelungen, seine zahlreichen und klugen Feinde zu überlisten.

Stromabwärts ging die Fahrt durch den grünen Korridor erheblich schneller, und bald schimmerte das ruhige Blau des Meeres durch das Laub.

Als sich das Boot der Flußmündung näherte, hörte Kaschtanow Schüsse, Hundegebell und die Schreie seiner Kameraden. Er ruderte schneller, erreichte nach wenigen Minuten das Ufer und stürzte, das Gewehr in der Hand, zum Rastplatz.

Die Ameisenschlacht

Nachdem Makschejew und Gromeko ihre beiden Kameraden verabschiedet hatten, warfen sie in der Flußmündung ihre Angelruten aus. Die Männer hatten Glück. Bereits nach einer Stunde mußte einer von ihnen sich daranmachen, die Fische zu säubern und sie zum Dörren auf gespannte Leinen zu hängen.

Während Makschejew weiterangelte, begab sich der Botaniker zum Waldrand, um dort Pflanzen zu sammeln. Dabei entdeckte er eine Sagopalme, die er für die Ernährung nutzen wollte. Zu zweit fällten die Männer den Baum, zerspalteten ihn und breiteten das so gewonnene, eßbare Mark zum Trocknen auf Decken aus.

Danach stellten sie einen Topf mit Fischsuppe aufs Feuer und setzten sich hin, um in Ruhe zu besprechen, was es am Nachmittag zu tun gäbe.

„Weit weggehen können wir nicht“, meinte Gromeko, „allein schon deshalb, weil wir die Fische nicht General anvertrauen können.“

„Freilich“, sagte Makschejew zustimmend. „Er ist zwar ein treuer Hund, doch wird er wohl kaum der Versuchung widerstehen, sich mit Fisch vollzufressen.“

„Na gut, dann angeln wir eben noch mehr Fische und dörren einen großen Vorrat für uns wie auch für den Hund. Wer weiß schon, wann wir wieder auf solch einen guten Fischgrund stoßen. Dieses Echsenfleisch schmeckt mir, offengestanden, überhaupt nicht. Ich esse es mit dem größten Widerwillen. Dabei versuche ich mir immer einzureden, es sei Stör oder Weißfisch, also kein Verwandter von Fröschen oder gar Eidechsen.“

Die Fischsuppe begann zu kochen. Gromeko ging zu den Decken hin, um Sago zum Andicken der Suppe zu holen.

„Schauen Sie mal in Richtung Westen!“ schrie er Makschejew zu, der hinter dem Zelt am Feuer zurückgeblieben war.

Makschejew rannte zum Strand.

Von Westen her bewegten sich am Meeresufer entlang einige Monster, die an ihren gestreiften Flanken unschwer als Brontosaurier zu erkennen waren.

Sie näherten sich langsam, zupften unterwegs junge Blätter von den Wipfeln der Farne und Palmen und blieben manchmal vor einem Baum stehen, dessen Laub offenbar besonders gut schmeckte.

„Was sollen wir tun? Was meinen Sie?“ fragte Gromeko. „Wir wissen, daß diese Ungeheuer feige sind und uns nicht als erste angreifen. Aber sie werden Zelt und Fische zertrampeln, wenn wir sie näher heranlassen.“

„Dann müssen wir eben schießen“, sagte Makschejew. „Zunächst mit Schrot, und wenn das nicht hilft, mit Sprenggeschossen.“

Die beiden hoben ihre Flinten, zielten auf die Saurier, und vier Schüsse donnerten dumpf über den Strand. Der plötzliche Lärm und die Schrotladungen erschreckten die Tiere heftig. Doch statt umzukehren, stürzten die plumpen Giganten ins Wasser, liefen in einiger Entfernung am Rastplatz vorbei und wirbelten ganze Wellenberge auf.

Die vom Pech verfolgten Jäger wurden pitschnaß, sie rannten zum Meer, um das Boot festzumachen. Unterdessen spülte eine Welle die Stange weg, an der die Leine mit den Fischen befestigt war. Eine andere ergoß sich über eine Decke mit dem Sagomark. Die Fische fielen mitsamt Leine in den Sand, und der Sago wurde naß.

„Verflucht noch mal", schimpfte Makschejew, sich vor Nässe schüttelnd. „Was für eine Gemeinheit!"

„Jetzt haben wir Arbeit", tröstete ihn Gromeko. „Wir wußten nicht, was wir am Nachmittag machen sollten. Nun haben die Saurier für Beschäftigung gesorgt. Alle Fische müssen noch einmal gesäubert, der Sago im Flüßchen gewaschen und erneut getrocknet werden."

„Zuerst sollten wir uns selber trocknen. Unsere Fischsuppe wird wohl inzwischen übergekocht sein . . ."

Die Brontosaurier machten einen Bogen um den Rastplatz, gingen östlich der Flußmündung wieder an Land und liefen weiter am Strand entlang.

„Sie scheinen auch nicht gern naß zu werden. Schauen Sie nur, wie eilig sie es auf einmal haben!" sagte Makschejew voller Schadenfreude, während er sich am Zelt entkleidete. Gromeko nahm unterdessen den Topf mit der Fischsuppe vom Feuer.

Die Männer hängten ihre Kleider zum Trocknen auf, steckten die Stangen mit der Leine wieder in den Sand und setzten sich nackt zum Essen nieder. General, der sich bereits am Morgen mit Fischköpfen und Innereien vollgefressen hatte, streckte sich im Sand lang aus und schlief ein. Weder er noch die mit dem Essen befaßten Forscher bemerkten, wie aus dem Wald, ganz in der Nähe des Rastplatzes, nacheinander sechs Ameisen kamen, sich umschauten und lautlos wieder im Dickicht verschwanden.

Nach dem Mittagessen legten sich Makschejew und Gromeko ins Zelt und rauchten ihre Pfeifen, bevor sie sich an die Fische machen wollten.

Plötzlich knurrte General, sprang auf und bellte wütend. Gromeko und Makschejew stürzten aus dem Zelt und sahen, daß ihr Rastplatz von Ameisen umstellt war. Eine Kolonne hatte die Männer von der Flußmündung abgeschnitten, die zweite rückte von der anderen Seite zu der Leine mit den Fischen und den Decken mit dem Sago vor.

„Unsere Flinten sind nicht geladen!“ schrie Gromeko und griff nach der Patronentasche.

„Gehen Sie mit der Munition ja sparsam um!“ rief Makschejew. Er lud eilig seine Doppelflinte. „Sie schießen nach rechts, und ich nach links.“.

Die rechte Kolonne hatte sich bereits auf die Fische gestürzt und zerrte sie von der Leine. Die linke war zwanzig Schritte vom Zelt entfernt, als die ersten Schüsse fielen. Das Krachen, der Rauch und die Getroffenen verwirrten die Insekten. Die vordersten blieben unentschlossen stehen, doch die dahinter drängten, angelockt vom Fischgeruch, immer mehr nach vorn, und die Ameisen gingen wieder zum Angriff über. Bellend und mit gesträubtem Fell verkroch sich General im Zelt. Am Eingang standen die Jäger. Sie luden ihre Flinten erneut durch, um noch eine Salve auf die Angreifer abzugeben, und danach mit Messern und Gewehrkolben auf die von allen Seiten herannahenden Insekten loszugehen. Doch der Kampf schien wegen der Überzahl der Feinde aussichtslos.

Plötzlich wurden aus den Sträuchern an der Flußmündung zwei Schüsse auf die hinteren Reihen der Ameisen abgefeuert. Dann stürzte Kaschtanow mit einem brennenden Reisigbündel aus dem Dickicht. Er wedelte damit hin und her, ging direkt auf die Ameisenherde los, die nach allen Seiten auseinanderstob.

Makschejew und Gromeko liefen zum Feuer und warfen brennende Holzscheite zwischen die Insekten. Das half. Die erste Kolonne war aufgelöst. Sie ließ ihre Toten und Verwundeten zurück und ergriff die Flucht ins Dickicht.

Nachdem diese Feindkolonne bezwungen war, attackierten die drei Männer gemeinsam mit General, der wieder Mut gefaßt hatte, mit Feuer und Messern die Insekten, die über die Fische hergefallen waren. Ein Teil der Ameisen mußte seine Gier mit dem Leben bezahlen, den anderen gelang es, mit einigen Fischen und feuchten Sagoklumpen zu entkommen. Zwei Angreifer versuchten die Decke wegzuschleppen, wurden jedoch eingeholt und niedergestreckt. General erledigte die Verwundeten, indem er ihnen die Hälse durchbiß.

Als die letzten Ameisen im Wald verschwunden waren, konnten sich die Forscher etwas ausruhen und die Beute sowie den angerichteten Schaden überblicken. Am Boden lagen fünfundvierzig tote und schwerverwundete Insekten.

Von den fünfzig Fischen auf der Leine waren noch fünfzehn übrig, andere, die die Ameisen auf der Flucht verloren hatten, wurden noch am Waldrand gefunden. Mehr als die Hälfte von dem Sagomark war aufgefressen oder in den Sand getrampelt. Gromeko hatte einen leichten Biß in die Hand abbekommen und Kaschtanow einen in den Fuß. Das dicke Stiefelleder jedoch verhinderte das Eindringen des Giftes.

„Sie sind gerade zur rechten Zeit gekommen“, sagte Makschejew, als sich alle drei am Zelt hinsetzten. „Ohne Ihre Hilfe und den Einfall mit dem Feuer hätten wir diese Bestien nicht bezwungen und wären totgebissen worden.“

„Und wo haben Sie Papotschkin gelassen?“ fiel es plötzlich Gromeko ein.

„Ich habe im Eifer des Gefechts ganz vergessen, daß Semjon Semjonowitsch noch im Boot liegt.“

„Liegt? Warum liegt er? Was ist mit ihm passiert. Lebt er noch?“ fragten Makschejew und Gromeko durcheinander.

„Er lebt! Auch wir hatten einen Zusammenstoß mit den Ameisen. Semjon Semjonowitsch wurde so ins Bein gebissen, daß er sich nicht bewegen kann. Helfen Sie mir, ihn ins Zelt zu bringen.“

„Einen Augenbiick, wir wollen uns erst anziehen“, sagte Gromeko, der, ebenso wie Makschejew, noch immer nackt herumlief.

„Ja, wirklich! Warum sind Sie beide in so seltsamem Aufzug?“ fragte Kaschtanow lachend. „Haben Sie etwa gebadet, als die Ameisen angriffen?“

„Nein, die Brontosaurier haben uns wieder abgeduscht“, antwortete Makschejew und erzählte beim Anziehen, wie das alles geschehen war.

Makschejew und Gromeko streiften eilig ihre Sachen über, dann folgten sie Kaschtanow zum Fluß. Der Zoologe schlief so fest, daß ihn nicht einmal die Schüsse und das Geschrei geweckt hatten. Er machte die Augen erst wieder auf, als man ihn an Händen und Füßen zum Zelt hin trug.

Nachdem die Männer ihren verletzten Kameraden ins Zelt gelegt hatten, hängten sie die übriggebliebenen Fische wieder auf die Leine und warfen die toten Ameisen ins Meer. Erst als diese unangenehme Arbeit erledigt war, erzählte Kaschtanow, während er den

Rest der Fischsuppe verzehrte, von seinen Abenteuern bei der mißglückten Exkursion.

Da zu befürchten war, daß die Ameisen, die zweimal unter den ungebetenen Fremdlingen zu leiden hatten, in einer ungeheuren Anzahl wieder auftauchen würden, um ihre Niederlage zu rächen, erhob sich die Frage, was wohl weiter zu tun sei. Papotschkin und Gromeko waren für die unverzügliche Fortsetzung der Seefahrt, um sich möglichst weit von der Ameisenkolonie zu entfernen. Doch Kaschtanow wollte die von den Ameisen unterbrochene Exkursion stromaufwärts noch einmal versuchen, um ins Innere der geheimnisvollen schwarzen Wüste vorzudringen. Makschejew unterstützte diesen Plan. Um ihn zu verwirklichen, mußte man, wie auch immer, die listigen Insekten erledigen, um nicht ständig von ihnen bedroht zu werden. Deshalb beschlossen die Männer, den Abend abzuwarten, dann zum Ameisenbau zu fahren, um ihn in Brand zu stecken. Falls das gelang, würde der weitere Weg stromaufwärts frei sein. Das Floß und alle überflüssigen Gegenstände sollten im Dickicht am Meeresufer verstaut werden.

Brandstiftung im Ameisenbau

Kaschtanow und Makschejew machten sich auf den Weg. Papotschkin konnte noch nicht wieder laufen, und Gromekos Hand schmerzte. Deshalb blieben die beiden Versehrten zurück, um das Zelt zu bewachen. Die Bootsfahrt ging auf der bereits bekannten Strecke schnell voran. Kaschtanow und Makschejew passierten die Überreste der von den Ameisen errichteten Barriere, wo ein paar Holzstämme noch glimmten und qualmten. Einige verkohlte Insekten lagen umher. Dann erreichten die beiden Männer die Lichtung und erkundeten im Schutz von Sträuchern das Gelände in der Nähe des Ameisenbaus, um nicht unverhofft auf Feinde zu stoßen. Doch kein einziges Insekt war zu sehen. Wahrscheinlich schliefen die Tiere im Innern ihrer Festung. Die Männer fuhren weiter, bis zu der einstigen Brücke, von der aus ein Trampelpfad zum Ameisenbau hinführte.

Da stellte sich heraus, daß die Insekten bereits eine neue errichtet hatten.

Das Boot wurde im Strauchwerk unterhalb der Brücke festgebunden. Mit Reisigbündeln und den geladenen Flinten bewaffnet, begaben sich die beiden Männer zu der Ameisenkolonie. Kurz davor gingen sie hinter Büschen in Deckung, um den Bau zu beobachten und sich davon zu überzeugen, daß niemand sie bei der Ausführung ihres Plans behindern würde.

Ringsum war es still, und sie machten sich an die Arbeit. In jeden Haupteingang legten die Männer Reisigbündel und obenauf einige dünne und trockene Holzbalken von der Außenwänden des Baus.

Dann wurde am Westeingang, der am weitesten vom Ufer entfernt war, Feuer gelegt. Kaschtanow lief, so schnell er konnte, zum nördlichen, Makschejew zum südlichen Eingang, um auch hier die Reisigbündel in Brand zu stecken. Anschließend wollten sich beide am östlichen Eingang treffen, um die Brandstiftung zu vollenden. Von hieraus konnten sie, falls Gefahr drohte, zum Boot fliehen.

Kaschtanow bemerkte beim Anzünden des Reisigkaufens im Gang eine Ameise, die auf das Feuer zulief. Er versteckte sich hinter dem Feuer in der Hoffnung, das Insekt würde herauskommen, und er könne es erlegen, bevor dieser Wachposten Alarm schlug. Doch die Ameise versuchte das Holz auseinanderzuzerren und lief zurück in den Gang, offensichtlich um Hilfe zu holen. Da wurde Alarm geschlagen. Kaschtanow mußte zum östlichen Eingang rennen.

Makschejew war bereits dort. Eilig entflammte er das Feuer und empfing seinen Kameraden mit den Worten:

„Schnell! Schnell! Wir müssen zum Boot!“

Sie rannten Hals über Kopf, blieben einmal unterwegs stehen, um sich umzuschauen. Aus dem östlichen Eingang züngelte eine gewaltige Flamme. An der Nordseite brannte der Ameisenbau ebenfalls lichterloh. Aus vielen oberen Gängen quollen dichte Rauchwolken. Doch an der südlichen Seite, wo Makschejew wegen der aufgeschreckten Insekten es sehr eilig gehabt hatte, war das Feuer eher schwach. Hier kamen aus allen oberen Gängen Ameisen gestürzt. Einige schleppten Eier und Puppen nach unten, trugen sie zur Seite. Andere liefen kopflos hin und her, näherten sich dem Feuer oder den rauchenden Eingängen, bis sie verbrannt oder betäubt umfielen.

„Unser Vorhaben hat nicht ganz geklappt“, bemerkte Kaschtanow. „Ein Teil der Ameisen wird sich retten können. Obdachlos werden sie im Land umherirren und uns überfallen. So bleibt uns nichts anderes übrig, als morgen von hier zu verschwinden."

„Wir müssen gleich weg", rief Makschejew und zeigte auf einen Trupp Ameisen, der über den Trampelpfad zur Brücke lief.

„Wollen sie etwa Wasser holen, um das Feuer zu löschen?" scherzte Kaschtanow.

Die Insekten hatten zweifelsohne die Brandstifter entdeckt und verfolgten sie nun. Sie waren schneller als die Menschen, und die Entfernung zu ihnen wurde immer geringer.

„Ich kann nicht mehr. Mein Herz macht da nicht mit", rief Kaschtanow außer Atem. Da der Professor nicht so durchtrainiert war wie Makschejew, konnte er mit diesem nicht lange mithalten.

„Bleiben wir stehen und feuern eine Ladung ab!" schlug Makschejew vor.

Bis die Ameisen sich auf fünfzig Schritt genähert hatten, konnten beide etwas verschnaufen, und dann schossen sie. Die vorderen Insekten stürzten, die anderen hielten inne. Es waren mehr als ein Dutzend, doch hinter ihnen folgte in einiger Entfernung bereits ein zweiter Trupp.

Mit allerletzter Kraft erreichten die Verfolgten die Brücke in dem Moment, als der Reservetrupp auf dem Schlachtfeld eintraf.

„Zum Teufel noch mal, wo ist unser Boot?" schrie Makschejew, der als erster am Flußufer ankam.

„Sagen Sie bloß, es ist nicht da . . .!"

„Nein, es ist spurlos verschwunden."

„Haben wir es auch wirklich hier festgebunden?"

„Ja doch, ich habe mir die Stelle gut gemerkt . . . Da ist ja auch das Seil, mit dem das Boot festgemacht war . . . Es baumelt am Strauch!"

„Wer kann bloß das Boot losgemacht und entführt haben?"

„Vielleicht hat es sich selbst gelöst und ist von der Strömung abgetrieben worden."

„Womöglich waren es die Ameisen."

„Was sollen wir nun tun?"

„Laufen wir erst mal über die Brücke und zerstören sie dann", schlug Kaschtanow vor. „Das Flüßchen schützt uns in jedem Fall vor den Verfolgern."

Ohne Zeit zu verlieren, liefen die beiden auf der unter ihrem Gewicht stark nachgebenden Brücke zum anderen Ufer hinüber. Die Verfolger waren bereits auf hundert Schritt herangekommen.

„Es ist besser, wir ziehen die Holzstämme auf unsere Seite, sonst fischen die Ameisen sie wieder aus dem Wasser“, riet Makschejew.

Eine Minute später, als die ersten Ameisen am Ufer eintrafen, lagen beide Stämme bereits neben den Männern. Das tiefe Flüßchen trennte sie von ihren Verfolgern, die ratlos am anderen Ufer standen. Es waren etwa zwanzig Ameisen, doch auf dem Pfad rückte Verstärkung heran. Hinter ihnen stand der Ameisenbau wie ein riesiger Scheiterhaufen in Flammen. Das Feuer schlug hoch empor, dunkle Rauchwolken stiegen in der Windstille zu einer schwarzen Säule auf, die eine ungeheuere Höhe erreichte.

„Man könnte annehmen, es sei ein Vulkanausbruch“, sagte Makschejew und lachte. „Wir haben ihnen ihre Schikanen ganz schön heimgezahlt.“

„Aber unser Plan, die Gegend von ihnen zu säubern, ist nicht aufgegangen, und jetzt müssen wir uns vor den Insekten in die Flucht schlagen.“

„Wie wollen wir zum Meer gelangen?“

„Am Fluß entlang durch den Wald zu gehen ist ganz und gar undenkbar.“

„Das würde auch zu lange dauern, außerdem können uns die Ameisen überholen und unsere Kameraden angreifen.“

„Wissen Sie was: Wenn wir nicht gehen können, dann müssen wir uns eben auf dem Wasser fortbewegen. Aus diesen beiden Stämmen bauen wir mit Leichtigkeit ein kleines Floß. Das Wasser wird uns schneller vorwärtsbringen als unsere Beine.“

„Das ist eine Idee! Doch zunächst müssen wir die Ameisen vertreiben, damit sie unsere Abfahrt nicht behindern.“

Die Forscher luden ihre Gewehre und schossen viermal auf die sich am gegenüberliegenden Ufer drängenden Insekten. Etwa ein Dutzend der Ameisen stürzten zu Boden, einige purzelten ins Wasser, die anderen stoben nach allen Seiten auseinander. Nach wenigen Minuten schon lagen die Brückenbalken im Wasser und wurden mit einigen elastischen Ruten, die von den umliegenden Sträuchern stammten, zusammengebunden. Die beiden Männer sprangen auf das improvisierte Floß und stießen sich vom Ufer ab. Sie warfen einen letzten Blick auf die brennende Festung ihrer Feinde. Die Strömung trug sie schnell davon, die Flinten dienten als Stangen, mit denen man sich vom Ufer abstoßen konnte, falls sich das Floß ihm allzudicht näherte. Ein paar Ameisen liefen noch eine Weile am Fluß mit. Doch die Strömung war schneller, und so blieben sie allmählich zurück.

Hinter der Flußbiegung, vor dem Waldrand, wo Kaschtanow seinen Brander gebaut hatte, erblickten die Männer voller Freude ihr Boot, das von der Strömung ans Ufer getrieben war und im Gesträuch festsaß.

Auch das Floß wurde an diese Stelle getrieben. Die Männer stiegen ins Boot um und ruderten los.

Nach einer halben Stunde erreichten sie ohne weitere Vorkommnisse den Rastplatz.

Eine neue Exkursion ins Landesinnere

Der mißglückte Angriff auf die Ameisenkolonie zwang die Forscher, ihren Rastplatz in der Bucht sofort zu verlassen, denn bei jeder Fahrt ins Landesinnere riskierten sie einen Zusammenstoß mit den erbosten Insekten, die, jetzt ohne Wohnstätte, überall umherirrten. So würde ein Krieg mit ihnen die ganze Energie der Männer kosten und ihre ohnehin schon geringen Munitionsvorräte aufzehren. Selbst am Rastplatz war jeden Augenblick mit einem neuen Überfall der Ameisen zu rechnen, und der konnte böse enden.

Die Frage, ob man die Fahrt an der Südküste des Echsenmeeres in westlicher Richtung fortsetzen oder nach Osten umkehren sollte, wurde während des vorgezogenen Frühstücks sehr lebhaft diskutiert. Schließlich einigten sich die Männer darauf, nach Westen zu fahren.

Sie ruderten an der Küste entlang und ließen alsbald die Bucht hinter sich. Die Südküste blieb ermüdend eintönig. Nach zwei Wochen inmitten von Flora und Fauna der Jurazeit waren die Forscher so sehr an sie gewöhnt, daß sie ihnen bereits alltäglich erschien. Sie wollten weiter nach Süden vordringen, in der Hoffnung, dort noch ältere Tier- und Pflanzenwelten anzutreffen, neue Abenteuer zu erleben und neue Eindrücke zu sammeln.

Aber diesen Weg in Richtung Süden versperrte die Wüste, während die Fahrt nach Westen und Osten nichts anderes versprach als die bekannten Anblicke der Juranatur. So begannen alle mit dem Gedanken zu spielen, die Rückreise in Richtung Norden anzutreten.

An einigen Stelle der Meeresküste waren wieder Ameisen zu sehen, so daß man annehmen konnte, diese Insekten seien an der ganzen Südküste des Echsenmeeres verbreitet und stellten tatsächlich die Herren der Juranatur dar.

„Ein Glück, daß sie einen Teil ihrer Zeit im Ameisenbau zubringen", bemerkte Papotschkin. „Sonst würde man sich vor ihnen kaum retten können."

„Ja, diese Viecher sind schlimmer als Säbelzahntiger und Raubsaurier. Weder die einen noch die anderen haben uns ein Hundertstel jener Unannehmlichkeiten und Aufregungen beschert, wie wir sie mit den Ameisen erlebt haben!" pflichtete Makschejew bei.

Die Männer übernachteten am Strand. Sie wollten noch einen weiteren Tag in westlicher Richtung vorstoßen und dann doch umkehren, falls es nicht gelingen sollte, weiter nach Süden vorzudringen.

Dieser letzte Tag brachte die ersehnte Wende. Die Küste bog nach Süden ab, ohne jedoch ihre Gestalt zu verändern. Nach einigen Stunden Fahrt sahen die Forscher, daß die grüne Waldwand bald enden würde.

„Wieder das gleiche Tafelgebirge und die gleiche schwarze Wüste", rief Kaschtanow, der die Landschaft durch das Fernglas beobachtete. In seiner Stimme schwang Enttäuschung mit.

Doch als die Seefahrer das Ende des Waldes erreicht hatten, sahen sie, daß sich vor dem Tafelgebirge eine Bucht öffnete, hinter der ein grünes Tal lag. Darüber erhob sich eine Gruppe hoher kegelförmiger, dunkler Berge.

„Schon wieder Vulkane! Aber diesmal ganz in der Nähe der Küste", rief Gromeko.

Die Forscher ruderten zum Südufer der Bucht auf die Talöffnung zu, wo sich ein ebener Sandstrand zeigte.

Durch das Tal floß ein ziemlich breiter Bach, der von Bäumen, Sträuchern und Wiesen umsäumt war. Die Männer schlugen ihr Zelt am Strand auf. Auf den Wiesen entdeckten sie Käfer, Libellen und Fliegen, die Fährten von Iguanodons und Flugechsen. Ameisen waren glücklicherweise nicht zu sehen.

Nach dem Mittagessen brachen die Forscher zum Vulkan auf. Vorsichtshalber versteckten sie Boote, Zelt und entbehrliche Gegenstände im Dickicht des Waldes und hängten einige Dinge sogar an Ästen auf. General wurde mit auf den Weg genommen.

Der Weg führte am Bach entlang. Das Unterholz am Ufer war passierbar, denn hier gab es unzählige Pfade von Iguanodons. In den Felsen der beiden Talhänge entdeckte Kaschtanow Olivin mit Nickeleiseneinschlüssen, das er bereits weit nördlicher, am Makschejew-Fluß, gesehen hatte. Hier allerdings waren die Einschlüsse viel größer, sie erreichten Ausmaße von einem halben bis zu einem ganzen Meter und waren aus reinem Metall.

„Das ist ein phantastischer Rohstoff für die Stahlherstellung", rief der Ingenieur und blieb erstaunt und fasziniert vor der hohen Steilwand stehen, in der viele große und kleine Metalleinschlüsse in der Sonne glänzten.

Er betrachtete die Wand mit der Begierde eines Kindes, das vor einem Kuchen mit unzähligen Rosinen steht.

„Welch riesiges Stahlwerk könnte man hier bauen!" sagte er.

„Trotz der Ameisen?" fragte Kaschtanow lächelnd zurück.

„Trotz allem! Würden denn die Menschen, falls sie auf die Verarbeitung dieser Schätze angewiesen sind, etwa vor der Ausrottung dieser lästigen Insekten zurückschrecken? Eine Kanone und ein Dutzend Granaten reichen aus, um alle Ameisenkolonien an dieser Küste zu vernichten."

Über dem grünen Tal kreisten ab und zu große Pterodaktylen, die nach Beute Ausschau hielten. Wahrscheinlich hatten sie ihre Nistplätze ganz in der Nähe auf unzugänglichen Felsen. Sie wagten es nicht, die Menschen anzugreifen. Doch jedesmal, wenn General die Forscher weit hinter sich ließ oder selbst zurückblieb, erschien eine Flugechse über ihm und kreiste in der Luft, um einen günstigen Moment für den Angriff abzupassen. Gromeko schoß zweimal auf den fliegenden Räuber und traf ihn mit einem Streifschuß. Die verwundete Echse fiel auf den Wipfel eines großen Farns und blieb dort zappelnd hängen.

Unterwegs stießen die Männer am Fuß einer Felsengruppe auf eine Herde weidender Iguanodons. Die Jagd auf sie merkte man sich für den Rückweg vor, um sich jetzt nicht mit allzuviel Fleisch zu beladen.

Nach drei Stunden ruhiger Wanderung erreichten die Männer eine Stelle, an der das Tal einen scharfen Knick nach Westen machte. Rechts erhoben sich die Hänge einer Vulkangruppe. Man kam jetzt mühsamer vorwärts, die Männer mußten häufig über schwarze Lavablöcke hinwegklettern.

Auf einer kleinen Wiese, die für das Nachtlager geeignet schien, wo es auch trockene Schachtelhalme für ein Feuer gab, wurden Vorräte und überflüssiges Gepäck zurückgelassen, um die Gegend so unbeschwert wie möglich zu erkunden.

Am Fuß des Vulkans lag zwischen zwei breiten Lavaströmen ein kleiner See von etwa fünfzig Meter Durchmesser, umsäumt von niedrigen Palmen, Schachtelhalmen und schmalen Schilfstreifen. Diesem See entsprang auch der Bach. Er bahnte sich seinen Weg durch den unteren Lavastrom. Die Oberfläche des Sees war spiegelglatt und reflektierte in allen Einzelheiten das grüne Ufer, die schwarzen Lavaströme und auch die düsteren Hänge des Tafelgebirges.

„Was für ein herrlicher Ort für einen Eremiten, der sich für immer vor der Geschäftigkeit der Welt zurückziehen will!“ rief Papotschkin aus. „Er könnte sich hier im Schutz der schwarzen Wand eine Hütte bauen, würde am Ufer des friedlichen Sees im Schatten der Palmen leben und nur den klaren Himmel, den ewigen Pluton und den majestätischen Vulkan genießen.“

„Und eines schönen Tages käme er im Steinhagel oder im Lavastrom dieses heimtückischen Vulkans um!“ ergänzte Kaschtanow.

„Oder er würde vorher den Hungertod sterben, denn soweit ich das beurteilen kann, tragen diese Palmen keine eßbaren Früchte, und das Schilfrohr scheint ebenfalls nicht zuckerhaltig zu sein“, fügte Gromeko hinzu.

„Außerdem sieht man überhaupt kein Wild“, sagte Makschejew.

„Was sind Sie doch für langweilige Realisten! Nicht einmal träumen kann man in Ihrer Runde. Der Eremit könnte hier ein Feld und einen Garten anlegen. Wasser ist vorhanden, und auf Lava gedeiht Wein vortrefflich. Außerdem . . .“

Der Zologe konnte seinen Gedanken nicht zu Ende führen, denn aus der Richtung des Vulkans, dessen Gipfel hinter Lavaanhäufungen verborgen war, kam ein donnerartiges Grollen. Einige Minuten später standen die Männer mitten in einem Regen kleiner schwarzer Steine.

„Da haben Sie es! Seine Majestät macht darauf aufmerksam, daß er dem Eremiten nicht gestattet, auf der alten Lava Wein anzubauen!“ sagte Makschejew und lachte.

„Lassen Sie uns den See untersuchen und dann zu unseren Sachen zurückkehren. Hier ist es etwas zu gefährlich“, schlug Kaschtanow vor.

Während die Männer zum See hinabstiegen, wiederholte sich das Donnergrollen, und erneut regnete es Steine.

„Der Vulkan ärgert sich über die ungebetenen Gäste! Er hat Angst, daß wir seine Schätze aus dem Krater rauben, so wie wir den Schwefel dem Satanskrater entnahmen, bevor er wach wurde."

„Nennen wir diesen Vulkan Brummbart", schlug Gromeko vor.

Dieser Name wurde allseitig akzeptiert. Der See wurde Eremitensee getauft, und der Bach bekam Papotschkins Namen.

„So haben wir Ihre Luftschlösser verewigt", sagte Makschejew lachend, als er diese Namen notierte.

Das Wasser des Sees war kalt und nicht salzig. Sein Geschmack erinnerte an Selters, und bei leichter Erwärmung stiegen Kohlensäurebläschen aus ihm empor.

Die Männer gingen einmal um den See herum und badeten vergnügt an einem bequemen Platz in dem erfrischenden Wasser. Beim Tauchen stellten sie fest, daß er kaum tiefer als drei Meter war. In dem See gab es weder Fische noch Wasserpflanzen, auch keine Insekten.

Da es noch zu früh war, um zum Nachtlager umzukehren, beschlossen die Forscher, das Tafelgebirge zu erklimmen. Das war nicht sonderlich schwer, weil der obere Lavastrom bis zum Steilhang der Erhöhung reichte und die Lavablöcke eine Art Treppe bildeten, so daß die Männer sehr bald oben ankamen.

Im Osten lag zu ihren Füßen in einer tiefen Mulde ein See, dahinter erhoben sich Brummbarts schwarze zerklüfftete Hänge, über denen sein steilwandiger Gipfel aufragte. Aus dem Krater stieg eine schwarze Rauchsäule, die in der Windstille eine gewaltige Höhe erreichte. Nach Süden, Westen und Norden dehnte sich die gleiche schwarze Wüste aus, von der auch der Satansvulkan umgeben war. Im Norden reichte sie bis zum Meer, in den anderen Richtungen jeweils bis zum Horizont.

„Der Brummbart ist um vieles höher als der Satan, und die Hänge seines Kegels sind erheblich steiler", bemerkte Kaschtanow.

„Der beginnende Ausbruch hindert uns sowieso daran, den Gipfel zu besteigen", fügte Makschejew hinzu.

„Warten wir bis morgen! Wir brauchen ja jetzt keinen Schwefel, können also jeden Augenblick umkehren."

Die Männer stiegen auf demselben Weg über die Lavaströme zum See hinab und erreichten nach einer Stunde ihren Rastplatz.

Brummbarts Streiche

Der Vulkan ließ die Männer nicht lange schlafen. Schon einige Stunden später wurden sie von einem so furchtbaren Donnergrollen aus dem Schlaf gerissen, daß alle erschrocken hochfuhren.

„Sagen Sie bloß, auch dieser Vulkan stößt Glutwolken aus! Schauen Sie nur, was da los ist!" schrie Gromeko.

Der Brummbart war von dichten, schwarzen Wolken umhüllt, die die Hänge hinabkrochen und sich nach allen Seiten hin ausbreiteten. Es roch merklich nach Schwefel und Chlor. Die Wolken ballten sich zusammen, von grellen Blitzen erhellt, und das Getöse aus dem Vulkankrater vermischte sich mit Donnerschlägen.

„Nein", sagte Kaschtanow, „Glutwolken brauchen wir nicht zu befürchten. Das ist ein andersartiger Vulkanausbruch. Er gleicht mehr der Explosion des Vesuv. Jetzt werden Asche und Gesteinsbomben ausgestoßen, später folgt wahrscheinlich noch Lava."

„Aus unserem Vulkanaufstieg wird nun wohl nichts?"

„Nein, es wäre Wahnsinn, gerade jetzt den Berg zu erklettern."

„Was wollen wir also tun?"

„Wir warten noch eine Weile oder schlafen weiter, und dann kehren wir um, zum Meer."

„Und warum nicht gleich?"

„Es ist doch interessant, den Ausbruch aus nächster Nähe zu beobachten."

„Und wenn wir von Gesteinsbomben getroffen werden?"

„Wohl kaum. Wir befinden uns genau am Fuß des Vulkans, und so weit fliegen sie nicht."

„Wenn uns aber die Lava erreicht?"

„Lava fließt langsam. Man kann ihr immer entkommen, sogar zu Fuß."

„Nun gut, dann bleiben wir und gucken zu, wie Brummbart arbeitet. Es wäre aber nicht schlecht, wenn wir dabei frühstücken!"

Die Männer machten Feuer, setzten den Teekessel auf und beobachteten während des Essens den Vulkan.

Er war ganz und gar von Wolken umhüllt. Selbst der Himmel darüber war von einem grauen Dunstschleier überzogen, und Pluton ähnelte einer roten Scheibe ohne Strahlen. Die düstere Umgebung des Vulkans schimmerte in seinem unheildrohenden, trüben Licht.

Bald fiel schwarze Asche vom Himmel, fein gepudert, zuerst wenig, dann immer mehr, so daß die Männer ihre Teebecher mit den Handflächen bedeckten, um keinen Vulkanstaub zu schlucken. Allmählich wurden das Gras, das Schilf und die Palmenblätter schwarz, das Wasser des Bachs sah aus wie Tinte.

„Gut, daß wir unsere Kanister schon vorher gefüllt haben", sagte Makschejew, „sonst müßten wir den ganzen Tag ohne Wasser auskommen ... Was aber ist das für ein Lärm?"

Nachdem das Grollen des Vulkans nachgelassen hatte, konnte man zwischen den Donnerschlägen ein dumpfes, immer mehr anschwellendes Geräusch vernehmen, das an eine starke Meeresbrandung erinnerte. Die Forscher blickten sich fragend an.

„Ob das eine Glutwolke ist?" fragte Papotschkin erregt.

„Wir müssen nach oben rennen", rief Kaschtanow, „über den Bach wälzt sich ein Wasser- oder Schlammstrom hinweg. An diese Möglichkeit habe ich nicht gedacht. Packen wir schnell unser Zeug und ab auf den Berg."

Die Männer griffen Gepäck und Gewehre und liefen los. Sie kletterten über die Blöcke aufwärts und waren bemüht, so hoch wie möglich über das Flußbett hinauszukommen.

Als sie etwa fünfzig Meter oberhalb des Nachtlagers stehenblieben, um kurz zu verschnaufen, bot sich ihren Augen ein Anblick, der die überstürzte Flucht völlig rechtfertigte. Im Flußbett, das sich in den Vulkanabhang eingegraben hatte, raste ein wilder, schwarzer Wasserstrom herab, der von beiden Ufern riesige Blöcke erstarrter Lava mit sich riß. Nach einigen Minuten erreichte die schreckliche, drei Meter hohe Flutwelle jene Stelle, an der die Männer eben sorglos ihren Tee getrunken hatten, und im Handumdrehen verschwanden in diesem schmutzigen Strom die grünen Büsche, schwankten und stürzten entwurzelte Palmen, schließlich versank der ganze Platz, als wäre er nie dagewesen.

„Eine saubere Arbeit!" rief Papotschkin. „Wir haben uns rechtzeitig aus dem Staub gemacht."

Bei ihrer Flucht hatten die Männer den Lavastrom hinter sich gelassen und konnten jetzt von oben die beiden Nebengipfel des Vulkans überblicken. Der Schlammstrom verlief von der rechten Bergspitze abwärts. Alle schauten nach links, um das Geschehen dort zu verfolgen. Einige Minuten später stürzte von der linken Anhöhe ein zweiter Schlammstrom durch ein enges Tal herab, doch dieser kam nur langsam vorwärts, weil er mit Asche und Steinen durchsetzt war. In den Fluten des schwarzen Schlammbreis wirbelten entwurzelte Sträucher und Palmenstämme durcheinander.

„Sie kommen von den Ufern jenes Sees, an dem wir gestern waren", sagte Papotschkin.

„Da haben Sie Ihre stille, idyllische Zufluchtstätte für Eremiten. Den See gibt es schon nicht mehr, alles ist von Schlamm überflutet", sagte Kaschtanow.

„Ja, die hiesigen Vulkane sind recht unruhige Nachbarn", bemerkte Gromeko. „Satan hat uns mit einer Glutwolke überrascht und Brummbart mit Schlamm."

„Trotzdem sind wir in beiden Fällen heil davongekommen und haben hier wie dort ein schreckliches, aufregendes Naturschauspiel erlebt", sagte Kaschtanow.

„Dafür sind wir jetzt vom Meer und unseren Booten abgeschnitten", rief Papotschkin entmutigt. „Sehen Sie nur: rechts und links brausende Ströme, hinter uns Brummbart, der uns noch mancherlei Überraschung bescheren kann."

Die Expeditionsmitglieder, die sich vor den Fluten auf einen Felsen gerettet hatten, befanden sich tatsächlich auf einer Art belagerter Festung und konnten unmöglich durch das Tal zum Meer zurückkehren. Hinter ihnen toste der Vulkan weiter.

„Wenn jetzt noch Lava von oben dazukommt, geraten wir sozusagen zwischen Feuer und Wasser. Schöne Aussichten!" meinte Gromeko.

„Ja, Brummbart hat noch nicht das letzte Wort gesagt", bemerkte Makschejew.

„Ich glaube, unsere Angst ist verfrüht", beruhigte Kaschtanow seine Kameraden. „Die Schlammströme werden sich bald verlieren, und wir brechen zum Meer auf, bevor die Lava, falls sie überhaupt hierher fließt, zu uns gelangt."

„Bis dahin werden wir allerdings pitschnaß. Weit und breit gibt es keinen Unterschlupf", brummte Papotschkin.

Der Zoologe hatte recht. Schon einige Zeit lang fiel aus den Wolken, die vom Vulkan herüberkamen, ein feiner Regen, den die Forscher, ganz von den Schlammströmen abgelenkt, gar nicht bemerkt hatten. Jetzt wurde der Regen stärker, und die Männer hielten Ausschau nach einem möglichen Unterstand. Vertrauend auf das gute Wetter, das schon viele Tage andauerte, hatten die Forscher weder

Regenmäntel noch ihr Zelt mitgenommen, so daß sie jetzt der Witterung schutzlos ausgeliefert waren.

„Ich vermute, dort oben, bei den vielen großen Lavablöcken, werden wir eher eine Zuflucht finden", sagte Makschejew und zeigte hangaufwärts.

„Dann sind wir ja dem Vulkan noch näher", sagte Papotschkin mit einem Seufzer.

„Tun Sie, was Sie für richtig halten. Bleiben Sie hier im Regen, wir klettern hoch", entgegnete ihm Gromeko.

Doch der Zoologe wollte sich nicht absondern, und so bestiegen alle den steilen Lavastrom. Steine und Stiefel waren bereits naß geworden, der Marsch auf dem glitschigen Untergrund bereitete einige Mühe. Bald erreichten die Männer einen großen Wall aufeinandergetürmter Blöcke – hier endete ein jüngerer Lavastrom, der sich über einen älteren ergossen hatte. Zwischen den einzelnen Blöcken gab es hier und dort Hohlräume, die groß genug waren, um einem Menschen Schutz zu bieten. Alle vier verkrochen sich in diese Löcher, und der pudelnasse General schmiegte sich an Makschejew, der über diese Nachbarschaft nicht sonderlich erfreut war. Völlig durchnäßt hockten die Männer in unbequemen Posen auf rauhen Steinen und verbrachten ziemlich unangenehme Minuten. Damit die gute Laune nicht verflog, unterhielten sie sich durch Zurufe.

Der Regen ließ nicht nach. Bald rieselten auf dem Lavastrom von Asche verschmutzte Rinnsale und Bäche herab, was den Männern neue Unannehmlichkeiten bereitete. Der eine bekam eine kalte Dusche in die Seite, der andere einen Guß auf den Rücken. Papotschkin, der in einem niedrigen und schmalen Loch auf dem Bauch lag, spürte plötzlich Wasser unter sich. Er kroch hervor und lief zwischen den Felsblöcken hin und her, um eine günstigere Stelle ausfindig zu machen.

Makschejew sah das und lachte lauthals.

„Das ist kein Brummbart", schrie der Zoologe, im Regen von einem Felsblock zum anderen kletternd, „das ist . . ., der Teufel weiß, was das ist . . . Ein Tränensack, ein Bettnässer, eine Regentonne!"

„Nennen wir ihn Wassermann!" schlug Makschejew vor.

Doch Papotschkin hörte bereits nicht mehr zu. Er hatte einen kleinen Spalt entdeckt und kroch mit dem Kopf zuerst hinein. Der

Spalt war aber nicht tief genug, so daß die Beine nach draußen, in den Regen, ragten.

Plötzlich ertönte ein schrecklicher Knall. Die Männer sprangen fast gleichzeitig auf.

„Ein Erdbeben!“ schrie Gromeko.

„Der Vulkan ist explodiert und stürzt auf uns herab“, jammerte Papotschkin.

„Das ist doch nicht etwa eine Glutwolke“, flüsterte Kaschtanow und wurde bleich.

Durch den Regen- und Wolkenschleier war nichts zu sehen. Nach der ersten Schrecksekunde beruhigten sich alle ein wenig. Da stürzte in ihrer Nähe eine Gesteinsbombe mit dumpfem Krachen herab. Sie war spiralförmig durchfurcht, so groß wie ein Menschenkopf, zischte, knisterte und rauchte im Regen. Von allen Seiten her, mal hier, mal dort, hörten die Männer das Poltern und Krachen herabstürzender Steine.

„Los, zurück!“ schrie Makschejew. „Brummbart hat das Feuer mit großem Kaliber eröffnet.“

Alle beeilten sich, in ihre Höhlen zu kriechen. Von dort aus beobachteten sie mit stockenden Atem, jedoch voller Neugier, wie Gesteinsbomben verschiedener Größe herabfielen und zischten. Manche schlugen auf einen Felsblock und zerplatzten wie Granaten. Dafür ließ der Regen rasch nach. Ein heißer Windstoß fegte den Hang hinunter, brachte Schwefel- und Brandgeruch mit sich. Die Wolken lösten sich allmählich auf, auch der Steinschlag verebbte, und Makschejew wagte es, aus seiner kleinen Höhle herauszublicken.

„Brummbart hat seinen Hut gezogen und streckt uns eine rote Zunge heraus“, rief er.

Die anderen kamen ebenfalls hervor.

Hochoben, zwischen schwarzen Wolken, zeigte sich der Gipfel des Vulkans. Eine kurze feuerrote Lavazunge hing aus ihm herab, so als wollte sie die Menschen verhöhnen, die sich erdreistet hatten, die ewige Einsamkeit der Berge zu stören.

„Ja, jetzt bricht die Lava aus“, sagte Kaschtanow.

„Eine Überraschung jagt die andere. Erst wollte er uns im Schlamm ersticken, dann im Wasser ersäufen, schließlich bombardieren, und weil das alles nicht aufging, greift er nun zum letzten Mittel und will uns jetzt mit Lava zudecken“, scherzte Gromeko.

„Nur Mut, Semjon Semjonowitsch! Jetzt geht es mit Ihnen zu Ende“, sagte Makschejew und lachte.

„Der Teufel soll Sie holen“, erwiderte der Zoologe bissig. „Wenn die Gefahr wirklich so groß wäre, würden Sie selbst die Beine in die Hand nehmen, wie vor dem Schlammstrom.“

„Der Lava können wir ohne Eile entkommen“, bemerkte Kaschtanow.

Doch wohin? Alle Wege waren versperrt. Beide Schlammströme hatten sich noch immer nicht beruhigt, und die rote Lavazunge näherte sich ziemlich rasch. Sie verschwand ab und zu hinter weißen Dampfwolken, die aus ihrer Oberfläche aufstiegen.

„Brummbart hat uns erst durchnäßt, jetzt wird er uns trocknen.

Wenn die Lava nahe genug herankommt, werden uns die Kleider gleich am Leib trocknen und dann . . ."

„Dann werden wir bei der Überquerung des Schlammstroms wieder naß oder gar draufgehen", sagte Papotschkin, Gromekos Scherz vollendend.

Asche fiel nicht mehr herab, die Wolken hatten sich aufgelöst, Pluton zeigte sich wieder, und die Hänge des Vulkans trockneten schnell unter seinen Strahlen. Die schwarzen Lavablöcke rauchten, als würden sie von einem unterirdischen Feuer erhitzt.

Die Männer breiteten ihre Sachen zum Trocknen auf dem Gestein aus. Gromeko zog sich sogar ganz aus, sonnte sich unter den Strahlen Plutons und empfahl seinen Kameraden, dasselbe auch zu tun.

„Und was ist, wenn Brummbart uns mit einer neuen Portion Gesteinsbomben bewirtet? Nackt in den Löchern zu sitzen wird dann nicht sehr gemütlich sein", meinte Makschejew.

„Nach einem Lavaausbruch hören gewöhnlich die Explosionen auf", klärte Kaschtanow ihn auf.

„Wenn wir aber vor der Lava die Flucht ergreifen müssen, bleibt uns keine Zeit mehr zum Anziehen."

Da schleuderte der Vulkan eine weiße Dampfwolke in die Luft, und über dem Kraterrand zeigte sich eine feurige Wand, die sich rasch abwärts bewegte.

„Der erste Lavastrom ergoß sich in die Seemulde", sagte Kaschtanow. „Dieser jedoch kann unter Umständen uns erreichen."

„Und wann?" fragten die anderen.

„Vielleicht in einer Stunde, vielleicht auch später. Das hängt ganz von der Beschaffenheit der Lava ab. Falls sie schwer und leichtschmelzend ist, fließt sie schnell. Ist sie jedoch leicht, zähflüssig und kieselerdehaltig, fließt sie langsam."

„Und mit welcher Lava überrascht uns nun Brummbart?"

„Bis jetzt hat er, den alten Lavaströmen nach zu urteilen, immer schwere Lava ausgeworfen. Höchstwahrscheinlich ist es diesmal auch so. Und überhaupt: Betrachtet man die in Plutonien vorkommenden Gesteinsarten, die sehr schwer sind und reich an Olivin sowie Metallen, so kann man kaum annehmen, daß die hiesigen Vulkane leichte, kieselerdige Lava ausspeihen."

„Also müssen wir so schnell wie möglich weg von hier."

„Ja, aber ich hoffe, daß, bevor die Lava uns erreicht, die Schlammströme versiegen und wir bequem das eine oder andere Flußbett überqueren können.“

Die Strahlen Plutons, der nicht mehr von Wolken verhüllt war, und der heiße Wind des Vulkans trockneten rasch die Kleidungsstücke der Männer. Sie zogen sich wieder an und warteten einen günstigen Augenblick für den Rückzug ab. Unterdessen beobachteten sie den Vulkan weiter. Das Ende der langen Lavazunge war bereits hinter dem Kamm des Hangs verschwunden, wahrscheinlich ergoß sie sich in das Tal des einstigen Sees am Fuß des Westhangs. Neue Lavaergüsse quollen aus dem Krater und bewegten sich teils in derselben Richtung, teils nördlicher. Womöglich bildeten sie einen zweiten Strom, der sich über den nördlichen oder nordwestlichen Abhang ergoß. In diesem Fall mußte er die Expeditionsteilnehmer erreichen. Doch die Lavablöcke in ihrer Nähe versperrten ihnen die Sicht, so daß sie den Weg des Stroms nicht verfolgen konnten.

Das schmutzige Wasser in beiden Strömen, besonders in dem linken, war merklich weniger geworden. Hier floß nur noch ein trüber Bach, den man gefahrlos passieren konnte.

In aussichtsloser Lage

So verging eine halbe Stunde. Die Explosionen wurden schwächer und seltener, der Vulkanausbruch nahm einen ruhigen Verlauf. Doch plötzlich vernahmen die Männer über sich ein dumpfes Geräusch und ein Knirschen, das an einen starken Eisgang auf einem großen Fluß erinnerte. Dort erhob sich ein Kamm aus riesigen Blökken, offenbar war da ein alter Lavastrom zum Stehen gekommen.

„Es wird Zeit, das Feld zu räumen. Die Lava ist nicht mehr weit“, sagte Kaschtanow und erhob sich.

Alle liefen eilig den Hang hinab. Ab und zu drehten sie sich um und blickten dahin, wo das Geräusch immer heftiger wurde. Auf dem Kamm des alten Lavastroms zeigte sich bereits der neue. Doch es war keine glutrote Lavazunge, wie es drei der Männer vermutet hatten, Kaschtanow ausgenommen, dem solche Erscheinungen vertraut waren. Die neue Lavawelle sah aus wie ein schwarzer Wall aus Blöcken verschiedener Größe, der sich unter dem Einfluß einer ungeheuren, jedoch unsichtbaren Kraft vorwärts schob.

Die Blöcke bewegten sich langsam, türmten sich krachend und knirschend übereinander und rollten kammabwärts. Hinter ihnen erschienen neue. Einige davon rasten weit über den alten Lavastrom hinweg, zerbrachen krachend an anderen Felsblöcken. Zwischen den einzelnen Blöcken wogten weiße Dampfwolken. An verschiedenen Stellen züngelten blaue Flämmchen oder leuchteten Glutflecken wie noch brennende Kohlen in einem verlöschenden Feuer. Dieser Scheiterhaufen kroch langsam vorwärts und glich einem riesigen Ungeheuer mit schwankendem, schwarzem Schuppenpanzer, das einen glühenden Atem und giftige Dünste ausstieß.

Auf der Flucht vor den Blöcken rannten die Männer zum Flußbett des rechten Schlammstroms, etwas oberhalb des Nachtlagers. Der Untergrund war uneben und von schmutzigen Rinnsalen durchzogen. Ohne lange zu überlegen, gingen die Forscher tapfer voran, versanken jedoch schon beim zweiten Schritt knietief im zähen Schlamm. Alle stöhnten mißmutig.

„Pfui Teufel! Jetzt sitzen wir im Schlamassel! Da kriegt man doch seine Füße nicht wieder raus, so ein tückischer Sumpf! Wie zäher Teig!“

Gromeko, der als letzter lief, war nicht so tief eingesunken. Er schlüpfte aus seinen Stiefeln und stellte sich auf einen Felsblock am Flußufer. Von dort gelang es ihm mit Mühe, die Stiefel aus dem Schlamm zu ziehen. Die anderen drei standen hilflos da und konnten sich weder vor- noch rückwärts bewegen. Wie Fliegen, die auf den Leim gegangen waren.

Indessen rückte der Lavastrom immer näher heran, zwischen ihm und den Männern lagen keine zweihundert Meter mehr. Ihre Lage wurde immer verzweifelter. In der Nähe gab es weder einen Holzstamm noch einen Ast, den Gromeko auf den Schlamm hätte legen können, um seinen Kameraden herauszuhelfen.

Doch der Botaniker verlor nicht den Kopf. Schnell warf er einige abgeplattete Lavastücke zu Papotschkin, der der leichteste von allen Männern war. Dann befreite er sich von Rucksack, Flinte und Oberbekleidung, krempelte die Hosenbeine hoch und kletterte über die Lavastücke zu dem Zoologen. Zunächst half er ihm, sich ebenfalls von seinem Gepäck zu befreien, dann griff er ihm unter die Arme und zog ihn langsam aus dem Schlamm. Papotschkin trug keine Stiefel, sondern Schnürschuhe, die nicht von den Füßen rutschen konnten und deshalb nicht im Schlamm steckenblieben. Dann bauten sie gemeinsam einen zweiten Steg aus Lavaplatten, der zu Makschejew führte, und zogen den Ingenieur mit vereinten Kräften, allerdings ohne Stiefel, heraus. Kaschtanow, der größte und schwerste von allen, wurde als letzter befreit, doch ebenfalls barfuß.

Unterdessen schob sich die Lava immer näher heran und die Forscher spürten bereits ihren glühenden Atem. Daher blieb keine Zeit mehr, die tief versunkenen Stiefel auszugraben, man mußte jetzt so schnell wie möglich der Lava entrinnen.

Die vom Pech verfolgten Forscher packten rasch ihre Siebensachen zusammen, liefen am Ufer entlang flußabwärts und hielten Ausschau nach einem sicheren Platz.

Doch überall lag derselbe tückische Grauschlamm, den sie nicht mehr zu betreten wagten.

Endlich kamen sie in Höhe ihres Nachtlagers an, von dem sie nur noch durch eine große Lache getrennt waren. Diese enthielt nicht viel Wasser, doch auf ihrem Grund lag der gleiche Schlamm, dessen Tiefe nicht einzuschätzen war.

Von hinten schob sich langsam, aber unaufhörlich die Lava heran. Das Knirschen und Krachen der sich vorwärts wälzenden Blöcke, das Zischen des Dampfes verstummte keinen Augenblick. Es roch nach Schwefel und Chlor, die Hitze nahm mehr und mehr zu . . .

Unweit von einem See, in dem sich beide Schlammströme vereinigt hatten, liefen die Forscher über das letzte Stück der alten Lavawulst zum Flußbett am linken Nebengipfel. Doch auch hier lag zäher Schlamm. Es blieb noch eine Möglichkeit: Man mußte den gestern beschrittenen Weg zum Eremitensee hinaufgehen, um so dem zweiten Lavastrom auszuweichen. Dabei würden die Männer allerdings riskieren, auf den ersten Lavastrom zu stoßen. Das Flußbett wurde zwischen den Steilwänden des Tafelgebirges und dem Vulkanhang zunehmend enger. Hier könnte man versuchen, eine schmale Stelle auszukundschaften, wo der Schlamm mit Lavaplatten zu überbrücken wäre. Vielleicht könnte man ihn auch überspringen. Eine solche Stelle fand sich auch bald, doch am anderen Ufer erhoben sich steile Felsen, die einige Meter emporragten. Sie zu erklettern war unmöglich, und auch an ihrem Fuß konnte kein Pfad, weder nach rechts noch nach links, ausfindig gemacht werden: Überall lag der gleiche Schlamm.

Von dem vielen Hin- und Herlaufen und der Aufregung müde geworden, ließen sich die Männer auf einem Felsblock neben dem

Schlamm nieder und wußten sich keinen Rat. Ihnen blieb nichts weiter übrig, als den unvermeidlichen Tod zu erwarten – entweder durch Ersticken im Schlamm, beim Versuch, ihn zu überqueren, oder am Ufer, wenn sie im Lavastrom verglühen würden. Eins war so qualvoll wie das andere. Jeder spielte in dieser ausweglosen Lage mit Selbstmordgedanken, falls sich kein Ausweg finden sollte.

Nachdem Kaschtanow sich ein wenig ausgeruht hatte, bemerkte er, daß die Lava langsamer floß als zuvor. Er sprang auf und rief:

„Lassen Sie uns so schnell wie möglich am Flußufer entlanglaufen! Wir kommen gerade noch am Ende des Lavastroms vorbei. Er ist fast zum Stehen gekommen."

„Wenn wir dieser Lava entgehen, stoßen wir auf die andere, die den Eremitensee zugeschüttet hat und gewiß das Flußbett hinabfließt!" sagte Papotschkin, der schon keinerlei Hoffnung mehr hegte.

„Das ist die einzige Chance für uns!" sagte Kaschtanow mit Nachdruck. „Erstens können wir oben einen Weg durch den Schlamm finden und zwar an der Stelle, wo die Felsen des linken Ufers zugänglicher sind. Zweitens ist es sehr wahrscheinlich, daß sich die beiden Lavaströme nicht vereinigen. Also . . ."

„. . . also muß es zwischen ihnen einen mehr oder weniger breiten Raum geben, der von Lava freibleibt", sagte Makschejew, diesen Gedanken zu Ende führend.

„Richtig! Und dort können wir solange warten, bis die Oberfläche des Schlamms genügend austrocknet, um unserem Gewicht standzuhalten."

„Hurra!" schrien Gromeko und Papotschkin.

Alle erhoben sich und schritten mit neuem Elan am Flußbett entlang nach Süden, kletterten über die Reste alter Lavaströme hinweg. Links von ihnen zog sich in etwa hundert Schritt Entfernung die Lava hin, die eine ungeheuere Hitze abstrahlte. Sie schob sich nur langsam vorwärts, so daß die Männer allmählich den Abstand zwischen sich und diesem schwarzen todbringenden Wall vergrößern konnten. Bald bemerkten sie, daß er zum Stehen kam, indem er vom benachbarten Hang gebremst wurde. Damit war die Lava glücklich umgangen.

„Diesem Strom sind wir entkommen", sagte Makschejew und seufzte erleichtert.

Das Flußbett war an einigen Stellen so eng, daß man den

Schlamm überspringen konnte. Doch am gegenüberliegenden Ufer erhoben sich lauter steile Felsen, die den Weg versperrten. So mußten die Männer weiterziehen. Bald begannen sie einen Aufstieg auf dem höchstgelegenen erstarrten Lavastrom am Westhang des Vulkans. Dahinter lag die Mulde mit dem einstigen See. Als sie oben angelangt waren, sahen die Männer, daß sich ihre Aussichten auf Rettung vergrößert hatten.

Dieser alte Lavastrom teilte die frische Lava in zwei Hälften und überragte sie wie ein flacher Buckel. Die Forscher ließen sich auf seinem Kamm nieder und konnten von hier aus den Talkessel gut einsehen, in dem noch gestern friedlich der grüneingerahmte See lag, von dem Papotschkin so fasziniert war. Jetzt gab es hier keinen See, keine Palme, keinen Grashalm mehr. Statt dessen erstreckte sich weithin eine graue Schlammdecke mit einzelnen schwarzen Wasserpfützen. Der zweite Lavastrom wälzte sich vom Vulkan her auf die Mulde zu. Die Berührung der heißen Lava mit dem nassen Schlamm am Fuß des Walls führte ständig zu kleinen Explosionen, die weiße Dampfwolken aufsteigen ließen.

Obwohl die Forscher etwa fünf-, sechshundert Schritt von dem heißen Lavastrom entfernt waren, spürten sie seine glühende Nähe. Es herrschte eine Höllenhitze, zumal Pluton vom wolkenlosen Himmel erbarmungslos sengte.

Die Männer saßen tatenlos da und litten stark unter der Hitze. Sie streiften ihre überflüssige Bekleidung ab. Allmählich machten sich Hunger und Müdigkeit bemerkbar. In der Nacht zuvor hatten sie nur wenig geschlafen, und der Tag hatte allerhand Anstrengungen und Aufregung mit sich gebracht.

„Oje ...", klagte Papotschkin, „jetzt wäre ein Tee nicht zu verachten, die Hitze ist unerträglich."

„Wahrlich, aber wir haben kein Holz. Es sei denn, wir stellen den Teekessel auf die frische Lava", scherzte Makschejew. „Dort wird das Wasser sofort kochen."

„Haben wir überhaupt Wasser?"

„Durchaus", meinte Papotschkin, nachdem er im Kanister nachgeschaut hatte.

„Gut, dann wollen wir wenigstens was essen, wenn es schon keinen Tee gibt. Ich habe einen schrecklichen Hunger."

Alle rückten im Kreis zusammen, holten Dörrfisch und Sagofladen hervor, aßen mit großem Appetit und tranken Wasser dazu.

„Heute früh haben wir einen großen Fehler gemacht, den wir jetzt büßen müssen“, sagte Kaschtanow.

„Was meinen Sie?“

„Als wir vor dem herannahenden Schlammstrom flüchteten, wäre es besser gewesen, sofort den Bach zu überqueren, anstatt nach oben zu klettern. Dann hätten wir jetzt bereits das Meeresufer erreicht und brauchten nicht vor Lava und Schlamm zu fliehen.“

„Ja, vom anderen Ufer war der Weg zum Meer hin frei.“

„Nicht ganz. Talabwärts haben sich immerhin zwei Schlammströme ergossen, wahrscheinlich ist es auch noch ganz und gar überflutet.“

„In diesem Tal hätte uns der Schlamm ebenfalls eingeholt.“

„Allerdings hätten wir dort talaufwärts die schwarze Wüste erreicht und wären so zum Meer vorgedrungen.“

„Nun ja, wir haben eine Dummheit gemacht. Wer konnte schon in dieser Eile alle Folgen abwägen? In dem Moment schien es uns am günstigsten, möglichst rasch nach oben zu klettern, um dem Schlammstrom zu entrinnen.“

„Wenn es unter uns jemanden gäbe, der sich gut in tätigen Vulkanen auskennt, dann hätte er auch gewußt, in welche Richtung wir laufen sollten.“

„Ich glaube“, meinte Papotschkin, „daß wir bereits gestern einen schwerwiegenden Fehler gemacht haben, als wir nämlich trotz aller Anzeichen eines beginnenden Ausbruchs am Fuß des Vulkans übernachteten.“

„Wir sind doch geblieben, um diesen Ausbruch zu sehen!“

„Das haben wir nun auch gründlich getan. Ich für meinen Teil habe fürs ganze Leben genug davon. Ich werde mich in Zukunft von diesen unruhigen Bergen möglichst fernhalten. Dem Satan habe ich mein Gewehr geopfert und dem Brummbart . . .“

„Dem Brummbart haben Makschejew und ich die Stiefel überlassen, und das ist ein weit empfindlicherer Verlust. Sie haben noch welche an und murren. Wir müssen immerhin barfuß über die glühenden Steine der schwarzen Wüste bis zum Meer laufen.“

„Sie haben recht. Ich bin viel besser dran und werde lieber schweigen.“

„Und was machen wir nun?“

„Was wohl! Uns bleibt nichts anderes übrig, als auf diesen harten und kantigen Steinen zu schlafen.“

„Versuchen wir es also! Doch jeweils einer muß Wache halten, um den Vulkan zu beobachten. Wer weiß, was er noch alles vor hat."

„Und wie lange wollen wir schlafen?"

„Solange es Brummbart gestattet."

„Das ist das Maximum, mindestens aber bis der Schlamm soweit getrocknet ist, daß wir ihn begehen können."

Gesagt, getan. Drei dösten auf Lavablöcken, der vierte blieb wach und behielt den Vulkan im Auge. Trotz der Lavaglut und der gleißenden Strahlen Plutons trocknete der Schlamm nur langsam. Erst nach etwa sechs Stunden wurde er begehbar.

Die Forscher nahmen ihre Siebensachen auf und überquerten, einer nach dem anderen, wohlbehalten den Schlamm. Dann kletterten sie in einem Felsspalt hoch, von einem Steinblock zum anderen, von Vorsprung zu Vorsprung, und stützten einander ab. Nach einer halben Stunde erreichten sie die schwarze Wüste. Dort drohte keine Gefahr mehr, und die Männer atmeten erleichtert auf.

Papotschkin drehte sich zum Vulkan um, zog seinen Hut und sagte mit einer Verbeugung:

„Lebe wohl für alle Zeiten, alter Brummbart! Vielen Dank für deine Bewirtung und Aufmerksamkeit."

Alle mußten lächeln. Kaschtanow rief:

„Wenn ich Stiefel hätte, würde ich nicht von hier fortgehen!"

„Und was würden Sie hier machen?"

„Durch die schwarze Wüste könnte man weiter nach Süden vordringen und sehen, was hinter dem Vulkan liegt."

„Die gleiche Wüste, was sonst! Das sieht man doch von hier aus."

„Außer Stiefeln fehlt es uns auch an Proviant", bemerkte Makschejew.

„Und wir haben außerdem kaum noch Wasser", fügte Gromeko hinzu und schüttelte den Kanister.

„Ganz recht, wir müssen uns zum Meer sputen. Doch diese schwarzen Wüstensteine sind glühend heiß. Mir ist so, als würde ich auf einer heißen Herdplatte stehen. Und die Socken sind bei der vielen Rennerei über die Lavablöcke auch schon zerrissen."

„Dann müssen wir eben unsere Hemden in Streifen reißen und damit die Füße umwickeln", schlug Makschejew vor. „Barfuß zu gehen ist einfach unmöglich."

Während dieser Unterhaltung tänzelten sowohl er als auch Kaschtanow abwechselnd auf einem Bein, um inzwischen das andere zu kühlen. Sie zogen ihre Hemden aus, umwickelten damit die Füße und umschnürten sie mit Gewehrriemen. Nach einem letzten Blick auf den in dunkle Wolken gehüllten Vulkan schritten sie munter durch die Wüste nach Norden. Das Laufen fiel leicht: Die Wüstenoberfläche war eben, an manchen Stellen bestand sie aus alter, vom Wind glattgeschliffener Lava, an anderen wiederum war sie von kleinen Gesteinstrümmern übersät. Ähnlich wie in der Wüste rings um den Satansvulkan gab es auch hier keine Vegetation. Die schwarze Ebene reichte bis zum Horizont. Über ihr stand am wolkenlosen Himmel der rötliche Pluton im Zenit. Seine Strahlen übergossen die Wüste und spiegelten sich so an der glatten Oberfläche wider, daß sie wie mit Millionen grüner Flämmchen flimmerte. Die Wanderer mußten ihre Augen zukneifen, um sie vor dieser ermüdenden Lichtflut zu schonen.

Sie marschierten in Richtung Nordost, immer auf den Unterlauf des Baches zu, wo sie eine günstige Stelle für den Abstieg von der Hochebene finden konnten. Nach drei Stunden war der Rand der Steilwand erreicht. Das Tal, am Vortag noch eine grüne Oase, war jetzt von Schlammströmen total verwüstet: Bäume und Sträucher waren entwurzelt und weggeschwemmt, die Wiesen mit Schlamm überflutet. Nur hier und da schimmerte vereinzelt noch etwas Grün. Im Angesicht dieses traurigen Bildes der Verwüstung erinnerten sich die Männer daran, daß sie auf dem Rückweg hier Iguanodons jagen wollten.

„Wahrscheinlich sind sie zum Meer geflüchtet."

„Oder im Schlamm umgekommen."

Die letzte Vermutung traf zu. Etwas später bemerkten die Forscher, daß über dem Tal Pterodaktylen kreisten, wie ein Rabenschwarm über Aas. Als sie näher kamen, zeigte sich, daß im Talgrund ein blutiges Mahl abgehalten wurde. Aus dem Schlamm ragten, Hügeln gleich, die Kadaver einiger Iguanodons, auf denen Dutzende Flugechsen saßen. Sie rissen mit ihren zähnestrotzenden Schnäbeln Fleischstücken und Innereien aus den Kadavern heraus und balgten sich, verjagten einander, flogen hoch und setzten sich wieder. Keinen Augenblick lang verstummte das Gekreisch und Gequake.

„Da haben wir unser Wild!" sagte Gromeko beim Anblick dieses widerlichen Schauspiels. „Was machen wir jetzt?"

„Wir können einen Pterodaktylus erlegen", schlug Makschejew vor.

„Etwa nachdem sie sich mit Aas vollgefressen haben? Ich danke vielmals."

„Aber wir haben doch schon einmal von ihnen gekostet."

„Ohne zu wissen, daß sie auch Aas fressen. Und wir haben nur deshalb gegessen, weil wir nach dem Ameisenüberfall kein anderes Fleisch hatten."

„Jetzt haben wir auch keins."

„Doch, in den Booten liegt Dörrfisch. Außerdem können wir frische Fische in der Bachmündung angeln."

„Sie vergessen wohl, daß es den Bach nicht mehr gibt ..." sagte Kaschtanow. „Wahrscheinlich ist die ganze Meeresbucht jetzt voller Schlamm, so daß die Fische entweder umgekommen sind oder sich weit ins Meer zurückgezoen haben."

„Ich fürchte sogar, daß wir auch kein Trinkwasser mehr finden", bemerkte Gromeko.

„Stimmt! Es gibt ja keinen Bach mehr."

„Und ich ahne, daß unsere Sachen, die wir im Dickicht versteckt haben, nicht mehr da sind. Wenn der Schlammstrom im Talausgang ebenso schlimm gewütet hat wie bei uns oben, dann hat er alles ins Meer hinabgeschwemmt oder bestenfalls im Schlamm versinken lassen."

Diese Vermutung Makschejews beunruhigte alle, die Männer vergaßen auf der Stelle die Pterodaktylen und setzten ihren Weg eilig fort. Papotschkin kam jedoch noch dazu, das üppige Mahl der Pterodaktylen zu fotografieren.

Unweit vom Talausgang fand sich eine schmale, steile Schlucht, durch die die Männer hinabsteigen konnten. Jeder wollte rennen, um so schnell wie möglich das Meer zu erreichen, aber das ging nicht. Überall hatte sich Schlamm ausgebreitet; die Schicht war zwar recht dünn, jedoch nicht genügend ausgetrocknet, so daß die Füße versanken oder in ihr steckenblieben. Schon von weitem war zu sehen, daß der Schlammstrom auch in der Mündung sein Unwesen getrieben hatte. Noch gestern floß hier der Bach durch einen grünen Korridor von Schachtelhalmen und Farnen. Jetzt war hier ein breiter Durchbruch gefurcht, und die herausgerissenen Bäume lagen von Schlamm eingedeckt da. Auch außerhalb dieses Streifens sah man Spuren von Verwüstung: Der Wald in der Bachmündung war von schmutzigem Wasser überschwemmt worden, das eine dicke Schlammschicht hinterlassen hatte.

Knöcheltief in ihr versinkend, erreichten die Forscher endlich das Ufer der Bucht und stöhnten auf: Statt des klaren blauen Wassers gähnte vor ihnen eine braune Brühe, in der Laub, Äste, Sträucher und ganze Baumstämme schwammen, die vom Schlammstrom ins Meer geworfen worden waren. Makschejew und Gromeko liefen auf das Dickicht zu, wo die Männer Boote und Sachen versteckt hatten. Sie waren sich fast sicher, nichts mehr von dem vorzufinden, denn überall gab es Spuren der Verwüstung. Selbst der Strand in der Nähe der einstigen Bachmündung war von einer Schlammdecke überzogen.

„Hurra!" schrien die beiden. „Alles ist heil. Kommen Sie her und helfen Sie uns."

Das Gepäck war unversehrt geblieben, weil es in den Booten verstaut und diese, mit dem Zelt und dem Floß bedeckt, an den Bäumen festgebunden waren. Alle atmeten erleichtert auf und begannen, die Boote vom Schlamm zu befreien. Dann schleppten sie Gepäck und Boote ans Meeresufer, wo etwas abseits von der einstigen Bachmündung ein schlammfreier Platz gefunden werden konnte. Da der Bach versiegt war, mußten die Männer diese Gegend verlassen, die sie gestern noch so sehr bezaubert hatte. Die Fahrt in Richtung Westen fortzusetzen war zu riskant, denn die Südküste bestand dort aus den kahlen Felsen des Tafelgebirges, hinter dem die schwarze Wüste lag. Also gab es wenig Hoffnung auf Trinkwasser.

„Ohne Trinkwasser können wir unmöglich nach Westen weiter vordringen. Im Osten dagegen gibt es eine Wasserquelle, an der wir bereits übernachtet haben." Mit diesen Worten schloß Gromeko die Diskussion, wohin es nun gehen solle.

Die Rückfahrt

Bereits nach einer Stunde ruderten die Männer durch die Bucht, die sich in eine schmutzige Pfütze verwandelt hatte. Sie bogen um das Kap, drehten nach Osten und fuhren an der eintönigen, bewaldeten Küstenebene entlang. Sie ruderten mit aller Kraft, um möglichst bald zu einer Trinkwasserquelle zu gelangen. Dort würde man sich endlich nach allen Mühen und Aufregungen der letzten zwei Tage richtig ausruhen und ausschlafen können.

Diese Eile hinderte die Männer jedoch nicht, an einer Stelle des Strandes anzulegen, um die dort entdeckten Iguanodons zu jagen.

Am nächsten Tag ging die Fahrt in demselben Tempo weiter, und gegen Abend erreichten die Männer jene unglückselige Stelle an der Mündung des Ameisenflüßchens, in deren Nähe sich der niedergebrannte Ameisenbau befunden hatte. Hier gab es einen sandigen Strand und Trinkwasser, ein besserer Rastplatz für die Übernachtung war in der näheren Umgebung nicht mehr zu finden.

So schlugen die Männer hier ihr Lager auf, und die kommende Nacht verlief ohne Zwischenfälle.

Auch am nächsten Tag ruderten sie in derselben Richtung und erreichten die Meeresenge mit den vielen Inseln, die das Ostmeer vom Westmeer trennten.

Diesmal entschieden sich die Forscher für eine Fahrt entlang der Nordküste, um die Mündung eines Flusses zu erkunden, der größer als der Makschejew-Fluß zu sein schien, ihm aber offensichtlich ähnelte. Seine flachen Ufer waren mit dichtem Wald bedeckt, der bis zum Wasser heranreichte und keine Stelle für einen Rastplatz freiließ. So mußten die Männer im Boot essen und auf etwas Warmes verzichten.

Während der Ruhepause kam Papotschkin auf eine Idee, die er seinen Kameraden nicht länger vorenthielt.

„Jetzt sind wir doch an der Nordküste des Meeres – oder?"

„Freilich", entgegnete Kaschtanow.

„Dann wollen wir auch weiterhin an ihr entlangfahren, bis zur Mündung des Makschejew-Flusses. Auf diese Weise umgehen wir die gefährliche Fahrt über das Meer."

„Aber wir hatten uns doch vorgenommen, die Südküste auch östlich von unserem ersten Rastplatz zu erforschen", wandte Kaschtanow ein.

„Wird es nicht langsam Zeit, an die Rückreise zu dem Eisgürtel zu denken?" setzte der Zoologe seinen Gedanken fort.

„Warum haben Sie es so eilig?"

„Weil die Fahrt stromaufwärts drei- bis viermal mehr Zeit in Anspruch nimmt als auf dem Hinweg. Wir werden immer nur gegen den Strom rudern müssen."

„Na und? Wir haben doch viel Zeit."

„Das würde ich nicht meinen. Der August geht zu Ende. An den

Ufern dieses Meeres herrscht offenbar ewiger Sommer, doch im Norden, in der Nähe der Eisgrenze, gibt es wahrscheinlich auch Winter. Machen wir uns zu spät auf den Rückweg, riskieren wir, in die Kälteperiode zu geraten, was bedeutet, daß wir, anstatt auf dem Fluß zu rudern, der zufrieren wird, uns zu Fuß durch den Schnee schleppen müssen ..."

„Und das ohne Skier und ohne warme Bekleidung!" ergänzte Makschejew.

„Diese Überlegung ist freilich sehr wichtig, wir müssen sie im Auge behalten. Dennoch, eine Woche mehr für die Erforschung der Südküste spielt bei der Planung der Rückreise gewiß keine so große Rolle."

„Da fällt mir noch folgendes ein", fuhr Papotschkin hartnäckig fort. „Alle unsere Exkursionen an der Südküste stießen auf Gefahren und Hindernisse, die uns Ameisen bescherten. Es besteht wohl kein Zweifel, daß diese bösartigen Insekten auch in anderen Gegenden der Südküste vorkommen. Der Kampf gegen sie erfordert viel Munition, und unsere Vorräte sind ohnehin schon ziemlich gering. Wir müssen sie für den Rückweg aufsparen, um auf die Jagd gehen und uns verteidigen zu können."

„Außerdem", sagte Gromeko ihm zustimmend, „werden wir an der Südküste in den drei bis vier Tagen, die uns für die weitere Erforschung bleiben, wohl kaum etwas Neues finden. Wir haben doch gesehen, daß sich dort die Steilhänge des Tafelgebirges sehr weit hinziehen. Und vom Satansgipfel sahen wir im Osten nichts als schwarze Wüste."

„Bestenfalls entdecken wir noch ein Flüßchen und in seinem Oberlauf eine Vulkangruppe, die uns wieder irgendeine Überraschung bringt", fügte Papotschkin hinzu, der seine Mißgeschicke nicht vergessen hatte. „Zweimal sind wir wie durch ein Wunder mit heiler Haut davongekommen. Wäre es also klug, das Schicksal ein drittes Mal herauszufordern?"

„Somit stehe ich allein da", sagte Kaschtanow nicht ohne Verdruß, „drei von uns sind für die Rückkehr, und ihre Argumente leuchten mir ein. Ich muß mich der Stimme der Vernunft beugen."

„Also fahren wir jetzt doch an der Nordküste entlang?" fragte Gromeko.

„Natürlich, wir haben ja beschlossen, die Erforschung der Südküste aufzugeben."

„Dann müssen wir umgehend Trinkwasservorräte schaffen, denn es ist kaum wahrscheinlich, daß wir noch heute die Mündung des Makschejew-Flüßchens erreichen. Und ob es auf dem Weg dorthin einen anderen Fluß gibt, ist fraglich."

Nachdem die Forscher beide Kanister mit dem Wasser des Flusses, dem sie Gromekos Namen gaben, gefüllt hatten, wurde die Fahrt inmitten der Sandbänke und Inseln fortgesetzt, ohne die Nordküste aus den Augen zu verlieren. Diese war so flach wie am Makschejew-Fluß, hatte jedoch keinen Sandstrand. Dichter Wald und Schilf reichten bis ans Wasser heran. Allmählich wurden die Inseln immer seltener, bis sie schließlich ganz verschwanden. Die Küste bog nun merklich nach Norden ab. Am Ufer zeigten sich Sanddünen, hinter ihnen die Vulkangruppe mit dem Satansthron. Noch immer schleuderte er dichte Rauchwolken aus seinem Krater, die einen Teil des Horizonts verdeckten.

Insekten, die über dem Wasser und dem Uferwald flirrten, sorgten für Abwechslung beim Rudern. Von Zeit zu Zeit tauchten kleine Flugechsen auf, die nach Libellen jagten, und weit entfernt von der Küste zeigten sich im Meer die Köpfe von Pläsiosauriern. In der Nähe des Ufers war das Wasser sehr flach, so daß die Ruder beinahe den Grund berührten.

Hier und dort gab es im Schilf, das den Wald umsäumte, ausgetrampelte Wildpfade, richtige grüne Korridore, die wahrscheinlich von Landechsen und Raubtieren als Verbindungsweg zum Wasser benutzt wurden.

Am darauffolgenden Tag erreichten die Männer noch vor der Mittagsstunde die Mündung des Makschejew-Flusses, den sie leicht an der von ihnen errichteten Pyramide wiedererkannten.

Hier brachten die Forscher fast vierundzwanzig Stunden zu, um letzte Beobachtungen zu machen, Fische zu angeln und zu dörren, schließlich die Boote und das Floß für die lange Fahrt flußaufwärts zu reparieren.

Die Flußfahrt selbst ging nur langsam voran. Die Männer ruderten ohne Pause, ließen sich zum Ausruhen, Essen und für den Schlaf nur wenig Zeit.

Pro Tag wurden etwa dreißig bis vierzig Kilometer, je nach der Strömungsstärke, zurückgelegt.

Abenteuer mit Echsen und Raubtieren verzögerten ebenfalls die Weiterfahrt, denn die Männer griffen nur dann zu ihren Gewehren

– sie wollten Munition sparen –, wenn es Fleisch zu erbeuten gab oder ein gefährlicher Angriff abzuwehren war.

In den ersten Wochen der Fahrt zeigte die Natur keine wesentliche Veränderung. Doch später, als die Laubwälder des gemäßigteren Klimas einsetzten, wurden die Blätter an den Bäumen gelb und fielen ab. Je weiter die Forscher nach Norden vordrangen, desto häufiger begegneten ihnen entlaubte Wälder.

Auch das Wetter hatte sich verändert. Obwohl Pluton noch immer im Zenit stand, wurde er zunehmend von dichten Wolken umhüllt. Ein kühler Nordwind wehte, und oft rieselte feiner Herbstregen herab. Zwischendurch klarte es hin und wieder auf, und es wurde erneut heiß. Aber die durchschnittliche Temperatur sank zusehends.

Starke Regenfälle und kalter Gegenwind verlangsamten oft die Fahrt oder machten sie gar völlig unmöglich. Dann mußten die Männer im Zelt Zuflucht suchen oder sich am Lagerfeuer aufwärmen. Nach den Monaten in einem sehr warmen und trockenen Klima wurden sie immer empfindlicher gegen Kälte und Feuchtigkeit.

In der Klimazone, wo Mammute, Langhaarnashörner, Riesenhirsche und Urrinder lebten, wurden die Forscher vom Einbruch des Winters überrascht. Die Temperatur lag um den Nullpunkt und stieg nur selten, bei klarem Himmel. Dieser war fast durchgehend von einer dichten Wolkendecke überzogen, manchmal schneite es. Es wehte ein kalter Nordwind. Das Wasser im Fluß wurde flacher, sein schmales Bett war bereits von Eisrändern gesäumt. Nur die Flußmitte blieb infolge der starken Strömung eisfrei. Es war zu erwarten, daß in ein paar Tagen die Weiterfahrt auf dem Wasser unmöglich würde. Die Männer hatten bereits das Floß, das die Boote miteinander verband und leichter machte, wegen der schmalen Fahrtrinne zurücklassen müssen. Die schwer beladenen Boote bewegten sich in dem reißenden Flüßchen nur langsam vorwärts. Jetzt wurden an einem Tag nur noch fünfzehn bis zwanzig Kilometer zurückgelegt.

Immerhin blieben mehr als hundert Kilometer bis zum Basislager.

An den Ufern, in den Wäldern und auf den Wiesen lag eine dünne Schneedecke.

Eine rätselhafte Spur

Einmal, nach dem Abendbrot, begaben sich Gromeko und Makschejew zum Angeln auf eine sandige Uferböschung, die sich inmitten verwelkten und erfrorenen Grases leuchtend gelb abzeichnete. Makschejew hatte bereits die Angel ausgeworfen und beobachtete den Schwimmer, da sah er plötzlich neben seiner Fußspur im Sand den deutlichen Abdruck eines nackten Menschenfußes.

Seltsam, dachte er, dabei habe ich doch gar nicht die Stiefel ausgezogen, und auch der Doktor wird es bei diesem kühlen Wetter kaum getan haben.

Er beugte sich nieder und begann, die Spur näher zu untersuchen. Diese stammte von einem auffallend großen, linken Fuß und war größer als Makschejews Stiefelabdruck, der beileibe nicht klein war. Die Fußsohle war platt. Der Mensch, von dem diese Spur herrührte, lief offenbar ein Leben lang barfuß. Doch am merkwürdigsten war, daß alle fünf Zehen, die sich deutlich im Sand abzeichneten, sehr lang waren und der große Zeh von den anderen ungewöhnlich weit abstand. Es schien, als sei dies nicht die Spur eines Fußes, sondern einer riesigen und sehr langgezogenen Handfläche.

Etwas weiter fand Makschejew auch die Spur des rechten Fußes, die aber zum großen Teil ins Wasser hineinreichte und daher schon fast weggespült war. Offenbar hatte das unbekannte Wesen das Flüßchen durchschritten, da sich auf der Uferböschung keine Spuren mehr fanden, die zurückführten.

„Michail Ignatjewitsch, kommen Sie mal für einen Moment her", rief Makschejew.

„Was ist denn los? Warten Sie einen Augenblick, bei mir beißt etwas an", entgegnete der Botaniker.

„Lassen Sie Ihren Fisch sausen! Kommen Sie her, ich habe etwas Interessantes gefunden."

„Was kann das schon sein! Ein Krebs oder eine Schildkröte?"

„Nein, die Spur eines nackten Menschenfußes."

„Das kann doch nicht wahr sein!"

Gromeko ließ seine Angel liegen und lief los. Nachdem er sich die Spur voller Erstaunen angeschaut hatte, schien auch ihm, daß die Form des Fußes, der einen solchen Abdruck hinterlassen hatte, äußerst merkwürdig war.

„Vielleicht ist hier ein Affe vorbeigekommen?“ vermutete er.
„Ein Affe im subpolaren Gebiet, zwischen Lärchen und Birken?“
„Wer weiß! Wenn Mammut und Nashorn, deren nahe Verwandte auf der Erdoberfläche ausschließlich in warmen Klimazonen leben, hier in den nördlichen Wäldern und Tundren anzutreffen sind, warum soll es dann nicht auch einen Affen geben, der sich diesen Temperaturen angepaßt hat?“
„Womöglich haben Sie recht. Wir müssen den Geologen und den Zoologen holen, sie können das besser beurteilen.
„Angeln Sie ruhig weiter, ich bringe die beiden her.“
Gromeko ruderte zum Rastplatz und lud die beiden ins Boot.
„Das ist ein Riesenaffe“, meinte der Geologe.
„Ich glaube eher, daß es sich um einen affenähnlichen Menschen handelt“, erklärte der Zoologe. „Schauen Sie mal, er ging aufrecht, auf beiden Beinen, ohne sich auf die Hände zu stützen. Ein Affe, der die steile Böschung zum Wasser hinunterläuft, würde bestimmt auch seine Hände gebrauchen. Handspuren aber sind nicht zu sehen.“
Bei der genauen Untersuchung der Umgebung entdeckten die Männer einen Pfad an beiden Ufern und eine Furt, die durch den Fluß führte. Auf dem Pfad selbst zeichneten sich die Fußabdrücke weniger deutlich ab, doch gemessen an der Entfernung zwischen ihnen mußte das Wesen mindestens ein Meter achtzig groß sein.
„Und? Was haben Sie festgestellt?“ fragte Makschejew, als Kaschtanow und Papotschkin an ihn herantraten.
Während diese sich den Spuren widmeten, hatten er und Gromeko das Angeln wieder aufgenommen.
„Am wahrscheinlichsten ist, daß die Abdrücke von einem affenähnlichen Menschen stammen, der auf einem gut ausgetretenen Pfad zu der ihm gut bekannten flachen Furt gegangen ist“, meinte Kaschtanow.
„Folglich sind vor uns bereits irgendwelche Menschen in Plutonien eingedrungen?“
„Obendrein laufen sie barfuß, obwohl es schon schneit, und gehen getrost durch das eisige Wasser!“ rief der Botaniker.
„Offenbar sind es Wilde. Nicht ohne Grund unterscheidet sich ihr Fuß kaum von dem eines Affen.“
„Es wäre nicht sehr angenehm, ihnen zu begegnen. Womöglich sind sie Menschenfresser.“

„Wenn die Ameisen uns nichts anhaben konnten, obwohl sie unsere Arbeit behinderten, dann werden wir auch mit den Wilden klarkommen."

Jetzt mußten die Männer ganz besonders vorsichtig sein, um nicht plötzlich überrumpelt zu werden. Während der Rast hielt abwechselnd einer von ihnen Wache, und auch den folgenden Tag über waren sie auf der Hut.

Doch einen Tag später war die Weiterfahrt auf dem Fluß unmöglich geworden. Vom Norden her brauste ein anhaltender Schneesturm. Der Fluß fror zu und wurde sogar von einer fünfzehn Zentimeter starken Schneedecke bedeckt.

Um sich nicht von den Booten zu trennen und das Gepäck selbst schleppen zu müssen, beschlossen die Forscher, Schlittenkufen zu bauen, darauf die Boote mitsamt Gepäck zu befestigen und sie über die Eisdecke, wo weder Sträucher noch Bäume den Weg versperrten, zu ziehen, immer am Flußbett entlang. Doch es war nicht leicht, ohne Skier auf dem lockeren Schnee zu marschieren und obendrein die schweren Schlitten zu bewegen. Pro Tag wurden nicht mehr als zwölf bis fünfzehn Kilometer zurückgelegt. Pluton blieb durchgehend hinter einem dicken Wolkenschleier verborgen, und die Temperatur fiel auf fünf bis zehn Grad unter Null.

Die leichtbekleideten Forscher froren in dem dünnen Zelt und lösten sich regelmäßig ab, um das Feuer vor dem Zelteingang nicht ausgehen zu lassen. Im Kampf gegen Kälte und Schnee hatten sie die Urmenschen ganz vergessen, auch fanden sich keine weiteren Spuren mehr. Alles Lebendige schien nach Süden abgewandert zu sein, und die spärlichen Wälder versanken zusehends unter dem weißen Leichentuch in einem winterlichen Schweigen.

Erst am achten Tag der Schlittenfahrt hörte der Wald ganz auf, und am nördlichen Horizont zeigten sich Schneeverwehungen. Dort war das Ende des Eisgürtels. Vor dem weißen Hintergrund hob sich, kaum wahrnehmbar, ein dunkler Punkt ab – das Lager auf dem Hügel.

Noch lagen etwa zehn Kilometer mühevollen Weges vor den Männern, dann jedoch stand ihnen nach wochenlanger Wanderung das Wiedersehen mit den Kameraden und eine Ruhepause in der warmen Jurte bevor. Drei Stunden später waren die Forscher nur noch einen Kilometer von der Jurte entfernt, warteten jeden Augenblick auf das Bellen der Hunde und hofften, daß ihre Kameraden ihnen mit Hundeschlitten und Skiern entgegeneilen würden. Doch niemand war zu sehen, Gebell nicht zu hören, und die halbverwehte schwarze Jurte stand einsam auf dem Hügel, als wäre sie von ihren Bewohnern verlassen. So kamen unter den beunruhigten Forschern Fragen auf.

„Ob sie etwa den ganzen Tag über schlafen?“

„Warum hört und sieht man die Hunde nicht?“

„Vielleicht ist was Schlimmes passiert?“

Die Männer beschleunigten unter größten Kraftanstrengungen ihren Marsch im tiefen Schnee, der so locker war, daß sie fast bis zu den Knien darin versanken.

Der Hügel war schon sehr nahe, aber nach wie vor regte sich dort nichts. An seinem Fuß blieben die Forscher stehen und riefen im Chor:

„He, Borowoj und Igolkin! Aufstehen! Wir sind da . . .“

Sie riefen noch einige Male, doch die Totenstille blieb. Die Männer durchzuckte es heftig.

„Wenn unsere Kameraden nicht umgekommen sind, dann können sie nur auf den Hundeschlitten zur Jagd gefahren sein, zumal auch die Hunde fehlen“, sagte Makschejew.

„Wir haben doch eine Woche lang keinerlei Wild gesehen“, entgegnete Papotschkin.

„Ebendeshalb sind sie weiter in Richtung Süden gezogen.“

„Vielleicht sind sie uns auch entgegengefahren, weil wir solange wegblieben“, vermutete Gromeko. „Als die Kälte kam und Schnee fiel, fiel ihnen ein, daß wir in Sommersachen und ohne Skier unterwegs sind.“

„Das ist höchst unwahrscheinlich. Sie haben doch gewußt, auf welchem Fluß wir gefahren sind. Also hätten wir sie treffen müssen“, bemerkte Kaschtanow.

„Ich glaube, in der Jurte werden wir des Rätsels Lösung finden“, sagte Makschejew. „Zuvor allerdings wollen wir um den Hügel herumgehen, vielleicht finden sich irgendwelche Spuren, bevor wir sie zertrampeln.“

Die Forscher ließen die Schlitten am Fuß des Hügels zurück und umschritten ihn einmal ganz, wobei sie den Schnee sorgfältig untersuchten. Doch es gab weder frische noch alte Spuren. Die Vermutung lag nahe, daß seit dem Schneefall niemand den Hügel hinauf- oder hinabgegangen war.

In der verlassenen Jurte

Die in Richtung Süden weisende Filztür der Jurte war verschlossen und von außen zugebunden. Also war niemand drin. Die Männer klappten den Filz hoch und traten ein. Das Innere der Jurte sah bewohnt aus. An der Hinterwand waren Kisten mit Geräten, Sammlungen und dem wertvollen Gepäck gestapelt. Gewehre, Patronentaschen und Kleidungsstücke hingen an den Zeltwänden. Die Schlafsäcke waren eingerollt. In der Mitte des Raumes befand sich die Feuerstelle, am Dreifuß hing sogar der Teekessel, danaben lag etwas Holz und Reisig. Alles sah so aus, als sei die Jurte nur für kurze Zeit verlassen worden.

Dieser Anblick verstärkte die Sorge der Ankömmlinge. Ihre Kameraden waren weder zur Jagd gegangen, noch hatten sie eine Exkursion unternommen, denn die Flinten und Schlafsäcke lagen unberührt da. So kam der Verdacht auf, daß irgendwelche Feinde – Raubtiere oder Menschen – Igolkin und Borowoj ganz in der Nähe, etwa am Eiskeller oder in der Tundra, plötzlich überfallen hatten und die Hunde, nun herrenlos, verhungert oder weggelaufen waren. Wenn aber Urmenschen die Angreifer waren, warum hatten sie dann die Jurte nicht ausgeraubt?

Eine genauere Untersuchung der Sachen zeigte, daß Teekessel, Gewehre und alle anderen Gegenstände von einer Staubschicht überzogen waren. Makschejew hob den Deckel des Teekessels hoch, die Reste darin waren stark verschimmelt. So wurde völlig klar, daß die Jurte bereits lange Zeit verwaist war.

„Doch was ist das?“ fragte Kaschtanow und wies auf einen seltsamen hölzernen Gegenstand, der, bislang unbemerkt, auf einer Kiste stand.

Alle traten näher. Sie sahen die roh geschnitzte kleine Figur eines Mammuts. Diese war mit braunen Strichen und einer Fettschicht überzogen.

„Hat sich etwa Igolkin aus Langeweile dem Schnitzen verschrieben?“ meinte Papotschkin.

„Nein, das ist zweifelsohne ein Götze, der als Opfergabe mit dem Blut und dem Fett getöteter Tiere bestrichen wurde. Unsere Kameraden haben ihn wahrscheinlich irgendwo gefunden.“

„Tja, dieser Fund und die Spuren im Sand lassen den sicheren Schluß zu, daß hier Urmenschen leben“, konstatierte Kaschtanow.

„Sie haben unsere Kameraden entweder umgebracht oder entführt“, rief Gromeko.

„Aber warum haben sie nichts geraubt?“

Makschejew nahm die Figur in die Hand, um sie besser betrachten zu können. Zu aller Verwunderung lagen darunter zwei gefaltete Zettel. Kaschtanow griff sie eilig und begann laut vorzulesen.

Der erste Zettel trug das Datum vom 25. September und lautete:

„Ich melde: Wir wurden von wilden Menschen gefangengenommen, die plötzlich in der Tundra auftauchten. Sie haben uns vor zwei Wochen überfallen, als wir unbewaffnet im Eiskeller waren, und in die Wälder entführt. Jurte und Vorratskammer blieben unversehrt, wir selbst durften nichts mitnehmen. Die Hunde liefen uns hinterher. Wir werden gut behandelt und verpflegt. Man erweist uns sogar Ehre, offenbar werden wir für Zauberer oder Götter gehalten. Doch sie lassen uns nicht frei, wir werden bewacht. Stiefel und fast die gesamte Bekleidung wurden uns abgenommen. Die Wilden selbst laufen völlig nackt, leben in Zelten aus Stangen und Tierfellen, kennen kein Feuer und essen rohes Fleisch. Ihre Waffen, Speere, Pfeile und Messer sind ausschließlich aus Knochen und Holz gefertigt. Zu ihrer Horde gehören mehr als hundert, die Weiber sind in der Überzahl. Auf die Jagd begeben sich Männer und Frauen. Männer bilden die Minderheit, sie sind schwächlich, die Weiber dagegen groß und kräftig. Ihre Körper sind dicht behaart, sie ähneln stark großen Affen, die keine Schwänze haben. Sie sprechen eine Sprache, die wir bereits ein bißchen verstehen. Dadurch erfuhren wir, daß sie unsere Jurte für so etwas wie die Wohnstätte von Göttern halten und dorthin zur Anbetung gehen. Wir nutzten das aus, um diesen Zettel als Opfergabe mitzuschicken. Sie versprachen uns, ihn dort zu hinterlegen. Sie sind mit uns flußabwärts nach Südosten gegangen, etwa fünfzig bis sechzig Kilometer weit. Das ist derselbe Fluß, den wir schon einmal überquerten, als wir das erlegte Mammut holen wollten. Wir glauben, daß es Ihnen gelingen wird, uns ohne Blutvergießen zu befreien, wenn Sie als Götter erscheinen. Bringen Sie bitte warme Kleidung, Streichhölzer und Tabak mit. Den Sommer haben wir gut überstanden, im Eiskeller sind viele Vorräte.

Borowoj, Igolkin."

Der zweite Zettel war vom 2. November datiert:

„Es ist kalt geworden und schneit oft. Die Wilden wollen weiter nach Süden ziehen, wo es wärmer ist. Wir machen uns Feuer, um Fleisch zu braten und uns zu wärmen. Die Wilden haben Angst vor dem Feuer und himmeln uns noch mehr an. Gefangen halten uns hauptsächlich die Weiber, denen wir wahrscheinlich gefallen, weil wir kräftiger gebaut und wohl auch ansehnlicher sind als die Männer ihres Stammes. Die Männer würden uns mit Vergnügen bei der Flucht helfen.

Das ist der letzte Zettel, denn die Wilden wollen nicht mehr zur Jurte gehen. Unterwegs in Richtung Süden, wahrscheinlich an demselben Fluß entlang, werden wir an jedem Nachtlager oder an unserem Weg Zettel zurücklassen, die wir auf die Zweige von Sträuchern aufspießen, damit Sie sie finden und über unseren Weg Bescheid wissen. Sollte es uns nicht gelingen, mit Hilfe der Männer durch List zu entkommen, kündigen Sie bitte Ihr Herannahen durch Schüsse an. Gehen Sie offensiv vor. Feuern Sie einige Salven in die Luft ab, damit die Wilden eingeschüchtert werden und sich ehrfürchtig unserem Willen fügen. Notfalls erschießen Sie einige Weiber. Wir lassen den Mut nicht sinken und haben keine Angst. Nur die Kälte und das eintönige Fleischessen machen uns zu schaffen. Wir sind um Sie besorgt. Wo bleiben Sie solange? Ist Ihre Reise gut verlaufen?

Borowoj, Igolkin."

„Sie leben!" rief Gromeko.

„Wir müssen unseren Kameraden zu Hilfe eilen. Sie sind bereits über drei Monate in Gefangenschaft. Heute haben wir den fünften Dezember", präzisierte Gromeko, nachdem er in seinem Tagebuch nachgeschaut hatte.

„Sie schreiben, die Wilden hätten hier nichts angerührt", sagte Makschejew. „Demnach müßten sich die Hundeschlitten, Skier und Lebensmittelvorräte im Eiskeller befinden. Graben wir also den Eingang frei, und bereiten wir den Aufbruch vor."

„Ja, in der Jurte scheint alles unversehrt zu sein, und bestimmt ist auch im Keller nichts zerstört, es sei denn, die Tür blieb offen, und die Hunde haben alles Eßbare weggeschleppt", bemerkte Papotschkin.

Nach dem anstrengenden Weg durch den Schnee und den Übernachtungen im dünnen Zelt ließen es sich die Forscher in der warmen Jurte mit den verschiedensten Konservenvorräten gutgehen. Sie beschlossen, einige Tage lang auszuruhen, in denen die Reisevorbereitungen getroffen werden sollten. Der neue Marsch konnte sich, je nachdem wie weit die Urmenschen abgewandert waren, einige Wochen hinziehen.

Der Hügel, auf dem die Jurte stand, war tief verschneit. Im Eiskeller war alles in Ordnung. Die Männer holten Hundeschlitten und

Skier vor, um sie, falls es notwendig war, zu reparieren. Der große Vorratskeller war mit einer festen Tür versperrt, weshalb Raubtiere trotz der Abwesenheit von Menschen und Hunden nichts hatten fortschleppen können. Die vorsorglichen Einsiedler hatten für den Winter viel Fleisch geräuchert, das jetzt sehr gelegen kam, denn die Forscher brauchten keine Zeit für die Jagd zu vergeuden.

Etwas abseits stand auf dem Hügel eine kleine Wetterwarte, die Borowoj errichtet hatte. Alle Instrumente waren unbeschädigt. In der Jurte fanden die Männer meteorologische Aufzeichnungen, aus denen sie sich ein Bild vom Tundraklima der zweiten Sommerhälfte und des Herbstanfangs machen konnten.

Man beschloß, die Jurte mitzunehmen und das überflüssige Gepäck im Eiskeller zu verstauen, diesen fest zu verschließen und vor seinem Eingang Schnee anzuhäufen, um ihn vor ungebetenen Gästen zu verstecken.

Außerdem wurden für die Fahrt zwei Hundeschlitten, sechs Paar Skier, Verpflegung für einen Monat, warme Kleidung und Schlafsäcke vorbereitet. Schließlich nahmen die Männer etwas Zucker, Schokolade, Messer, Nadeln, Zwirn, Glasperlen und Ringe als Geschenke für die Urmenschen mit, falls diese ihre Gefangenen freiwillig laufen ließen. Auch Sprit und Kognak wurden verladen, um notfalls die Wachen betrunken zu machen.

Den Kameraden auf der Spur

Nach einer dreitägigen Ruhepause begaben sich die Männer auf den Weg. Zunächst schlugen sie die südöstliche Richtung ein, zu jenem Fluß, hinter dem einst Kaschtanow und Papotschkin das erstemal Mammute gejagt hatten, und dann, als das Flüßchen erreicht war, zogen sie weiter stromabwärts. Am zweiten Tag stießen die Forscher auf eine Lichtung am linken Flußufer, wo sich ein alter Lagerplatz der Urmenschen befand. Etwa zwei Dutzend kegelförmig zusammengestellte Stangen für Zelte waren übriggeblieben, die an Nomadenjurten der asiatischen Ostjaken und Ewenken erinnerten.

An einer der Stangen war ein Zettel mit folgendem Text befestigt:

„Hier lebten wir die ganze Zeit über in Gefangenschaft, bevor es nach Süden weiterging. Heute verläßt die Horde das Lager. Unterwegs wird es uns vielleicht gelingen, zu flie ...“

Das Ende der Nachricht war offenbar abgerissen.

Die Männer beschlossen, den Weg am Fluß entlang fortzusetzen und dabei alle fünfzehn bis zwanzig Kilometer gründlich nach Lichtungen Ausschau zu halten. So weit reichte wahrscheinlich ein Tagesmarsch der Urmenschenhorde, die sich nur langsam vorwärts bewegte, weil sie ihre gesamte Habe mitführte. Am Rand dieser Lichtungen konnten die gefangenen Kameraden einen weiteren Zettel zurückgelassen haben.

Gegen Abend desselben Tages fand man tatsächlich eine große Lichtung und entdeckten an einem Strauch einen Zettel, der mit Bindfaden an einen Zweig geknotet war. Auf ihm stand geschrieben:

„Wir legen etwa zwanzig Kilometer je Tag zurück, mal über Pfade im Wald, mal in der Nähe des Flusses, mal durchs Wasser, das bereits sehr kalt ist und an manchen Stellen bis zu den Knien reicht. Aber diesen Menschen macht das alles nichts aus. Man hat uns einen Teil der Bekleidung zurückgegeben, doch nachts wird er immer wieder abgenommen, und wir bekommen Tierfelle, um uns vor der Kälte zu schützen. In den Pausen zwischen den langen Märschen errichteten die Urmenschen keine Unterkünfte, sondern schlafen unter Büschen. Wir können uns nur durch ein Lagerfeuer retten, das wir abwechselnd bewachen.

Borowoj.“

Am darauffolgenden Tag legten die Forscher etwas vierzig Kilometer zurück, fanden jedoch keinerlei Nachricht vor. Womöglich war sie vom Wind weggeweht oder von irgendeinem Tier abgerissen worden.

Nach einem weiteren Tag entdeckten die Männer während der Mittagsrast einen Zettel mit diesen Worten:

„Die Urmenschen nehmen unsere Zettel von den Sträuchern, wenn sie sie bemerken, und bewahren diese als Talisman auf. Sie glauben, es seien unsere Opfergaben für den bösen Geist, der die winterliche

Kälte und den Schnee bringt. So gelingt es uns nur in Ausnahmefällen, eine Nachricht zu hinterlassen. Auf dem Weg am Fluß entlang werden wir an Zweigen leere Zettel befestigen, damit Sie wissen, wohin wir gezogen sind. Wenn Sie eine Gegend erreichen, in der kein Schnee mehr liegt und das Flüßchen eisfrei ist, dann seien Sie besonders aufmerksam. Wir glauben, die Horde wird sich dort für längere Zeit aufhalten.

Borowoj."

So marschierten die Männer weitere sechs Tage, manchmal fanden sie einen Zettel mit ein paar Worten darauf, öfter jedoch waren es unbeschriebene Papierfetzen, die im Ufergesträuch aufgespießt waren. Am zehnten Tag wurde die Schneedecke sehr dünn, und das Eis auf dem Fluß knackte manchmal unter den Füßen. Die Temperatur blieb nur ein bis zwei Grad unter Null. Am folgenden Tag mußten die Forscher aufs Ufer überwechseln, da die Eisdecke des Flusses zu dünn wurde und stellenweise bereits große Risse aufwies. Die Männer fanden einen Pfad, der sich mal im Wald, mal am Ufer dahinschlängelte. Gegen Abend war die Schneedecke kaum noch vier Zentimeter dick, und nur noch am Ufer gab es Eis.

Am zwölften Tag des Marsches schließlich gab es allein im Schutz von Büschen und im Wald kleine Schneewehen. Die Männer mußten die Hundeschlitten nun über herabgefallenes Laub ziehen. Vor dem Mittagessen fanden sie einen Zettel, in dem ihnen mitgeteilt wurde, daß einen Tagesmarsch von hier entfernt eine große Lichtung sein würde, auf der die Horde – falls der Schnee sie nicht von dort vertrieb – ihr Winterlager aufschlagen wollte.

Jetzt galt es, besonders auf der Hut zu sein, um nicht zufällig auf Urmenschen zu stoßen, die in der Nähe ihres Lagers umherstreiften. Einer der Forscher ging mit General den Hundeschlitten voraus.

Die Männer errichteten ihr Nachtlager auf einer kleinen Lichtung in der Nähe des Flüßchens. Nach dem Abendbrot machten sich Makschejew und Kaschtanow auf den Weg, um das Gelände zu erkunden. Drei Kilometer weiter vernahmen sie einzelne Schreie und schlichen vorsichtig an den Rand einer großen Lichtung heran. Auf deren gegenüberliegenden Seite erblickten sie den Lagerplatz der Urmenschen.

Dort standen zwölf kegelförmige Zelte – mit Tierfellen bedeckte

Stangengerüste –, die in kleinen Abständen einen Kreis bildeten. Ihre Eingangsöffnungen waren der Kreismitte zugekehrt, wo das dreizehnte Zelt stand. Dieses war etwas kleiner als die anderen, und vor seinem Eingang loderte ein Feuer. Zweifelsohne waren dort die gefangenen Kameraden untergebracht. Makschejew überblickte die Größe der Zelte und schätzte, daß etwa hundert Erwachsene zu der Horde gehören könnten.

Zwischen den Zelten waren nur Kinder zu sehen, die zumeist auf allen vieren krabbelten und schwarzen, schwanzlosen Affen ähnelten. Sie spielten, hüpften, balgten sich und kreischten dabei laut. Am Eingang eines Zeltes hockte ein Mann, der ebenfalls einem Affen ähnlich sah. Durchs Fernglas konnte man erkennen, daß auch sein Körper behaart war. Sein Gesicht erinnerte an einen Australier, doch sprang seine Kieferpartie noch weiter vor, und die Stirn war sehr niedrig, die Gesichtsfarbe schwarzbraun. Unter dem Kinn wuchs ein kleiner Bart, der verriet, daß es sich um einen erwachsenen Mann handelte.

Alsbald zeigte sich am Eingang desselben Zeltes ein zweiter Mensch. Um vorbeizukommen, stieß er den Mann mit dem Knie in den Rücken. Der Hockende neigte sich nach vorn und sprang auf. Jetzt standen beide nebeneinander. Da erwies sich, daß der zweite größer und sowohl in den Hüften als auch in den Schultern breiter gebaut war. Der erste wirkte neben ihm wie ein schwächlicher Halbwüchsiger. Die Gesichtszüge des zweiten wirkten weniger abstoßend, und die Kopfhaare waren länger. Sie hingen ihm in Strähnen bis auf die Schultern herab. Der Körper selbst war weniger behaart, besonders die Brustpartie. Ihre Form ließ erkennen, daß es sich um ein Weib handelte.

Die Frau ging über den Lagerplatz auf das Zelt in der Mitte zu. Sie ging vornübergebeugt und watschelte. Die Hände hingen fast bis zu den Knien herunter. Die Muskulatur der Arme und Beine war stark entwickelt. Vor dem Zelt der Gefangenen fiel das Weib vor dem Feuer auf die Knie, hob die Hände mit flehender Geste und kroch auf allen vieren in das Zelt.

„Unsere Kameraden haben Besuch bekommen", sagte Kaschtanow.

„Wollen wir nicht den Umstand, daß nur wenige Menschen im Lager sind, ausnutzen und unseren Kameraden ein Zeichen geben?" schlug Makschejew vor.

„Aber wie? Unbemerkt kommen wir nicht näher heran."

„Wir feuern im Wald ein, zwei Schüsse ab. Borowoj und Igolkin werden sie schon zu deuten wissen, immerhin haben sie selbst diese Art der Benachrichtigung empfohlen."

„Und wenn es die Urmenschen in Panik versetzt?"

„Sie kennen keine Feuerwaffen und werden gar nicht begreifen, was los ist."

„Wenn sie aber losstürzen, um uns zu suchen?"

„Ich glaube, sie werden erschreckt sein und es nicht wagen."

„Also gut! Dann versuchen wir es."

Die beiden Männer zogen sich etwas in den Wald zurück und gaben einen Schuß ab, nach einigen Minuten folgte ein zweiter. Dann kehrten sie zu ihrem Beobachtungsposten am Waldrand zurück.

Das Lager war in Unruhe geraten. Vor jedem Zelt standen jetzt einige Erwachsene, vornehmlich Weiber und Kinder verschiedenen Alters. Alle blickten in die Richtung, aus der die unerklärlichen Geräusche gekommen waren, und redeten durcheinander. Neben dem Zelt in der Mitte, am Feuer, waren plötzlich die beiden Gefangenen zu sehen. Sie waren bis zur Gürtellinie nackt und trugen zerfetzte Hosen. Ihre Haut war dunkel gebräunt, die Haare waren ungekämmt und die Gesichter von langen Bärten bedeckt.

Sie schauten ebenfalls zum Waldrand hin und zeigten freudiges Erstaunen.

Dann drehten sich die beiden, wie verabredet, in jene Richtung, aus der die Schüsse gekommen waren, und erhoben die Hände. Mit einem Mal fielen die Urmenschen auf die Knie und drückten ihre Gesichter an die Erde. Es wurde still. Igolkin legte die Hände an den Mund und rief mit lauter Stimme in den Wald:

„Fast alle Männer der Horde sind heute früh auf Jagd gegangen, weit weg von hier. Morgen werden auch die Frauen dorthin gehen, um ihnen beim Zerlegen und Wegtragen der Beute zu helfen. Nur Alte und Kinder bleiben zurück. Kommt dann, um uns zu befreien. Bringen Sie uns Wäsche und Oberbekleidung mit. Ist bei Ihnen alles in Ordnung? Sind Sie vollzählig zurückgekehrt? Schießen Sie einmal, wenn Sie mich verstanden haben und alles in Ordnung ist – und zweimal, falls dem nicht so ist!"

Makschejew kroch sofort ein Stück zurück und gab einen Schuß ab. Kurz nach dem Knall hob Igolkin abermals die Hände hoch, und die Urmenschen, die, während er rief, aufstanden und ihn voller Erstaunen anblickten, fielen wieder auf die Knie, mit dem Gesicht zur Erde.

Igolkin ließ sie eine Weile so liegen, dann wandte er sein Gesicht dem Feuer zu und sang lauthals ein lustiges Matrosenlied. Die Urmenschen krochen näher heran und bildeten einen Kreis um das Feuer, drückten mit einzelnen Rufen ihre Verwunderung aus. Offenbar hatten ihre Gefangenen bisher so etwas nicht getan.

Makschejew zählte etwa fünfzig Erwachsene, hauptsächlich waren es Weiber. Halbwüchsige und Kinder verschiedenen Alters gab es weitaus mehr. Sie standen oder saßen außerhalb des Kreises der Erwachsenen. Ihren Gesichtern war anzusehen, daß Igolkins Lied ihnen viel Spaß machte, während die Erwachsenen eher überrascht und zum Teil sogar erschrocken waren.

Nachdem Igolkin etwa zehn Minuten lang gesungen hatte, hob er wieder die Hände und ging dann, zusammen mit Borowoj, der während des Gesanges unbeweglich am Feuer gehockt hatte, ins Zelt. Auch die Zuhörer liefen allmählich auseinander. Zwei Weiber allerdings blieben zurück und hockten sich am Eingang des Zeltes nieder, offenbar um den Schlaf der Männer zu hüten.

Bald zog Stille im Lager ein, nur das ausgehende Feuer knisterte inmitten des verlassenen Kreises.

Kaschtanow und Makschejew kehrten zu ihren Gefährten zurück, erzählten ihnen alles, was sie gesehen und gehört hatten, und besprachen dann gemeinsam den Plan zur Befreiung ihrer Kameraden.

Die Befreiung der Gefangenen

Nachdem sich die Forscher gründlich ausgeschlafen hatten, verluden sie ihr Gepäck auf die Hundeschlitten und trafen alle Vorbereitungen für einen raschen Aufbruch. Dann machten sie sich auf zum Lagerplatz der Urmenschen. Sie hatten Kleidung, Schuhwerk und Gewehre für ihre Kameraden, aber auch ein Paket mit Geschenken für die Urmenschen mit. Als die Männer sich der Lichtung näherten, hörten sie laute Stimmen und Hundegebell. Offensichtlich waren die Weiber noch nicht losgezogen. Deshalb schlichen die Forscher vorsichtig zum Waldrand und beobachteten im Schutz der Büsche das Lager.

Sie sahen, daß die Horde im Aufbruch war. Männer und Weiber schleppten Speere, Wurfspieße, Schaber und Riemenbündel aus den Zelten. Die Kinder liefen überall umher, faßten die Waffen an, bekamen Fußtritte, kreischten und heulten. Halbwüchsige prüften die Spitzen der Wurfspieße und Speere, gingen im Scherz aufeinander los. Etwa fünfzehn halbverwilderte Hunde, in denen die Forscher leicht ihre Schlittenhunde wiedererkannten, hielten sich abseits. Anscheinend sollten sie die Jäger begleiten und balgten sich jetzt in freudiger Erwartung herum.

Endlich waren alle Jagdwaffen zusammengeholt, und die Erwachsenen zogen, die Speere in den Händen, in Haufen nach Osten. Ihnen folgten Halbwüchsige, die Messer, Wurfspieße und Riemen trugen. Offenbar fungierten sie als Träger für Waffen und Beute. Kinder rannten, teils aufrecht, teils auf allen vieren, mit Schreien und Gequieke hinterher. In einiger Entfernung folgten die Hunde. Am Ende der Lichtung blieben die Kinder zurück und kehrten um. Die etwa fünfzig Jäger schritten im Gänsemarsch auf dem Waldpfad weiter, bis sie schließlich im Dickicht verschwanden.

Auf dem Lagerplatz waren nun nur noch alte Männer zu sehen, die die Felle ausklopften und die Zelte saubermachten. Aus einigen Zelten kamen gebückt Greisinnen heraus und setzten sich vor dem Eingang hin. Kleine Kinder krochen umher, Säuglinge wurden während des Aufräumens neben die Zelte auf Felle gelegt.

Nur am Zelt der Gefangenen blieben drei Frauen allem Anschein nach als Wache zurück. Eine von ihnen zerschnitt mit einem Messer aus Knochen Tierfelle in Riemen, die andere schnitzte mit einem ähnlichen Messer Pfeilschäfte. Die dritte spaltete dicke Knochen, um so scharfe Splitter für Speere und Pfeilspitzen zu gewinnen.

Bald danach trat Igolkin aus dem Zelt. Er war halbnackt, wie tags zuvor, warf Holz ins Feuer und setzte sich zu den Weibern. Er redete mit ihnen, dann zog er ein großes Messer hervor und begann die Felle zu zerschneiden. Mit seiner Hilfe ging es merklich schneller. Dann zeigte sich Borowoj, der aber machte sich nicht an die Arbeit, sondern schaute in jene Richtung, aus der gestern die Schüsse zu vernehmen gewesen waren.

Beim Anblick dieser friedlichen Kooperation zwischen einem Mann des zwanzigsten Jahrhunderts und Menschen der Steinzeit konnten die Beobachter im Gebüsch sich ein Lächeln nicht verkneifen. Die wenigen Leute im Lager und ihre primitive Bewaffnung erfüllte sie mit Zuversicht, daß es ihnen gelingen würde, ihre Kameraden entweder im Guten oder durch Zwang zu befreien. Doch mußten sie noch anderthalb bis zwei Stunden warten, bis der Jägertrupp sich ausreichend weit entfernt hatte, so daß er weder Schüsse noch Schreie vernehmen und ihn die Wache nicht so schnell erreichen und zurückholen konnte.

Als Igolkin mit seinem Fell fertig war, ging er ins Zelt und kam mit einem Stück Fleisch wieder heraus. Er zerschnitt es in kleine Stücke, spießte diese auf Pfeilschäfte und steckte die Stöcke neben dem Feuer in die Erde, um sich so ein Schaschlyk zu braten. Anscheinend hatten die Gefangenen noch nicht gefrühstückt und wollten sich vor der Flucht stärken. Als das Fleisch gar war, setzten sich beide neben das Feuer und aßen mit regem Appetit. Hin und wieder hielt Igolkin den Weibern, die neben dem Feuer arbeiteten, ein Stückchen Fleisch hin. Doch diese lachten nur und wandten sich ab. Dann holte eine der Frauen aus ihrem Zelt einen Batzen rohes Fleisch. Die Weiber schnitten lange dünne Streifen ab und aßen sie. Auch die herankommenden Kinder bekamen etwas davon.

Als das Frühstück beendet war, blickten die Männer im Versteck auf die Uhr. Inzwischen schien genügend Zeit vergangen.

Sie traten aus dem Wald heraus, stellten sich in einer Reihe auf, schritten mit erhobenen Flinten auf die Zelte zu und feuerten mit Platzpatronen mehrere Male hintereinander in die Luft.

Gleich nach den ersten Schüssen verstummte der Lärm im Lager. Die Sitzenden sprangen auf, Stehende erstarrten auf ihren Plätzen, kehrten den Ankömmlingen, die ein so fürchterliches, donnerähnliches Getöse verursachten, das Gesicht zu. Als die Forscher den Innenkreis der Zelte betraten, warfen sich die Urmenschen auf die Erde und nur die kleineren Kinder weinten vor Angst.

Die Männer näherten sich dem Zelt der Gefangenen, reichten ihnen die Kleidungsstücke und Gewehre und schossen abwechselnd solange, bis Igolkin und Borowoj sich angezogen hatten. Makschejew sagte zu Igolkin:

„Machen Sie ihnen klar, daß Sie beide lange genug hier zu Besuch und jetzt von noch mächtigeren Zauberern geholt werden. Für die erwiesene Gastfreundschaft erhalten sie Geschenke zum Andenken an die ungewöhnlichen Besucher, die aus dem Land des ewigen Eises zu ihnen herabgestiegen sind. Sagen Sie ihnen, keiner solle es wagen, uns zu verfolgen. Sonst würden sie hart dafür bestraft werden. Sagen Sie außerdem, daß die Eisgötter nicht nur Donner machen können, sondern auch Blitze, durch die Ungehorsame vernichtet werden."

Als Igolkin und Borowoj umgezogen aus dem Zelt traten, stellten ihre Kameraden das Schießen ein. Igolkin beherrschte dank seiner Umgänglichkeit die Sprache der Urmenschen besser als Borowoj und richtete deshalb an sie, die auf der Erde lagen, eine Rede, in der er ungefähr Makschejews Worte wiedergab. Am Ende wandte sich Igolkin an die drei Weiber, von denen sie bewacht wurden:

„Übergebt diese Geschenke den Stammesältesten, wenn sic von der Jagd heimkehren. Sie sollen alles verteilen. Wir überlassen euch ebenso das Feuer, daß ihr von nun an benutzen könnt – aber laßt es niemals sterben, nährt es so, wie wir es getan haben. Ich wiederhole noch einmal den Befehl: Verfolgt uns nicht! Wir gehen jetzt in das Land des ewigen Eises, und wenn es wärmer wird, kehren wir wieder zu euch zurück."

Als Igolkin geendet und die Pakete mit den Geschenken am Eingang des Zeltes niedergelegt hatte, schritten alle sechs Männer, abermals in die Luft feuernd, durch den Kreis, vorbei an den reglos daliegenden Urmenschen, und verschwanden im Wald.

Am Rand der Lichtung blieben sie noch einen Augenblick stehen, um sich zu vergewissern, was die Urmenschen wohl tun würden. Diese erhoben sich erst von der Erde, als die letzten Schüsse verhallten, und unterhielten sich leise, offenbar über diese seltsamen Vorgänge. Ein Teil versammelte sich ums Feuer, das jetzt in ihrem Besitz war, und starrte gebannt in die Flammen, als könnten die ihnen das Rätsel erklären. Bald darauf liefen zwei Wächterinnen mit Speeren in der Hand der Horde nach, wahrscheinlich um das Vorgefallene zu melden. Die dritte blieb am Zelt zurück, sicher um die Kinder und Halbwüchsigen von den Geschenken der Gäste fernzuhalten. Sie selbst wagte es nicht, diese zu berühren.

Die Forscher liefen zu den im Wald zurückgelassenen Hundeschlitten und machten sich auf den Rückweg in Richtung Norden.

Als sie sich immer mehr vom Lagerplatz der Urmenschen entfernten, stieß Igolkin von Zeit zu Zeit einen schrillen Pfiff aus, den er den Hunden angewöhnt hatte. Während ihrer Gefangenschaft waren die Hunde diesem Pfiff gefolgt. Igolkin hatte sie mit Fleischabfällen gefüttert. Doch die Hunde waren sehr verwildert, weil die Urmenschen sich vor ihnen fürchteten und sie nicht zu ihren Zelten vorließen. Ein Teil der Hunde war im Kampf mit Raubtieren umgekommen, die anderen waren der Horde mit auf die Jagd gefolgt. Auf Igolkins Pfiff kamen jetzt nur noch fünf Hunde angelaufen, die sich in der Nähe des Lagerplatzes aufgehalten hatten. Sie zogen hinter den Forschern her, allerdings in einem gewissen Abstand, ließen sich nicht berühren und fletschten die Zähne, wenn General sich ihnen näherte. Die Hunde mußten einige Tage lang durch Füttern wieder gezähmt werden, damit wenigstens für einen Schlitten ein Gespann zustande kam.

Nach zwölf Stunden Marsch und einer Wegstrecke von etwa fünfzig Kilometern schlugen die Männer ihr Nachtlager auf, in dem festen Glauben, daß sie jetzt nicht mehr eingeholt würden.

Die Urmenschen greifen an

Übernachtet wurde mitten auf einer großen Lichtung, damit die Gruppe von niemandem aus dem Hinterhalt der Büsche überrumpelt werden konnte. Jeder der Männer hielt abwechselnd Wache. Die Hunde hatten offenbar die Jurte wiedererkannt und legten sich in ihrer Nähe auf dem Schnee nieder. General ließ sie an die Jurte selbst nicht heran.

Während Kaschtanow wachte, wurde General plötzlich unruhig, begann zu knurren und bellte dann ohne Unterlaß. Der Professor bemerkte in den Sträuchern um die Lichtung ein leichtes Knacken und Bewegung. Sofort weckte er seine Kameraden, die mit ihren Gewehren aus der Jurte stürzten.

Nachdem die Urmenschen gemerkt hatten, daß der Überraschungsangriff mißglückt war, traten sie aus dem Wald heraus, umringten die gesamte Lichtung und schritten langsam, zögernd auf die Jurte zu. Es waren Weiber, mit Speeren bewaffnet, und zwischen den Zähnen hielten sie Messer. Ihnen folgten Mädchen mit Wurfspießen. Aber sie wagten es nicht, von den Waffen Gebrauch zu machen. Wahrscheinlich hofften sie, wie beim erstenmal die Zauberer zu überwältigen und sie zum Rückzug ins Lager zu zwingen. Igolkin warnte seine Kameraden vor verfrühten Schüssen, er wollte erst mit der Horde sprechen, schlug jedoch für alle Fälle vor, eine Doppelschrotflinte mit Schrotpatronen zu laden.

„Ein paar Schrotkugeln in die Beine werden genügen", sagte er. „Und wenn das wider Erwarten nicht hilft, dann haben wir immer noch Kugeln . . ."

Als sich die Weiber auf etwas dreißig Schritt herangewagt hatten, winkte Igolkin und rief:

„Bleibt stehen! Hört zu! Ich habe es euch verboten, uns zu folgen. Ihr ward nicht gehorsam. Unsere Feuerpfeile sind kampfbereit, und wer noch näher kommt, der wird von ihnen getroffen."

Die Urmenschen verharrten auf der Stelle, lauschten Igolkins Worten und berieten sich. Dann schrie ein Weib etwas, und die anderen ruderten zustimmend mit den Armen.

„Sie wollen, daß wir beide zurückkehren. Die Horde kann ohne uns nicht leben. Die anderen können gehen", übersetzte Igolkin und rief dann selbst den Weibern zu, „Zauberer können nicht lange mit Menschen zusammenleben. Wir gehen in unsere Wohnung auf dem großen Eis und bleiben dort den Winter über, kehren aber im Frühjahr zurück. Und jetzt verschwindet rasch!"

Doch ein paar Weiber taten noch einige Schritte nach vorn, und eine von den Waffenträgerinnen schleuderte in ihrem jugendlichen Übermut den Wurfspieß den Männern entgegen. Er flog an Kaschtanows rechtem Ohr vorbei und blieb in der Jurtenwand stecken.

„Uns bleibt nichts anderes übrig als zu schießen, bevor sie noch mehr Mut gefaßt haben", rief Borowoj. „Eine Schrotladung in die Beine, in verschiedene Richtungen, besonders, dort, wo sie in Grüppchen stehen. Eins, zwei, drei!"

Da krachten sechs Schüsse, und von allen Seiten der Lichtung her tönten Schreie der Getroffenen. Die Weiber kehrten um und liefen zum Wald. Viele von ihnen hinkten und hinterließen Blutspuren im Schnee. Das Mädchen, das seinen Wurfspieß nach Kaschtanow geschleudert hatte, fiel nach einigen Schritten um und blieb reglos liegen.

„Und was nun?" fragte Gromeko, nachdem die letzten Fliehenden im Busch verschwunden waren. „Folgt noch ein Angriff, oder werden sie es nicht mehr wagen?"

„Ich glaube, sie haben genug abbekommen", bemerkte Igolkin. „Doch gehen wir lieber in die Jurte, bevor uns der Wurfspieß eines wildgewordenen Mädchens trifft."

Diese Vorsichtsmaßnahme erwies sich als unnötig. Die Weiber entfernten sich mit lautem Geheul immer weiter, und bald verstummte der Wald. Die Hunde hörten auf zu bellen, liefen zu dem am Boden liegenden Mädchen und begannen gierig das warme Blut zu lecken, das aus ihrer Wunde floß. Igolkin und hinter ihm die anderen Männer stürzten zu der Verwundeten, um die verwilderten Hunde auseinanderzujagen.

Die Männer untersuchten das Mädchen und entdeckten nur eine Wunde, im Oberschenkel, dennoch strömte heftig Blut.

„Merkwürdig! Von einer Schrotkugel kann das nicht stammen", bemerkte Papotschkin.

„Einer von uns hat wahrscheinlich aus Versehen eine Gewehrkugel abgefeuert."

„Ich habe auf sie gezielt", erklärte Kaschtanow.

„Das arme Würstchen lebt noch", sagte Gromeko, nachdem er das Mädchen untersucht hatte. „Es hat lediglich vor Schmerz und Angst die Besinnung verloren. Die Kugel hat das Bein durchschlagen, ohne jedoch den Knochen zu verletzten. Dafür ist der Muskel stark zerfetzt."

„Was machen wir mit dem Mädchen? Die anderen sind ja weggelaufen."

„Wir müssen sie mitnehmen, als Gefangene. Wenn sie wieder gesund ist, lassen wir sie laufen."

„Laufen lassen?" fragte Papotschkin empört zurück. „Auf keinen Fall. Wir bringen sie als Prachtexemplar eines Urmenschen, der dem Affen nahesteht, auf die ‚Polarstern'. Welch ein Schatz für die Anthropologen!"

Gromeko holte aus der Jurte Verbandzeug, stillte das Blut und versorgte die Wunde. Dabei öffnete das Mädchen die Augen und begann vor lauter Angst zu zittern, als es sich von den Zauberern umringt sah.

Die Gefangene war von kleinem Wuchs und schlank, hatte weder die massigen Formen noch die ausgeprägte Muskulatur der erwachsenen Weiber. Ihr Körper war auf dem Rücken von kurzem, aber ziemlich dichtem, schwarzem Fell bedeckt. Gesicht, Handflächen und Fußsohlen waren unbehaart. Das Mädchen hatte kurze, leicht gewellte Kopfhaare. Der Fuß schien eine Übergangsform vom Affen- zum Menschenfuß zu sein, mit stark entwickelten Zehen und einem weit abstehenden großen Zeh.

Borowoj betrachtete das Gesicht genauer und rief plötzlich aus: „Das ist doch Katu, meine Freundin!“

„Konnten Sie etwa ein Weib von dem anderen unterscheiden?“ fragte Kaschtanow. „Soweit ich es überblicke, sehen sie alle einander ähnlich.“

„Das scheint nur auf den ersten Blick so. Wenn man näher hinguckt, gibt es durchaus Unterschiede. Wir kannten viele mit Namen, besonders Halbwüchsige und Kinder. Katu hat mir oft Fleisch, Wurzeln und so manches, was sie für besonders lecker hielt, mitgebracht, um ihre Sympathie zu bekunden.“

„Deshalb hat sie es auch gewagt, auf einen der Entführer ihres Liebsten den Wurfspieß zu schleudern“, sagte Makschejew und lachte.

„Ja, vier Zentimeter weiter links, und ich hätte ein Auge verloren!“ sagte Kaschtanow.

Nachdem Katu verbunden war, wollten die Männer sie in die Jurte tragen, doch das Mädchen versuchte sich loszureißen, heulte auf und schrie. Schließlich begriff Igolkin, daß sie darum bat, sie hier sterben zu lassen und nicht in der Jurte aufzufressen.

„Warum denn auffressen?“ fragte Gromeko verblüfft. „Sind sie etwa Kannibalen?“

„Ja, Tote und auf der Jagd oder durch Raufereien Schwerverletzte fressen sie in aller Seelenruhe auf.“

„Dann beruhigen Sie Katu und sagen Sie ihr, daß wir sie nicht fressen, sondern nur ins Zelt schlafen legen wollen. Und wenn sie wieder gesund ist, kann sie zu ihrer Horde zurückkehren.“

Igolkin brachte das Mädchen nur mit Mühe zur Ruhe, Borowoj nahm ihre Hand, sie gab nach und ließ sich wegtragen. In der Jurte betteten die Männer Katu auf Decken, und bald schlief sie ein, ohne Borowojs Hand loszulassen.

Da die für die Nachtruhe eingeplante Zeit bereits verstrichen war, trafen die Männer alle Vorbereitungen für den Aufbruch. Sie machten Feuer, setzten den Teekessel auf und wollten frühstücken. Igolkin verließ die Jurte, um den Teekessel mit Schnee zu füllen. Da bemerkte er, daß am Waldrand Hunde umherstreunten. Sie waren wahrscheinlich zusammen mit den Weibern gekommen und jetzt allein zurückgeblieben. Vielleicht erinnerte sie der Anblick der Jurte daran, wie sie einst von ihren früheren Herren mit köstlichem Dörrfisch gefüttert wurden. Auf Igolkins Pfiff kamen noch zwölf Hunde angelaufen, so daß zusammen mit General und den bereits früher wieder zugelaufenen fünf Hunden alle drei Schlitten bespannt werden konnten.

„Womit wollen wir sie füttern?“ fragte Igolkin. „Nur mit Futter können wir sie in unserer Nähe halten und zähmen.“

„Wir haben Proviant für einen ganzen Monat mit“, sagte Gromeko. „In sieben oder acht Tagen sind wir wieder bei unserem Hügel angelangt. Es bleibt also etwas vom Schinkenvorrat übrig, wovon wir einen Teil den Hunden abgeben können.“

„Man braucht ihnen nicht viel zu geben“, ergänzte Borowoj. „Sie werden uns hungrig hinterherlaufen, auf Mittag und Abendbrot lauernd.“

Nach dem Frühstück bekamen die Hunde die Speisereste, Knochen und ein bißchen Fleisch zu fressen. Dann verluden die Männer das Gepäck. Ein Schlitten transportierte die Stangen und die Filzplane der Jurte, auf welche Katu gebettet wurde. Ein zweiter alles übrige. Der Schnee erlaubte es, die Skier zu benutzten, so daß die Forscher trotz der vermehrten Last rascher als am Vortag vorankamen. Als sich der Schlittenzug in Bewegung setzte und Katu merkte, daß es nicht in Richtung der Horde, sondern genau entgegengesetzt gehen sollte, schrie sie auf, sprang vom Schlitten, lief davon, brach jedoch nach einigen Schritten zusammen. Als die Männer sie umringten und auf den Schlitten heben wollten, begann Katu wild um sich zu schlagen und versuchte die Männer zu beißen.

Anscheinend hatte sie Igolkins Worte so verstanden, daß man sie sofort zum Lagerplatz bringen und dort freilassen würde. Statt dessen wollten die Zauberer sie zum großen Eis mitnehmen. So mußten die Forscher Katu an den Händen fesseln und sie auf dem Schlitten festbinden, um einen neuerlichen Fluchtversuch zu verhindern. Das arme Mädchen zitterte vor Entsetzten und schluchzte in der Annahme, daß es jetzt ganz gewiß aufgefressen würde.

Gegen Mittag desselben Tages konnten die Männer wieder den zugefrorenen Fluß betreten. Auf seiner Eisdecke lag eine nicht allzudicke Schneeschicht. Schlitten und Skier versanken darin weniger als auf dem Waldpfad. Deshalb kam die Expedition rasch vorwärts und legte ganze fünfzig Kilometer zurück.

Nachts wurde abwechselnd Wache gehalten, doch ringsum blieb es ruhig. Katu hatte den ganzen Tag jede Nahrung ausgeschlagen, so mußte der jeweils Wachhabende das gefesselte Mädchen während der Nachtruhe beaufsichtigen. Beim Anblick der blinkenden Messer, mit denen die weißen Zauberer zu ihren Mahlzeiten den Schinken schnitten, zitterte Katu am ganzen Leib und verfolgte ängstlich die Bewegungen der Hände in der Erwartung, daß sie jeden Augenblick selbst an die Reihe käme.

So ging die Fahrt in Richtung Norden weiter, am achten Tag erreichten die Männer die Tundra und gegen Mittag ihren Hügel. Katu hatte sich allmählich mit ihrem Los abgefunden, gewöhnte sich an die Zauberer und nahm rohes Fleisch an. Gekochtes oder gebratenes wies sie angewidert von sich. Am dritten Tag des Marsches hatte man sie von den Handfesseln befreit, am fünften sogar von den Fußfesseln, nachdem sie versprochen hatte, nicht mehr wegzulaufen.

Das Leben in der Gefangenschaft

Unterwegs berichteten Igolkin und Borowoj über ihr Leben inmitten der Urmenschen. Kaschtanow schrieb auf, was sie erzählten:

Nach dem Aufbruch der Expedition in Richtung Süden bauten Borowoj und Igolkin eine Wetterwarte, um darin die meteorologischen Meßgeräte aufzustellen, und zimmerten eine massive Tür für den Eiskeller, um ihn vor Hunden und Raubtieren zu schützen. Nachdem sie mit dieser Arbeit fertig waren, schachteten die beiden Männer eine neue Höhle im Eis des Hügels aus, damit die Schlittenhunde einen Zufluchtsort vor der Hitze bekämen. Es wurde immer wärmer, und die Hunde liefen weg, zur Eisgrenze, die zunehmend nach Norden abwanderte.

Solange diese dringenden Arbeiten nicht erledigt waren, gingen die Männer nur selten auf Jagd, um ihre Nahrungsvorräte aufzubessern. Später zogen sie jeden Tag los, um genügend Fleisch für den Winter zu erbeuten. Für die Hunde dörrten sie es, für die Menschen wurde das Fleisch geräuchert. Auf dem Rückweg aus dem Wald nahmen sie auf Hundeschlitten immer etwas Holz mit, so daß sich allmählich der Vorrat an Brennmaterial für die kalten Monate mehrte.

Während der Jagd stießen sie auf Mammute, Nashörner, Ur- und Moschusrinder, auf gigantische Rehe. Auf Flüssen und in der Tundra erlegten die Männer Wildgänse, Wildenten und anderes Federvieh, hauptsächlich für die tagtägliche Ernährung. Das Fleisch großer Tiere wurde gedörrt oder geräuchert. Es gab also viel zu tun, und so blieb kaum Zeit zum Ausschlafen. Bei der Jagd gab es verschiedene Abenteuer, die aber immer gut endeten.

In der ersten Zeit nach der Abfahrt der Kameraden wurde das Wetter immer besser, die dunkle Wolkendecke riß häufiger auf, und Pluton erschien nicht selten einige Stunden lang ununterbrochen. Die Temperatur kletterte im Schatten auf zwanzig Grad, und in der Tundra zog der Sommer ein. Doch Mitte August kündigte sich bereits der Herbst an. Pluton verhüllte sich wieder zunehmend in Wolkenschleiern, manchmal regnete es, und Nebel stiegen in der Tundra auf.

Die Temperatur fiel allmählich und sank Anfang September bei starken Nordwinden auf Null Grad. Die Blätter wurden gelb. Mitte September hatte die Tundra ihr grünes Sommerkleid endgültig abgeworfen. Sie wurde kahl und bräunlich. Manchmal schneite es.

Igolkin und Borowoj trafen alle Vorbereitungen für den Winter. Sie überprüften die gesamten Lebensmittelvorräte, Konserven und Ausrüstung im Eiskeller und verstauten einen Teil davon oben, in der Jurte. Sie waren damit bereits den zweiten Tag beschäftigt und hatten gerade die Tür abgeschlossen, um Mittag zu essen, als sie plötzlich von Urmenschen, die sich von der anderen Hügelseite herangeschlichen hatten, überfallen wurden. Borowoj und Igolkin, die nie daran gedacht hatten, daß in Plutonien Menschen lebten, trugen außer Messern keine Waffen bei sich. Die Angreifer dagegen waren mit Speeren, Messern und Pfeilen ausgerüstet, so daß jeder Widerstand zwecklos war. Nachdem die Urmenschen die weißen Fremdlinge, deren Jurte und Wetterwarte beäugt hatten, behandelten sie die merkwürdigen Wesen voller Ehrfurcht und führten sie in ihr Lager.

Der Lagerplatz befand sich in einem kleinen Wald, etwa zehn Kilometer von der Jurte entfernt. Später erfuhren die Gefangenen, daß die Horde erst einen Tag zuvor von Osten gekommen war. Im Lager eingetroffen, berieten sich die Urmenschen lange darüber, was mit den Gefangenen zu tun sei. Die Männer wollten sie den Göttern als Opfergabe darbringen, doch die Mehrzahl der Weiber entschied anders. Anscheinend glaubten sie, daß die Anwesenheit der ungewöhnlichen Fremdlinge die Horde mächtig machen könnte, Jagdglück und den Sieg bei Zusammenstößen mit anderen Horden bringen würde. Deshalb beschlossen sie, die Gefangenen nicht freizulassen, ihnen nichts Böses zu tun und sie in einem gesonderten Zelt inmitten des Lagers unterzubringen.

Zu dieser Zeit sammelte die Horde Beeren und eßbare Wurzeln für den Winter, so daß sie sich einige Tage lang an ein und demselben Ort aufhielt. Doch dann schneite es heftig, und die Horde war gezwungen, etwa vierzig Kilometer südwärts abzuwandern, wo höhere Wälder vor kalten Winden Schutz boten.

In der ersten Zeit ging es den Gefangenen sehr schlecht. Sie bekamen nur rohes Fleisch, Beeren und Wurzeln zu essen. Schlafen mußten sie auf roh bearbeiteten Tierfellen, die auch als Zudecke dienten. Die Verständigung mit den Urmenschen war nur durch Zeichen möglich, und die beiden Männer wußten noch immer nicht, welches Los sie erwartete. Eine Flucht war undenkbar, da sie scharf bewacht wurden.

Die Horde wählte den neuen Lagerplatz auf einer großen Lichtung inmitten des Waldes, und hier begannen die Urmenschen damit, aus dünnen, trockenen Bäumen Stangen für ihre Unterkünfte zu fertigen. Überall lagen verdorrte Äste, Rinde und Holzspäne umher. Als Igolkin das sah, fiel ihm plötzlich ein, daß er in seiner Tasche noch Streichhölzer haben müsse, mit denen er im Eiskeller die Petroleumlampe angezündet hatte. Er sammelte trockenes Holz auf und machte ein Feuer.

Beim Anblick der Flammen ließen die Urmenschen ihre Arbeit liegen und liefen auf das Feuer zu. Sie waren von dieser nie gesehenen Erscheinung zutiefst erstaunt, und als sie sich ihre Hände daran verbrannten, beteten sie das Feuer an und erwiesen den Fremdlingen, den Herren über das Feuer, nun noch größeren Respekt. Seitdem brannte das Feuer vor dem Zelt der Gefangenen ununterbrochen, und die beiden Männer brieten darin das ihnen gebrachte Fleisch, aufgespießt auf Stöckchen.

Bald erlernten die Gefangenen die einfache Sprache der Urmenschen. Deren Begriffswelt beschränkte sich auf das Jagen, Essen und die primitiven Lebensverhältnisse. Die Sprache bestand aus ein- bis zweisilbigen Worten ohne Deklination und Verben, ohne Adverben und Präpositionen, so daß die Verständigung durch Mimik und Gestik vervollkommnet werden mußte. Zählen konnten die Urmenschen nur bis zwanzig, an den Fingern und Zehen.

Jedes Zelt war von einigen Weibern und Männern bewohnt, die

zusammen mit den Kindern in einer Gruppenehe lebten. Jedes Kind hatte eine Mutter und mehrere Väter. Die Männer gingen auf Jagd und fertigten aus Feuersteinen Speer- und Pfeilspitzen, Wurfspieße, Messer und Schaber. Die Weiber sammelten Beeren und Wurzeln, bearbeiteten die Tierfelle und beteiligten sich an der Jagd auf große Tiere, wofür die vereinten Kräfte der gesamten Horde erforderlich waren.

Gejagt wurden alle Tiere. Die Urmenschen aßen nicht nur das Fleisch, auch die Eingeweide. Würmer, Schnecken, Raupen und Käfer gehörten ebenfalls zur Nahrung. Die Jäger aßen sich am noch warmen Fleisch satt und tranken das Blut der frisch erlegten Tiere. Große Tiere, Mammute und Nashörner, wurden umzingelt und in Wolfsgruben getrieben, die sich auf Tierpfaden im Wald fanden. Dort wurden die Tiere mit Steinen und Speeren getötet.

Auf Jagd gingen die Urmenschen familienweise oder in größeren Gruppen. Am Kesseltreiben auf große Tiere beteiligte sich die gesamte Horde, nur zwei, drei Weiber blieben zurück, um die Gefangenen zu bewachen. Sie stillten dabei auch die Säuglinge der gesamten Horde, deren Mütter lange auf Jagd unterwegs waren.

Bei der Jagd kam es auch zu Unglücksfällen. Mitunter wurden die Verfolger von Raubtieren, Mammuten und Nashörnern verletzt. Die Toten und Schwerverletzten fraßen die Jäger selbst auf.

Das Aussehen der Urmenschen beschrieb Borowoj so: Sie hatten einen großen Kopf, einen untersetzten, massigen Körper mit kurzen, groben und starken Gliedmaßen. Die Schultern waren breit und abfallend, Kopf und Hals vorübergebeugt, Das kurze Kinn, die wulstigen Brauenpartien und die abgeflachte Stirn erinnerten deutlich an menschenähnliche Affen. Die Beine waren in den Knien leicht gekrümmt. Die Urmenschen gingen vornübergebeugt, während der Arbeit und des Essens hockten sie nieder.

Die Berichte von Igolkin und Borowoj, eine Untersuchung der Waffen dieser Urmenschen und einiger von ihnen angefertigter Dinge ließen Kaschtanow zu dem Schluß kommen, daß dieser Stamm viele Gemeinsamkeiten mit den Neandertalern aufwies, die in Europa während der mittleren Paläolithischen Periode, der Altsteinzeit also, gelebt hatten, zur gleichen Zeit wie das Mammut, das Langhaarnashorn, das Urrind und andere Tiere der Eiszeit.

Diese Urmenschen besaßen nur sehr grobe Steinwerkzeuge, die aus Feuersteinsplittern hergestellt waren: Schaber für Speere und

Wurfspieße, mit denen sie auf Jagd gingen. Scharfe Splitter wurden auch in ausgehöhlte Holzknüppel gesteckt, die somit als gefährliche Waffe dienten.

Das von den Gefangenen angezündete Feuer nannten die Urmenschen „kleine Sonne“ und beteten sie an. Die wohltuende Wirkung des Feuers bekamen sie während der großen Wanderung nach Süden zu spüren, zu der sie der Wintereinbruch im nördlichen Waldgürtel gezwungen hatte. Die Zeltstangen mitzuschleppen war zu beschwerlich, und neue Stangen für jedes Nachtlager zu beschaffen dauerte zu lange. Deshalb übernachteten sie während der Wanderung im Wald, direkt unter Büschen, und bekamen dabei den kalten Wind stark zu spüren. Wenn sich die Urmenschen an das Feuer der Gefangenen setzten, empfanden sie dessen wärmende Wirkung. Bald übernachtete die gesamte Horde am Feuer und sammelte fleißig dafür Holz. Doch ein einzelnes Feuer für sich zu machen wagte keiner. Und auch die Gefangenen brachten sie nicht auf diese Idee, um die einzigen Herren über das Feuer zu bleiben und ihr Ansehen in der Horde nicht zu verringern. Sie ahnten, daß ihre Lage sich zuspitzen könnte, falls sich die Befreiung noch länger hinauszögern sollte.

Die Gefangenen zählten besorgt die dahinschwindenden Herbsttage und fragten sich, wann wohl ihre Kameraden aus dem Süden zurückkehren und sie befreien würden. Der Winter kam langsam vom Norden her, bald stand eine neue Wanderung bevor, die sie noch weiter vom Hügel an der Eisgrenze wegführen würde. Deshalb kann man sich gut vorstellen, welche Freude sie erfüllte, als sie die Schüsse hörten, die die nahe Befreiung ankündigten.

Wieder in der Jurte

Die Expeditionsmitglieder erreichten ihren Hügel an der Eisgrenze in der letzten Dezemberwoche. Sie beschlossen, etwas auszuruhen, und das Neue Jahr, der Erfolg der Expedition nach Süden und schließlich die Befreiung der Gefangenen zu feiern. Proviant und Brennstoffvorräte waren ausreichend vorhanden, so daß die Männer nicht in den Wald oder die Tundra zu gehen brauchten.

Sie kehrten an einer Stelle den Schnee weg, um hier die Jurte wieder aufzustellen, und gruben durch den Schnee, der mehr als einen Meter hoch lag, einen Laufgraben zum Eiskeller, zur Hundehöhle und zur Wetterwarte. Danach konnten sie sich erholen. In der Jurte brannte ein kleines Feuer, es war warm und behaglich. Zwischen den Mahlzeiten, Spaziergängen und Schlaf unterhielten sich die sechs Männer ausgiebig, erzählten von ihren Abenteuern und erinnerten sich an so manche Expedition ihrer Reise nach dem Süden oder aus dem Leben in der Horde.

Katu war die stumme Zeugin dieser Gespräche. Sie zollte den weißen Zauberern, die soviele seltsame Gegenstände zur Verfügung hatten, immer mehr Respekt. Ihr Bein heilte zusehends, und bald konnte sie gehen. Die Männer trafen sie des öfteren hockend vor der Jurte an, den Blick nach Süden gerichtet, wo sich am Horizont der dunkle Waldstreifen hinzog. Sie hatte offensichtlich Heimweh nach ihrer Horde.

Igolkin versuchte Katu zu überreden, bei ihnen zu bleiben und später gemeinsam über das Eis in ein warmes Land zu ziehen, wo sie alle Wunder zu sehen bekäme, die die weißen Menschen geschaffen hatten. Doch sie schüttelte eigensinnig den Kopf und wiederholte fortwährend:

„Ich Wald, Zelt der Mutter, Fleisch, blutiges Fleisch, Jagd, lustig!“

Die Männer hegten die Hoffnung, daß sie sich allmählich eingewöhnen und schließlich doch mitkommen würde. Welch ein Triumph für die Expedition würde das lebende Exemplar eines Urmenschen darstellen!

Als die Fröste strenger wurden, begann Katu zu frieren, wies jedoch die Kleider zurück, die ihr die Forscher anboten. Wenn sie aus der warmen Jurte ins Freie trat, wickelte sie sich in ihre Decke. Beim Aufräumen der Jurte, beim Geschirrwaschen und beim Freischaufeln des Laufgrabens im Schnee sowie beim Holzholen beteiligte sie sich nicht ein einziges Mal. Sie fragte Igolkin, wieviel Frauen er habe, ob diese auch auf Jagd mitgingen und ob die Horde, der die weißen Zauberer angehören, groß sei. Mißtrauisch schüttelte sie mit dem Kopf, wenn ihr vom Leben der Europäer, ihren Städten, von Meeren und Schiffen erzählt wurde. Ihre einzige Beschäftigung zwischen dem Essen und Schlafen bestand im Schneiden von Holzschäften für Wurfspieße und im Schnitzen grobgeformter kleiner Mammute, Nashörner, Bären und Tiger aus weichem Holz, das von Purpurweiden stammte. Sie fertigte eine ganze

Kollektion dieser Götzen, betete sie an und bat Igolkin wieder und wieder um etwas frisches Blut, mit dem sie die Figuren bestreichen wollte. Aber die Männer gingen nicht auf Jagd, sie sahen in der Tundra weder Tiere noch Vögel und Katus Wunsch blieb unerfüllt.

Im Januar wurden kleine Exkursionen auf Schlitten unternommen, um die Hunde wieder an das Gespann zu gewöhnen. Diese waren inzwischen gut gefüttert worden, gehorchten ihren alten Herren aufs Wort und lebten in der Eishöhle des Hügels, mit Ausnahme von General, der in der Jurte als Wachhund gehalten wurde. Als sich die Zugtiere nach einiger Zeit an das Gespann gewöhnt hatten, starteten die Männer größere Fahrten in die Tundra, zu den Wäldern, um den Holzvorrat aufzubessern, der bereits zur Neige ging. Auf diese Fahrten begaben sich jeweils fünf Männer mit drei Hundeschlitten, einer blieb in der Jurte zurück, um Katu zu bewachen.

Einmal, gegen Ende Januar, hielt Papotschkin Wache. Katu verfolgte stets interessiert den Aufbruch in die Wälder und konnte die Rückkehr der Männer kaum erwarten. Sie hoffte, man würde ihr frisches, bluttriefendes Fleisch mitbringen, nachdem sie sich so sehr sehnte. Doch ihre Hoffnungen waren vergeblich, in der Tundra gab es kein Wild.

Papotschkin saß an diesem Tag etwa zwei Stunden am Feuer in der Jurte und nickte dann, vor lauter Langeweile, ein. Wahrscheinlich schlief er ziemlich lange. Als er aufwachte, war Katu verschwunden. Er stürzte aus der Jurte und sah in südlicher Richtung, inmitten der weißen Schnee-Ebene, einen sich rasch entfernenden schwarzen Punkt. Die Gefangene lief auf seinen Skiern. Sie hatte gelernt, sich damit fortzubewegen, und so war es für Papotschkin unmöglich, sie in dem tiefen Schnee zu verfolgen. Außerdem hatte Katu ihre Decke, ein angeschnittenes Stück Schinken, ein großes Messer und eine Schachtel Streichhölzer, mit denen sie umzugehen wußte, mitgenommen. Als die Abwesenden gegen Abend eintrafen und von Katus Flucht erfuhren, waren sie sehr verärgert. Papotschkin mußte sich allerhand Vorwürfe wegen seiner Nachlässigkeit anhören Aber an eine Verfolgung der Ausreißerin war nicht zu denken. Sie hatte bereits einen zu großen Vorsprung, und die Männer hätten eine Expedition ausrüsten müssen, um sie zurückzuholen, wobei noch nicht einmal sicher war, ob sie das Mädchen auch einfangen würden. Katu lief ohne Gepäck und war es gewöhnt, während der Jagd etwa hundert Kilometer pro Tag zurückzulegen. Die Schlitten hätten kaum die Hälfte dieser Strecke geschafft. Das Mädchen wider ihren eigenen Willen von der Horde zurückzuerobern war ganz und gar sinnlos.

Zum Glück war Katu vor ihrer Flucht noch ausgiebig fotografiert worden, außerdem nach allen Regeln der Anthropologie ausgemessen. Man hatte von ihrem Gesicht eine Gipsmaske abgenommen sowie von den Händen und Füßen Abdrücke gemacht.

Der Rückweg über das Eis konnte nicht vor Ende März oder gar Anfang April angetreten werden, um auf der Erdoberfläche ausreichend lange Tage zu haben und zum Sommerbeginn die Südküste des Fridtjof-Nansen-Landes zu erreichen. Bis zur Abfahrt blieben noch fast zwei Monate. Diese Zeit sollte für das Training von Menschen und Hunden auf größere Strecken genutzt werden. In den letzten Tagen wurden an den Waldrändern frische Spuren von Hirschen, Moschusochsen und Wölfen ausgemacht. So konnten die Männer in ein bis zwei Tagesmärschen Entfernung von der Jurte auf Jagdbeute hoffen. Frisches Fleisch war für die Hunde wie für die Menschen sehr vonnöten. Den Schinken hatten alle gründlich satt, und viel gab es davon ohnehin nicht mehr – dafür hatte Katus unbändiger Appetit gesorgt. Die Schinkenreserve mußte für den Rückweg aufgespart werden, bis zur Abreise wollten sich die Männer von frischem Wild ernähren. Jeweils drei Männer waren mit zwei Hundeschlitten und einem Zelt unterwegs, die drei anderen und ein Gespann blieben in der Jurte und erholten sich von der vorangegangenen Jagd.

Die Rückfahrt über das Eis

Ende März traten die Forscher den Rückweg über das Eis an. Die Wetterwarte blieb stehen. In ihr und auch dem Eiskeller unter dem Hügel wurden in je einem zugelöteten Behälter kurze Angaben über die Zusammensetzung der Expedition, die Plutonien entdeckt hatte, und über die wichtigsten Erkenntnisse der Fahrt nach Süden zurückgelassen. Damit die Urmenschen, mit deren Aufkreuzen zu Beginn des Sommers gerechnet werden mußte, nicht die Behälter davontrugen oder gar die Wetterwarte zerstörten, stellten die Männer im Regal der Wetterwarte eine Reihe von Götzen auf, die Katu geschnitzt hatte, und auf dem Boden häuften sie Knochen, leere Konservenbüchsen und anderen Abfall als Opfergabe übereinander. Das alles hatte sich Igolkin ausgedacht, der sich mit den Urmenschen besser auskannte als der Büchergelehrte Borowoj.

Die Hundeschlitten, schwer mit Sammlungen, Proviant und Ausrüstungsgegenständen beladen, traten über die verschneite Tundra die Fahrt in Richtung Eisgürtel an.

Dieser Rückweg durch das Fridtjof-Nansen-Land dauerte einen ganzen Monat. Die Überwindung des Eisgürtels, der lange Aufstieg zum Russki-Gebirge, der Abstieg über Gletscherstürze, beharrliche Gegenwinde, die überladenen Schlitten und das Fehlen einiger Hunde erschwerten das Vorwärtskommen und erforderten alle Kräfte. Häufige Schneestürme hielten ebenfalls die Fahrt auf, doch sie ermöglichten gleichsam zusätzliche Pausen, in denen sich Menschen und Hunde verschnaufen konnten. Hinter dem Eisgürtel setzte der schon lange nicht mehr beobachtete Wechsel von Tag und Nacht wieder ein. Einige der am Weg errichteten Proviantdepots fanden die Forscher nicht mehr wieder. Am Truchanow-Kap jedoch stießen sie auf ein neues Depot mit einem Jahresvorrat an Lebensmitteln, das von der „Polarstern" errichtet worden war. Hier steckte auch die Nachricht, daß sich das Schiff zehn Kilometer östlich vom Kap zur Überwinterung aufhielt. Vom Kap aus war in der Ferne das Schiff zu sehen. Auf halbem Wege dorthin gab es ein fröhliches Wiedersehen. Sogar Truchanow fuhr den Männern auf einem Schlitten entgegen, der von jungen Hunden gezogen wurde, die auf der „Polarstern" geboren worden waren. Begrüßungen und Fragen wollten kein Ende nehmen. Truchanow strahlte, als er hörte, daß seine Vermutungen über die Beschaffenheit des Erdinnern sich so brillant bestätigt hatten.

Ein wissenschaftliches Gespräch

Einige Tage nach Rückkehr der Expedition auf die „Polarstern" tobte ein in diesen Breiten üblicher Schneesturm, der alle Arbeiten im Freien und Ausflüge unmöglich machte. Man vertrieb sich die Zeit in der Messe mit Unterhaltungen, tauschte Eindrücke von der

Überwinterung im Eis und der Reise nach Plutonien aus. Truchanow interessierte sich besonders für den Abstieg in die unterirdische Welt, der für die Expeditionsteilnehmer von allerhand unerklärlichen Erscheinungen begleitet war.

„Wissen Sie was, Nikolai Innokentjewitsch!“ sagte Kaschtanow. „Ihr Brief, den wir genau an jenem Tag geöffnet haben, als wir in der schneefreien Tundra auf Mammute stießen, klärte uns zwar darüber auf, wo wir uns befanden, doch das genügte uns nicht. Wir hätten gern gewußt, wie Sie zu der Vermutung gekommen sind, daß die Erdkugel innen hohl sei. Eine Hypothese, die sich so glänzend bewahrheitet hat!“

„Wenn Sie es genau erfahren wollen“, entgegnete Truchanow, „ist dies nicht meine Idee, und sie ist nicht einmal neu. Vor mehr als hundert Jahren wurde sie von einigen Wissenschaftlern in Westeuropa ausgesprochen. Ich stieß darauf beim Blättern in alten Zeitschriften. Sie begann mich zu interessieren, ich prüfte die Hypothese und überzeugte mich davon, daß sie glaubwürdig war.“

„Wollen Sie uns nicht Ihre Gedanken anvertrauen?“

„Mit Vergnügen. Wenn Sie es wünschen, werde ich Ihnen noch heute abend einen ausführlichen Vortrag darüber halten.“

Am Abend fand in der Messe ein interessantes wissenschaftliches Gespräch statt.

Nachdem Truchanow kurz die Anschauungen der antiken Völker über die Erde als Scheibe inmitten eines Urozeans und Aristoteles' Lehre von der Kugelgestalt der Erde wiedergab, widmete er sich gründlicher den Vorstellungen der Neuzeit zu diesem Problem.

„Gegen Ende des achtzehnten Jahrhundert behauptete der Wissenschaftler Lesley, das Erdinnere sei mit Luft gefüllt, die infolge hohen Drucks leuchte. In dieser Luft kreisen zwei Planeten, Proserpina und Pluton . . .“

„Pluton?“ rief Borowoj dazwischen. „Wir haben uns also gar nichts Neues ausgedacht für den inneren Himmelskörper!“

„Ja, dieser Name ist bereits älter“, fuhr Truchanow fort. „Einige Gelehrte haben sogar die Kreisbahnen dieser Planeten errechnet, deren Annäherung an die Erdkruste angeblich Magnetstürme und Erdbeben bewirken. Nach Lesleys Meinung herrscht im Erdinnern, das von weichem elektrischen Licht erhellt ist, ewiger Frühling, und deshalb gibt es dort eine zauberhafte Vegetation und eine eigentümliche Tierwelt.“

„Und er hatte völlig recht!" rief Papotschkin erstaunt.

„Der Eingang in das Erdinnere soll sich laut Lesley am 82. Grad nördlicher Breite befinden ..."

„Das ist ja unglaublich!" sagte Makschejew und schlug sich auf die Schenkel. „Wie konnte er das nur so genau vorhersagen? Wir fanden den südlichen Rand dieses Eingangs unterhalb des 81. Breitengrades."

„Lesley hat ihn nach dem Ort mit der maximalen Intensität des Nordlichts bestimmt, da er annahm, daß es aus dem Erdinnern kommt und aus elektrischen Strahlen besteht, die das Innere der Erde erhellen. Lesleys Theorie fand viele Anhänger, und es wurde ernsthaft erwogen, eine Expedition ins Erdinnere zu entsenden."

„Soso ..." gab Gromeko von sich und lächelte. „Auch in dieser Hinsicht hätten wir demnach beinahe Vorgänger gehabt."

„Doch zu der Expedition kam es nicht, denn einflußreiche Wissenschaftler jener Zeit, Buffon, Leibniz und Kircher, verspotteten Lesleys Hypothese, die sie als Phantasieprodukt bezeichneten. Sie bestanden darauf, daß die Erde einen glühenden, flüssigen Kern habe, der entweder zusammenhängt oder aus zahlreichen Nebenherden besteht, die Pyrofilitationen heißen. Ende des achtzehnten Jahrhundert fand die schlüssige Kant-Laplace-Theorie von der Entstehung des Sonnensystems aus einer rotierenden Gaskugel immer mehr Verbreitung, so daß alle anderen Hypothesen zunehmend verdrängt wurden.

1816 versuchte Cormuls zu beweisen, daß die Erde innen hohl und ihre Kruste nicht mehr als 300 englische Meilen dick sei.

Halley, Franklin, Lichtenberg und Cormuls versuchten die Erscheinungen des Erdmagnetismus und dessen jahrhundertealte Veränderungen aus der Existenz eines hypothetisch vermuteten inneren Planeten herzuleiten. Der deutsche Professor Steinhauser hielt das Vorhandensein dieses Planeten, den er Minerva nannte, für unbestritten.

Wieder kamen Pläne für Expeditionen ins Erdinnere auf. Der Infanteriehauptmann a. D. Simmes aus St. Louis im Staat Missouri veröffentlichte im April 1818 in einigen Zeitungen einen Brief, den er auch an verschiedene Instanzen in Amerika und Europa geschickt hatte. Dieser Brief richtete sich an die ganze Welt und forderte sie auf, grünes Licht zu geben, um die Unendlichkeit der Welt zu entdecken.

Er schrieb folgendes:

‚Die Erde ist innen hohl, dort gibt es organisches Leben. Sie enthält eine Reihe ineinander übergehender konzentrischer Sphären und hat an den Polen Öffnungen von zwölf bis sechzehn Grad Breite. Ich bin bereit, mein Leben einzusetzen, um den Nachweis anzutreten, daß all das wahr ist. Ich habe eine Abhandlung für den Druck vorbereitet, die sich diesem Gegenstand widmet. Darin führe ich Beweise für die obenstehenden Behauptungen, liefere Erklärungen verschiedener Erscheinungen und enträtsele das »goldene Geheimnis« des Doktor Darwin. Meine Bedingung wäre, daß ich das Patronat über diese neue Welt bekäme. Ich widme und vererbe es meiner Ehefrau und ihren zehn Kindern. Ich ernenne Doktor Mitchell, Sir Davy und Baron Alexander von Humboldt zu meinen Schirmherren. Ich brauche nur hundert kühne Gefährten, um gegen Ende des Sommers von Sibirien aus aufzubrechen und mit Rentierschlitten über das Eis des Eismeeres die Reise fortzusetzen.

Ich verspreche, daß wir warme und fruchtbare Ländereien vorfinden werden, die reich an Pflanzen und Tieren, vielleicht sogar von Menschen bewohnt sind – sobald wir den zweiundachtzigsten Grad nördlicher Breite passiert haben. Im darauffolgenden Frühjahr kehren wir zurück.‘“

„Hat nun diese Expedition stattgefunden?“ fragte Kaschtanow.

„Leider – oder wenn Sie so wollen, zu unserem Glück – nicht. Simmes Brief fand allerhand Aufmerksamkeit. Die Redaktionen von Zeitungen und Zeitschriften, aber auch Wissenschaftler wurden mit Briefen interessierter Leser überschüttet. Der Vorschlag des mutigen Hauptmanns, der nicht davor zurückschreckte, eine Witwe zu hinterlassen und zehn Kinder um ihren Vater zu bringen, wurde in der Presse heftig diskutiert, doch er fand weder hundert kühne Gefährten noch Geld für die Expedition. Die zu Schirmherren auserwählten Wissenschaftler hielten den armen Simmes wahrscheinlich für einen Phantasten oder einen Verrückten. Viele waren zwar davon überzeugt, daß die Erde im Innern hohl ist und dort einen Planeten hat. Daß es aber Öffnungen geben sollte, durch die man ins Erdinnere gelangen könne, glaubte keiner.

So wies der Physiker Chladni in einem durch Simmes Brief veranlaßten und in einer wissenschaftlichen Zeitschrift veröffentlichten Artikel darauf hin, daß es keine Öffnung geben könne. Denn wenn eine solche je existiert hätte, wäre sie unvermeidlich mit Wasser ausgefüllt worden. Die extrem langsame, von Steinhauser entdeckte Bewegung des Planeten erklärte Chladni damit, daß dieser in einer hochkomprimierten Atmosphäre verdichteter Luft rotiert, wahrscheinlich unter dem Einfluß der Anziehungskraft von Sonne und Mond. Er stellte noch folgende interessante Überlegungen an, ohne sie jedoch für unbestreitbar zu erklären: Da bei starker Luftverdichtung Wärme entsteht und ein hocherhitzter Körper leuchtet, muß folglich im Zentrum des Erdinnern die ungeheuer komprimierte Luft, zumal der Druck von allen Seiten her maximal ist, eine leuchtende und wärmende Masse bilden, so etwas wie eine zentrale Sonne.

Die Bewohner der inneren Oberfläche der Erde, falls es solche überhaupt gibt, sehen diese Sonne immer im Zenit und in ihrem Umkreis die gesamte, von der Sonne erhellte innere Oberfläche, was ein herrliches Panorama ergebe.

Die Hypothesen über diesen inneren Planeten hielten sich einige Zeit. In den dreißiger Jahren des vorigen Jahrhunderts nahm ein gewisser Bertrand ebenfalls an, daß die Erde hohl sei und es in diesem Raum einen magnetischen Kern gäbe, der unter dem Einfluß von Kometen sich jeweils von einem Pol zum anderen verlagern würde.

Im neunzehnten Jahrhundert hatte die Kant-Laplace-Theorie vom glühenden flüssigen Erdkern die meisten Anhänger. Ihre Verfechter stritten sich lediglich darüber, wie dick die feste Erdkruste sei. Die einen sprachen von nicht mehr als vierzig bis fünfzig Kilometern, die anderen kamen auf hundert, wieder andere sogar auf 1 275 bis 2 220 Kilometer, also etwa ein Fünftel bis zu ein Drittel des Erdradius. Doch eine solche Stärke der Erdrinde widerspräche den vulkanischen und geothermischen Erscheinungen – genauso wie diese die Hypothese widerlegen, die Erde sei ein erkalteter Festkörper. Deshalb machen die Anhänger der Theorie einer dicken Erdkruste eine Einschränkung und nehmen an, daß es innerhalb dieser Kruste einzelne Herde glühend flüssiger Massen gibt, die Vulkanherde bilden.

In der zweiten Hälfte des neunzehnten Jahrhunderts eroberte daher eine vierte Hypothese die meisten Anhänger. Sie ging davon aus, daß die Erde eine feste dünne Rinde, einen festen Kern und dazwischen eine mehr oder weniger dicke Schicht geschmolzener Gesteinsmassen hat, die sogenannte Olivinzone oder auch -gürtel.

Ein fester Erdkern wird mit der Begründung vermutet, daß im

Erdzentrum infolge des dort herrschenden ungeheuer hohen Drucks alle Stoffe im festen Zustand sein müssen – trotz der hohen Temperatur, die ihren Schmelzpunkt bei Normaldruck erheblich überschreitet.

Die Erdkruste selbst besteht aus leichteren Gesteinsarten, im Olivingürtel sind schwerere, olivin- und eisenreiche Mineralien konzentriert.

Im Erdkern überwiegen die schwersten Stoffe, zum Beispiel Metalle. Man nimmt an, daß Meteoriten, die hauptsächlich aus Nickeleisen bestehen, Trümmer von Planetenkernen sind, und die Steinmeteoriten, die sich aus Olivin und anderen Mineralien mit Nickeleiseneinschüssen zusammensetzen, eine Vorstellung von der Beschaffenheit des Olivingürtels vermitteln.

Diese Hypothese hat auch heute noch viele Anhänger, doch wird sie jetzt von einer anderen bekämpft und zwar von Zepritz' Theorie, der die Lehre von Lesley und anderen Gelehrten vom Ende des achtzehnten, Anfang des neunzehnten Jahrhunderts wieder aufgegriffen hat.

Diese Hypothese geht von dem physikalischen Gesetz aus, daß bei hohen Temperaturen, die im Erdinnern zweifellos herrschen, sich alle Körper unbedingt im gasförmigen Zustand befinden müssen, trotz des gewaltigen Druckes.

Wie Sie wissen, gibt es eine sogenannte kritische Temperatur der Gase, bei der sie sich, unter welchem Druck auch immer, nicht zu Flüssigkeit verdichten. Zweifellos wird diese kritische Temperatur im Erdzentrum um ein Vielfaches überschritten. Deshalb muß der Kern aus sogenannten einatomigen Gasen bestehen, die ihre charakteristischen chemischen Eigenschaften bereits verloren haben, da die Moleküle unter dem Einfluß der hohen Temperaturen in Atome zerfallen sind. Dieser Kern ist von einer Gasschicht im überhitzten Zustand oberhalb der kritischen Temperaturen umhüllt, die ihrerseits wiederum von ganz gewöhnlichen Gasen umgeben ist.

Weiter folgt eine flüssige Schicht aus geschmolzenen Stoffen, dann eine dickflüssige in der Art von Lava oder Teer, schließlich eine Übergangsschicht von festen zu flüssigen Körpern, der sogenannte latent-elastische Zustand, der in seiner Konsistenz mit Schusterpech vergleichbar ist.

Obenauf ist dann die feste Kruste. Freilich sind alle aufgezählten Schichten nicht scharf voneinander abgegrenzt, sondern gehen allmählich ineinander über, wodurch sich diese Schichten bei der Erdrotation nicht verschieben können, weder Ebbe und Flut noch eine Verlagerung der Erdachse beeinflussen. Bezüglich der Stärke der Erdkruste gibt es unterschiedliche Auffassungen. Der schwedische Geophysiker Arrhenius nimmt an, daß der gasförmige Erdkern fünfundneunzig Prozent des Erddurchmessers, die glühend flüssigen Schichten vier und die feste Erdkruste nur ein Prozent ausmachen. Also weist die Kruste lediglich eine Dicke von etwa vierundsechzig Kilometern auf. Andere Wissenschaftler billigen der Erdrinde eine Dicke von achtzig, hundert, ja sogar tausend Kilometern zu. Doch eine dünnere Kruste von sechzig bis hundert Kilometer Stärke vertrüge sich besser mit solchen Erscheinungen wie Vulkanismus, Gebirgsbildung, geothermischen Prozessen und dergleichen.

Wie Sie sehen, gab diese Hypothese der Lehre von Lesley und anderen einen neuen Aufschwung, wenn auch nicht mehr die Rede war von einem inneren Planeten und Erdöffnungen. Sie hat sogar Hauptmann Simmes Vermutung konzentrischer Sphären bestätigt. Doch von einem organischen Leben bei einer Temperatur im Erdinnern, die sogar zum Zerfall von Gasatomen führt, konnte nicht mehr ausgegangen werden ..."

„Dabei gibt es dort organisches Leben!" rief Kaschtanow. „Und als Sie die Expedition planten, haben Sie das bestimmt vermutet ..."

„Völlig richtig. Jetzt werde ich meine eigene Theorie darlegen", entgegnete Truchanow. „Ich bin seit langem ein Anhänger der Zepritzschen Hypothese und habe Beobachtungen und Rechnungen zu ihrer weiteren Entwicklung und Bestätigung angestellt. Meine Untersuchungen zielten auf die Ermittlung der Schwerkraft, Erscheinungen des Geomagnetismus und die Verbreitung von Erdbeben.

Wie Sie wissen, schreiten Erdbebenwellen nicht nur über die feste Oberfläche der Kruste fort, sondern auch auf dem direkten Weg durch das Erdinnere. Wenn es also zu einem Erdbeben auf der einen Erdkugelhälfte kommt, so werden empfindliche Meßgeräte auf der anderen Hälfte zwei Serien von Erdstößen registrieren: zuerst die auf dem kürzeren Weg des Erddurchmessers und dann die, die sich auf der Erdrinde entlang fortbewegt, das heißt, auf der Außenhaut der Kugel. Die Geschwindigkeiten der Erdbebenwellen hängen von der Dichte und Homogenität des Mediums ab, und anhand dieser Geschwindigkeit kann man sich ein Bild von seiner Beschaffenheit machen.

Eine Reihe von Beobachtungen auf verschiedenen seismologischen Stationen der Erde, insbesondere auf meinem Observatorium auf dem Munku-Sardyk, wo ich ganz neue, hochempfindliche und präzise Geräte in einem tiefen Schacht am Fuß eines Gebirgskamms aufgestellt habe, brachten jedoch Erkenntnisse zutage, die mit Zepritz' Theorie unvereinbar sind. So stellte sich heraus, daß der Erdkern nicht aus einer hochkomprimierten, sondern im Gegenteil, einer verdünnten Gasmasse besteht, die etwas dichter als unsere Luft ist und etwa drei Viertel des Erddurchmessers ausfüllt. Mit anderen Worten, dieser gasförmige Kern muß etwa achttausend Kilometer im Durchmesser betragen, so daß die flüssigen und festen Schichten darüber nicht mehr als zweitausendvierhundert Kilometer dick sein können. Und eben inmitten dieses gasförmigen Kernes mußte ich die Existenz eines festen oder fast festen Körpers vermuten, das heißt, eines inneren Planeten mit einem Durchmesser von etwa fünfhundert Kilometern, nicht mehr."

„Wie konnten Sie aber den Durchmesser dieses unsichtbaren Körpers ermitteln?" fragte Borowoj neugierig.

„Ganz einfach. Dieser Körper wurde nur von Erdstößen erfaßt, die meinem Observatorium auf der anderen Hälfte der Erdkugel genau gegenüberlagen. Also im Stillen Ozean, östlich von Neuseeland. Wenn das Erdbeben in Neuseeland selbst oder in Patagonien auftrat, so lag in der direkten Geraden der Fortpflanzungswellen zu mir kein Festkörper. Zahlreiche Beobachtungen ermöglichten es, die maximale Größe dieses Körpers zu ermitteln, freilich nur mit annähernder Genauigkeit.

So zeigten diese Beobachtungen, daß es im Erdinnern einen großen, mit Gasen gefüllten Raum gibt und daß sich diese Gase in ihrer Dichte nur wenig von der Luft unterscheiden. In ihrem Zentrum schließlich müßte es einen inneren Planeten mit einem Durchmesser von nicht mehr als fünfhundert Kilometern geben. Im allgemeinen entsprechen diese Beobachtungen eher den Hypothesen früherer Wissenschaftler als der Theorie vom Zepritz. Wenn dem aber so ist, entstehen Zweifel an der Richtigkeit aller Berechnungen über die Verteilung der schweren Stoffe in der Erdrinde. Die mittlere Dichte der Erde beträgt bekanntlich 5,5. Die Dichte der Gesteinsarten jedoch nur 2,5 bis 3,5 und sogar weniger, wenn man die großen

Wassermassen der Ozeane in Betracht zieht. Deshalb nehmen einige Wissenschaftler an, daß im Zentrum der Erde Stoffe mit hoher Dichte vorkommen, die in der Nähe des Erdkern Werte von 10 bis 15 erreichen. Doch wenn es im Erdinnern einen großen Raum mit Gasen von der Dichte der Luft gibt, in denen sich ein kleiner Planet befindet, dann muß von einer ganz anderen Verteilung der Dichte in der Erdkruste ausgegangen werden, die den inneren Hohlraum, der mit Gasen gefüllt ist, umschließt. Ich nehme an, daß der leichtere Teil der Oberfläche der Erdrinde nur einen Durchmesser von siebenundsiebzig Kilometern hat, der schwerere Teil mit hohem Anteil schwerer Metalle zweitausenddreihundert Kilometer, die innere Gasschicht, den Planeten eingeschlossen, viertausend Kilometer dick ist. In der Summe ergibt das 6 377 Kilometer, also den Erdradius. Wenn man die Dichte des schwereren Teils der Erdkruste mit 7,8 veranschlagt, so ergibt sich eine mittlere Dichte der Erde von 5,5, wie sie den Ermittlungen der Geophysik entspricht . . ."

Auf einer Tafel, die in der Messe hing, führte Truchanow vor seinen Zuhörern alle Berechnungen zur Bestimmung von Umfang und Gewicht einzelner Bestandteile der Erde aus, um die von ihm vermutete Masseverteilung zu beweisen. Nach diesen Modifizierungen der Zepritzschen Theorie untersuchte Truchanow die Frage, wie sich eine Öffnung ins Erdinnere bilden konnte, durch die alle komprimierten und erhitzten Gase entweichen mußten. Er verwies darauf, daß aus dem Weltall eine große Anzahl von Himmelskörpern, Meteoriten, auf die Erde fallen, und äußerte die Vermutung, daß irgendwann ein großer Meteorit auf die Erde herabgefallen sei, der ihre Kruste von 2 377 Kilometer Dichte durchschlagen und sich in ihrem Innern in den Planeten Pluton verwandelt habe. Zum Beweis der Möglichkeit eines solchen Ereignisses erwähnte Truchanow eine riesige Vertiefung in der Erdoberfläche, wie sie der sogenannte Meteoritenkrater im US-Staat Arizona darstellt. Diese Delle war durch den Aufprall eines gewaltigen Meteoriten entstanden. So wurde aus den in der Vertiefung gefundenen Trümmern geschlossen. Doch dieser Meteorit hat die Erdrinde nicht durchstoßen, er prallte ab und ist wahrscheinlich in den Stillen Ozean gefallen, während Pluton die Rinde durchschlug und im Erdinnern steckenblieb.

„Und wann geschah diese Katastrophe?" fragten die Zuhörer.

„Nicht später als in der Jurazeit, weil in den entferntesten Teilen des inneren Hohlraumes, die unsere Expedition erreicht hat, die Flora und Fauna jurazeitlich sind. Diese hatten sich von der Erdoberfläche dorthin verlagert, nachdem die Öffnung entstanden war, die Gase entwichen und der Hohlraum sich abgekühlt hat. Später übersiedelten dorthin auf gleiche Weise die Flora und Fauna der Kreide-, Tertiär- und Quartärzeit, indem sie die Ankömmlinge der früheren Perioden in die Tiefe des Hohlraums abdrängten.

Solange das Fridtjof-Nansen-Land von Eis bedeckt ist, können keine Vertreter der heutigen Flora und Fauna von der Erdoberfläche in den inneren Hohlraum gelangen. Nur ein Mensch des zwanzigsten Jahrhunderts – ich spreche von Ihnen, meine Freunde – hat dieses Hindernis überwinden können und das geheimnisvolle Land betreten, in dem sich durch das beständige Klima und konstante Lebensbedingungen die Flora und Fauna längst vergangener Zeiten so wunderbar erhalten haben. Sie entdeckten dieses paläontologische Museum, von dessen Existenz ich nicht einmal zu träumen wagte."

„Sie haben ausgezeichnet erläutert, wie organisches Leben in den inneren Hohlraum gelangte", bemerkte Kaschtanow, „obwohl die Paläontologen in Ihrer Darstellung vielleicht auch so manchen strittigen Punkt finden können. Aber ich wollte Sie noch fragen, wo die Bruchstücke der Erdkruste bei der Entstehung des Lochs geblieben sind?"

„Ich vermute, die kleineren Trümmer wurden durch die aus dem Innern ausbrechenden Gase weggeschleudert, die größeren dagegen verschmolzen zum Teil mit dem Meteoriten und bildeten so den leuchtenden Körper Plutons, ein anderer Teil konnte auf die innere Erdoberfläche herabfallen, wodurch Hügel und Plateaus entstanden. Möglicherweise sind die großen Olivinhügel mit ihrem hohen Eisengehalt, die Sie am Ufer des Makschejew-Flusses gefunden haben, solche Bruchstücke. Vielleicht besteht sogar das ganze Plateau der schwarzen Wüste an der Südküste des Echsenmeeres aus einem einzigen Bruchstück. All das muß erst noch erforscht werden."

„Und wie steht es mit dem Vulkanen, den erloschenen und den tätigen, die wir auf diesem Plateau entdeckt haben? Wie erklären Sie sich deren Entstehung?"

„Mir scheint, das ist nicht so schwer. Nach der Zepritzschen Hypothese befand sich oberhalb der Gaszone eine glühend-flüssige Schicht. Als die Öffnung entstanden war und die Gase entweichen konnten, ließ der Druck im Erdinnern nach. So mußte sich ein Teil dieser flüssigen Schicht in Dämpfe und Gase verwandeln, der andere Teil wurde zu einem brodelnden Feuermeer. Die Dämpfe und Gase entwichen allmählich durch die Öffnung, Druck und Temperatur im Erdinnern wurden immer geringer, und auf dem Lavameer bildete sich eine feste Kruste. Anfänglich war sie dünn und schwach, oft riß sie durch den Druck von Gasen und Dämpfen wieder auf, die von den geschmolzenen Massen weiterhin ausgestoßen wurden. Aber nach und nach wurde die Kruste dicker, und zu Gasausbrüchen kam es immer seltener, ähnlich wie auf der Erdoberfläche, als diese sich herausbildete. Die Vulkane beweisen lediglich, daß in bestimmten Tiefen unter dieser Kruste noch einzelne Herde glühend-flüssiger Lava liegen, die, ebenso wie auf der Erdoberfläche, ab und zu Ausbrüche bewirken. Ein Unterschied besteht allerdings darin, daß es sich bei dieser Lava um sehr schwere und eisenreiche Gesteinsarten handelt, die auf der Erde nicht vorkommen."

„Wenn aber die innere Erdoberfläche, wie Sie behaupten, zunächst ein Feuermeer war", hob Makschejew an, „dann müßten doch die Trümmer der Erdkruste, die in dieses Meer hinabgestürzt sind, darin versinken oder schmelzen . . ."

„Nicht unbedingt", mischte sich Kaschtanow ein. „Die kleineren von ihnen sind wahrscheinlich völlig geschmolzen, aber die großen, mit einigen Kilometer Durchmesser, konnten wegen ihrer Ausmaße nur zum Teil schmelzen. Was ihr Versinken in dem Feuermeer anlangt, so war dies von ihrem spezifischen Gewicht abhängig. Waren die Trümmer leichter als die glühend-flüssige Masse – und das kann für einen Teil von ihnen durchaus zutreffen –, dann schwammen sie auf ihrer Oberfläche wie Eisschollen auf dem Meer und schmolzen, genau wie sie, an den Seiten und von unten her."

„Ich bestehe nicht auf meiner Hypothese", schränkte Truchanow ein, „dies war lediglich eine erste Vermutung, die mir bei Ihrer Frage in den Sinn kam. All das macht eine weitere wissenschaftliche Untersuchung erforderlich. Wir kennen bisher nur einen schmalen Streifen Plutoniens – am Makschejew-Fluß und an der Küste des Echsenmeeres. Aber was hat dieses gewaltige Land zu beiden Seiten des Flusses außerdem zu bieten? Wie weit reicht die schwarze Wüste nach Süden? Gibt es dort vielleicht noch andere Oasen organischen Lebens?"

„Ich glaube es nicht", meinte Papotschkin. „Und zwar aus folgenden Gründen: Feuchtigkeit, ohne die es kein Leben geben kann, wird von den Nordwinden durch die Öffnung gebracht. Wie wir selbst gesehen haben, kommen die Niederschläge über die Südküste des Echsenmeeres nicht hinaus. Die Winde werfen ihre gesamte Feuchtigkeit in dem nicht allzugroßen Raum von der Öffnung bis zur Südküste ab. Auf dem übrigen Territorium der inneren Erdoberfläche erstreckt sich die wasserlose und unfruchtbare Wüste aus erstarrter Lava. Ich glaube sogar, daß die jurazeitliche Fauna und Flora sich nur um die Öffnung angesiedelt hat. Erst später, als die Feuchtigkeitsmenge infolge des ständigen Wasserzuflusses durch die Öffnung zunahm und sich Flüsse wie auch Seen bildeten, breitete sich diese Pflanzen- und Tierwelt immer weiter in Richtung Süden aus. Womöglich ist das Echsenmeer vor nicht allzu langer Zeit entstanden, und sein Wasser enthält nur deshalb nicht soviel Salz wie der Ozean."

„Also damit kann ich nicht einverstanden sein", bemerkte Kaschtanow. „Wenn dieses Meer erst vor kurzem entstanden wäre, dann könnten in ihm keine Vertreter der jurazeitlichen Fauna, wie Fische, Ichthyosaurier und Pläsiosaurier, leben. Weder Fische noch Ichthyosaurier konnten nach Plutonien auf dem Landweg, etwa wie Ameisen, oder auf dem Luftweg, wie Pterodaktylen, gelangen. Daraus folgt, daß das Meer doch durch die Öffnung eingedrungen ist, wenn auch durch eine schmale Meerenge und nicht über einen längeren Zeitraum."

„Aber erlauben Sie", rief Papotschkin dazwischen, „wie konnte das Meer nach dem Meteoriten ins Innere der Erde eindringen? Es hätte doch nur glühende Gase und das Feuermeer vorgefunden. Alle Saurier und Fische wären zu einer kolossalen Fischsuppe geworden, anstatt sich vermehren zu können."

Alle lachten, und Kaschtanow entgegnete:

„Sie ziehen verfrühte Schlüsse aus meinen Worten, Semjon Semjonowitsch, ich habe doch nicht behauptet, das Meer wäre sofort nach dem Meteoriten eingedrungen. Der ist, wie Nikolai Innokentjewitsch vermutet, im Trias herabgefallen. Die Meeresfauna aber stammte aus der Jurazeit. Folglich liegt dazwischen ein ausreichend langer Zeitraum für den Austritt der Gase und die Abkühlung des inneren Hohlraums. Vielleicht erstreckt sich in einem anderen Teil Plutoniens das Echsenmeer bedeutend weiter nach Norden, und es zeigt den Weg auf, den die Meeresfauna benutzt hat, um ins Erdinnere zu gelangen."

„Da sehen Sie, wie viele interessante und wichtige Fragestellungen sofort aufkommen, wenn wir über die Natur Plutoniens reden", sagte Truchanow. „Jeder von uns kann für sein Fachgebiet eine Fülle von Problemen umreißen. Aus all dem folgt, wie notwendig es ist, eine zweite Expedition nach Plutonien zu schicken, nicht wahr?"

Epilog

Der Mai kam und verging, ohne den lang ersehnten Frühling zu bringen. Obwohl die Sonne immer am Himmel stand, lediglich im Norden etwas sank und im Süden aufstieg, spendete sie nur wenig Wärme, und der Schnee schmolz lediglich auf der Südseite des Schiffes und auf den steilen Küstenfelsen. Sonnige Tage wurden oft von trüben abgelöst. Wind kam auf, Schnee wirbelte, nicht selten erhob sich ein heftiger Schneesturm, und es hatte den Anschein, als kehre der Winter zurück. Der frische Schnee verhinderte das Tauen der alten Schneedecke darunter, die bereits pappig war und bei richtig warmen Tagen geschmolzen wäre. Diese kamen aber erst Anfang Juni und brachten endlich den Frühling.

Von den Felsen flossen zahllose Bäche herab, auf kleinen, schneefreien Flächen sprossen winzige Blumen, die schnell aufblühten. In den sonnenbeschienenen Pfützen wimmelte es nur so von Wasserinsekten, die auf einmal da waren. Doch das Meer schlummerte weiterhin in seinen Eisfesseln. Nur bei ruhigem Wetter war von der Mastspitze aus, fern im Süden, ein dunkler Wasserstreifen zu sehen.

„In diesem Jahr hat sich der Frühling verspätet", meinte eines Tages der Kapitän, als die Expeditionsteilnehmer sich auf dem Deck versammelt hatten. Sie mußten jetzt die meiste Zeit auf dem Schiff zubringen, weil das Eis fast überall von Schmelzwasser bedeckt war.

„Ja, vor einem Jahr, um dieselbe Zeit, näherte sich unser Schiff bereits dieser Küste."

„Weil starke Winde das Meer in Bewegung hielten und das Eis aufbrach. Jetzt herrscht fast zehn Tage lang ruhiges Wetter, und nur manchmal kommt ein leichter Südwind auf."

„Müssen wir etwa ein zweites Mal überwintern, falls das Meer nicht eisfrei wird?" fragte Papotschkin, der sich allmählich langweilte.

„Keineswegs. Im Juli, spätestens im August, taut das Eis, selbst bei Windstille."

„Im Juli oder August?" riefen Gromeko und Makschejew gleichzeitig. „Sollen wir hier noch den halben Sommer herumsitzen?"

„Das ist durchaus möglich. Bei polaren Seefahrten muß man damit rechnen. In schlechten Jahren kann man nur einen oder anderthalb Monate Schiffe führen, in guten Jahren sind es zwei bis drei."

Die Geduld der Passagiere auf der „Polarstern" wurde tatsächlich auf eine harte Probe gestellt. Im Juni herrschte Windstille, bis gegen Ende dieses Monats blieb es trüb und kalt. Nachts sanken die Temperaturen leicht unter Null, manchmal fiel Schnee, und an solchen Tagen schien es, der Sommer sei bereits vorüber.

Endlich brauste Anfang Juli von Osten ein Sturm heran, der zwar Schnee brachte, dafür jedoch das Eis aufriß. Das seit langem fahrbereite Schiff verabschiedete sich mit einem Salutschuß vom tristen Fridtjof-Nansen-Land und nahm Kurs auf Süden.

Aber das Wetter war noch immer trübe und feucht. Es regnete oft oder schneite. Nebel zwang die „Polarstern" mitunter stundenlang zum Halt.

Erst Anfang August riß sich das Schiff aus der Gefangenschaft und durchkreuzte in voller Fahrt die Beringstraße. Alle atmeten erleichtert auf. Bis nach Wladiwostock verblieben zwei oder drei Wochen Fahrt.

Mitte August war das Schiff in Höhe der Mündung des Kamtschatkaflusses angelangt. In der Ferne sah man deutlich die Küste der Halbinsel, die Vulkankegel und die rauchende Kljutschewaja Sopka. Es war ein ruhiger und klarer Tag wie selten. Das sonst stürmische Beringmeer erstreckte sich spiegelglatt bis zum Horizont. Im Südosten zeichneten sich in der durchsichtigen Herbstluft die Gipfel der Beringinsel ab, die die Kommandeur-Inseln ankündigten. Aus dieser Richtung näherte sich mit Volldampf ein großes Schiff, das sich anscheinend auf der Fahrt nach Nishne-Kamtschatsk befand.

„Wahrscheinlich ist es ein russischer Kreuzer, der diese Gewässer bewacht", antwortete Makschejew auf die Frage der Kameraden, die sich auf Deck versammelt hatten. Die ruhige See und die rasche Fahrt hielten alle bei guter Laune.

„Was gibt es denn hier zu bewachen?" fragte Kaschtanow interessiert.

„Die Inselgruppe, und zwar vor Räubern. Amerikanern und Japanern zum Beispiel. Sie ist der beste, wenn nicht gar der einzige Jagdplatz für die wertvollen Bärenrobben. Deren Anzahl hat sich infolge rücksichtsloser Vernichtung rasch verringert. Unsere Regierung ordnete deshalb besonders für Weibchen und Jungtiere besondere Schonzeiten an. Doch dic gierigen Pelzunternehmer versuchen, die Verbote zu unterlaufen. Darum werden diese Inseln oft von Kriegsschiffen angelaufen, die alle verdächtigen Schiffe in diesen Gewässern anhalten."

„Wahrscheinlich wird man auch uns kontrollieren!" rief Truchanow. „Der Kreuzer fährt direkt auf uns zu."

Tatsächlich, der Kreuzer, ein großes Schiff mit drei Masten, näherte sich mit Volldampf der „Polarstern". Man konnte bereits blinkende Geschützrohre und eine Menschengruppe auf der Kapitänsbrücke sehen. Plötzlich schoß eine Rauchwolke aus einer Kanone, donnerte ein Knall über das Meer, und gleichzeitig wurde an einem Mast das Signal „Sofort beidrehen! Oder wir schießen!" gehißt.

Die „Polarstern" stoppte gehorsam ihre Maschinen. Dem Seerecht folgend, hatte der Kapitän, als er den Kreuzer bemerkte, sofort befohlen, die russische Flagge zu hissen. Doch der Kreuzer folgte diesem Beispiel nicht.

Die Gäste der „Polarstern" standen an der Reling und beobachteten das sich nähernde schöne Schiff.

„Was ist das? Es ist kein russischer Kreuzer, er heißt ‚Ferdinand', und sein Name ist mit lateinischen Buchstaben geschrieben!" rief der Kapitän, der durch das Fernrohr blickte.

„Welches Recht hat er, ein russisches Schiff in russischen Gewässern anzuhalten?" fragte Kaschtanow verwundert.

„Welcher Nationalität ist dieser ‚Ferdinand'? Etwa deutsch?"

„Das werden wir gleich haben", antwortete der Kapitän, der in seinem Taschen-Seekalender blätterte. „Da steht's: ‚Ferdinand' – Kreuzer der österreichisch-ungarischen Kriegsmarine, Baujahr 1909, soundsoviele Tonnen Wasserverdrängung, zehn Geschütze, zweihundertfünfzig Mann Besatzung, Geschwindigkeit usw. usf."

Inzwischen war der Kreuzer ganz nahe herangekommen, hatte die Fahrt verlangsamt und drehte in einer Entfernung von knapp zweihundert Metern vor der „Polarstern“ bei. Sofort wurde ein Boot heruntergelassen. Zwanzig mit Gewehren bewaffnete Matrosen und zwei Offiziere stiegen das Fallreep herunter. Das Boot fuhr auf die „Polarstern“ zu, an deren Reling die Expeditionsteilnehmer, der Kapitän und die gesamte Besatzung verblüfft dastanden. Doch für den Empfang der ungebetenen Gäste mußten sie wohl oder übel das Fallreep herunterlassen.

An Deck kletterten beide Offiziere und zehn Matrosen.

„Ist das ein russisches Schiff?“ fragte der Rangälteste salutierend. Er sprach gebrochen russisch.

„Die russische Yacht ‚Polarstern‘. Privateigentum“, antwortete Truchanow.

„Sind Sie selbst der Kapitän?“

„Nein, ich bin der Eigentümer des Schiffes.“

„Ist es ein Handelsschiff oder ein Walfänger?“

„Weder noch. Die ‚Polarstern‘ befördert eine wissenschaftliche Expedition auf dem Rückweg aus dem Eismeer. Ich möchte allerdings wissen, mit welchem Recht Sie ein russisches Schiff in russischen Gewässern anhalten und uns verhören?“

„Auf der Grundlage des Seekriegsrechts und des Kriegszustandes.“

„Was ist los? Welcher Kriegszustand?“ hagelten die Fragen.

Der Offizier lächelte.

„Sie wissen wohl gar nichts? Dauert Ihre Fahrt durchs Eismeer schon lange?“

„Wir sind seit dem Frühjahr des vergangenen Jahres unterwegs.“

„Die Russen sind ja wie vom Himmel gefallen“, sagte der Österreicher zu seinem Kameraden auf deutsch, der anscheinend schlecht russisch verstand und jetzt auch lächelte.

„Sie wissen gar nichts vom Krieg“, sagte der andere.

Dann fuhr der Rangälteste fort:

„Somit bringe ich Ihnen zu Kenntnis, daß Österreich-Ungarn und Deutschland schon ein ganzes Jahr lang mit Rußland Krieg führen, und wir, der Kreuzer ‚Ferdinand‘, erklären Ihr Schiff als beschlagnahmte Kriegsbeute, verstanden?“

„Aber meine Yacht ist kein Kriegsschiff. Sie dient friedlichen Forschungszwecken. Privatschiffe können nicht beschlagnahmt werden.“

„Kein Kriegsschiff? Und was ist das?" Der Österreicher zeigte auf eine kleine Kanone am Bug, die für Salutschüsse und Signale bestimmt war. „Etwa kein Geschütz?"

Truchanow mußte lächeln.

„Jedes friedliche Schiff", fuhr der Österreicher fort, „kann man leicht bewaffnen und als Transporter für Landungstruppen, Kriegsgerät und Kriegspost verwenden. Ein friedliches Schiff muß ebenfalls beschlagnahmt werden, da ist nichts zu machen."

„Kann ich vielleicht mit dem Kommandanten des Kreuzers sprechen?"

„Sprechen Sie deutsch?"

„Nein, aber französisch und englisch."

„Gut, dann fahren wir zum Kreuzer."

Der Offizier flüsterte seinem Kameraden etwas zu und stieg gemeinsam mit Truchanow in das Boot. Der zweite Offizier und die bewaffneten Matrosen blieben an Bord der „Polarstern".

Kaschtanow, der gut deutsch sprach, nahm mit dem Offizier eine Unterhaltung auf. Der beantwortete ihm bereitwillig alle Fragen und informierte die Schiffsinsassen über die wichtigsten Ereignisse, die im Juli 1914 zum Ausbruch eines Krieges in Europa geführt hatten. So verging die Zeit bis zu Truchanows Rückkehr rasch. Der kehrte mit zwei Offizieren und noch einigen unbewaffneten Matrosen an Bord zurück.

„Wir werden an der Küste Kamtschatkas abgesetzt", erläuterte Truchanow. „Gehen wir also in unsere Kajüten und packen. Inzwischen wird die ‚Polarstern' vom Kreuzer zur Küste begleitet. Sie wird zweifellos mitsamt der ganzen Ladung konfisziert."

Als die Expeditionsmitglieder in der Messe allein waren, während die Österreicher an Deck ihre Befehle erteilten, berichtete Truchanow folgendes:

„Der Kommandant des Kreuzers erklärte mir dasselbe wie der Offizier. Zunächst wollte er nach kurzer Beratung mit seinen Offizieren uns als Kriegsgefangene mitnehmen. Ich beherrsche doch ziemlich gut die deutsche Sprache", sagte Truchanow, „habe das allerdings absichtlich verschwiegen, um ihre Pläne besser kennenzulernen. Und so erfuhr ich, daß sie nur wenig Proviant besitzen und es auf unsere Vorräte abgesehen haben. Deshalb können sie keine zusätzlichen Esser gebrauchen. Einer der Offiziere bestand darauf, daß alle Männer mitgenommen werden müßten, die das fünfundvierzigste Lebensjahr noch nicht vollendet haben und daher kriegsdienstpflichtig sind – also alle, außer mir. Aber der Kommandant beruhigte ihn damit, daß der Krieg, ehe wir von Kamtschatka nach Moskau gelangen würden, zweifellos mit der Niederlage von Rußland und Frankreich bereits beendet wäre. So beschloß man, alle an Land zu bringen, und erlaubt uns sogar, die notwendige Kleidung, etwas Verpflegung und unser privates Geld mitzunehmen, nicht jedoch die Expeditionskasse. Sie und alles andere wird beschlagnahmt."

„Wie? Was? Etwa auch alle Sammlungen und Forschungsergebnisse der Expedition?" rief Papotschkin empört.

„Ja, alles, ohne Ausnahme. Die Tagebücher werden wir natürlich in unseren Taschen verstecken, aber die Aufnahmen, Schädel, Felle und Herbarien müssen wir zurücklassen. Die Österreicher versprechen, daß all das unversehrt nach Wien gelangt und uns nach Kriegsende ausgehändigt wird."

„Wenn sie nicht unterwegs von einem russischen oder französischen U-Boot versenkt werden beziehungsweise auf eine Mine laufen", sagte Borowoj entrüstet.

„Das ist durchaus möglich", fuhr Truchanow fort, „zumal auch England in den Krieg eingetreten ist."

„Kurzum, die Expedition ist vollständig ausgeraubt, genauso wie damals von den Ameisen", sagte Makschejew mit einem traurigen Lächeln.

„Es besteht allerdings eine gewisse Möglichkeit", sagte Truchanow, „wieder an unser Eigentum heranzukommen. Aus ihren Andeutungen habe ich verstanden, daß sie in der Nähe einen Stützpunkt haben, aller Wahrscheinlichkeit nach auf den Kommandeur-Inseln. Aus dieser Richtung kam auch der Kreuzer auf uns zu. Sie wollen die ‚Polarstern' dorthin bringen. Nach unserer Ankunft in Wladiwostok informieren wir unsere Kriegsflotte, und die wird den Stützpunkt erobern."

„Schön und gut, aber wann kommen wir nach Wladiwostok?"

„Wie auch immer, das ist unsere einzige Hoffnung."

Alle gingen in ihre Kajüten. Die „Polarstern" war, vom Kreuzer eskortiert, bereits in voller Fahrt nach Kamtschatka und hielt Kurs auf Ust-Kamtschatsk, die nächste Ansiedlung an der Küste, nördlich von Petropawlowsk. Bald versammelten sich die enttäuschten Expeditionsmitglieder mit ihrem Gepäck an Deck, wo die Österreicher es nur oberflächlich untersuchten und auch keine Leibesvisitation machten. So entging Makschejew der Gefahr, sein Gold loszuwerden, das er in den breiten Ledergürtel eines Goldsuchers geschüttet hatte, der einem langen und schmalen Säckchen glich. Der Ingenieur war fast mit einem halben Zentner beladen und konnte sich kaum noch bewegen. Die mit Gold gefüllte Wurst, mit der er sich gegurtet hatte, blieb unter der Pelzjacke verborgen und entging der Aufmerksamkeit der Österreicher, trotz Makschejews plumper Gebärden. Alle Sammlungen und das gesamte Expeditionseigentum, lange vorher in Kisten für den Eisenbahntransport verpackt, wurden den Österreichern mit einer Inventarliste übergeben. Wo dic Expedition in Wirklichkeit gewesen war, wurde ihnen natürlich verheimlicht.

„Wir waren im Tschuktschenland und überwinterten auf der Wrangel-Insel", erklärte Truchanow einem Offizier, der die Übergabe beaufsichtigte. Der Offizier nickte teilnahmsvoll und sagte:

„Mein Vater war auch an einer Polarexpedition ins Franz-Joseph-Land beteiligt. Sie haben bestimmt von der österreichischen Corvette ‚Tegetthoff' gelesen . . ."

„O ja", entgegnete Truchanow liebenswürdig.

Gegen Abend gingen beide Schiffe an der langen Landzunge, in der Mündung des Kamtschatka-Flusses, vor Anker. Am anderen Ufer lag eine kleine Fischersiedlung. Drei Boote nahmen die Schiffsinsassen und ihr Gepäck an Bord und setzten sie an Land. Igolkin und der Kapitän gingen sofort ins Fischerdorf, um dort Fuhrwerke aufzutreiben. Die Zurückgebliebenen standen am Meeresufer und schauten bedrückt zu, wie die Boote wieder an Deck gezogen wurden und beide Schiffe mit Volldampf in See stachen. In der Abenddämmerung, noch bevor ein Pferd, das einzige in der Siedlung, ausfindig gemacht wurde, verschwanden die Schiffe am dunstigen Horizont.

Die Forscher mußten ganze zehn Tage in Ust-Kamtschatsk zubringen, weil ihnen keine Verkehrsmittel zur Verfügung standen. Die wenigen Bewohner entlang des Kamtschatka-Flusses waren voll mit dem Herbstfischfang befaßt, und keiner wollte sein Gewerbe, das Menschen und Hunde den ganzen Winter über mit Nahrung versorgte, aufgeben, um in den Fischerkähnen die vielen Leute flußaufwärts zu transportieren. Nur Igolkin, den es zu seiner Frau nach Petropawlowsk zog, machte sich zusammen mit General im Boot auf den Weg und nahm für den Gouverneur einen Brief mit, in dem Truchanow die Beschlagnahme der „Polarstern“ und die Existenz des feindlichen Stützpunkts meldete und um Hilfe bat.

Ende August lief in Ust-Kamtschatsk ein japanischer Fischfangschoner ein. Für teures Geld waren die Japaner bereit, alle ausgesetzten Expeditionsteilnehmer nach Japan zu bringen. Um Platz für die Passagiere zu schaffen, mußte ein Teil der Ladung in Ust-Kamtschatsk gelassen werden.

Diese Fahrt dauerte drei Wochen und war nicht sonderlich angenehm. Ein Teil der Forscher war an Deck untergebracht, der andere mußte im Laderaum zwischen Fischbottichen hausen. Die Verpflegung war japanisch: Fisch, Reis und Tee. Auf hoher See schlingerte das Schiff heftig, es gab Nebel, Regen und Schneestürme. Während eines Sturmes in der Nähe der Kurileninseln wäre der Schoner beinahe an den Riffen der Küste zerschellt. In der Terpenija-Bucht wollten die Japaner alle aussetzen. Sie fuhren erst weiter, als eine zusätzliche Bezahlung ausgehandelt war. In Wakkanai, an der Nordspitze von Hokkaido, der nördlichsten aller japanischen Inseln, verließen die erschöpften Expeditionsteilnehmer freiwillig den Schoner, da man nach Hakodate mit der Eisenbahn schneller und bequemer gelangen würde.

Von Hakodate an der Südküste der Insel, das fast auf demselben Breitengrad wie Wladiwostok liegt, bestand eine regelmäßige Verbindung zu der russischen Hafenstadt. Da auch Japan in den Krieg eingetreten war und sich auf die Seite der Entente geschlagen hatte, mußten die Forscher eine Reihe von Verhören und Formalitäten über sich ergehen lassen, bis eines Tages ein Postdampfer sie direkt nach Wladiwostok brachte.

Wie groß war das Erstaunen der Männer, als sie beim Einfahren in den Hafen mitten auf der Reede, inmitten anderer Schiffe, ihre „Polarstern“ sahen, auf deren Deck ein Wachposten patroullierte. Rasche Nachforschungen ergaben, daß der Gouverneur von Kamtschatka nach Erhalt von Truchanows Brief nach Wladiwostok gefunkt hatte, weil ihm selbst kein ausreichend großes Schlachtschiff für einen Angriff auf die Österreicher zur Verfügung stand. Ein von Wladiwostok aus entsandter schneller Kreuzer fand die „Polarstern“ bei den Kommandeur-Inseln, doch die Österreicher hatten rechtzeitig verschwinden können.

Der Hafenkommandant teilte den Forschern das alles mit, mußte sie allerdings enttäuschen, die schon mit der Rückgabe ihrer Sammlungen gerechnet hatten. Die „Polarstern" war von den Österreichern vollständig ausgeplündert worden. Sammlungen, Ausrüstung, Vorräte, sogar die Inneneinrichtung der Kajüten und wervolle Maschinenteile hatten sie geraubt, so daß das Schiff ins Schlepptau genommen werden mußte. Die „Polarstern" konnte ohne eine gründliche Instandsetzung keine Fahrt mehr unternehmen, und Truchanow mußte sich mit dem Angebot des Marineamtes einverstanden erklären, sie für die Dauer des Krieges als Signalschiff zur Verfügung zu stellen.

Die niedergeschlagenen Forscher bestiegen den Transsibirienexpreß und fuhren heimwärts. Nach einer Lagebesprechung beschlossen sie, bis zum Kriegsende, das jeder von ihnen für nahe hielt, und bis zur Rückgabe der Sammlungen über ihre Expedition nach Plutonien Stillschweigen zu bewahren. Wie konnten sie auch – über Erzählungen hinaus – beweisen, daß Plutonien mit seinen Wundern wirklich existierte und daß man dorthin sogar vordringen konnte. Jeder vernünftige Mensch würde ihren Bericht als reines Phantasieprodukt abtun und sie selbst als Lügner oder Wahnsinnige abstempeln.

Aber der Krieg dauerte Jahre. Ihm folgten die Revolution und andere Ereignisse ... Es vergingen zehn Jahre. Die Expeditionsteilnehmer verloren den Kontakt zueinander. Einige fielen an der Front, andere starben. Wo sich die Sammlungen und Aufzeichnungen befinden ist unbekannt. Die Hoffnung, sie jemals wiederzubekommen, hat Truchanow aufgegeben. Er zog sich in sein Observatorium auf Munku-Sardyk zurück und lebt dort als Einsiedler.

Zufällig fielen dem Verfasser das Tagebuch und Zeichnungen eines der verstorbenen Expeditionsteilnehmer in die Hände. Aus diesen Materialien entstand das vorliegende Buch.